Marianne Hofer
Tod in Talfing

Das Buch

Wenn im bayrischen Bergdorf der Pfarrvikar erschlagen wird, ist der Käs am Dampfen …
Die junge Polizistin Jasmin Lüders ist bei ihren Einsätzen äußerst erfolgreich. Aber was bringt ihr das? Neidische Kollegen, Mobbing und schließlich eine Versetzung nach Talfing, einem bayrischen Bergdorf an der Grenze zu Österreich. Es klingt nach einem Sackgassen-Job – aber einen Tag vor Jasmins Antritt als neue Dienststellenleiterin wird der Pfarrvikar ermordet aufgefunden. Hauptkommissar Weißberger glaubt den Täter zu kennen: Jungbauer Xaver Grandl wird es gewesen sein, denn der Pfarrvikar hatte zu Grandls Frau eine Beziehung, die alles andere als geistig war. Jasmin ist sich da nicht so sicher, und zwei weitere Morde geben ihrem Instinkt recht. Doch wer zieht dann seine blutige Spur durch das einst so ruhige Dorf?

Die Autorin

Auf einem Bauernhof im Voralpenland aufgewachsen, lernte Marianne Hofer schon früh alle Tätigkeiten, die mit Viehzucht und Ackerbau verbunden waren. Auch als sie später aus beruflichen Gründen nach München zog, blieb sie dem Landleben verbunden und kehrte so oft wie möglich in ihre alte Heimat zurück. Ereignisse während ihrer Jugendzeit, bei ihren zahlreichen Besuchen und auch in der Stadt brachten sie dazu, diese aufzuschreiben. Das eine oder andere davon findet sich in ihren Romanen wieder.
Marianne Hofer ist verheiratet und lebt mit ihrem Mann mittlerweile wieder auf dem Land.

MARIANNE HOFER

Tod in Talfing

Alpenkrimi

Deutsche Erstveröffentlichung bei
Edition M, Amazon Media EU S.à r.l.
5 Rue Plaetis, L-2338 Luxembourg
April 2018
Copyright © der deutschsprachigen Ausgabe 2018
By Marianne Hofer
All rights reserved.

Umschlaggestaltung: bürosüd⁰ München, www.buerosued.de
Umschlagmotiv: © Glenn van der Knijff/Getty; © sumroeng chinnapan/
Shutterstock; © Olga Danylenko/Shutterstock; © Olivier Le Moal/
Shutterstock; © Anna Grigorjeva/Shutterstock; © Rob Byron/Shutterstock;
© smereka/Shutterstock; © Natapong Paopijit/Shutterstock; © Alix Kreil/
Shutterstock; © Groundback Atelier/Shutterstock
Lektorat: Ute Köhler
Korrektorat: Manuela Tiller/DRSVS
Printed in Germany
By Amazon Distribution GmbH
Amazonstraße 1
04347 Leipzig, Germany

ISBN: 978-1-542-04552-0

www.edition-m-verlag.de

1. Räuberjagd

Jasmin Lüders lehnte sich auf dem Beifahrersitz zurück und musterte ihren Kollegen Ruckinger von der Seite. Obwohl sie seit einer Woche gemeinsam auf Streife fuhren, hatten sie bislang kaum ein persönliches Wort miteinander gewechselt. Stattdessen bekam sie mehr und mehr das Gefühl, Ruckinger würde es nicht passen, dass sie seinem Streifenwagen zugeteilt worden war. Zwar hatte man sie bei ihrer Versetzung nach Rosenheim nicht gerade mit offenen Armen empfangen, aber sie war dennoch der Überzeugung gewesen, dass sich die Abneigung, die ihr entgegenschlug, im Lauf der Zeit geben würde.

Doch seit sie gleich in der zweiten Woche einen Kioskräuber gestellt hatte und deshalb von ihrem obersten Chef im Rosenheimer Polizeipräsidium belobigt worden war, begegneten ihr die Kollegen nur noch eisig. Jasmin vermutete, dass ihr damaliger Streifenkollege Hauser dafür verantwortlich war. Er zählte zu den Urgesteinen der Rosenheimer Polizei und hätte sie anlernen sollen. Aber weil sie den Räuber erwischt hatte und nicht er, mobbte er sie, und die Kollegen, die ihn kannten und mochten, machten fleißig mit.

Das tat auch Ruckinger, der kaum das Nötigste mit ihr sprach. Jasmin hatte bereits überlegt, um eine Versetzung zu bitten, doch dies wäre gleichbedeutend mit ihrem Scheitern als Schutzpolizistin gewesen. Daher hatte sie sich entschlossen, sich durchzubeißen. Irgendwann, so hoffte sie, würde die Front bröckeln und sie richtig zur Truppe gehören.

Das Funkgerät sprang an und beendete Jasmins Überlegungen. Sofort konzentrierte sie sich auf die Stimme, die aus dem Lautsprecher drang.

»An alle Streifenwagen im Bereich Kolbermoor! In Kolbermoor wurde eine Bank überfallen. Die Täter sind in einem gelben Auto in Richtung Grafing geflohen. Sie sind bewaffnet und haben eine Geisel genommen.«

»Richtung Grafing? Das ist unsere Gegend!«, rief Ruckinger und beschleunigte.

Jasmin beugte sich nach vorne und holte die Karte der Gegend auf den kleinen Computerbildschirm.

»Wir sind zwei Kilometer vom Fluchtweg der Bankräuber entfernt! Wenn wir schnell genug sind, halten wir sie dort auf«, sagte sie zu ihrem Kollegen.

»Das kriege ich hin!«, brummte Ruckinger und gab Gas.

Der Wagen beschleunigte und schoss, da sein Fahrer die Geschwindigkeitsbeschränkung von sechzig Kilometern missachtete, geradezu über den Asphalt. Weiter vorne kam eine Kurve, doch Ruckinger dachte nicht daran, langsamer zu werden.

»Vorsicht!«, schrie Jasmin, als sie den Lastwagen vor sich sah.

Ruckinger setzte zum Überholen an, bemerkte dann erst die entgegenkommenden Autos und stieg auf die Bremse, um den Wagen wieder hinter den Lkw zu zwingen. Dabei streifte er dessen Heck und brach aus. Für Augenblicke befürchtete Jasmin, sie würden in den Gegenverkehr krachen. Mit einem harten Ruck am Lenkrad zwang Ruckinger das Fahrzeug jedoch nach rechts. Es rasierte einen Straßenpfosten aus Kunststoff ab, kippte um und rutschte etliche Meter auf der Beifahrerseite dahin. Nur einen Fingerbreit vor einem kräftigen Baum blieb es liegen.

»Scheiße!«, fluchte Ruckinger.

Er war mit der Stirn gegen den Rückspiegel gestoßen und blutete, schien aber sonst in Ordnung zu sein.

Jasmin hing schief im Sicherheitsgurt, löste diesen mit etwas Mühe und kletterte auf den Rücksitz. Da der Wagen auf der Seite lag, musste sie die linke hintere Tür nach oben stemmen und nach draußen klettern. Dann erst konnte sie ihrem Kollegen helfen.

»Wie schlimm ist es, Ruckinger?«, fragte sie, während sie die Fahrertür öffnete.

»Scheiße ist's!«, stöhnte er. »Was muss auch der verdammte Lastwagen daherkommen? Jetzt können sich die Schufte verdrücken.«

»Sind Sie verletzt?«, fragte Jasmin drängender.

Obwohl ihm das Blut über das Gesicht lief, schüttelte Ruckinger den Kopf. »Mir fehlt nichts!«

»Ich halte Sie, damit Sie den Gurt öffnen können, ohne nach unten auf den Beifahrersitz zu rutschen«, erklärte Jasmin und packte ihren Kollegen an der Uniform.

Mit etlichem Ächzen und Stöhnen kam Ruckinger vom Sicherheitsgurt frei und kletterte nach draußen. Jasmin reichte ihm ein frisches Papiertaschentuch.

»Pressen Sie das auf die Verletzung, damit das Bluten aufhört. Ich hole den Erste-Hilfe-Kasten!« Mit einer akrobatischen Verrenkung schaffte Jasmin es, diesen aus dem Wagen zu holen. Dabei vernahm sie erneut die Anweisung, den Fluchtwagen unter allen Umständen zu stoppen.

»Der Unfall hätte nicht sein dürfen!«, rief sie verärgert, weil Ruckinger und sie an dieser Stelle gescheitert waren.

Da bekam sie mit, dass sich ein Motorrad näherte, eilte auf die Straße und winkte dem Biker mit beiden Händen, anzuhalten. Er stoppte, entdeckte das auf der Seite liegende Polizeiauto und grinste hämisch.

»Hat es euch auch einmal erwischt? Bist wohl du gefahren?«

»Nein, mein Kollege«, antwortete Jasmin und drückte ihm den Verbandskasten in die Hand. »Verbinden Sie ihn, und wenn Sie ein Handy haben, rufen Sie einen Krankenwagen. Ich leih mir derweil Ihr Motorrad aus.«

»He, was soll das?«, rief der Biker verdattert.

Da hatte Jasmin ihn bereits vom Motorrad gezerrt, schwang sich selbst in den Sattel und fuhr mit dröhnendem Auspuff los.

Innerhalb kürzester Zeit erreichte sie die Straße, die die Bankräuber für ihre Flucht benutzen sollten. Noch während Jasmin überlegte, ob sie die Richtung nach Grafing einschlagen musste, sah sie, wie weiter vorne ein gelber Sportwagen den Lkw überholte, der Ruckinger zum Verhängnis geworden war.

Ein gelbes Auto war als Fluchtwagen gemeldet worden. Instinktiv war Jasmin sicher, dass es dieses Fahrzeug sein musste. Sie gab wieder Gas und überholte den Lkw bei erster Gelegenheit. Dabei fragte sie sich, welche Straße die Bankräuber benutzen konnten. Der Sportwagen war zu auffällig, daher mussten sie ihn möglichst bald gegen ein anderes Fahrzeug austauschen.

»Der große Wanderparkplatz, den ich eben auf der Karte gesehen habe«, stieß sie hervor und gab erneut Gas.

Würde sie die Bankräuber rechtzeitig einholen?, fragte sie sich. Der Sportwagen war kaum langsamer als sie mit dem Motorrad. Da sah sie vor sich auch noch einen Traktor auf die Hauptstraße einbiegen, während ihr eine schier endlose Autoschlange entgegenkam. In dem Moment wurde ihr klar, dass sie es auf diese Weise nicht schaffen würde.

Kurz entschlossen bog sie in die Straße ein, aus der der Traktor gekommen war, und fuhr Richtung Wald. Wenn sie richtig vermutete, ging diese einen Kilometer weiter in einen Forstweg über, der direkt zu dem Wanderparkplatz führte.

Jasmin fuhr so schnell, wie sie es vertreten konnte. Schon bald endete die Teerstraße und sie fand sich auf einer schlaglochübersäten Piste wieder, die ihr all ihre Kraft und Konzentration abforderte. Das Motorrad hüpfte und bockte, doch sie hielt es unter Kontrolle. Nach einer Weile tauchte der Wanderparkplatz vor ihr auf. Mitten unter der Woche war er um die Zeit leer. Nicht ganz, korrigierte sie sich. Ein unscheinbarer blauer Kleinwagen stand im hintersten Eck. Jasmin fluchte. So wie er parkte, war es leider unmöglich, die Kennzeichen abzulesen.

Näher kommende Motorengeräusche verrieten ihr, dass der Sportwagen gleich hier einbiegen würde. Jasmin rollte mit dem Motorrad in die Deckung eines Gebüschs, schaltete den Motor aus und wartete.

Wenig später fuhr der gelbe Sportwagen auf den Wanderparkplatz und blieb neben dem blauen Winzling stehen. Zwei Männer stiegen aus, von denen einer eine Reisetasche in der Hand hielt. Die Frau, die die Kerle als Geisel mitgenommen hatten, ließen sie gefesselt und mit verbundenen Augen im Fluchtfahrzeug zurück.

»Die Herrschaften fühlen sich ja sehr sicher«, murmelte Jasmin, startete das Motorrad und fuhr los.

Die beiden Männer drehten sich um und sahen sie auf sich zukommen. Einer wandte sich dem Sportwagen zu, um die Geisel zu holen, doch da rammte Jasmin ihn seitlich mit dem Motorrad und er flog hart gegen den Kleinwagen. Der andere zog seine Pistole. Bevor er sie einsetzen konnte, riss Jasmin das Motorrad herum und erwischte ihn in der Bewegung. Der Mann stürzte und verlor seine Waffe. Ehe er sie zurückholen konnte, hielt Jasmin ihre Pistole in der Hand und richtete sie auf die beiden Verbrecher.

»Stellt euch mit dem Gesicht gegen je einen Baum und lasst alle Faxen!«

Die Bankräuber fluchten, trauten sich angesichts der vorgehaltenen Waffe aber nicht, sich zu widersetzen.

Während Jasmin in der rechten Hand die Pistole hielt, zog sie mit der anderen ihr Handy heraus und drückte auf die Taste, die sie mit ihrer Dienststelle verband.

»Hier Lüders!«, sagte sie, als sich jemand meldete. »Ich habe die Bankräuber gestellt und wäre für Unterstützung dankbar. Ich befinde mich auf dem großen Wanderparkplatz zwischen Maxlrain und Beyhartig.«

* * *

Drei Tage waren seit der aufregenden Jagd nach den Bankräubern vergangen. Hatte Jasmin zuerst gehofft, ihr Erfolg könnte das Eis brechen, so war das Gegenteil der Fall. Ein Teil ihrer Kollegen grüßte sie nicht einmal mehr. Ihr Streifenkollege Ruckinger befand sich im Krankenstand, doch wie es aussah, besuchten ihn seine Freunde und er telefonierte immer wieder mit ihnen. Anhand der Reaktion der anderen Polizisten wurde Jasmin klar, dass er sie nicht gerade lobte.

Zu allem Überfluss war sie an diesem Tag auch noch in unhöflich knappem Ton zu ihrem obersten Vorgesetzten gerufen worden. Sie blieb vor dessen Tür stehen und zog ihre Uniform stramm, bevor sie klopfte.

Als sie ein »Herein!« vernahm, öffnete sie und trat ein.

Polizeipräsident Furler hob den Kopf und sah sie nachdenklich an. »Guten Tag, Frau Lüders. Setzen Sie sich!«

Das war schon mal ein guter Anfang, dachte Jasmin, denn eine Rüge nahm man stehend entgegen. Sie zog sich einen Stuhl heran, setzte sich und bemühte sich um eine aufrechte Haltung. »Sie haben mich rufen lassen, Herr Furler?«

Ihr Vorgesetzter nickte. »Sie haben sich letztens ein gewagtes Stück geleistet, Frau Lüders, und die Bankräuber quasi im Alleingang gefangen genommen. Das wäre eigentlich des Lobes wert.«

Jetzt wurde Jasmin hellhörig. »Eigentlich?«

Furler nickte erneut. »Ruckinger hat sich über Sie beschwert. Er behauptet, Sie hätten ihn abgelenkt und dadurch den Unfall verschuldet ...«

»Das ist eine Lüge!«, rief Jasmin empört. »Er ist zu schnell in die Kurve gefahren und wollte überholen, musste aber wegen des Gegenverkehrs scharf abbremsen und hat dabei die Gewalt über den Wagen verloren.«

»Sein Bericht steht gegen den Ihren«, erklärte Furler mit Ärger in der Stimme. »Außerdem beschuldigt er Sie, ihn trotz einer schweren blutenden Wunde einfach zurückgelassen zu haben, ohne sich um ihn zu kümmern!«

»Ich habe ihn gefragt, ob er verletzt ist, und er sagte Nein.«

»Ruckinger schiebt es auf den Schock, den er erlitten hat. Auf jeden Fall weigert er sich, weiterhin mit Ihnen zusammenzuarbeiten!«

Furler atmete scharf ein und sah Jasmin dann durchdringend an. »Sie sind relativ neu im Revier, während er schon viele Jahre hier seinen Dienst versieht und Freundschaften geschlossen hat. Die Kollegen haben sich mit ihm solidarisch erklärt und wollen ebenfalls nicht mehr mit Ihnen auf Streife gehen. Ich könnte jetzt einen von ihnen dazu verdonnern, aber der Ärger würde bleiben.«

»Aber ich habe doch ...«, begann Jasmin, wurde jedoch von ihrem Vorgesetzten unterbrochen.

»Sie sind sehr erfolgreich und die Männer, die mit Ihnen unterwegs gewesen sind, haben neben Ihnen keine gute Figur gemacht. Nachdem Ruckinger den Wagen auf die Seite gelegt hat, haben Sie im Alleingang die Bankräuber festgenommen.

Ähnlich war es bei dem Kiosküberfall in Raubling. Während Sie den Räuber in einem gut einen Kilometer langen Laufduell eingeholt und mit einem Judogriff am Boden fixiert haben, ist Ihrem Streifenkollegen Hauser die Puste ausgegangen, und er konnte nur zusehen, wie Sie Erfolg hatten. Für einen Mann mit dem Ehrgeiz wie Hauser ist es ein harter Schlag, von einer Frau übertroffen zu werden. Auf mein Anraten hin wurden Sie mit Ruckinger zusammen in einen Wagen gesetzt, aber auch das hat nicht geklappt. Übrigens wollte Ruckinger Ihnen zusätzlich noch den Diebstahl des Motorrades anhängen. Aber den Zahn habe ich ihm gezogen!«

Furler schwieg einen Augenblick und warf einen Blick zur Karte, auf der die Polizeistationen und Dienststellen seines Bezirks mit Stecknadeln angezeigt wurden. Eine davon stach heraus, denn sie hatte ein rotes Köpfchen, steckte direkt an der österreichischen Grenze und das weitab von jeder Hauptstraße oder gar Autobahn.

»Ich verliere Sie ungern, Frau Lüders, aber der Frieden in diesem Polizeirevier geht vor«, sagte Furler.

Jasmin sah ihn verwirrt an. »Heißt das, dass ich weggehen muss? Aber ich habe mir doch nichts zuschulden kommen lassen!«

»Ich verstehe Ihre Empörung. Aber Menschen sind nun einmal so, wie sie sind. Für die anderen stellen Sie hier den Lehrling dar, lassen aber die Gesellen und Meister schlecht aussehen. Das mögen die Leute gar nicht. Daher habe ich in Rücksprache mit dem Innenministerium entschieden, Ihnen eine andere Aufgabe zu übertragen. Sie haben die Wahl. Sie können sich nach München versetzen lassen. Dort werden immer gute Polizeibeamte gesucht.«

»Was wäre die Alternative?« Jasmin zog nicht das Geringste nach München.

»Ich wusste, Sie würden danach fragen.« Furler stand

auf und trat neben die Karte. »Sehen Sie das da?«, fragte er und zeigte zur Stecknadel an der Tiroler Grenze. »Das ist die Polizeiwache Talfing. Der Ort war früher einmal ein schlimmes Schmugglernest. In fünfhundert Metern ist man auf österreichischem Territorium und damit unseren Behörden entzogen. In der heutigen Zeit ist der Schmuggel bloß noch Historie und die Talfinger Polizeistation hätte längst aufgelöst werden sollen. Aber so etwas dauert seine Zeit, und vor einem Jahr wurde beschlossen zu warten, bis der dortige Dienststellenleiter Fraiß in Pension geht. Vor drei Wochen ist er aus dem Dienst geschieden. Kurz vorher aber war jemand im Ministerium darauf gekommen, dass Talfing ohne eine Polizeiwache ein Paradies für Schleuser werden könnte. Daher bleibt dieser Standort für die nächsten Jahre bestehen. Die Dienststelle ist mit vier Mann besetzt und der Ersatz für den Kollegen Fraiß werden Sie sein.«

»Ich?« Jasmin begriff jetzt überhaupt nichts mehr.

»Ab dem nächsten Ersten sind Sie die neue Leiterin der Polizeiwache Talfing. Den dort diensttuenden Männern wird es vielleicht nicht gefallen, dass ihnen eine Kollegin von außen vor die Nase gesetzt wird, doch die Leute werden sich daran gewöhnen.«

Er klang so überzeugt, dass Jasmin es gerne geglaubt hätte. Ihre Erfahrungen mit ihren jetzigen Kollegen bewiesen jedoch etwas anderes. Aber sie hatte keine Zeit, darüber nachzudenken, denn Furler schob ihr eine Mappe hin.

»Hier drin ist alles aufgeführt, was Sie für den Dienst in Talfing brauchen. Vorerst steht Ihnen ein Zimmer im Gasthaus ›Zum Hirschen‹ zur Verfügung. Später finden Sie sicher ein Appartement. Es wird dort nämlich kräftig gebaut.«

Jasmin nickte unglücklich. Da hatte sie Erfolg bei der Verbrechensbekämpfung und wurde dafür von den eigenen Kollegen gemobbt. »Ich werde meine Wohnung hier aufgeben müssen«, wandte sie ein.

»Sie haben noch ein paar Tage Zeit, bis Sie nach Talfing umsiedeln müssen«, beruhigte Furler sie und lächelte aufmunternd. »Ich schicke Sie auch deswegen nach Talfing, weil Sie trotz Ihres sehr norddeutschen Namens und Aussehens hier im Gebirge aufgewachsen sind und den Menschenschlag kennen. Ein Niederbayer oder gar ein Franke käme mit den Leuten aus den Bergen nicht so gut zurecht.«

Jasmin wusste nicht, ob sie zurechtkommen würde. Zwar war sie tatsächlich in Lenggries aufgewachsen, aber das lag etliche Kilometer von Talfing weg und war wegen der Touristen weitaus weltoffener als dieses Bauerndorf am Ende der Welt. Doch wenn sie nicht nach München versetzt werden wollte, würde sie den Posten in Talfing akzeptieren müssen.

Da stand Furler auf und trat neben sie. »Es mag Ihnen wie eine Verbannung vorkommen, Frau Lüders, aber Sie sind dort Dienststellenleiterin mit den entsprechend höheren Bezügen und werden erst einmal einen Dienstrang befördert. Außerdem können Sie damit rechnen, nach einer Auflösung der Talfinger Polizeistation einen gleichwertigen Posten zu erhalten.«

»Danke, Herr Furler.« Jasmin nahm die Mappe und wollte gehen, doch ihr Vorgesetzter hielt sie noch einmal auf.

»Auf Wiedersehen, Frau Lüders, und viel Glück!«, sagte er lächelnd.

»Danke!«, erwiderte Jasmin und ergriff die Hand, die Furler ihr reichte.

* * *

Nachdem Jasmin Furlers Büro verlassen hatte, ging sie in ihres, welches sie mit drei weiteren Kollegen teilte, und begann, ihren Schreibtisch aufzuräumen. Viel hatte sie nicht zu tun, denn die Zeit, die sie hier verbracht hatte, war so kurz gewesen, dass sich nicht viele Dinge angesammelt hatten. Zudem konnte sie ein paar Sachen gleich wegwerfen. Da ein Kollege unterwegs auf Streife war und Ruckinger wegen seiner Verletzung fehlte, befand sich nur eine Kollegin im Raum und diese bemühte sich nach Kräften, sie zu ignorieren.

Schließlich hatte Jasmin alles in ihrem Rucksack verstaut und wandte sich zur Tür, als ihr einfiel, dass ihre Pistole noch im Waffenschrank hing. Sie holte diese, steckte sie ebenfalls in den Rucksack und drehte sich noch einmal ihrer Kollegin zu. »Auf Wiedersehen!«

Bis eben hatte die andere sich zurückgehalten, doch jetzt siegte ihre Neugier. »Wohin sind Sie denn versetzt worden? Nach München?«

Der Dienst dort bedeutete für jene Polizeibeamten, die aus friedlicheren Gebieten kamen, eine Bestrafung, denn das Gehalt hielt mit den dortigen Mieten nicht Schritt, während man hier in Rosenheim und den umliegenden Orten ganz gut wohnen konnte. Außerdem gab es in der bayerischen Hauptstadt ständig Probleme mit Kriminellen, Fußballhooligans, gewaltbereiten Demonstranten und dergleichen, mit denen man auf dem Land nur selten konfrontiert wurde.

»Nein«, antwortete Jasmin. »Ich bin zur Dienststellenleiterin der Polizeiwache Talfing ernannt worden.«

»Dienststellenleiterin?« Ihrer Kollegin fiel förmlich der Kiefer herab.

»Genau das!« Nachdem sie in dieser Dienststelle gemobbt worden war, sah Jasmin keinen Grund, auf die Gefühle ihrer hiesigen Kollegen Rücksicht zu nehmen.

»Aber wieso?«, entfuhr es der anderen.

»Da müssen Sie schon den Herrn Polizeipräsidenten fragen. Er hat mir den Grund dafür nicht mitgeteilt. Und jetzt endgültig auf Wiedersehen.«

Da Jasmins Appartement nicht allzu weit von der Polizeidirektion in Rosenheim entfernt lag, hatte sie sich angewöhnt, zu Fuß zum Dienst zu gehen. Nun legte sie den Weg wahrscheinlich zum letzten Mal zurück und fühlte sich plötzlich elend. Sie hatte doch nur dazugehören wollen, aber der Neid einiger weniger Kollegen hatte ausgereicht, um die Atmosphäre zu vergiften.

»Der Ruckinger ist ein Depp und der Hauser ebenfalls«, murmelte sie und verkniff sich dabei einen schlimmeren Ausdruck.

Unterwegs kaufte sie sich an einem Stand einen Döner als Mittagessen und erreichte kurz darauf ihr Appartement. Es war nicht besonders groß und außer ihrem Laptop und einem kleinen Fernseher hatte sie sich noch keine eigenen Möbel besorgt, sondern die Ausstattung von ihrem Vormieter übernommen. Nun konnte sie nur hoffen, dass der neue Mieter sie von ihr übernahm, sonst musste sie auch noch deren Entsorgung bezahlen.

Während sie auf ihrem Döner herumkaute, überlegte sie, was sie in Talfing alles benötigte. Da es dort sicher keinen Supermarkt oder ein Reformhaus gab, würde sie sich noch einiges auf Vorrat besorgen müssen. Bei dem Gedanken fragte sie sich, ob sie wirklich bis zum nächsten Ersten in Rosenheim bleiben und Däumchen drehen sollte.

Wenn sie noch an diesem Tag das Appartement kündigte und es am nächsten Vormittag an den Vermieter übergeben würde, könnte sie nach Talfing fahren. So hätte sie ein paar Tage Zeit, sich dort einzuleben, bevor ihr Dienst richtig begann.

Kurz entschlossen nahm sie ihr Handy und rief ihren Vorgesetzten an. Es dauerte einen Augenblick, bis er sich meldete.

»Grüß Gott, Frau Lüders. Sie haben es sich doch hoffentlich nicht anders überlegt?«, fragte Furler mit Besorgnis in der Stimme.

Jasmin schüttelte den Kopf. »Nein!« Dann atmete sie tief durch. »Herr Polizeipräsident, ich wollte fragen, ob ich schon morgen nach Talfing fahren kann. Es bringt mir wenig, noch eine gute Woche in Rosenheim herumzusitzen und über das Ganze nachzudenken.«

»Können Sie so schnell weg?«, fragte Furler.

»Ich glaube schon. Das, was ich mitnehme, passt in zwei Koffer. Da brauche ich kein Umzugsunternehmen.«

»Dann machen wir es so. Sie können dabei auch gleich den neuen Dienstwagen mit nach Talfing nehmen. Der alte ist fast zwanzig Jahre alt und nie ersetzt worden. Aber jetzt wollen die Herren vom Ministerium, dass die Talfinger Dienststelle auf Vordermann gebracht wird. Außerdem bekommen Sie in den nächsten Wochen neue Laptops, Drucker und Scanner, also das gesamte technische Equipment, das für eine funktionierende Dienststelle notwendig ist.«

Jasmin staunte, denn sie konnte sich vorstellen, dass es bis vor Kurzem bestimmt schwierig gewesen war, dem Beschaffungsamt auch nur ein paar neue Bleistifte für Talfing aus den Rippen zu leiern. Doch seit feststand, dass die Polizeiwache Talfing nicht aufgelöst wurde, sondern in den Plänen des Innenministeriums eine wichtige Rolle spielen sollte, war anscheinend nur das Beste für diese Dienststelle gut genug.

Furler wechselte noch ein paar aufmunternde Worte mit Jasmin und beendete dann das Gespräch.

Für Jasmin war dies der Startschuss, mit ihren Vorbereitungen für die Umsiedlung zu beginnen. Als Erstes rief sie ihren Vermieter an und erklärte ihm, dass er das Appartement zum nächstmöglichen Zeitpunkt neu vermieten könnte. »Ich bin versetzt worden und muss bereits morgen umziehen«, setzte sie hinzu.

»Morgen schon?«, fragte der Mann. »Da ist ja noch eine ganze Woche Zeit, um ein bisserl zu renovieren. Viel wird eh ned fehlen, da Sie bloß zwei Monate drin gewohnt haben. Sie haben ja sicher nichts dagegen, wenn das Appartement schon ab nächsten Ersten vermietet wird?«, setzte er drängend hinzu.

»Nein, das habe ich nicht«, antwortete Jasmin, denn das hieß, die Miete für einen Monat zu sparen. Das Zimmer in Talfing wurde ihr vorerst gestellt, doch sie hoffte, innerhalb weniger Tage eine neue Bleibe zu finden. In Talfing würden die Mieten auch nicht so hoch sein wie in Rosenheim, dachte sie, während sie mit ihrem Vermieter die Übergabe des Appartements vereinbarte.

Zuletzt kam sie auf den Punkt, der ihr ein wenig im Magen lag. »Was ist mit den Möbeln, die ich von meinem Vormieter habe übernehmen müssen?«

»Die können Sie stehen lassen. Der neue Mieter hat gewiss nix dagegen, wenn er eine eingerichtete Kochnische, einen Schrank und ein Bett vorfindet.«

So sehr, wie ihr Vermieter drängte, war sich Jasmin sicher, dass er bereits jemanden bei der Hand hatte, der wahrscheinlich eine höhere Miete als sie zahlte. Das aber interessierte sie genau genommen nicht. Für sie ging es darum, so rasch wie möglich von hier wegzukommen und den neuen Abschnitt ihres Lebens beginnen zu können.

Sie bedankte sich bei ihrem Vermieter und war schließlich froh, als sie darangehen konnte, ihre Schränke auszuräumen und die Sachen in den Koffern zu verstauen. Dabei wunderte sie sich, was in nur zwei Monaten neu hinzugekommen war, denn diesmal waren die Koffer weitaus voller als bei ihrem Einzug und sie musste den Rest in eine Reisetasche füllen. Der Fernseher kam in den Karton, in dem sie ihn gekauft hatte, und den Laptop würde sie einfach ins Auto legen.

Als der Abend herankam, war sie mit ihren Vorbereitungen fertig. Da sie einige der Lebensmittel im Kühlschrank nicht mitnehmen konnte, gönnte sie sich ein ausgiebiges Abendessen und ging mit dem Gedanken zu Bett, die nächste Nacht in einer ganz anderen Welt zu verbringen.

2. Ein gemeiner Mord

Etwa um die gleiche Zeit, in der Jasmin Lüders vor ihrem Chef stand und von ihrer Versetzung nach Talfing erfuhr, nahm Polizeihauptmeister Franz Loiseder in der gut dreißig Kilometer entfernten Polizeiwache von Talfing den Gurt mit seiner Dienstwaffe vom Haken und schnallte ihn um. Dann wandte er sich dem jüngeren seiner beiden Kollegen zu: »Was ist, Ludwig? Wollen wir nicht auf Streife gehen?«

»Hast recht, Franz. Es ist wieder an der Zeit«, antwortete Polizeihauptmeister Wallner und griff ebenfalls nach seinem Pistolengurt.

Der dritte Kollege verzog das Gesicht. »Warum geht alle-weil ihr zwei auf Streife, während ich hier sitzen bleiben muss?«

»Jetzt reg dich doch nicht auf, Sepp!«, gab Franz Loiseder zurück. »Einer von uns muss Telefondienst machen und dafür bist du am besten geeignet. Schließlich hast du den Computerlehrgang mit Auszeichnung abgeschlossen, während wir ihn gerade mit Ach und Krach geschafft haben.«

»Deswegen wär's grad wichtig, dass ihr euch vor den Computer setzen und üben würdet.« Josef Kager wusste genau, dass der Streifengang seiner Kollegen nicht viel weiter als bis zum Wirt gehen würde. Dort würde sich jeder eine Halbe Bier genehmigen und Wallner sicher mit einer der Touristinnen flirten, die im Hotel logierten. Er aber musste hier allein zurückbleiben und vergebens darauf warten, dass jemand anrief. Die Polizeiwache Talfing war in etwa das letzte Quastenhaar am Schweif des bayerischen Polizeilöwen und es war in den vergangenen Jahren einfach nur vergessen worden, sie aufzulösen. In ein paar Monaten würde es allerdings so weit sein, und dann würden seine Kollegen und er von Talfing abgezogen werden. Das passte keinem von ihnen, denn sie hatten hier ein schönes Leben. Das letzte Verbrechen war der Mord an einem Hahn gewesen, der einem Touristen zu früh gekräht hatte.

Kager seufzte, als er daran dachte, dass er bald in einem Büro sitzen würde, von dessen Fenster aus er auf eine viel befahrene Straße blicken musste und nicht mehr auf die majestätischen Gipfel, die das Tal von Talfing umgaben, oder auf das Dorf, das sich trotz des neuen Hotels seinen Charme bewahrt hatte. Bei der Naturkulisse ringsum war es kein Wunder, dass sogar Touristen aus den Niederlanden und Schweden hierherkamen, um sich in Ruhe erholen zu können. Zudem war Österreich nahe. Nur fünfhundert Meter weiter lag die Grenze und in knapp zwei Stunden erreichte man über den Bergpfad das nächstgelegene Dorf in Tirol. Dort konnte man sich ein richtiges Wiener Schnitzel auftischen lassen und es gab einen Kaiserschmarrn, der diesen Namen auch verdiente. In seinen dienstfreien Zeiten wanderte auch Kager gelegentlich ins Nachbarland, um dort einige Sachen einzukaufen, die er hier im Ort nicht bekam. Zwar konnte er seinen Grundbedarf im Laden der Witwe Schmolcek decken, doch für andere Dinge musste man schon mehr als fünfzehn Kilometer weit mit dem Auto fahren. Dazu hatte er ebenso wenig Lust wie viele andere Bewohner von Talfing.

Kager sah auf die Uhr und schüttelte diese Gedanken ab. Er würde für mindestens drei Stunden allein bleiben. In der Zeit wollte er die E-Mails lesen, die währenddessen einliefen. In 111,11 Prozent der Fälle, wie er öfters spottete, betraf keine einzige die Polizeiwache in Talfing. Und der Rest war uninteressant, weil die Anweisungen in Talfing mangels Ausrüstung sowieso nicht befolgt werden konnten. Das Innenministerium in München hatte beschlossen, dass sie überflüssig waren, und so sahen die Polizeibehörden in München und Rosenheim keinen Grund, hier noch etwas zu investieren. Nachdem ihr Dienststellenleiter Fraiß Ende letzten Monats in Pension gegangen war, hatte man auch ihn nicht mehr ersetzt.

Erneut ertappte Kager sich dabei, wie seine Gedanken ihre eigenen Wege einschlugen. Allerdings war keine der E-Mails wichtig genug, um sich näher damit zu befassen. Ihn interessierte nicht einmal, dass der Kripobeamte Weißberger aus Rosenheim, der auch für Talfing zuständig war, vom Kriminaloberkommissar zum Kriminalhauptkommissar befördert worden war. In den letzten drei Jahren war Weißberger genau einmal nach Talfing gekommen und der Grund hatte sich dann auch noch als Fehlalarm herausgestellt.

Kager überflog die nächste E-Mail und die übernächste und wollte auch die darauffolgende wieder wegklicken, als er im letzten Moment die Finger von den Tasten zurückzog. Tatsächlich war diese E-Mail an ihre Dienststelle gerichtet und noch mehr wunderte Kager sich über den Text. Die Nachricht stammte vom Innenministerium und war von der Polizeidirektion Rosenheim direkt weitergeleitet worden.

»… hat der Innenminister beschlossen, die Polizeiwache Talfing zu erhalten und einen neuen Leiter der Dienststelle zu ernennen«, las Kager und schüttelte irritiert den Kopf.

Konnte das möglich sein?, fragte er sich und las die E-Mail erneut. Doch der Text blieb derselbe.

»Wir können bleiben!«, rief er erleichtert, denn damit hatte der Albtraum einer Versetzung in die Stadt ein Ende.

»Da werden der Franz und der Ludwig aber schauen«, sagte er mit einem Grinsen. Er schätzte, dass die beiden gerade den Wirt erreicht hatten und die Hand an den Puls dieser Gemeinde legen würden, wie sie es immer nannten, wenn sie ein Bier trinken gingen.

* * *

Franz Loiseder und Ludwig Wallner waren noch nicht ganz so weit gekommen, wie ihr Kollege Kager annahm, denn sie hatten unterwegs eine junge niederländische Touristin getroffen, die seit ein paar Tagen im Hotel wohnte. Die Frau sah ausnehmend gut aus und ließ mit ihrem Haar in der Farbe besten Edamers und ihren blauen Augen die Herzen der Männer schneller schlagen. Wallner, der Junggeselle, trat mit einem – wie Loiseder fand – dämlichen Grinsen auf die Niederländerin zu.

»Habe die Ehre!«, begann er das Gespräch. »Freut mich, Sie zu treffen. Hoffe, es gefällt Ihnen bei uns.«

»Es ist wunderschön hier«, sagte sie mit einem Lächeln, das Eis zum Schmelzen bringen konnte.

»Unser Bayern ist schon was Besonderes und Talfing der schönste Ort, den es in Bayern gibt«, lobte Wallner seine Heimat.

»Das will ich meinen.« Auch Loiseder war gegen den Charme der attraktiven Frau nicht gefeit und trat, obwohl er verheiratet war, in einen leichten Wettstreit mit seinem Kollegen. »Waren Sie schon drüben in Österreich? Es ist bloß eine gute Stunde zu laufen und der Weg ist vollkommen ungefährlich und leicht zu bewältigen«, fuhr er fort.

»Ganz so einfach ist er wieder nicht«, widersprach Wallner. »Es ist schon besser, wenn man zu zweit unterwegs ist. Wenn Sie nichts dagegen haben, führe ich Sie in meiner freien Zeit hinüber«, bot er der hübschen Frau an.

Kathinka van der Loor musterte den Polizisten mit dem länglichen Gesicht, dem etwas affektierten Schnurrbart und den braunen Rehaugen. »Aber dann würden alle Leute denken, Sie hätten mich verhaftet«, entgegnete sie mit einem hellen Lachen.

Sie sprach ein gutes Deutsch, aber mit einem Akzent, der ihre Herkunft aus dem Land der Tulpen und des Goudakäses nicht verleugnen konnte.

»Ich täte Sie gerne verhaften, aber natürlich sofort wieder freilassen«, erwiderte Wallner, um auf das Spiel einzugehen. Auf diese Weise hatte er schon bei etlichen Touristinnen Erfolg gehabt. Zwar gab es hier schneidige Bauernburschen und gut aussehende Holzknechte im Staatsforst, aber von denen konnte sich keiner seine Zeit so gut einteilen wie er. Wenn er freihaben wollte, dann nahm er sich eben frei. In einem Polizeirevier in der Stadt wird das nicht mehr gehen, schoss es ihm durch den Kopf, als Kathinka van der Loor seine Einladung annahm.

»Das freut mich«, sagte Wallner und verabschiedete sich fröhlich von ihr.

Loiseder warf ihm einen Blick zu, der seinen Neid verriet. »Wie du das alleweil machst. Wenn ich das so anschaue, bist du mit der schneller im Bett, als du die Hose herunterbringst.«

»Wer ko, der ko!«, spottete Wallner und sagte sich, dass ein Flirt mit der jungen Holländerin gerade das war, was er in dieser Ungewissheit vor der Auflösung ihrer Polizeiwache als Trostpflaster brauchte.

Die beiden gingen weiter und erreichten kurz darauf das Wirtshaus. An einem Mittag wie diesem war in der Gaststube noch wenig los und so saß der Wirt Kilian Oberhuber mit ein paar Honoratioren am Stammtisch, während die Bedienung Anni Malchinger einschenkte und servierte. Sie war ein hübsches Mädchen mit einem leicht rundlichen Gesicht, den richtigen Rundungen und lustig blitzenden braunen Augen.

Ihr langes, brünettes Haar hatte sie zu einem Zopf geflochten und am Hinterkopf zu einer Schnecke gedreht. So bot sie in ihrem Dirndlkleid einen attraktiven Anblick, der schon so manchen jungen Burschen dazu gebracht hatte, bei ihr landen zu wollen. Annis Wunsch war es jedoch, die Frau des Polizeihauptmeisters Wallner zu werden. Dieser aber zog derzeit noch die kurzfristigen Beziehungen zu hübschen weiblichen Feriengästen vor.

Anni war niemand, der so leicht aufgab, und so stellte sie ihm seine Halbe Bier mit einem munteren Lächeln hin. »Lass es dir schmecken, Ludwig.«

»Und mir soll's nicht schmecken?«, fragte Loiseder amüsiert.

»Doch, auch! Aber ned so gut wie meinem Schatz«, antwortete Anni schlagfertig.

»Ich bin nicht dein Schatz!«, sagte Wallner abwehrend. Wenn der schönen Niederländerin dieses dumme Gerede zu Ohren kam, würde er bei ihr keine Chance mehr haben. Daher schmeckte ihm auch das Bier nicht so gut wie seinem Kollegen Loiseder.

Schwungvoll wurde die Tür aufgerissen und ein Mann stürmte herein. Er war um die dreißig, gut gebaut und im Augenblick äußerst aufgebracht.

»Ich muss mit dir reden, Oberhuber!«, fuhr er den Wirt an.

»Das kannst du gern tun, aber ned in dem Ton«, entgegnete dieser streng.

»Von dir lass ich mir ned sagen, wie ich reden soll!«, sagte der junge Mann nicht weniger lautstark.

»Das hier ist mein Haus und ich bestimm, wie hier gredet wird. Hast du verstanden, Simon? Wenn ned, kannst du gleich wieder gehen!«

Der Wirt klang verärgert, doch ein paar Männer an seinem Tisch widmeten sich auffallend betont ihren Biergläsern, so als ginge all dies sie nichts an.

Simon Mayer zwang sich zur Ruhe, als er weitersprach. »Ich hab ghört, ihr habt im Gemeinderat meinen Antrag abgelehnt, auf meiner Stefflwiesen einen Campingplatz zu errichten.«

»So ist's«, sagte Oberhuber. »Wir sehen den Nutzen eines solchen Campingplatzes ned ein. Außer meinem Hotel gibt es noch ein Dutzend Pensionen und noch mehr Ferienwohnungen. Mehr Gäste und vor allem Camper, die ihre Lebensmittel mitbringen und kaum Geld im Ort lassen, sind ökologisch ned verkraftbar.«

»Ich tät eher sagen, es ist für dich und die anderen Gastgeber ned verkraftbar, wenn es für euch auf einmal eine Konkurrenz geben tät«, erklärte Simon Mayer aufgebracht. »Aber ich geb ned auf, sag ich dir, und wenn ich bis vors Oberlandesgericht gehen muss.«

Der Wirt zuckte jedoch nur mit den Achseln. »Tu dir keinen Zwang an. Der Beschluss des Gemeinderats ist einstimmig und im Rahmen der Vorschriften und Gesetze erfolgt. Und jetzt setz dich entweder hin und trink ein Bier oder geh!«

»Bei dir ein Bier trinken, damit du Ruach noch reicher wirst? Niemals!«, stieß Simon Mayer aus, drehte sich um und ging, nicht ohne die Tür der Gaststube mit Karacho ins Schloss zu werfen.

Der Wirt sah ihm nach und schüttelte den Kopf. »Ausgerechnet ich soll ein Geizhals sein! Seine Nachbarschaft kann man noch ändern, indem man woanders hinzieht, aber mit seiner Verwandtschaft ist man gschlagen bis ans Ende seines Lebens.«

»Wohl wahr«, stimmte ihm einer der anderen zu und genehmigte sich einen Schluck Bier.

Auch die beiden Polizisten tranken und fragten nach, was es Neues gäbe.

»Euch ist's wohl langweilig, was?«, sagte die Kellnerin lachend.

»Talfing ist halt eine besonders gesetzestreue Gemeinde«, meinte Loiseder mit einem Lachen.

»Eure Polizeiwache ist seit dem EU-Beitritt Österreichs eigentlich überflüssig«, entgegnete der Wirt. »Wo es keine Grenzen und keinen Zoll mehr gibt, gibt es auch keine Schmuggler, die ihr verfolgen müsst.« In früheren Zeiten hatten sein Vater und er einiges aus Tirol am Zoll vorbei herübergeschafft. Damals waren die Polizisten noch um einiges schärfer gewesen als Polizeikommissar Fraiß und seine drei Untergebenen, die eigentlich nur noch auf ihre Abwicklung warteten.

»Wollt ihr noch eine Halbe?«, fragte Anni, da die Gläser der beiden Polizisten fast leer waren.

Loiseder und Wallner sahen sich kurz an und schüttelten im Gleichklang die Köpfe.

»Wir sind im Dienst«, meinte Ersterer und stand auf.

»Kommt ihr heute Abend wieder?« Anni schenkte Wallner einen seelenvollen Blick.

»Könnt schon sein«, sagte er, als ihm noch etwas einfiel. »Der Grandl ist bei eurer Gemeinderatsversammlung wohl nicht dabei?«, fragte er den Wirt, der auch der Bürgermeister von Talfing war.

»Das ist keine Gemeinderatssitzung. Wir sitzen bloß aus Zufall zusammen«, antwortete Oberhuber.

»Und selbst wenn es eine wär, könnt der Xaver ned kommen. Dafür hat er gestern ein bisserl zu viel tankt«, warf Innauer, der größte Bauer im Talfinger Tal, ein.

»Wär ja fast zum Raufen gekommen, so wie der Schranzl Hias gestern gstichelt hat«, sagte ein alter Mann, der am Nebentisch saß, kichernd.

»Hätt ned sein müssen«, erklärte der Wirt. »Fragt ihn der Depp von einem Schranzl doch glatt, warum seine Vroni so oft zum Kooperator läuft, und dass er aufpassen soll, wenn's Kind kommt, ob's ned Schlitzaugen hat.«

»Er war halt auch besoffen, der Hias«, verteidigte ein anderer den jungen Mann.

»Wenn gerauft worden wäre, hätten wir eingreifen und die zwei arretieren müssen«, sagte Loiseder gut gelaunt und klopfte auf den Tisch. »Noch einen schönen Tag!«

»Euch auch!«, meinte der Wirt und wandte sich dann wieder den anwesenden Stammgästen zu.

* * *

Loiseder und Wallner setzten ihre Runde fort, bogen aber, als es wärmer wurde, wieder in Richtung der Polizeiwache ab, ohne dem oberen Teil des Dorfes und dem Fußweg nach Tirol mehr als einen flüchtigen Blick zu schenken. Wenig später traten sie in Kagers Büro und entdeckten, dass dieser mit zufriedener Miene in einer Sexzeitschrift blätterte, die ihrem Titelblatt zufolge Bilder besonders großbusiger Frauen enthielt.

»So schön möcht ich's auch einmal haben«, spottete Wallner und entzog ihm das Magazin mit einem schnellen Griff. »Die Kleine sieht nicht einmal übel aus«, meinte er dann zu Loiseder. Es war eine kleine Stichelei, denn Loiseders Frau zeichnete sich nicht gerade durch hervorstechende Eigenschaften aus.

Sein Kollege zuckte jedoch nur mit den Achseln. »Die hat mir wirklich zu viel Holz vor der Hütten.« Dann wandte er sich an Kager. »Gibt's was Neues?«

Er erwartete ebenso wie Wallner ein Kopfschütteln oder ein Nein.

Stattdessen verzog sich Kagers Gesicht zu einem hinterlistigen Grinsen. »Könnt schon sein.«

»Du willst uns pflanzen«, erwiderte Wallner abwinkend und wollte in sein eigenes Büro hinübergehen.

Da hielt ihn Kagers Stimme zurück. »Das Innenministerium selber hat uns geschrieben!«

»Ist's jetzt so weit? Nachdem der Fraiß in Rente gegangen ist, haben wir damit rechnen müssen.« Loiseder glaubte, die Anweisung zur Auflösung ihrer Polizeiwache wäre gekommen.

Da hielt Kager ihm den Ausdruck der E-Mail hin.

Loiseder las sie und zwinkerte ungläubig mit den Augen. »Die wollen uns beibehalten? Das hätte ich nicht erwartet. Aber dagegen habe ich gewiss nichts.«

»Was ist los?« Wallner nahm seinem Kollegen das Blatt ab. »Die schreiben, dass ein neuer Dienststellenleiter eingesetzt werden soll.«

»Da werden sie sicher keinen Fremden nehmen«, rief Loiseder angespannt aus.

Da Kager trotz des gleichen Dienstalters einen Rang unter ihm stand, stellte dieser keine Konkurrenz dar. Anders war es jedoch mit Wallner. Der war jünger als er, besaß aber bereits denselben Rang und hatte ihm gegenüber den Vorteil mehrerer neuer Schulungen und Seminare. Das konnte den Ausschlag geben. Der Gedanke, hinter Wallner zurückgesetzt zu werden und diesen als Vorgesetzten zu bekommen, brachte seine Laune zum Absturz.

Auch Wallner überlegte. Dienststellenleiter hieß, zum Polizeikommissar befördert zu werden. Neben einer Gehaltserhöhung bedeutete dies auch mehr Ansehen. Außerdem konnte Loiseder dann nicht länger auf sein höheres Dienstalter verweisen, wie er es jetzt gerne tat. »Wir werden sehen, was die Sesselfurzer im Ministerium entscheiden«, sagte er mit gekünstelter Gelassenheit.

»Ja, das werden wir.« Kager war klar, was seine beiden Kollegen dachten, und wünschte sich, dass beide mit ihren Hoffnungen auf die Nase fielen. Ihm war ein Fremder als Dienststellenleiter in jedem Fall lieber als seine hiesigen Kollegen, die ihn, da sie ranghöher waren, doch recht von oben herab behandelten.

»Gibt es noch mehr Informationen?«, fragte Loiseder gespannt.

Kager schüttelte den Kopf. »Bis jetzt nicht. Aber wie ich die Herren in München kenne, werden sie sich höchstens zwei bis drei Monate Zeit lassen, bevor sie sich entscheiden.«

»Zwei, drei Monate? Du spinnst! So was muss fix gehen«, sagte Wallner und stellte sich vor, die Aufschrift ›Polizeikommissar Ludwig Wallner, Dienststellenleiter‹ an seiner Tür zu sehen.

Weil es möglich sein konnte, dass die Entscheidung gefallen war und der Glückliche bereits eine entsprechende E-Mail erhalten hatte, verschwanden Loiseder und Wallner in ihren Büros und schalteten die Laptops ein, die ihnen vor ein paar Jahren zur Verfügung gestellt worden waren. Doch sosehr sie in ihren E-Mail-Briefkästen auch suchten, die erhoffte Nachricht hatte niemand von ihnen erhalten.

Loiseder und Wallner hatten jedoch keine Zeit, ihrer Enttäuschung lange nachzuhängen, denn die Tür der Polizeiwache wurde aufgerissen und Kathinka van der Loor stürzte mit kalkweißem Gesicht und angstgeweiteten Augen herein. Sie traf auf Kager, dessen Bürotür wie meistens offen stand, und überschüttete ihn mit maschinengewehrartig ausgestoßenen Sätzen in ihrer Muttersprache.

Kager schüttelte verzweifelt den Kopf. »Ich verstehe rein gar nichts«, rief er schließlich.

Da begriff die junge Niederländerin, dass sie so nicht weiterkam, und rang ihren aufgewühlten Gedanken einige deutsche Satzfetzen ab. »Ein Toter! Auf dem Weg dort oben. Nach Tirol. Ermordet!«

»Was sagen Sie? Auf dem Weg nach Tirol soll es einen Toten geben, der ermordet worden ist?«, fragte Kager nach.

Kathinka van der Loor nickte eifrig.

»Ja, das stimmt.«

Danach folgten erneut einige niederländische Sätze, die Kager nicht verstand. Es war eine Situation, die er in den über zwanzig Jahren, die er bei der Polizei war, noch nie erlebt hatte. Er rief nach Wallner und Loiseder und erklärte diesen, was die junge Touristin berichtet hatte.

»Ein Toter? Bei uns? Unmöglich!«, sagte Wallner.

Da fasste Kathinka ihn am Ärmel. »Es ist wahr. Ich habe ihn gesehen.«

»Jetzt beruhigen Sie sich und erzählen alles ganz genau«, bat Loiseder, um seinem Kollegen nicht allein das Feld zu überlassen.

Unterdessen schob Kager einen Stuhl herein, damit die Frau sich setzen konnte, und füllte ihr ein Glas mit Wasser.

Kathinka nahm es mit dankbarem Nicken entgegen und trank, da ihre Kehle völlig ausgetrocknet war. Danach berichtete sie erneut, dass sie in einer kleinen Mulde kurz vor dem Grenzstein eine Leiche entdeckt hätte.

»Wir müssen auf jeden Fall nachschauen«, sagte Loiseder, um seine Autorität zu beweisen.

Wallner bemerkte die Absicht und wandte sich an Kager. »Du gibst noch nichts weiter! Es kann sein, dass sich irgendjemand einen dummen Scherz erlaubt hat und Fräulein van der Loor nur erschrecken wollte.«

»Der Mann war wirklich tot«, protestierte die junge Holländerin.

»Sie haben sich hoffentlich von ihm ferngehalten. Ich meine, wegen der Spuren.«

Da Wallner nicht an einen Toten glauben wollte, tat Loiseder so, als wäre er real. Wenn er recht hatte und seinen Bericht geschickt verfasste, konnte dies den Ausschlag zu seinen Gunsten geben. Er schnallte sich den Pistolengurt wieder um und sah Kathinka auffordernd an. »Zeigen Sie uns die Leiche!«

Die junge Frau zögerte. »Muss das sein? Es war ein so schrecklicher Anblick.«

»Sie müssen nicht ganz bis zu dem Toten hingehen.«

Da er auf keinen Fall seinem Kollegen auch nur einen Fußbreit Boden überlassen wollte, machte sich auch Wallner bereit zur Besichtigung des möglichen Tatortes.

Gemeinsam mit Kathinka und Loiseder ging er los, während Kager zurückblieb und sich am Kopf kratzte. Er wünschte sich, Wallner würde recht behalten und das Ganze sich als übler Scherz herausstellen. Dafür aber hatte Kathinka van der Loor zu überzeugend geklungen.

* * *

Weder die Niederländerin noch die beiden Polizisten, die den Weg ins Tirolerische hochschritten, hatten einen Blick für die Majestät der Berge übrig, die rings um das Talfinger Tal aufragten, oder für den mächtigen Bannwald, der die Bergflanken bis zur Baumgrenze bedeckte. Auf dieser Seite war der Gebirgszug schroffer und die Gipfel ragten steil empor, während sie auf der gegenüberliegenden Seite sanfter abfielen und dort auch einigen Almen Platz boten, auf denen die großen Bauern des Tals den Sommer über ihr Jungvieh grasen ließen.

Zunächst stieg der Weg steil an, wurde aber kurz vor der Grenze flacher. Kathinka und ihre beiden Begleiter sahen bereits den Grenzstein vor sich, den irgendein bayerischer Kurfürst vor Jahrhunderten hatte setzen lassen, als ihr Blick auf eine Mulde fiel, die seitlich an den Weg grenzte. Mit einem leisen Fluch quittierte Wallner die Tatsache, dass dort jemand regungslos lag.

»Hat das sein müssen?«, murmelte Loiseder, während er in die Mulde hineinstieg. Der Tote lag mit dem Rücken zu ihm, war schwarz gekleidet und musste, wie seine Hand bewies, von dunkelbrauner Hautfarbe sein.

»Was meinst du? Ist es ein Flüchtling, der von drüben rüberwollte und hier mit seinem Schleuser aneinandergeraten ist?«, fragte Wallner, der ebenfalls in die Mulde gestiegen war.

»Ich werde von der Polizei nicht fürs Glauben, sondern fürs Wissen bezahlt, und bis jetzt weiß ich nichts«, antwortete Loiseder ungehalten und ging um den Toten herum. »Wie es aussieht, ist er mit einer Axt oder einem Beil erschlagen worden.« Er stutzte kurz, bevor er fluchte: »Scheiße! Das ist ja unser Geistlicher!«

»Was du nicht sagst.« Wallner beugte sich über den schwarz gekleideten Mann und drehte dessen Kopf so, dass er zu erkennen war. »Du hast recht. Es ist der Pfarrvikar.«

»Lang ihn nicht an! Der Weißberger reißt uns den Kopf ab, wenn wir irgendwelche Spuren zerstören«, fuhr ihn Loiseder an.

»Siehst du da irgendwelche Spuren?«, zischte Wallner zurück. »Außerdem müssen wir uns doch davon überzeugen, ob der Quintano wirklich tot ist oder ob man ihm noch helfen kann.«

Damit beugte er sich hinab und tastete nach der Halsschlagader des Geistlichen. Schon nach ein paar Sekunden schüttelte er den Kopf. »Der steht nimmer auf. Dass es ausgerechnet unseren Kooperator erwischen hat müssen.«

Loiseder blickte zum Ort hinüber. »Der nächste Bauernhof liegt fast fünfhundert Meter weit weg. Daher kann ich mir nicht vorstellen, dass die was bemerkt haben.«

»Wir müssen auf jeden Fall die Kriminaler rufen. Das war unzweifelhaft Mord. Oder glaubst du, der fromme Herr hat sich selbst das Beil auf den Kopf geschlagen?« Wallner wies auf die Tatwaffe, die der Mörder einfach neben den Toten geworfen hatte.

»Die Spurensicherung wird schon herausfinden, wem das Beil gehört, und somit auch den Mörder finden«, meinte Loiseder.

»Um das zu erkennen, brauche ich keine Spurensicherung«, gab Wallner zurück. »Ich habe das Ding erst vor drei Tagen auf dem Grandlhof gesehen. Von den anderen Bauern hat keiner seinen Stiel mit so einem grünen Haftbandl umwickelt.«

Loiseder sah Wallner irritiert an. »Du meinst, der Xaver war das? Das kann ich mir nicht vorstellen.«

»Erinnere dich daran, wie ihn der Schranzl Matthias gestern Abend beim Wirt aufgezogen hat, dass er, wenn die Vroni ihr Kind kriegt, nachschauen soll, ob es keine Schlitzaugen hat. Wo doch unser Kooperator aus Asien stammt und sie so oft ins Pfarrhaus läuft.«

»Der Quintano kommt von den Philippinen und die haben keine Schlitzaugen«, erklärte Loiseder in belehrendem Ton.

»Aber der Schranzl hat ihn damit aufgezogen und der Grandl war ziemlich besoffen. Wenn er da den Kooperator gesehen hat, kann er leicht das Beil gepackt haben und ihm gefolgt sein«, erwiderte Wallner stur, weil es ihm die einzig naheliegende Erklärung erschien.

»Du hast zu viel Tatort geguckt!«, spottete Loiseder und holte sein Handy hervor, um den Kriminalern in Rosenheim den Mord zu melden.

Wallner schüttelte derweil den Kopf. »Dass das ausgerechnet bei uns passieren hat müssen. Jetzt haben wir den Käs am Dampfen.«

»Die schicken uns tatsächlich den Weißberger«, sagte Loiseder, ohne auf die Bemerkung seines Kollegen einzugehen. »In einer Stunde ist er da. Wir sollen alles so lassen, wie es ist. Ich mache jetzt noch ein paar Fotos und ruf dann den Kager an, damit er weiß, dass wir nicht so schnell in die Dienststelle zurückkommen.«

Wallner nickte und sah zum Grandlhof. Dieser lag mehr als sechshundert Meter von der Mulde entfernt und es gab drei weitere Höfe dazwischen. Nun zweifelte auch er daran, dass der junge Bauer den Pfarrvikar so weit mit dem Beil in der Hand verfolgt haben könnte. Da aber jemand den Pfarrvikar Pablo Quintano ermordet haben musste, zählte Xaver Grandl auf jeden Fall zu den Verdächtigen.

Nun wandte er sich Kathinka van der Loor zu, die in gebührendem Abstand stehen geblieben war. »Bedauerlicherweise haben Sie mit dem Toten recht behalten. Sie können jetzt ins Dorf zurückkehren und versuchen, den Schrecken zu überwinden. Wenn Kommissar Weißberger kommt, wird er mit Ihnen sprechen wollen, weil Sie den Toten gefunden haben. Wir kommen ins Hotel, wenn es so weit ist.«

»Danke!«, sagte Kathinka und schüttelte sich. Sie hielt sich nicht gerade für ein zimperliches Ding, aber der Anblick des Ermordeten hatte sie so erschreckt, dass sie froh war, von hier verschwinden zu können.

* * *

Kriminalhauptkommissar Weißberger erschien auf die Minute pünktlich und brachte einen ganzen Schwarm von Spezialisten mit. Er war ein hochgewachsener, schlanker Mann mit energischen Gesichtszügen und steckte in einem dunkelgrauen Anzug mit Krawatte, so als wollte er dem Toten das letzte Geleit geben. Mit wichtiger Miene kam er auf die beiden Schutzpolizisten zu und sah sie fragend an.

»Und, wo ist jetzt der Tote?«

»Dort«, antwortete Wallner, bevor Loiseder etwas sagen konnte, und zeigte in die Mulde, in der der Leichnam des Pfarrvikars Pablo Quintano lag. Dieser war nach Deutschland gekommen, um in dem fremden Land als Geistlicher auszuhelfen. Nun hatte er ein schreckliches Ende gefunden.

Weißberger trat ein paar Schritte auf den Toten zu, blieb aber dann stehen und winkte den Männern des

Spurensicherungstrupps, sich an die Arbeit zu machen. Bis dahin hatte auch der Gerichtsarzt zu warten, der mit ihm gekommen war.

»Haben Sie den Toten berührt?«, fragte Weißberger die beiden Polizisten.

»Wir haben uns überzeugen müssen, ob er tot ist oder noch lebt«, antwortete Loiseder, fand diese Aussage aber anhand der klaffenden Kopfwunde des Ermordeten schwach.

Auch Weißberger schien so zu empfinden, denn seine Miene nahm einen zornigen Ausdruck an. »Wenn ihr zwei Dorfpolizisten irgendeine Spur versaut habt, rauche ich euch in der Pfeife!«

»Das haben wir gewiss nicht«, erklärte Wallner rasch. »Uns war sofort klar, dass der Kooperator nicht mehr unter den Lebenden weilt, und haben ihn in Ruhe gelassen.«

»Das wird auch gut gewesen sein«, schnaubte Weißberger, sah dann aber Wallner fragend an. »Sie nannten den Mann Kooperator. Konnten Sie ihn identifizieren?«

»Freilich! Der Mann ist Pablo Quintano, Pfarrvikar in Talfing. Er war sozusagen der Geistliche im Ort, nachdem der Bischof keinen richtigen Pfarrer mehr für Talfing geschickt hat«, erklärte Wallner.

»Also quasi ein Einheimischer«, schloss Weißberger aus seinen Worten.

»Er war ungefähr seit zwei Jahren hier«, ergänzte Wallner die Feststellung.

»Haben Sie einen Verdacht, wer diesen Mann getötet haben könnte?«

»Nein, eigentlich nicht«, brachte Loiseder sich wieder in Erinnerung.

Weißberger sah, dass Wallner ein zweifelndes Gesicht machte, und sprach ihn an. »Sie sehen aus, als hätten Sie einen Verdacht?«

»Ein direkter Verdacht ist es nicht, aber …« Wallner verstummte kurz, redete jedoch nach einem auffordernden Blick des Kriminalkommissars weiter. »Das Beil, mit dem der Pfarrvikar erschlagen worden ist, gehört dem Grandlbauern. Ich hab's vorgestern bei ihm gesehen. Gestern Abend hat der Schranzl Matthias den Grandl verspottet, dass das Kind, das die Grandl Veronika in ein paar Monaten bekommt, nicht von ihrem Mann, sondern vom Quintano sein könnt, weil die Frau sehr oft im Pfarrhaus gewesen ist. Der Grandl war ziemlich betrunken und da wär es möglich, dass er den Pfarrvikar auf dem Heimweg vom Wirtshaus gesehen und ihn bis hierher verfolgt hat.«

»Aber gewiss nicht mit dem Beil in der Hand«, wandte Loiseder ein, der den Grandlbauern als eher bedächtigen Mann kannte.

»Das weißt du nicht! Der Grandl war gestern Nacht ziemlich aufgebracht. Es wäre ja beinahe zur Rauferei gekommen«, trumpfte Wallner auf.

»Ja, mit dem Schranzl Hias. Wenn der Grandl wirklich jemand erschlagen hätt wollen, dann hätte er es bei dem getan. Der Hias muss eh aufpassen, dass ihm nicht irgendwann einmal einer sein Schandmaul poliert.«

Da Wallner den Grandlbauern als Verdächtigen präsentierte, sprach Loiseder mit Akribie dagegen. Keiner der beiden wollte im Kampf um die Führung der kleinen Polizeiwache auch nur einen Zentimeter Boden preisgeben.

Weißberger wies einen Mann der Spurensicherung an, das Tatwerkzeug vorsichtig einzupacken, und sah sich dann um. »Wenn ich es richtig verstehe, ist dieser Grandl einer der hiesigen Bauern?«

»Das ist er. Dort hinten liegt sein Hof.« Wallner zeigte in die Richtung, während Loiseder den Kopf schüttelte.

»Ich kann mir nicht vorstellen, dass der Grandl Xaver so weit hinter dem Quintano hergelaufen ist, und das mit dem Beil in der Hand.«

»Das werden die Recherchen der Kriminalpolizei ergeben«, erwiderte Weißberger herablassend.

Er hatte einen Verdächtigen und dieser ein mögliches Motiv, die Tat zu begehen. Daher wollte er diesem Verdacht als Erstes nachgehen. Trotzdem fragte er, ob im Dorf noch anderweitig Probleme wegen des Pfarrvikars aufgetreten wären.

»Eigentlich nicht«, antwortete Wallner.

»Es hat ein wenig Gerede gegeben, weil er ein Ausländer und zudem ein Farbiger war«, widersprach Loiseder seinem Kollegen. »Als er gekommen ist, hat es geheißen, das Bistum hätte uns wenigstens einen Polen schicken können und keinen, den man bei der Geburt in einen Farbtopf getaucht hat. Da war auch der Schranzl mit dabei und der Mayer Simon. Das ist der Neffe vom Wirt, der auch unser Bürgermeister ist. Der hat zu Beginn ebenfalls einige Äußerungen gemacht, die man als rassistisch bezeichnen könnte. Aber mit der Zeit haben sich alle an den Quintano gewöhnt.«

»Wir werden allen Spuren nachgehen. Doch zuerst will ich mit der Person sprechen, die den Toten gefunden hat«, erklärte Weißberger.

»Das war eine holländische Touristin mit Namen Kathinka van der Loor. Ich habe sie ins Hotel geschickt. Sie war nämlich ziemlich fertig.« Wallner lächelte, weil er Loiseder erneut zuvorgekommen war. Obwohl die Besetzung des Dienststellenleiters in Talfing nicht in Weißbergers Kompetenzen lag, konnte eine Aussage von ihm die Entscheidung beeinflussen.

Dies war auch Loiseder klar, der vorerst ins Hintertreffen geraten war und nur hoffen konnte, dass sich Wallners Verdacht hinsichtlich des Grandlbauern als falsch herausstellen würde.

»Gehen wir zum Hotel«, befahl Weißberger und stapfte los.

Einer seiner Untergebenen und die beiden Schutzpolizisten folgten ihm. Bis zu der E-Mail bezüglich der Weiterführung der Polizeiwache Talfing waren Loiseder und Wallner gute Freunde gewesen. Jetzt liefen sie nebeneinanderher, ohne sich eines einzigen Blickes zu würdigen.

* * *

Das Hotel war groß und bewies zusammen mit den Pensionen ringsum, dass die Bewohner von Talfing nicht nur von der Viehwirtschaft, sondern auch vom Tourismus lebten. Der Wirt Kilian Oberhuber hatte schon früh auf den Fremdenverkehr gesetzt und neben dem alten Gasthaus ein Hotel gebaut, das er mit der ihm eigenen Bescheidenheit selbst mit vier Sternen versehen hatte. Allerdings war es tatsächlich das beste Hotel im Umkreis von zwanzig Kilometern und nicht zuletzt bei den Niederländern sehr beliebt.

Weißberger trat ein, fragte die Bedienung Anni nach Kathinka van der Loor und klopfte kurz darauf an deren Zimmertür.

Die junge Touristin öffnete die Tür einen Spalt und blickte vorsichtig heraus.

»Grüß Gott! Mein Name ist Weißberger von der Kriminalpolizei Rosenheim. Ich würde Ihnen gerne ein paar Fragen wegen des Mannes stellen, den Sie heute Morgen tot aufgefunden haben«, erklärte der Kommissar.

»Es war schon zehn Uhr morgens vorbei«, rückte Kathinka die Tatsache zurecht. »Ich hatte gerade mit den beiden Herren von der Polizei gesprochen und bin dann bergauf gegangen. Da habe ich den Toten entdeckt.«

»Haben Sie ihn oder das Tatwerkzeug berührt?«, fragte Weißberger angespannt.

Kathinka schüttelte sofort den Kopf. »Wo denken Sie hin! Ich bin nicht näher als fünf Meter an den Mann herangegangen. Zuerst dachte ich, er würde dort schlafen, dann sah ich das Blut an seinem Kopf und bin zur Polizeiwache gelaufen.«

»Ich muss Sie bitten, diese Aussage auf der Polizeistation zu wiederholen, damit sie aufgenommen werden kann. Loiseder, Sie begleiten Frau van der Loor dorthin und nehmen es zu Protokoll. Und Sie versuchen, sich an alles zu erinnern.« Der letzte Satz galt Kathinka.

Weißberger verabschiedete sich von ihr und ging hinab in die Gaststube. Dort nahm er sich Anni zur Brust. »Sie haben gestern Nacht hier bedient?«

»Freilich!«, antwortete die junge Frau. »Das hab ich bis Mitternacht. Da sind die Letzten gegangen.«

»Gehörte der Bauer Xaver Grandl dazu?«, fragte Weißberger weiter.

»Nein, der ist kurz vorher weg.«

»Wie viel vorher?«

»Ich hab da ned auf die Uhr geschaut«, antwortete Anni verärgert, da sie ohne Vorwarnung ins Verhör genommen worden war.

Weißberger ließ nicht locker. »Es soll zuvor viel Unruhe gegeben haben, weil ein gewisser Matthias Schranzl den Bauern vom Grandlhof beleidigt haben soll?«

»Was heißt da beleidigt?«, erwiderte die Kellnerin abwinkend. »Der Hias hat halt ein bisserl gespottet. So ist er eben. Das legen wir in Talfing ned auf die goldene Waagschale.«

»Es geht hier um Mord«, wies Weißberger sie zurecht.

Anni wandte sich an Wallner. »Also stimmt es, dass der Kooperator umgebracht worden sein soll?«

»Das ist er«, antwortete Weißberger an Wallners Stelle. »Mir geht es jetzt darum, wer ein Motiv hatte, diesen Mann zu ermorden.«

Anni schüttelte den Kopf. »Ich wüsst keinen.«

»Auch Xaver Grandl nicht, dessen Frau nachgesagt wird, ein Verhältnis mit dem Pfarrvikar unterhalten zu haben?«, fragte Weißberger.

Damit brachte er die Kellnerin zum Lachen. »Die Vroni soll was mit dem Kooperator gehabt haben? Das ist doch hirnrissig!«

»Sie mögen es für hirnrissig halten, aber für mich zählen Fakten. Pablo Quintano wurde mit einem Beil erschlagen, das laut meinem Kollegen Wallner Herrn Xaver Grandl gehört.«

Wallner grinste erfreut, weil Weißberger ihn als Kollegen bezeichnet hatte. Wie es aussah, zeigten seine Recherchen bereits Erfolg. Wenn Xaver Grandl vor den anderen und allein das Wirtshaus verlassen hatte, hätte er den Mord begehen können.

»Ich will jetzt mit Grandl sprechen«, erklärte Weißberger und zog mit seinem Assistenten und Wallner im Schlepptau weiter.

Kurz darauf lag der große Vierseithof des Grandlbauern vor den Beamten. Es war auf Anhieb zu erkennen, dass Xaver Grandl sein Gewerbe verstand, denn die Gebäude wirkten gepflegt und nicht ein einziger Grashalm störte die Harmonie des gekiesten Hofplatzes. Das Wohnhaus besaß eine geschnitzte Tür und einen prachtvollen Balkon mit einem Schmuck aus rot blühenden Geranien. Auch der Traktor, der in einer offen stehenden Remise stand, sah so sauber aus, als wäre er für die Fahrt zur Kirche gewienert worden.

Doch gerade der tadellose Zustand, der auf dem Hof herrschte, bestärkte Weißbergers Verdacht. Ein Mann, der so auf Ordnung hielt, würde auch einen Kratzer auf seiner Ehre nicht hinnehmen. Wenn Grandl zu der Überzeugung gekommen war, dass seine Frau ein Verhältnis mit dem Geistlichen begonnen hatte, konnte dies der Grund für eine solche Tat sein.

Die Haustür stand offen und sie gingen hinein. Aus einer Tür weiter hinten im Flur drang das Klappern von Geschirr. Wie es aussah, war die Frau des Bauern gerade beim Kochen.

Weißberger klopfte und trat, als eine Stimme »Herein!« rief, in die Küche.

Eine Frau, die sicher bereits im fünften Monat schwanger war, stellte einen Topf auf den Herd und drehte sich um.

»Grüß Gott, Sie wünschen?«, fragte sie und wunderte sich, Wallner bei den beiden Männern zu sehen, die sie ihrer Erscheinung nach für Vertreter hielt, welche ihr und ihrem Mann etwas aufschwatzen wollten.

»Mein Name ist Weißberger und ich komme von der Kriminalpolizei Rosenheim. Es geht um den Mord an dem Pfarrvikar Pablo Quintano«, erklärte Weißberger.

Die Bäuerin wurde blass und rang die Hände. »Was sagen Sie da? Unser Hochwürden soll umgebracht worden sein?«

»Bedauerlicherweise ist es so. Kann ich Ihren Mann sprechen?«

»Der Xaver ist draußen im Stall und richtet was an der Melkanlage.«

»Wissen Sie, wo das ist?«, fragte Weißberger Wallner, da er sich selbst auf Bauernhöfen nicht auskannte.

»Freilich weiß ich das«, antwortete Wallner und führte ihn hinaus.

Veronika Grandl sah ihnen kopfschüttelnd nach und fragte sich, ob die Welt verrückt geworden sei. Wie konnte jemand einen so liebenswerten und einfühlsamen Seelsorger wie Pablo Quintano umbringen?

* * *

Sie trafen Xaver Grandl im Arbeitsgewand an und er tauschte gerade einige Schläuche der Melkanlage aus. Als der Bauer Wallner auf sich zukommen sah, hörte er damit auf und wandte sich ihm zu. »Was meinst du, soll ich den Schranzl wegen übler Nachrede anzeigen, oder ihn lieber so lange verdreschen, bis er in die Hose scheißt? Ein zweites Mal lass ich mir das, was er sich gestern gleistet hat, nimmer gfallen!«

Der Bauer klang zornig, doch für Weißberger war es der Versuch, von der Aussage abzulenken, die Matthias Schranzls Spott beinhaltet hatte. »Was haben Sie gestern Nacht gemacht, nachdem Sie das Wirtshaus verlassen haben?«, fragte er.

»Ich bin heimgegangen«, antwortete Grandl, aber es klang etwas zögerlich.

»Wirklich? Oder sind Sie nicht eher dem Pfarrvikar Quintano gefolgt?«, bohrte Weißberger weiter.

Grandl sah ihn erstaunt an. »Warum sollt ich unserem Kooperator hinterher sein?«

»Ging es bei Schranzls Worten nicht auch um diesen Mann?«, fuhr Weißberger fort.

»Ja, das schon. Aber das war doch eine lächerliche Anschuldigung«, sagte der Bauer mit einer wegwerfenden Handbewegung.

»Und warum wollen Sie Schranzl vor Gericht bringen, wenn die Sache lächerlich ist?« Weißberger hatte jetzt Blut geleckt.

Es passte auch alles so wunderbar zusammen. Grandls Frau war vorgeworfen worden, ihn mit dem Pfarrvikar betrogen zu haben. Danach war dieser mit Grandls Beil erschlagen worden, und der Bauer hatte für die fragliche Zeit kein Alibi.

»Herrschaftszeiten noch einmal! Soll ich mir von dem Kerl alles gefallen lassen?«, fuhr der Bauer auf.

»Sie lassen sich wahrscheinlich selten etwas gefallen?« Weißberger lächelte, doch es war das Lächeln eines Katers, der die Maus bereits in seinen Krallen hält.

»Was soll das überhaupt? Warum reden Sie mich so blöd an? Ich hab meine Zeit ned gestohlen, sondern muss arbeiten.« Grandl drehte sich und wollte weitermachen.

Weißberger zog sein Handy aus der Tasche, trat ein paar Schritte beiseite und führte ein Gespräch. Als er wieder auf Grandl zukam, wirkte sein Gesicht hart.

»Ich habe eben beim Staatsanwalt einen Haftbefehl gegen Sie wegen des Mordes an Pfarrvikar Pablo Quintano erwirkt. Es ist besser, Sie kommen freiwillig mit.«

Grandl sah ihn aus großen Augen an. »Was sagen Sie? Der Kooperator soll tot sein?«

»Tun Sie nicht so, als wenn Sie es nicht wüssten. Quintano wurde mit Ihrem Beil erschlagen. Polizeihauptmeister Wallner hat die Tatwaffe mit hoher Wahrscheinlichkeit identifiziert. Und jetzt kommen Sie mit! Faschner, legen Sie ihm Handschließen an.« Das Letzte galt Weißbergers Begleiter, der auch sofort seine Handschellen bereithielt und auf Grandl zu wollte.

Dieser versetzte ihm einen Stoß. »Lassen S' mich in Ruh!«

Mit einer raschen Bewegung zog Weißberger seine Pistole. »Leisten Sie keinen Widerstand. Ich wäre sonst gezwungen, von der Waffe Gebrauch zu machen.«

»Jetzt will der Depp auch noch auf mich schießen! Die Welt ist wirklich verrückt geworden.« Der Bauer schüttelte sich, ließ sich aber nun die Handschellen anlegen und folgte Weißberger und Faschner nach draußen.

Wallner kam langsamer nach und fragte sich, ob er nicht doch einen Fehler gemacht hatte, indem er den Verdacht des Kommissars sofort auf Xaver Grandl gelenkt hatte.

Veronika Grandl hatte unterdessen in der Küche weitergearbeitet. Als sie jetzt durch das Fenster sah, wie ihr Ehemann in Handschellen abgeführt wurde, eilte sie heraus und fasste Wallner am Ärmel. »Was soll denn das?«

»Der Kommissar hat den Xaver wegen des Verdachts festgenommen, den Pfarrvikar erschlagen zu haben«, antwortete Wallner, der sich der schwangeren Frau gegenüber hilflos fühlte.

»Das gibt's doch ned!«, rief die Frau aus.

»Der Quintano liegt oben in der Mulde am Weg und ist mausetot. Dazu ist er mit eurem Beil erschlagen worden.«

»Aber das war gewiss ned mein Xaver!« Veronika Grandls Stimme überschlug sich beinahe, und für einen Augenblick sah es so aus, als wollte sie sich auf den Kommissar und dessen Assistenten stürzen, um ihren Mann zu befreien. Sie erkannte jedoch die Unmöglichkeit einer solchen Aktion und machte sich hastig auf den Weg zum Innauerhof, denn sie hoffte, von dem Bauern dort Unterstützung und Hilfe zu bekommen.

Unterdessen brachten Weißberger und Faschner den Gefangenen zu ihrem Wagen, zwangen ihn, hinten rechts einzusteigen, und fuhren los, ohne auf die Leute von der Spurensicherung zu warten.

Wallner sah ihnen nach, bis ihr Auto hinter einer Kurve verschwunden war, und kehrte mit hängenden Schultern zur Polizeiwache zurück. Die Tatsache, dass bald ein neuer Dienststellenleiter ernannt werden sollte, besaß zumindest im Augenblick keine Bedeutung mehr für ihn.

3. Eine neue Aufgabe

Es war ein schöner Morgen, sonnig und mit einem blauen Himmel, an dem ein paar einzelne weiße Wölkchen wie hinge- tupft hingen. Zu jeder anderen Zeit hätte es Jasmin gefallen, bei einem solchen Wetter einen Ausflug in die Berge zu machen. Für sie aber war es vorerst eine Fahrt ohne Wiederkehr. Am Abend vor der Reise hatte sie noch die Dokumentenmappe studiert, die Furler ihr überreicht hatte. Außer ihr war die Polizeistation Talfing mit drei Mann besetzt. Der Älteste davon war Josef Kager, der dem Bericht nach meistens Telefondienst machte, sowie die Beamten Franz Loiseder und Ludwig Wallner. Beide waren älter als sie und hatten sich den Unterlagen zufolge selbst Hoffnungen gemacht, Polizeikommissar Fraiß nach dessen Pensionierung zu beerben.

Jasmin hätte sich bessere Voraussetzungen für ihren neuen Posten gewünscht. Aber da es nun einmal nicht zu ändern war, würde sie sich durchbeißen müssen. Man hatte ihr einen neuen Dienstwagen übergeben, da das bisher in Talfing stationierte Fahrzeug bereits ein ehrwürdiges Alter aufwies und der tech- nische Fortschritt in Form eines modernen Navigationssystems und eines brauchbaren Bordcomputers an ihm vorbeigegangen war.

Die ersten zwanzig Kilometer rollte der Streifenwagen noch über Hauptstraßen, dann aber kam die Abzweigung in die Berge, und von da an schlängelte sich der Weg an steilen Felswänden und tiefen Abgründen vorbei. Unter ihr rauschte ein Bach dem Inn zu und bildete demzufolge, was sie gelesen hatte, kurz vor Talfing eine enge Schlucht und weiter oben eine noch engere Klamm. Durch die Bergschlucht hatte einst die Straße nach Talfing geführt. Diese war jedoch sehr schmal und häufig wegen Wasserhochstand und kleineren Muren unpassierbar gewesen. Daher hatte man vor ein paar Jahrzehnten einen Tunnel durch den Fels geschlagen, sodass Talfing leichter zu erreichen war.

Gelegentlich gab es an der Straße Parkplätze. Sie zeugten davon, dass auch in diesem Teil von Bayern der Tourismus Einzug gehalten hatte. Da nichts Jasmin drängte, hielt sie auf einem Parkplatz an und stieg aus.

Es war alles so friedlich und wunderschön, dachte sie angesichts der wildromantischen Landschaft mit ihren Bergen und den dichten Wäldern, die an den Hängen hochwuchsen. Die Tatsache, dass es Menschen gab, die Banken ausraubten und Geiseln nahmen, schien so weit weg zu sein, als existierten solche Verbrechen nur in einer ganz anderen Welt.

Dieser Gedanke ernüchterte Jasmin und sie stieg wieder in den Wagen. Als sie losfuhr, fragte sie sich, auf was sie sich eingelassen hatte. Vielleicht wäre es klüger gewesen, sich für den Polizeieinsatz in München zu melden, auch wenn dort allein die Appartementmiete den größten Teil ihres Gehalts auffressen würde. Die Vorstellung, sich mit Betrunkenen auf dem Oktoberfest herumschlagen oder Fußballhooligans im Zaum halten zu müssen, trieb ihr diese Idee wieder aus. Zusammen mit einigen Kollegen hatte sie bereits zweimal Assistenzdienst in der Landeshauptstadt geleistet und es hatte weder ihr noch den anderen gefallen.

Hinter einer Kurve kam nun der Tunnel in Sicht. Er war dreihundert Meter lang und ging mitten durch die Bergflanke. Das Abblendlicht des Autos schaltete sich automatisch ein, als Jasmin in das dunkle Loch hineinfuhr. Die Straße war nicht besonders breit und zwei Lkws würden nur mit Schwierigkeiten aneinander vorbeikommen. Allerdings, so spottete Jasmin für sich, waren sich die letzten Lastkraftwagen wahrscheinlich vor fünf Jahren begegnet. Seit sie von der Hauptstraße abgebogen war, war ihr kein einziges Auto mehr entgegengekommen.

Am Ende des Tunnels musste sie wegen des grellen Sonnenlichts kurz die Augen zusammenkneifen und wurde langsamer. Dann sah sie das Tal von Talfing vor sich. Es war größer, als sie es erwartet hatte, und hatte offensichtlich mehrere Seitentäler, in die schmale Straßen abbogen. Im Talgrund breiteten sich die grünen Matten der Viehweiden aus und darüber erstreckte sich ein Bannwald mit Fichten und Tannen. Noch höher gab es etliche Almen, auf denen Vieh weidete. Ein Werbeprospekt hätte nicht schöner sein können als das, was Jasmin vor sich sah.

Sie zählte ein Dutzend Bauernhöfe, die über das ganze Tal verstreut waren, und an der sonnigsten Stelle entdeckte sie das Dorf. Auch den Ort hatte sie sich kleiner vorgestellt. Den Kern bildete die Kirche mit ihrem Zwiebelturm und das große Gebäude daneben ordnete sie unwillkürlich dem Gasthof ›Zum Hirschen‹ zu. Drei große Bauernhöfe flankierten den Dorfkern und zwischen ihnen standen einige ältere Häuser. Dahinter kamen weitere, eher kleinere Wohngebäude und ein Stück neben dem Ort erstreckte sich ein Gebiet, das wohl erst in den letzten Jahren bebaut worden war. Die Häuser dort waren mit viel Holz und ausladenden Dächern im alpenländischen Stil errichtet worden und ähnelten sich sehr. Eigentlich, dachte Jasmin, konnte man sie nur anhand der kleinen Lüftlmalereien unterscheiden, die an den Vorderseiten der Häuser zu erkennen waren.

Nun aber galt es erst einmal, die Polizeiwache zu finden. Da diese bereits seit etlichen Jahrzehnten existierte, lag sie mit Sicherheit nicht im Neubaugebiet. Als Jasmin die Kreuzung erreichte, von der es nach links in das alte Dorf und nach rechts in das neue ging, bog sie in Richtung der Kirche ab. Ein Stück hinter dem Gasthof stand ein kleines schmuckloses Gebäude, und der Streifenwagen vor der Tür verriet, dass hier die Staatsmacht ihre Präsenz zeigte.

Jasmin lenkte ihren Wagen neben den anderen, stellte den Motor ab und stieg aus. Weil die Eingangstür des Hauses unverschlossen war, trat sie ein, ohne zu klingeln. Innen standen die meisten Türen offen. Eine gab den Blick in einen kleinen Aufenthaltsraum frei, mit einem Tisch, vier Stühlen und einem fast raumhohen Kühlschrank. Auf dem Tisch lagen eine aufgeschlagene Zeitung und eine angebrochene Schachtel Zigaretten.

Da es nicht nach Zigarettenrauch stank, wurde wenigstens draußen geraucht, dachte Jasmin erleichtert, während sie weiterging.

Jeder der vier Polizeibeamten, die zu dieser Dienststelle gehörten, besaß sein eigenes Büro. Dazu kamen ein Arrestraum, der wahrscheinlich seit Jahren nicht mehr benutzt worden war, ein Verhörzimmer und eines für Faxgeräte und anderes technisches Equipment. Die meisten Zimmer waren leer, doch aus dem Faxzimmer drang ein Rascheln.

Jasmin ging hin und öffnete. An der einen Seite standen die elektronischen Geräte und auf der anderen ein Schreibtisch mit mehreren Telefonen. Den Mann, der dort saß, schätzte Jasmin so um die fünfzig. Er war untersetzt, besaß ein rundes, breitflächiges Gesicht, das in eine Glatze überging, und steckte in den beigen Hosen und der grünen Uniformjacke, die in vielen Revieren Bayerns noch gebräuchlich waren. Anders als er trug Jasmin bereits die neue blaue Uniform. Seine grüne Schirmmütze hatte der Mann neben sich auf den Schreibtisch gelegt und betrachtete so aufmerksam eine Illustrierte, dass er nicht mitbekam, wie sie das Zimmer betrat.

Jasmin las den Titel der Zeitschrift und verzog leicht die Lippen. Es handelte sich um ein Sexmagazin mit Hochglanzfotos großbusiger Frauen. Da der Beamte noch immer nicht reagierte, räusperte Jasmin sich.

Er schreckte auf, sah die Uniform mit dem Polizeistern und legte seine Lektüre rasch beiseite. Allerdings schlug dabei eine Seite um, und so blickte eine Frau mit besonders großen Brüsten Jasmin herausfordernd an.

»Guten Tag!«, grüßte Jasmin und verschluckte das *Grüß Gott*, das ihr leichter über die Zunge gekommen wäre.

»Grüß Gott!«, sagte der Beamte und schien nicht zu wissen, was er von ihr halten sollte.

Jasmin ließ ihm Zeit, sie genauer zu mustern, und beobachtete ihn dabei. Da sie knapp unter einen Meter achtzig maß und damit einige Zentimeter größer war als er, glitt sein Blick eine halbe Ewigkeit an ihr hoch, und man konnte ihm seine Gedanken beinahe an der Nasenspitze ablesen.

Im Vergleich zu den Frauen in seinem Magazin war sie schlank, hatte jedoch eine durchaus ansehnliche Figur. Eine Haarsträhne spitzte hellblond unter ihrer Schirmmütze hervor, ihr Gesicht war oval und die Augen besaßen die Farben eines nordischen Sommertages. Eine gerade Nase und ein hübscher, aber entschlossen wirkender Mund rundeten ihre Erscheinung ab.

Jasmin begriff, dass der Mann nicht wusste, was er mit ihr anfangen sollte, und sprach ihn an: »Ich bin Jasmin Lüders, die neue Leiterin dieser Dienststelle. Der entsprechende Brief müsste heute gekommen sein.«

Der Beamte schluckte und zeigte ein hilfloses Grinsen. »Die Post war noch nicht da! Die kommt bei uns erst um zwei Uhr am Nachmittag.«

»Es wird sicher auch eine E-Mail gegeben haben«, erklärte Jasmin in leicht schärferem Tonfall.

»Als ich vorhin geschaut hab, war noch nix da«, sagte der Mann, während er mit der Rechten so schnell nach seiner Computermaus schnappte, dass jeder kätzische Mäusejäger vor Neid erblasst wäre.

»Da ist was!«, murmelte er und rief die E-Mail auf.

»… teile ich Ihnen mit, dass Polizeihauptmeisterin Jasmin Lüders zur neuen Leiterin Ihrer Dienststelle ernannt wurde …«, las er leise vor und schluckte noch einmal. »Das hab ich nicht gewusst.«

»Aber jetzt wissen Sie es«, erklärte Jasmin kühl. »Sie sind …?«

»Kager! Josef Kager, wenn's recht ist.«

»Und wo sind Ihre Kollegen Loiseder und Wallner?«

»Die … die sind beim Wirt drüben. Zum Mittagessen.« Ein Blick auf die Uhr zeigte Kager, dass zehn Uhr morgens nicht unbedingt die richtige Zeit für den Mittagstisch war, und so setzte er etwas kläglich hinzu: »Die wollen mit den Gästen dort reden, wegen dem Mordfall von gestern. Die Bauern trifft man doch meistens beim Wirt an.«

»Ich hätte eher gedacht, auf dem Feld bei ihrer Arbeit!«, konterte Jasmin mit bissigem Spott, begriff dann erst, was er noch gesagt hatte. »Hier ist ein Mord geschehen?«

»Ja freilich! Der Kooperator ist erschlagen worden. Aber noch mal zu den Feldern: Solche gibt's bei uns keine. Die Bauern betreiben Viehwirtschaft und vermieten Zimmer an Feriengäste.«

»Mit dem Wirtshaus ist der Gasthof ›Zum Hirschen‹ gemeint?«, fragte Jasmin.

Kager nickte eifrig. »Das ist es. Ein anderes Wirtshaus haben wir in Talfing nimmer, seit der ›Unterwirt‹ vor einigen Jahren zugemacht hat. Der ›Hirsch‹ ist aber nicht bloß ein Wirtshaus, sondern auch ein großes Hotel für Feriengäste. Der Oberhuber – das ist der Wirt, Hotelier und Bürgermeister in Personalunion – hat außerdem noch Ferienwohnungen bauen lassen, um den Tourismus zu fördern.«

»Schön für ihn«, sagte Jasmin. »Aber mich interessiert dieser Mord mehr. Wissen Sie schon Genaueres darüber?«

Kager nickte erneut. »Freilich. Der Kriminalhauptkommissar Weißberger war gestern da und hat den Grandlbauern als mutmaßlichen Täter verhaftet. Er soll den Mord aus Eifersucht begangen haben, weil seiner Frau ein Verhältnis mit dem Quintano nachgesagt wird.«

»Und wer ist dieser Quintano?«, fragte Jasmin, die allmählich die Geduld mit den ausschweifenden Erklärungen Kagers verlor.

»Unser Kooperator oder Pfarrvikar, wenn Sie diesen Begriff kennen.«

»Ich kenne ihn in der Tat.« Jasmin ärgerte sich, weil man sie in Rosenheim nicht über diesen Mordfall informiert hatte. Da Kager jedoch erklärt hatte, dass der Fall laut Kriminalkommissar Weißberger aufgeklärt war, forschte sie nicht weiter nach.

»Ich habe den neuen Streifenwagen mitgebracht. Den alten sollen wir im Lauf des Monats in Rosenheim abliefern. Soviel ich gehört habe, verfügt die Dienststelle auch über ein geländegängiges Fahrzeug?«

»Das ist defekt«, erklärte Kager unglücklich. »Der Franz – ich mein den Kollegen Loiseder – hat im letzten Jahr einen Unfall damit gebaut und seitdem leihen wir uns den Geländewagen vom Bürgermeister aus, wenn wir einen brauchen.«

»Und warum ist der Wagen nicht repariert worden?«, fragte Jasmin verwundert.

»Weil wir aufgelöst werden sollten, sind denen im Polizeipräsidium die Reparaturkosten zu hoch gewesen. War ja auch ein alter Kasten, über zwanzig Jahre alt und längst abgeschrieben. In den höheren Dienststellen handelt man streng nach den Vorschriften.«

»Ich werde die Sache weitergeben.« Wenn Talfing, wie von einigen Leuten befürchtet wurde, sich wirklich zu einem Schleuserparadies entwickelte, war ein geländegängiges Fahrzeug unabdingbar. Da konnte man nicht zum Wirt laufen und fragen, ob er der Polizei seinen Wagen leihen würde. Jasmin war klar, dass sich in dieser Dienststelle wegen des Gefühls, dass sie aufgelöst werden sollte, ein gewisser Schlendrian eingeschlichen hatte. Mit dem würde sie als Erstes aufräumen müssen.

»Sie machen vorerst weiter Telefondienst, schauen aber etwas öfter ins E-Mail-Postfach«, sagte sie zu Kager und ging zur Tür. »Ich kümmere mich erst einmal um meine Unterkunft.«

Der Beamte nickte und wollte, als sie gegangen war, zum Telefon greifen, um seine Kollegen auf deren Handys anzurufen. Dann dachte er daran, wie oft ihn die beiden wegen seines Bauchansatzes und seiner Glatze verspottet hatten, und widmete sich stattdessen wieder seinem Sexmagazin. Dabei dachte er bedauernd, dass die schöne Zeit, die sie bisher in Talfing gehabt hatten, fürs Erste vorbei sein dürfte.

»Wieso haben die uns ein Weiberleut geschickt und dann auch noch eine Preußin?«, fragte er sich seufzend und schüttelte den Kopf.

* * *

Wenig später fuhr Jasmin mit dem Streifenwagen auf den Parkplatz des ›Hirschen‹. Beim Aussteigen stellte sie fest, dass das alte Wirtshaus nur die Vorderfront des weitaus größeren Hotels bildete. Vorne war alles traditionell gehalten, mit einem holzverkleideten Obergeschoss und kleinen Fenstern mit grünen Fensterläden. Über der Eingangstür hing das prachtvolle Geweih eines Hirsches. Beim Hotel war zwar auch viel Holz verbaut worden, doch die Fenster waren modern und groß, ebenso die Balkone, die sich an dem Gebäude entlangzogen.

Eines aber schien auf Anhieb klar erkennbar: Oberhuber war kein armer Mann. Selbst wenn das Preisniveau hier auf dem Land weitaus niedriger liegen dürfte als in Rosenheim oder gar in München, so musste er mehrfacher Millionär sein.

Jasmin war gespannt auf den Mann, der den hiesigen Polizeibeamten mit seinem Geländewagen aushalf. Rechnete er dafür mit Gegengaben?, fragte sie sich unwillkürlich. Bei ihr würde er mit solchen Wünschen auf Granit beißen.

Sie trat ein und folgte den Stimmen, die aus der Gaststube drangen. Trotz der frühen Stunde waren bereits einige Leute anwesend und die meisten von ihnen hatten ein Glas Bier vor sich stehen. Mit einer gewissen Zufriedenheit stellte Jasmin fest, dass die beiden Polizisten, die weiter hinten an einem Ecktisch saßen, Saftschorle tranken. Eine Frau und drei Männer standen um sie herum und redeten heftig auf sie ein. Um sie selbst kümmerte sich zunächst trotz ihrer Uniform niemand.

Sie ging zur Theke und sprach die gut gebaute Kellnerin an: »Mein Name ist Lüders. Es müsste ein Zimmer für mich reserviert worden sein.«

»Da muss ich den Chef fragen«, sagte Anni und verschwand durch eine Tür. Wenig später kehrte sie zurück. Ihr folgte ein großer, schwer gebauter Mann in einem dunkelgrauen Trachtenanzug, der einen Hut mit einem riesigen Gamsbart auf dem Kopf trug.

»Wenn Sie zum Hotel wollen, müssen Sie die nächste Tür nehmen. Die Rezeption ist dort«, begann er, bemerkte offensichtlich erst dann Jasmins Uniform und kniff die Augen zusammen.

»Es hieß, es würde für mich ein Zimmer im Gasthof ›Zum Hirschen‹ reserviert – und das ist er doch?«, entgegnete Jasmin gelassen und gab sich dabei Mühe, ein wenig von dem norddeutschen Zungenschlag einfließen zu lassen, den sie von ihrem aus Pinneberg stammenden Vater gelernt hatte.

»Ich hab die Anfrage für einen Polizeihauptmeister Lüders bekommen«, antwortete Oberhuber verwirrt.

»Das bin ich.« Jasmin lächelte freundlich. Diejenigen, die sie kannten, wären jetzt vorsichtig geworden.

Oberhuber hingegen nickte nur und winkte den beiden Polizeibeamten zu. »Franz! Wiggerl! Eure neue Chefin ist da!«

Da seine Stimme jedem Jahrmarktsschreier Ehre gemacht hätte, schlugen seine Worte wie eine Bombe ein. Loiseder und Wallner fuhren herum und starrten Jasmin völlig verdattert an, während die Männer und die schwangere Frau, die um sie herumstanden, sichtlich aufatmeten.

Die Frau kam sofort auf Jasmin zu und fasste nach deren Händen. »Du musst uns helfen!«, sagte sie stark dialektgefärbt. »Mit denen zwei ist einfach ned zu reden. Die sagen alleweil, dass wir zum Weißberger nach Rosenheim müssten. Aber nachdem der meinen Xaver eingsperrt hat, kann ich ja ned vom Hof weg. Eigentlich müssten die zwei für meinen Xaver einstehen, wo er ihnen doch nach Feierabend alleweil ein paar Bier zahlt hat.«

Jasmin begriff gar nichts.

Einer der Männer legte der Schwangeren die Hand auf den Arm. »Lass mich reden, Vroni«, sagte er und wandte sich dann Jasmin zu. »Ich bin der Innauer Anton vom Innauerhof. Es geht um meinen Nachbarn, den Grandl Xaver. Der Kriminaler hat ihn wegen dem Verdacht verhaftet, unseren Kooperator erschlagen zu haben. Wir haben hier in Talfing keinen Pfarrer mehr, sondern bloß einen Pfarrvikar, wie's auf Behördendeutsch heißt. Aber der Xaver kann den Pablo Quintano ned umbracht haben. An dem Abend war er nämlich so bsoffen, dass er nimmer grad stehn hat können. Er ist zwar noch selber zur Wirtschaft aussi, aber nach ein paar Metern ist er flachglegen. Wir sind kurz nach ihm gangen und haben ihn dann zu dritt heimbracht, also der Schranzl Hias, der Lantenhammer und ich. Wir haben der Vroni auch gholfen, den Xaver ins Bett zu bringen. Er trinkt sonst kaum was und da hat's ihn vorgestern schwer erwischt. Die Zeit, in der er aus dem Wirtshaus raus ist, bis zu der, wo wir ihn gfunden haben, hätt er niemals bis zur Mulde oben am Weg laufen und dort den Kooperator erschlagen, geschweige denn, wieder zurückkommen können.«

»Mein Xaver ist auch sofort eingeschlafen und gewiss nimmer aufgwacht. Das hätt ich gemerkt«, setzte Veronika Grandl eifrig hinzu.

»Ich hätt's sonst gsehen«, erklärte Matthias Schranzl. »Wir wohnen nämlich direkt neben dem Grandlhof und ich bin noch ein halbes Stünderl vor der Tür gsessen, weil's so ein schöner Abend war.«

»Nacht, du Depp!«, wies ihn Innauer zurecht.

»Ja, es war Nacht, aber der Mond hat gschienen und ich hätt's auf jeden Fall gsehen, wenn der Xaver aus dem Haus gangen wär.«

»Er hätt auch durch die Stalltür gehn können«, mischte sich ein anderer Mann ein.

»Dann hätt er aber um den ganzen Hof herumlaufn müssen, um das Beil zu holen. Da hätt ich ihn gewiss bemerkt«, erklärte Schranzl mit Nachdruck.

Jasmin musterte die Gruppe abschätzend. Veronika Grandl war eine untersetzte Frau um die dreißig, durchschnittlich hübsch und mit brünetten Haaren. Dazu steckte sie in einer altmodischen Kittelschürze, in der sie wegen der Schwangerschaft formlos wirkte. Innauer und Lantenhammer, die beiden Bauern, wurden bereits langsam grau. Deren Alter ließ sich jedoch aufgrund der von Sonne und Wind gegerbten Gesichter schlecht schätzen. Gegen sie war Matthias Schranzl ein junger Bursche, ebenfalls leicht untersetzt, aber mit seinen dunklen Haaren und den braunen Augen wirkte er durchaus ansehnlich.

Dieser blickte Jasmin an wie ein bettelnder Hund. »Wahrscheinlich bin ich schuld, dass der Kriminaler den Xaver einsperrt hat, weil ich bsoffen blöd dahergredt hab. Aber es war ned bös gmeint und der Xaver hat den Kooperator gewiss ned derschlagen.«

»Wer soll's sonst gewesen sein?«, mischte sich wieder der Mann von vorhin ein.

»Ich weiß ned, was du hast, Simon. Du kennst den Xaver doch genauso gut wie wir. Der ist kein Mörder ned«, rief Innauer beschwörend.

»Aber der Kooperator ist umbracht worden!«

»Das wissen wir auch. Doch der Xaver war's gewiss ned.« Innauer schien die Geduld mit dem Mann zu verlieren.

Jasmin hingegen ging auf ihn zu. »Haben Sie etwas gesehen?«

»Ich? Nein! Nie! Ich komm nur selten ins Wirtshaus, weil ich mich mit dem Onkel ned gut vertrag.«

»Das liegt aber ned an mir«, warf der Wirt ein, erhielt jedoch keine Antwort.

Unterdessen griff Veronika Grandl erneut Jasmins Arm. »Was können wir tun, damit mein Xaver wieder heimkommt?«

»Wenn Sie und Ihre Nachbarn Ihren Mann entlasten wollen, müssen Sie das zu Protokoll geben. Das wird dann an den ermittelnden Staatsanwalt weitergeleitet. Dieser muss anschließend entscheiden, ob das Alibi ausreicht, um Herrn Grandl aus der Untersuchungshaft entlassen zu können oder nicht.«

»Und wo müssen wir das machen?«, fragte Veronika Grandl weiter.

»Nicht hier im Wirtshaus, sondern auf der Polizeiwache. Aber lassen Sie mich jetzt erst einmal meine Kollegen begrüßen.« Jasmin ging zu den beiden Beamten, die noch immer in der Ecke saßen und Gesichter zogen, als wären ihnen sämtliche Verwandte gestorben.

»Guten Tag. Ich bin Polizeihauptmeisterin Jasmin Lüders und werde ab jetzt auf Anweisung des Innenministeriums die Polizeidienststelle Talfing leiten.«

»Sauber«, knurrte der etwas kleinere und schmalere der beiden Männer, während sein um ein paar Jahre älterer Kollege wortlos den Kopf schüttelte.

»Meine Herren, ich erwarte Sie in einer Viertelstunde in der Dienststelle!«, fuhr Jasmin schärfer fort. »Sie können dort auch die Aussagen von Frau Grandl und den anderen Herrschaften aufnehmen und nach Rosenheim faxen.« Jasmin wandte sich um und sah den Wirt an. »Ich warte immer noch auf mein Zimmer, Herr Oberhuber.«

* * *

Das für Jasmin reservierte Zimmer lag nicht im modernen Neubau, sondern im Obergeschoss der alten Gaststätte. Es war eher klein, da der Wirt einen Teil davon für eine Dusche und ein WC abgetrennt hatte. Der Boden bestand aus Linoleum und das Bettgestell war nicht das jüngste. Jasmin hatte jedoch schon schlechter gewohnt. Außerdem sagte sie sich, dass sie ja nicht ewig in diesem engen Raum hausen würde.

Da sie Loiseder und Wallner nur eine Viertelstunde gegeben hatte, beschloss sie, ihre Koffer nachher auszupacken, und beeilte sich, um pünktlich zur Polizeistation zu kommen.

Als sie dort eintrat, bekam sie mit, dass die beiden Beamten heftig auf Kager einredeten.

»… bist ein depperter Hund! Du hättst uns anrufen müssen. Stattdessen liest du diesen Schmarrn«, schimpfte Wallner.

»Wenn die Heftl ein Schmarrn sind, brauch ich sie dir nimmer zu leihen«, sagte Kager mürrisch.

»Der Ludwig hat schon recht«, erklärte Loiseder. »Du hättest uns warnen müssen. So hat uns die Tucke in der Wirtschaft erwischt. Was für ein Glück, dass wir vor dem Mittagessen noch kein Bier trinken. Das hätt ein Bild gegeben, sag ich euch.«

»Wie kommen die drauf, uns so einen Dragoner zu schicken?«, rief Wallner empört.

Jasmin öffnete kurz die Toilette und blickte in den Spiegel. Zwar wirkte sie in Uniform ein wenig streng, aber keineswegs wie ein Dragoner. Eines wurde ihr bewusst: Sie würde es nicht leicht haben, sich bei diesen Männern durchzusetzen. Das Wort *aufgeben* existierte in ihrem Sprachschatz jedoch nicht. Damit die anderen nicht merkten, dass sie sie belauscht hatte, ging sie noch einmal zur Haustür, öffnete sie kurz und schloss sie dann mit etwas mehr Lärm als zuvor.

Sofort wurde es in Kagers Raum still. Jasmin trat ein und sah Kager vor seinem Bildschirm sitzen, während Wallner und Loiseder neben ihm standen.

»Guten Tag, die Herren. Sind die Entlastungszeugen für Herrn Grandl bereits gekommen?«, fragte sie.

Loiseder schüttelte den Kopf. »Der Innauer und die anderen kommen erst, wenn sie ausgetrunken haben.«

»Auch gut. Sie kümmern sich dann um die Leute.«

»Ich halt's immer noch für richtiger, wenn die nach Rosenheim zum Weißberger fahren und dort ihre Aussage machen«, wandte Loiseder ein.

»Ist das hier eine Polizeidienststelle oder ein Erholungsheim für überflüssige Beamte?«, fragte Jasmin ätzend. »Wenn hier jemand eine Aussage machen will, wird sie auch aufgenommen! Haben Sie mich verstanden, meine Herren?«

»Ja freilich!«, rief Kager, der sich klammheimlich freute, dass seine beiden Kollegen so ins Fettnäpfchen getreten waren.

»Von mir aus«, brummte Loiseder und verschwand in seinem Büro.

Als auch Wallner ging, zwinkerte Kager Jasmin zu. »Jeder von den zweien hat geglaubt, er wird selber der neue Dienststellenleiter. Jetzt ist ihnen der Schnabel aber sauber geblieben. Daran werden die beiden noch einige Tage zu knabbern haben.«

»Solange die Herren ihren Dienst ordentlich verrichten, berührt mich das nicht. Gibt es Neues von oben?«, fragte Jasmin.

Kager reichte ihr ein Blatt Papier. »Es hat eine E-Mail gegeben. Die hab ich Ihnen gleich ausgedruckt!«

»Danke.« Jasmin nahm den Ausdruck und las ihn durch. Es handelte sich um die Anweisung, den Aussagen mehrerer Einheimischer nachzugehen, die dem mutmaßlichen Mörder des ausländischen Pfarrvikars ein Alibi geben wollten. Wie es aussah, befürchtete man bei der Kriminalpolizei abgesprochene Alibis.

»Wenn ich was sagen darf, Frau Lüderjahn«, begann Kager.

»Lüders!«, korrigierte Jasmin ihn freundlich, aber mit einem Blick, der ihn um ein paar Zentimeter schrumpfen ließ.

»Also wenn Sie mich fragen …«, machte er einen neuen Ansatz. »Ich glaub auch nicht, dass der Grandl den Kooperator erschlagen hat. Dafür war er viel zu besoffen … äh, wollt sagen: betrunken.«

Jasmin hob den Kopf. »Sie waren an dem Abend ebenfalls im Wirtshaus?«

»Auf eine Halbe oder zwei. Ich hab ja schließlich Feierabend gehabt. In der Nacht ist die Polizeistation nicht besetzt, müssen Sie wissen. Telefon und E-Mails werden auf einen von uns umgeleitet, damit die Bevölkerung uns auch zu der Zeit erwischen kann. Wenn was Größeres ist, alarmiert derjenige dann die anderen.«

»Und wann ist was Größeres passiert?«, fragte Jasmin.

»Eigentlich nie. Oder sagen wir besser, vielleicht ein oder zwei Mal im Jahr. Meistens hat sich ein Bergwanderer verstiegen und braucht Hilfe. Dann ruft derjenige von uns, der Telefondienst hat, die Bergwacht an. Mehr müssen wir normalerweise nie tun.«

»Das kann sich sehr schnell ändern«, sagte Jasmin mit ernster Miene. »Wir sollen nämlich die Wege nach Österreich kontrollieren und verhindern, dass sie von Schleusern benutzt werden, um Ausländer ins Land zu schmuggeln.«

»Aber das schaffen wir zu viert niemals, wenn wir auch noch in der Nacht wachen sollen«, rief Kager erschrocken.

»Da müssen wir uns eben etwas einfallen lassen.« Jasmin lächelte, obwohl auch sie das Problem erkannt hatte. Aber so war es nun einmal. Irgendein Mensch in höherer Position hatte eine Idee und kleine Streifenpolizisten wie sie und ihre neuen Untergebenen mussten es ausbaden. »Ich sehe mir jetzt mein Büro an«, sagte sie noch und verließ den Raum.

Wallner und Loiseder kamen beide aus der Toilette und musterten sie auf eine Weise, dass es eine weniger mutige Frau mit der Angst zu tun bekommen konnte.

»Kollege Loiseder, wenn Frau Grandl und die anderen Zeugen kommen, kümmern Sie sich um sie und legen mir anschließend das Protokoll vor«, wies sie den Beamten an.

Loiseders säuerliche Miene brachte sie beinahe zum Lachen. Die Herren waren auf ihrem Posten, bei dem jahrelang kaum etwas vorgefallen war, sehr bequem geworden. »Ach, noch etwas«, setzte sie hinzu. »Morgen wird nach Dienstbeginn ein Gespräch stattfinden, um die weitere Organisation dieser Dienststelle zu optimieren.«

»Was sollen wir viel optimieren?«, wandte Wallner ein. »Wir versehen unseren Dienst, wie wir es immer gemacht haben.«

»Da wäre ich an Ihrer Stelle nicht ganz so optimistisch, Kollege Wallner. Wir haben einen Auftrag und den werden wir erfüllen.« Jasmin ging weiter und öffnete die Tür zu dem Raum, der laut dem Schild darauf das Büro des Dienststellenleiters beherbergte.

Die altmodische Einrichtung bestand aus einem großen Schreibtisch, dessen Schubfächer noch durch hochzuziehende Rollläden verschlossen wurden. Auch das Telefon wies ein ehrwürdiges Alter auf und das kleine Fernsehgerät in der Ecke zählte ebenfalls nicht zu den neuesten. Dazu gab es mehrere Aktenschränke sowie einen einfachen Drehstuhl.

Jasmin hatte in einem der anderen Zimmer einen besseren Stuhl gesehen, aber wenig Lust, deswegen einen Krieg mit den Männern anzufangen. Stattdessen begann sie, ihr neues Büro von oben bis unten zu untersuchen. Der Schreibtisch war bis auf einige unbeschriebene Blätter, einen Bleistift und einen Radiergummi leer. Im Aktenschrank fand sie eine alte, angeschlagene Tasse, die ihr Vorgänger Fraiß zurückgelassen hatte, mehrere Ordner mit Dienstanweisungen, den Personalordner und zwei dünne Aktenordner mit erwähnenswerten Vorkommnissen in und um Talfing.

Die letzte darin aufgeführte Straftat lag drei Jahre zurück und bestand aus dem Diebstahl eines Kruzifixes, das ein Feriengast als Souvenir mitgenommen hatte. Davor hatte es zwei Schlägereien gegeben, bei denen sich die Kontrahenten jedoch außergerichtlich geeinigt hatten. Mehrere Bergwanderer hatten sich verirrt und gerettet werden müssen. Im Großen und Ganzen war es ein friedliches Revier, das an die hier eingesetzten Beamten nur wenige Ansprüche stellte.

Der Mord an dem philippinischen Pfarrvikar war demnach eine absolute Ausnahme. In dem Protokoll, das ihr in Kopie vorlag, erklärten alle Befragten, sich nicht vorstellen zu können, dass ein Einheimischer den Mord begangen hatte. Die Leute stritten auch eine ausländerfeindliche Tat ab und bezeugten, dass Pablo Quintano im Gegenteil äußerst beliebt gewesen war.

Stimmen, die von draußen hereindrangen, ließen Jasmin aufhorchen. Die Bäuerin Veronika Grandl und ihre Begleiter waren gekommen, um ihre Aussage zu machen. Einen Augenblick lang überlegte sie, ob sie dabei anwesend sein sollte. Es hätte jedoch so ausgesehen, als würde sie Loiseder nicht zutrauen, eine Aussage aufzunehmen. Daher blieb sie in ihrem Zimmer und schrieb auf, was sie hier alles ändern musste. Ein neuer Computer mit Drucker und Scanner war das Mindeste, weil sie nicht andauernd in das andere Zimmer laufen wollte, um ihre Ausdrucke zu holen. Bis dahin reichte ihr mitgebrachter Laptop aus, um die an sie gerichteten E-Mails zu lesen und zu beantworten.

Fast ebenso wichtig war eine neue Tasse für Kaffee, ein Brotzeitmesser und ein Frühstücksbrett. Dafür würde sie wahrscheinlich nach Raubling oder gar nach Rosenheim fahren müssen, dachte sie seufzend und vermisste ihre alte Dienststelle, bei der der nächste Supermarkt gleich um die Ecke gewesen war.

Jasmin nahm den Hörer zur Hand und wählte Kagers interne Nummer auf dem antiken Gerät. Ihr Kollege meldete sich sofort.

»Grüß Gott, Frau Lüderitz. Was kann ich für Sie tun?«

»Lüders!«, sagte Jasmin mit einem leicht giftigen Unterton, beherrschte sich aber gleich wieder. »Herr Kager, können Sie mir sagen, wo man in der Gegend eine Tasse und ein Frühstücksbrettchen kaufen kann? Oder wird man hier nur noch durch Online-Bestellungen versorgt?«

»Nein, nein, so schlimm ist es in Talfing nicht. Die Schmolcek hat gewiss was in ihrem Geschäft«, antwortete Kager.

»Und wo finde ich den Laden von Frau Schmolcek?«, fragte Jasmin.

»Der ist gleich hinter der Kirche links. Früher hat das Geschäft einer Tante vom Schranzl gehört. Aber als die gestorben ist, hat's keinen Nachfolger gegeben. Da hat die Frau Schmolcek, die damals als Feriengast in Talfing war, ihn übernommen. Sie ist Rentnerin und Witwe und hat eine Aufgabe gesucht. Da ist ihr der Laden gerade recht gekommen. Weil sie eine gute Rente kriegt, muss sie auch nicht so viel verdienen und daher reicht ihr die Kundschaft.«

»Danke, Herr Kager«, unterbrach Jasmin den Redeschwall ihres Kollegen und beendete das Gespräch.

Ein Blick auf die Uhr zeigte ihr, dass die Mittagszeit fast schon vorüber war. Da sie am Morgen nur ein Schälchen Müsli gegessen hatte, verspürte sie nun Hunger.

Als sie ihr Zimmer verließ, waren Veronika Grandl und ihre Nachbarn bereits wieder gegangen. Auch Wallner und Loiseder hatten die Dienststelle verlassen. Nur Kager saß noch hinter seinem Schreibtisch und scannte eben das Protokoll ein, das Wallner aufgrund der Aussagen der Gruppe um Frau Grandl erstellt hatte.

»Wo sind die Kollegen?«, fragte sie.

»Die sind heimgegangen, um zu essen«, antwortete Kager.

»Und Sie?«

»Ich hab was dabei. Wissen Sie, ich bin Junggeselle und mein eigener Koch«, meinte Kager grinsend.

»Sicher kein schlechter«, fand Jasmin, da er doch ein paar Kilo mehr auf den Rippen hatte, als es hätten sein sollen.

»Mir schmeckt's jedenfalls«, erklärte Kager selbstbewusst.

»Dann gehe ich jetzt auch zum Mittagessen und danach zu dem Laden, den Sie mir genannt haben. Noch einmal besten Dank für den Tipp.«

»Hat leicht sein können.« Kager grinste kurz und legte das nächste Blatt auf den Scanner. »Was meinen Sie? Wird der Grandl wieder freikommen, wenn so viele Leute ihm ein Alibi geben?«

»Das muss der Staatsanwalt entscheiden. Ich bin bloß eine gewöhnliche Streifenpolizistin«, antwortete Jasmin und verabschiedete sich.

Kager sah ihr nach und schüttelte den Kopf. »So gewöhnlich ist die auch wieder ned. Wenn ich daran denk, wie sorgfältig der Loiseder sein Protokoll geschrieben hat. Man hat's sogar lesen können!«

4. Ein grober Kommissar

Jasmin Lüders hatte in der Nacht gut geschlafen, aber wild geträumt. In ihrem Traum hatte es immer mehr Morde in Talfing gegeben und sie war einer Spur nach der anderen gefolgt, die jedoch alle im Nichts versandet waren. Als sie sich in ihrem winzigen Badezimmer die Zähne putzte und sich duschte, war sie froh, zur Schutzpolizei zu zählen, deren Aufgaben fest umrissen waren. Sie musste keiner von einem Täter möglicherweise zurückgelassenen Hautschuppe nachspüren wie die Kollegen von der Kriminalpolizei.

Nachdem sie ihre morgendliche Pflege beendet und die Uniform vorschriftsmäßig angelegt hatte, ging sie hinunter in den Frühstücksraum. Auch in diesem Hotel hatte die Büfettform bereits Einzug gehalten. Der Kaffee stand in Thermoskannen auf den Tischen und dazu gab es jeweils ein Kännchen Milch und einen Zuckerspender. Das Büfett bestand neben Brot, Semmeln und Butter aus Wurst, Käse, Honig und verschiedenen Marmeladen und auf Wunsch machte die Serviererin ein Omelett oder ein Spiegelei.

Für Jasmin war das Frühstück nicht nur die Hauptmahlzeit des Tages, sondern beinahe schon ein Ritual. Im Dienst wusste man nie, wann man zum Essen kam, da einem immer irgendein

Zwischenfall alle Aufmerksamkeit abverlangen konnte, und am Abend aß sie meistens nur noch einen Joghurt und etwas Obst. Sie nahm sich zwei Semmeln, ein wenig Käse und Marmelade und leistete sich noch eine Scheibe Schinken.

Der Kaffee schmeckte sogar und so beendete sie ihr Frühstück mit dem Gefühl, es ein paar Tage im Hotel aushalten zu können. Dennoch wollte sie sich so bald wie möglich eine eigene Bleibe besorgen, um nach ihrem Geschmack einkaufen und essen zu können.

»Entschuldigen Sie«, sprach Jasmin die Hotelangestellte an. »Wissen Sie, wo ich hier ein Appartement oder eine kleine Wohnung mieten kann?«

Die Frau überlegte kurz, bevor sie antwortete: »Also ich weiß nix. Aber ich könnt den Herrn Oberhuber fragen. Der weiß gwiss was.«

»Das wäre nett von Ihnen«, sagte Jasmin und nahm sich vor, selbst den Wirt, Hotelier und Bürgermeister in einer Person zu fragen, falls die Serviererin es vergessen sollte.

Doch nun galt es, bei Dienstbeginn in der Polizeiwache zu sein. Sie trank ihre Tasse leer, verabschiedete sich von der Hotelangestellten, die eben von einem Feriengast den Auftrag bekommen hatte, ihm ein Schinken-Käse-Omelett zuzubereiten, und machte sich auf den Weg.

Sie hatte nicht weit zu gehen, und so erreichte sie die Polizeiwache zehn Minuten vor ihrem offiziellen Dienstbeginn. Ihre Kollegen waren bereits eingetroffen, denn sie vernahm aus Wallners Büro erregte Stimmen.

»… werden wir schon fertig! Die wird froh sein, wenn sie wieder in ihr München zurückkann«, sagte Wallner gerade.

»Wie kommt so eine von der Waterkant zum Polizeidienst in Bayern?«, fragte Loiseder.

»Vielleicht hat es den Eltern von der Frau Lüderlich im Urlaub bei uns in Bayern so gefallen, dass sie hiergeblieben sind.«

Jasmin drehte Kager in Gedanken den Kragen herum, weil er ihren Namen andauernd verhunzte. Sie überlegte bereits einzutreten und ihn zur Rede zu stellen, als ihr etwas anderes auffiel. Die Haustür war unverschlossen gewesen und im Flur gab es eine an der Wand befestigte Garderobe, an der neben etlichen Kleidungsstücken auch zwei Pistolengurte hingen. Die Waffen steckten im Halfter. Es war ein derartiger Verstoß gegen die Dienstanweisung, dass sie zornig wurde.

»Was soll das?«, rief sie scharf.

Sofort wurde die Tür von Wallners Büro aufgerissen und Kager schaute heraus.

»Grüß Gott, Frau Lüderstadt. Was ist Ihnen denn über die Leber gelaufen?«

»Wem gehören die beiden Pistolen?«, fragte Jasmin streng.

»Mir und dem Franz«, antwortete Wallner, um klarzumachen, dass Loiseder und er nicht nur Kollegen, sondern auch Freunde waren, die zusammenhielten.

»Da die Tür nicht verschlossen ist, kann hier jeder hereinkommen, die Waffen ungesehen an sich nehmen und wieder verschwinden oder in diesen Räumen ein Gemetzel anstellen!« Jasmin war nicht bereit, diese Disziplinlosigkeit durchgehen zu lassen.

Ihre Kollegen besaßen jedoch ein dickes Fell.

»Wir sind doch nicht in Chicago«, erwiderte Loiseder spöttisch.

»Bei uns in Talfing ist noch nie was passiert«, warf Kager ein, um seinen Kollegen zu helfen.

Jasmin zog ihre Augenbrauen zusammen. »Der Pfarrvikar Quintano hat seine Ermordung anscheinend simuliert, wenn hier noch nie etwas passiert ist?«

Ihre Stimme klang ätzend und brachte Kager dazu, sich hinter seinen Kollegen zu verstecken.

»Damit Sie es wissen, meine Herren! Das hier ist eine Polizeiwache des Freistaates Bayern und keine Kulisse für einen

Fernsehkrimi. Daher werden wir unseren Dienst so versehen, wie es in den Dienstanweisungen steht. Haben Sie verstanden?« In gewisser Weise war Jasmin froh, dass die Auseinandersetzung mit ihren Kollegen bereits so früh erfolgte, bevor eine entstehende Vertraulichkeit es ihr schwerer gemacht hätte, sich gegen die Männer durchzusetzen.

»Die Pistolen müssen laut Vorschrift im Waffenschrank aufbewahrt werden. Wo steht dieser überhaupt?«, fragte sie.

»Den haben wir in den Keller gestellt, weil wir ihn nie gebraucht haben«, erklärte Loiseder bissig.

»Wie es aussieht, hat mein Vorgänger Fraiß die Zügel über Gebühr schleifen lassen. Bei mir gibt es das nicht! Ist das klar, meine Herren?«

Ihre drei Untergebenen wirkten wie gescholtene Schulbuben, doch Wallner und Loiseder war anzusehen, dass für sie das letzte Wort noch nicht gesprochen war.

»Meine Herren, vor genau einer Minute hat unser Dienst begonnen. Als Erstes werden Sie den Waffenschrank aus dem Keller holen und in diesem Zimmer dort aufstellen.«

»Aber das ist unser Brotzeitraum, Frau Lüderer«, rief Kager.

»Laut Gebäudeplan ist es der Einsatzbesprechungsraum und das wird er auch wieder sein. Der Pausenraum ist jenes Zimmer da hinten.« Jasmin wies auf die letzte Tür im Flur.

»Die Kammer haben wir als Abstellraum benutzt, Frau Lüdersen. Außerdem ist sie so klein, dass der große Kühlschrank nicht hineingepasst hat.«

»Dann sorgen Sie dafür, dass er hineinpasst. Und noch etwas, Herr Kagermager! Wenn Sie meinen Namen noch einmal verstümmeln, werden wir uns etwas intensiver unterhalten müssen. Das gilt auch für Sie, Herr Loiseder und Herr Wallner.«

Den beiden war bei dem Begriff ›Kagermager‹ ein Grinsen ausgekommen, da Kager alles andere als mager war, aber jetzt wurden ihre Mienen wieder ernst.

»Sie sollen doch den Waffenschrank hochholen«, mahnte Jasmin sie und wandte sich dann an Kager. »Wo bewahren Sie Ihre Pistole auf?«

»Die habe ich, glaube ich, im … äh, da muss ich nachschauen.«

»Dann tun Sie das, Herr Kager. Wenn die Herren Loiseder und Wallner den Waffenschrank aufgestellt haben, will ich die Pistolen von allen Kollegen dieser Dienststelle darin sehen. Haben Sie mich verstanden?«

»Ja, Frau Lüdada«, antwortete Kager kleinlaut und verschwand, bevor ihn Jasmin erneut wegen des Namens zur Rechenschaft ziehen konnte.

* * *

Jasmin war der Meinung, es hätte in ihrer neuen Dienststelle besser laufen können, aber sie wusste auch, dass sie sich gegen ihre drei Kollegen würde durchsetzen müssen, wenn sie ein Bein auf die Erde bringen wollte. Sie betrat ihr Büro, stellte ihren Laptop auf den Schreibtisch und schaltete ihn ein. Zwar hatte sie vor dem Zubettgehen ihre E-Mails durchgecheckt, doch die bayerische Staatsmacht kannte keine Nachtruhe, und so hatte sie wieder einiges zu lesen. Obwohl die Nachrichten sich nicht auf die Situation in Talfing bezogen, hielt sie es für besser, einen Überblick über das zu gewinnen, was sich im Allgemeinen so tat.

Ein kurzes Aufblinken zeigte ihr, dass die von ihr für den Vormittag geplante Besprechung mit ihren neuen Kollegen anstand. Daher sperrte sie ihren Laptop, erhob sich und ging hinaus.

Der Waffenschrank stand wie gefordert im Besprechungsraum. Wegen der geringen Zahl an Polizeibeamten in dieser Dienststelle war er nicht besonders groß und passte neben den Kühlschrank an die hintere Wand. Jasmin hatte sich den eigentlichen Pausenraum kurz angesehen und fand ihn recht eng. Sollte auch noch der Kühlschrank dort stehen, könnte man sich kaum mehr umdrehen.

Vorerst aber richtete sie ihr Augenmerk auf den Waffenschrank. Einer der Schlüssel, die sie von ihrem Vorgänger Fraiß übernommen hatte, passte ins Schloss. Zwei Pistolengurte hingen bereits darin und die Namensschilder auf der Innenseite der Gurte zeigten an, dass sie Wallner und Loiseder gehörten. Kagers Gurt fehlte noch. Sie packte ihren Waffengurt dazu, verschloss den Waffenschrank wieder und rief nach ihren Kollegen.

Loiseder und Wallner erschienen sofort, doch Kager ließ sich nicht sehen.

»Wo ist denn Ihr Kollege?«, fragte Jasmin.

»Der sucht alleweil noch seinen Revolver«, antwortete Wallner patzig.

»Er hat seine Waffe noch nie gebraucht und sie irgendwo hingetan, wo sie nicht im Weg umgeht.« Loiseder versuchte, bei Jasmin um Verständnis für seinen Kollegen zu werben, während Wallner nur verächtlich schnaubte.

»Zu was anderem als zum Telefondienst ist der Kager eh nicht zu brauchen.«

»Das werden wir ja sehen«, erwiderte Jasmin in einem Ton, der Josef Kager nichts Gutes versprach.

»Setzen Sie sich, meine Herren! Ich habe nicht vor, auf den Kollegen Kager zu warten. Er bekommt seine Einweisung später unter vier Augen von mir.«

Jasmin setzte sich und musterte die beiden Polizeibeamten, die mit verknitterten Mienen Platz nahmen und mit einer gewissen Abwehrhaltung die Ellenbogen auf die Tischplatte stemmten. »Meine Herren, ich habe mich nicht um die Aufgabe gerissen, diese Dienststelle zu leiten«, begann Jasmin. »Aber da sie mir zugeteilt wurde, werde ich sie so erfüllen, wie es mir richtig erscheint. Das mag mit dem Dienst, den Sie in den letzten Jahren hier geleistet haben, nicht kompatibel sein, doch ich nehme an, dass Sie flexibel genug sind, um sich damit abzufinden. Wenn nicht, muss ich es der Polizeidirektion melden und die Forderung stellen, Sie abzulösen.«

»Bei mir können Sie das gleich tun!«, rief Wallner, der es nicht verwinden konnte, den begehrten Posten nicht selbst erhalten zu haben.

Loiseder schwankte, ob er sich seinem Kollegen anschließen sollte. Andererseits hatte er eine Frau von hier geheiratet und ihm gehörte ein hübsches Haus im Neubauteil des Ortes. Als es hieß, die Polizeiwache Talfing würde bald aufgelöst werden, hatte seine Rosi arg gejammert, dass sie die Heimat verlassen müsse. Nun erhielt er die Chance, bleiben zu können, aber die besaß einen kräftigen Stachel. Er war der dienstälteste Polizist in Talfing und trotzdem hatte man ihm mit Jasmin Lüders nicht nur jemand Jüngeres, sondern auch noch eine Frau vor die Nase gesetzt.

»Ich werde Ihren Wunsch nach Versetzung berücksichtigen, Herr Kollege Wallner«, sagte Jasmin kühl. »Doch bis dahin werden Sie Ihren Dienst so versehen, wie es sich gehört.«

»Ja, genau nach Vorschrift«, giftete Wallner zurück.

»Das sei Ihnen unbenommen. Jetzt aber erhalten Sie Ihre Einsatzpläne für die nächsten Tage. Unser Aufgabenbereich wurde insofern erweitert, dass wir den Weg nach Österreich stärker kontrollieren müssen, da er möglicherweise von Schleusern benützt werden könnte.«

»Sonst noch was?«, spottete Wallner.

»Das Innenministerium in München sieht diese Gefahr und gibt uns unseren Aufgabenbereich vor. Sollte von dort diese Anordnung kommen, werden wir den Weg vierundzwanzig Stunden am Tag in Sechsstundenschichten bewachen. So weit ist es glücklicherweise noch nicht. Falls es dazu käme, müsste die Beamtenzahl in Talfing auf jeden Fall erhöht werden.«

Als Loiseder das hörte, ruckte sein Kopf hoch. Wenn das geschah, hatte er vielleicht die Gelegenheit, Streifenführer zu werden. Seiner Rosi würde das gefallen. »Wir halten regelmäßigen Kontakt zu unseren Kollegen in Tirol«, erklärte er. »Deshalb können diese uns jederzeit auf dem kurzen Dienstweg informieren, wenn sich drüben etwas tut.«

»Als ob die uns helfen würden«, wandte Wallner bissig ein. »Die sind doch froh um jeden Flüchtling, der zu uns herüberkommt, damit sie ihn los sind.«

»Das bedeutet aber nicht, dass wir die Hände in den Schoß legen dürfen. Wir werden den Weg bis zur Grenze täglich in wechselndem Rhythmus kontrollieren, ebenso die Straße, die von hier weiterführt ...«

»Vielleicht auch noch die Wanderparkplätze?«, fragte Wallner mit spöttischer Miene.

»Auch die«, antwortete Jasmin gelassen. »Außerdem werden wir die Wanderwege überwachen, für den Fall, dass mögliche Flüchtlinge die Straße meiden. Mindestens zwei Wege führen über die Berge ins Hinterland.«

»Um mit den steilen Pfaden fertigzuwerden, braucht es Erfahrung und die richtige Ausrüstung«, gab Loiseder zu bedenken.

Jasmin nickte lächelnd. »Welche die Flüchtlinge meistens nicht haben. Daher sollten wir ein Auge darauf haben. Es macht sich nicht gut in den Zeitungsberichten, wenn es heißt, dass mehrere Flüchtlinge auf ihrer Flucht in den Talfinger Bergen abgestürzt oder bei einem plötzlichen Wetterumschwung erfroren sind.«

»Das würde ich dir gönnen«, murmelte Wallner leise.

Jasmin vernahm es trotzdem und dachte sich ihren Teil. Falls der Mann es wirklich auf Ärger ankommen lassen wollte, war es wohl das Beste, wenn er so rasch wie möglich versetzt wurde.

Bevor irgendjemand etwas sagen konnte, stürzte Kager herein, seinen Pistolengurt samt Waffe in der Hand. »Ich habe sie gefunden!«, rief er erleichtert.

»Und wo?«, fragte Loiseder neugierig.

»Der Gurt hat im Schrank gehängt und die Pistole unter meiner Matratze gelegen. Ich hab mir gedacht, dass das der sicherste Aufbewahrungsort ist.«

Jasmin blickte demonstrativ auf ihre Armbanduhr. »Was hätten Sie gemacht, wenn Sie sehr schnell bewaffnet hätten ausrücken müssen?«, fragte sie.

»Bis der Kager so weit ist, wären die Verbrecher längst über alle Berge«, spottete Wallner, um dann noch eins draufzusetzen: »In der nächsten Zeit wirst du ganz schön herumgescheucht werden. Laut unserer neuen Dienststellenleiterin müssen wir auch die Wanderwege abgehen, damit kein Flüchtling abstürzt oder erfriert!«

»Aber wir haben doch bislang keine Flüchtlinge gehabt«, sagte Kager verständnislos.

»Laut unserer neuen Dienststellenleiterin werden sie bald in Scharen über die österreichische Grenze kommen und Talfing förmlich überschwemmen«, höhnte Wallner weiter.

»Genau das hat sie nicht gesagt«, widersprach Loiseder ihm. »Sie hat nur gesagt, dass man im Ministerium fürchtet, dass Schleuser eine Route über Talfing einrichten könnten.«

Für Jasmin war es ein Zeichen, dass dieser Kollege sich mit den Gegebenheiten abzufinden begann. Wie es jedoch mit Kager und Wallner weitergehen würde, musste die Zeit zeigen.

* * *

Um ihren Untergebenen zu beweisen, dass es ihr mit ihren Anweisungen ernst war, beschloss Jasmin, zusammen mit Josef Kager einmal die Strecke zum Grenzweg abzugehen, um sich einen Eindruck zu verschaffen und bereit zu sein, wenn die Anweisung für Patrouillen käme. Sie teilte Wallner zum Telefondienst ein, während Loiseder sich bereithalten sollte, wenn im Dorf etwas geschah. Sie hatte sich nicht ohne Grund für Kager entschieden. Dieser schleppte für einen Polizisten etwas zu viel Speck mit sich herum und sie hatte mitbekommen, wie ihr damaliger Kollege Hauser, der ebenfalls nicht der Schlankste gewesen war, bei der Verfolgung eines Kioskräubers schlappgemacht hatte. Das wollte sie nicht noch einmal erleben. Wäre der Räuber damals mit einer anderen Waffe als einem Messer bewaffnet gewesen, hätte die Sache arg ins Auge gehen können.

Kager lief neben ihr her wie ein zum Tode verurteilter Verbrecher, den am Ende des Weges das Schafott erwartete. Obwohl es um Talfing herum genug Wanderwege gab, hatte er in den letzten Jahren bis auf gelegentliche Ausflüge nach Österreich nie größere Strecken als von seinem Haus zur Polizeiwache und retour zurückgelegt. Bis zum Grenzweg war es fast doppelt so weit und es ging zuletzt auch noch recht steil bergauf. Schon bald begann er zu schwitzen, und als sie die Mulde erreichten, in der Kathinka van der Loor den ermordeten Pfarrvikar gefunden hatte, schnaufte er wie ein abgetriebener Gaul.

»Wir sind gleich bei der Grenze«, stieß er zwischen ebenso vielen Atemzügen wie Worten hervor.

»Ich habe den Grenzstein bereits gesehen.« Jasmin hatte nur kurz den Schauplatz des Mordes betrachtet und wanderte jetzt weiter bis zu dem genannten Stein.

›Churfürstenthum Baiern‹ stand auf der ihr zugewandten Seite. Als sie um den Stein herumging, entdeckte sie auch die andere Aufschrift ›Gefürstete Grafschaft Tyrol‹.

»Der ist aber ganz schön alt«, rief sie verblüfft, denn diese Schreibweisen waren seit über zwei Jahrhunderten nicht mehr in Gebrauch. Nach der napoleonischen Zeit und dem

Wiener Kongress wären ›Königreich Bayern‹ und ›Kaiserthum Österreich‹ richtiger gewesen.

Kager interessierte sich jedoch nicht für alte Grenzsteine, sondern haderte damit, dass Jasmin so lange Beine besaß und ihm daher ein höllisches Tempo aufzwingen konnte. Wenn er gelegentlich doch einmal diesen Weg bis ins nächstgelegene Tiroler Dorf in Angriff nahm, geschah das sehr gemächlich und ohne große Anstrengung. Aber die gemütliche Zeit, die sie unter Jasmins Vorgänger Fraiß erlebt hatten, war mit einem Schlag vorbei.

»Sie wollen doch nicht etwa bis nach Tirol gehen?«, fragte er besorgt.

Jasmin schüttelte den Kopf. »Heute nicht. In den nächsten Tagen werden wir es allerdings einmal tun müssen. Aber vorher will ich mich mit den Kollegen von drüben telefonisch kurzschließen.«

Kager war so froh, dass er das Kreuzzeichen schlug. »Gehen wir jetzt wieder zurück?«, fragte er.

»Ja, aber nur bis zu jenem Wanderweg«, antwortete Jasmin und zeigte auf die Abzweigung, die kurz vor Beginn des Dorfes an mehreren Bauernhöfen vorbeiführte und ein Stück weiter im Wald verschwand.

»An dem Weg liegt auch der Grandlhof. Der gehört dem Bauern, den der Weißberger vorgestern verhaftet hat«, berichtete Kager in der Hoffnung, Jasmin würde nur bis dorthin gehen und es dann gut sein lassen.

Seine Vorgesetzte nickte jedoch nur kurz und ging los. Seufzend folgte Kager ihr, blieb aber, obwohl es jetzt abwärtsging, bald schon hinter ihr zurück.

Nach einer Weile drehte Jasmin sich um. »Wie es aussieht, müssen Sie ein wenig sportlicher werden, Kollege Kager.«

»Mir bin ich sportlich genug, Frau Lüderung«, sagte er und bereute es sofort, denn Jasmins Miene nahm wegen der x-ten

Verballhornung ihres Namens einen strengen Zug an und sie beschleunigte ihr Tempo.

»Was ist denn los, Herr Kagerschwager? Sie wollen doch nicht etwa schlappmachen?«, fragte sie spöttisch, als ihr Kollege stehen blieb und seine Hand gegen die rechte Bauchseite presste.

Seitenstechen hatte Kager das letzte Mal in seiner Jugend gehabt, begriff aber nun, dass die Schmerzen, die es verursachte, in seinem jetzigen Alter fast noch schlimmer waren. Elende Schinderin!, fuhr es ihm durch den Kopf und er wünschte sich die angenehmen Tage unter seinem früheren Vorgesetzten Fraiß zurück.

Während Kager mit schmerzverzerrter Miene hinter ihr herschwankte, erreichte Jasmin den Grandlhof und blieb dort stehen. Es war ein schöner, großer Vierseithof mit Wohngebäude, Kuhstall, Scheune und einer Remise mit Pferdestall, die zu einer Maschinenhalle umgebaut war.

Noch während sie schaute, entdeckte die Bäuerin sie durch das Küchenfenster und verließ eilig das Haus. »Grüß Gott, Frau Kommissarin. Ich kann Ihnen ned genug Vergelt's Gott sagen. Wenn Sie ned den Loiseder dazu bracht hätten, unsere Aussagen aufzunehmen, wär mein Xaver alleweil noch im Gefängnis. So aber hat ihn der Richter freilassen müssen.«

»Das freut mich für Sie«, sagte Jasmin und war gespannt auf den Ehemann der Bäuerin.

Laut den Ermittlungen des Kriminalhauptkommissars sollte dieser den Pfarrvikar in einem Anfall von Eifersucht und vom Alkohol enthemmt ermordet haben. Aber so, wie sie Veronika Grandl einschätzte, war das keine Frau, die Anlass zur Eifersucht gab, und der Zorn des Bauern hatte auch dem Spötter Schranzl gegolten, nicht dem Geistlichen.

Unterdessen drehte Veronika Grandl sich zum Hof hin. »Xaver, komm raus! Die Frau Kommissarin ist da. Ihr ist es zu verdanken, dass du freigelassen worden bist.«

Das Lob war Jasmin peinlich. »Ich habe hier wirklich nichts getan«, sagte sie, ohne die Bäuerin überzeugen zu können.

Jetzt kam auch deren Mann auf sie zu. Grandl wirkte ganz wie ein Landmann, der in einer anderen Umgebung als der gewohnten unglücklich sein würde. Er war noch etwas blass und schien ängstlich, als er Jasmin begrüßte.

»Ich freu mich, Sie zu sehen. Meine Vroni hat mir gsagt, dass Sie ihr gholfen haben, damit der Weißberger ihre Aussage und die vom Innauer und den anderen zur Kenntnis nehmen hat müssen. Die anderen Gendarmen wollten es ja ned tun.«

Jasmin musste schmunzeln, als sie den alten Ausdruck für Polizisten hörte. »Das war nicht der Rede wert, Herr Grandl. Ich habe nur dafür gesorgt, dass diese Aussagen aufgenommen und weitergeleitet worden sind. Wären sie nicht stimmig gewesen, hätte der zuständige Richter die Untersuchungshaft nicht aufgehoben.«

»Auf alle Fäll bin ich wieder heraußen und ich schwör's beim Herrgott, ich hab den armen Quintano ned umbracht. Das war ein sehr angenehmer Mensch und er hat der Vroni und mir beigstanden, als sie im letzten Jahr das Kind verloren hat. Darum ärgert's mich auch so, dass der depperte Schranzl so spotten hat müssen.«

»Ich war zwar ein paar Mal im Pfarrhaus, aber da ist es um den Blumenschmuck in der Kirche gangen«, erklärte Veronika Grandl mit einer gewissen Entrüstung über Matthias Schranzl, der ihr eheliche Untreue unterstellt hatte. »Es ist nämlich von alters her das Vorrecht der Bäuerin auf dem Grandlhof, dafür zu sorgen. Vor mir hat das schon meine Schwiegermutter gmacht, und vor der deren Schwiegermutter. Da ist nix Heimliches dran.«

Auch der Bauer hatte seinen Groll auf den Spötter keineswegs vergessen. »Ich bin immer noch am überlegen, ob ich ihn nicht doch anzeigen soll. Aber bei uns in Talfing haben wir so etwas alleweil unter uns ausgmacht. Erst nachdem die ersten Städter zugezogen sind, ist es zu einem Prozess kommen.«

»Andererseits haben die Aussagen vom Schranzl mit dafür gsorgt, dass der Richter dich freiglassen hat«, wandte seine Frau ein. »Ich hab das Gefühl, dass es dem Schranzl leidtut, was er mit ein paar unbedachten Worten angestellt hat.«

Jasmin hingegen sah andere Probleme. »Fest steht, dass Ihr Pfarrvikar ermordet worden ist und der Mörder noch frei herumläuft. Haben Sie irgendeinen Verdacht, wer es sein könnte?«

Das Ehepaar schüttelte fast im Gleichklang den Kopf.

»Nein, wirklich ned«, meinte der Bauer. »Ich kann mir auch ned vorstellen, dass es einer von uns war. Dafür war der Quintano zu beliebt im Dorf und außerdem ein geistlicher Herr.«

In der Stadt mochte das keine Rolle mehr spielen, doch auf einem Dorf wie diesem besaß es noch seine Bedeutung. Trotzdem sagte Jasmin sich, dass auch in diese Richtung ermittelt werden musste. Das war aber nicht ihre Sache, sondern die des Kriminalhauptkommissars Weißberger. Sie verabschiedete sich von den Bauersleuten und ging weiter.

Kager hatte sich inzwischen so weit erholt, dass er auf der weiteren Strecke mithalten konnte. »Wo wollen Sie jetzt hin, Frau Lüdermaier?«, fragte er, als Jasmin wieder in Richtung des Kerndorfes abbog.

»Zur Kirche, Herr Fragerkager!« Jasmin hatte sich vorgenommen, Kagers Marotte nicht mehr ernst zu nehmen, sondern es ihm mit gleicher Münze heimzuzahlen.

Die Kirche von Talfing war nicht allzu groß, doch ihr Zwiebelturm ragte weit über die anderen Häuser und sogar über Oberhubers Hotel hinaus. Von außen wirkte sie schlicht, aber der Eindruck änderte sich, als sie eintraten. Vorne befand sich ein mächtiger Marienaltar mit zwei Flügeln, die geöffnet waren. Im Mittelpunkt stand die Statue der Maria mit dem Jesuskind und zu ihren Seiten der heilige Josef und der heilige Johannes, der Evangelist.

»Wenn man den Altar schließt, sieht man Maria als Mutter der Schmerzen mit dem Schwert in der Brust. Aber das hat der Quintano bloß während der Karwoche gezeigt«, sagte Kager, der brav ins Weihwasserbecken gegriffen und sich bekreuzigt hatte.

Jasmin nickte dazu und bewunderte kurz die vier fast lebensgroßen Heiligenfiguren an den Seiten.

Um welche Heiligen es sich dabei handelte, erklärte ihr Kager ebenfalls: »Das dort ist der heilige Leonhard, der Schutzpatron gegen Viehseuchen, das da sind die heilige Barbara und die heilige Veronika, und das ist der heilige Korbinian.«

»Danke«, sagte Jasmin.

Da fiel ihr eine junge Frau mit blonden Haaren auf, die weiter vorne im Kirchengestühl saß und leise betete. Die Sprache, in der sie es tat, musste Niederländisch sein, dachte Jasmin, als sie sich ihr näherte.

»Das ist die Touristin, die den Ermordeten entdeckt hat«, raunte Kager Jasmin zu.

Jasmin empfand Mitleid mit der jungen Frau, die hierhergekommen war, um Erholung zu suchen, und stattdessen mit einem so schrecklichen Ereignis konfrontiert worden war. Sie wollte Kathinka van der Loor nicht stören. Da sah diese auf und entdeckte sie. Im ersten Augenblick zuckte sie zusammen, bemerkte dann aber die Uniformen von Jasmin und Kager und atmete auf.

»Goedendag«, grüßte sie und wechselte anschließend ins Deutsche über. »Ich habe vorhin gehört, dass der Mörder wieder freigelassen worden ist.«

Jasmin schüttelte den Kopf. »Der Grandlbauer konnte laut den Aussagen seiner Nachbarn nicht der Täter sein.«

»Aber dann läuft der wahre Mörder immer noch frei herum«, sagte Kathinka mit zitternder Stimme.

Jasmin verstand die Nervosität der jungen Frau, denn so ein Ereignis hinterließ Spuren. »Mein Kollege Weißberger von der Kripo Rosenheim setzt alles daran, um den Täter dingfest zu machen, das können Sie mir glauben.«

»Ich weiß nicht, ob ich nicht besser abreisen sollte. Dabei hätte ich noch fast zwei Wochen vor mir.« Die junge Niederländerin klang unschlüssig. Dann aber atmete sie tief durch. »Dieser Herr Weißberger hat gesagt, ich soll ein paar Tage bleiben und zu ihm nach Rosenheim kommen, um dort in aller Ruhe noch einmal meine Aussage zu machen. Er verdächtigt mich doch hoffentlich nicht?«

»Das denke ich nicht«, antwortete Jasmin. »Schließlich war der Pfarrvikar, als Sie ihn gefunden haben, schon einige Stunden tot.«

»Solange Sie die Tatwaffe nicht in die Hand genommen und Ihre Fingerabdrücke darauf hinterlassen haben, passiert Ihnen nichts.«

Kagers halb im Scherz gemachte Bemerkung kam weder bei Kathinka noch bei Jasmin gut an. Beide bedachten ihn mit einem strafenden Blick, dann verabschiedete Jasmin sich von der Niederländerin und verließ die Kirche.

Draußen begegnete ihr eine junge Frau in einem geschmackvollen Dirndlkleid. Sie war mittelgroß, leicht stämmig, hatte aber eine gute Figur, ein hübsches, herzförmiges Gesicht, braune Augen und bis über die Schultern fallendes brünettes Haar.

Als sie Jasmin sah, kniff sie die Augen zusammen. »Sie sind also die neue Polizeichefin?«, fragte sie nicht gerade freundlich.

»Ich bin die leitende Beamtin der Polizeiwache Talfing«, antwortete Jasmin mit dem Versuch, verbindlich zu sein.

»Dass man da ein Weiberleut dazu gmacht hat! Die Bauern und Burschen in der Gegend lassen sich von so einer wie dir gwiss nix sagen«, erklärte die Frau.

Ein gewisser Neid lag in der Stimme, denn obwohl Jasmin ein paar Jahre älter war als die Einheimische, konnte diese nicht mit dem selbstsicheren Auftreten der Polizistin mithalten.

Jasmin rang sich ein Lächeln ab. »Ich glaube schon, dass die Talfinger und die Bewohner der Einödhöfe sich von mir etwas sagen lassen werden.«

»Die Frau Lüderich hat nämlich keine Haare, sondern Stahlborsten auf den Zähnen«, warf Kager grinsend ein.

Jasmin beschloss, ihn auch diesmal nicht zurechtzuweisen, und ging stattdessen weiter. Als sie den Friedhof verlassen hatten, wandte sie sich an Kager. »Wer war denn das eben?«

»Die Hornecker Maria. Ihrem Vater gehört das Haus dort drüben.«

Kager wies auf ein Gebäude, das groß genug war, es mit einem Doppelhaus in der Stadt aufnehmen zu können, und das inmitten eines mindestens tausend Quadratmeter großen Gartens stand.

»Der Hornecker ist Versicherungsagent«, setzte er hinzu.

»In Talfing? Ich glaube nicht, dass er damit eine Familie ernähren kann«, wandte Jasmin ein.

»Der Hornecker fährt die ganzen Nachbartäler ab und macht einiges mit dem Internet. Auch wenn die Bauern im Stallgewand nicht viel hermachen, so sind sie da schon sehr vif. Die haben ihren kompletten Betrieb in den Computer eingespeichert und können aufs Gramm genau sagen, wie viel Kunstdünger sie auf ihre Wiesen streuen müssen, damit die Milchleistung gleich bleibt.«

Jasmin nickte zu Kagers Ausführungen. Dümmer als die Leute in den Städten waren die Bewohner der Bergdörfer auch nicht, das wusste sie aus ihrer Kindheit. Man hatte andere Sitten und verachtete die Oberflächlichkeit, die in den Städten eingezogen war. Aber wenn es darum ging, ihre Interessen durchzusetzen, konnten sie ganz schön hartnäckig sein. Was den

Vater von Maria Hornecker betraf, so konnte er sich hier auf eine treuere Klientel verlassen als ein Versicherungsvertreter in Rosenheim oder gar in München.

»Was machen wir jetzt?«, fragte Kager, dem ein Blick zur Kirchturmuhr verraten hatte, dass es auf Mittag zuging.

Auch Jasmin wurde dies klar und sie überlegte kurz. »Sie können zur Polizeiwache zurückkehren. Ich gehe zum Kramladen und besorge mir eine Kleinigkeit zum Essen.«

Schon am Vortag hatte sie bei Frau Schmolcek einkaufen wollen, war aber nicht dazu gekommen. Das wollte sie jetzt nachholen. Sie verabschiedete sich von Kager und wandte sich dem Teil des Dorfes zu, in dem sich der Laden befand, während ihr Kollege in Richtung des Polizeigebäudes weiterstiefelte.

* * *

Frau Schmolceks Geschäft lag unweit der Kirche in einer Seitengasse und unterschied sich von den anderen Häusern nur durch das große Schaufenster und das Blechschild über der Tür, das auf den Lebensmittelladen hinwies. Jasmin bezweifelte, dass das Angebot darin auch nur halbwegs ihren Erwartungen entsprach, wurde aber, als sie eintrat, positiv überrascht. Der Laden war größer, als es von draußen aussah, und sehr gut sortiert. Auch die Preise, die sie auf den kleinen Schildern las, lagen kaum höher als in dem Rosenheimer Supermarkt, in dem sie die letzten zwei Monate eingekauft hatte.

Sie war nicht die einzige Kundin, denn vor ihr warteten noch zwei andere Frauen darauf, bedient zu werden. Die Ladenbesitzerin, die sicher schon auf die siebzig zuging, war mittelgroß, kräftig gebaut und besaß in Grau übergehendes Blondhaar. Ihrer Sprechweise nach stammte sie aus dem Ruhrpott. Jasmin hörte ihr zu, wie sie sich mit ihren Kundinnen unterhielt, während sie die Waren aus den Regalen holte. Probleme wegen der unterschiedlichen Dialekte schien es keine zu geben. Anscheinend hatten die Ladenbesitzerin und die Einheimischen sich aneinander gewöhnt.

Natürlich ging es bei dem Gespräch um den Mord an dem Pfarrvikar. Jede der Frauen hatte ihre eigene Theorie dazu, und die wurden eifrig ausgetauscht.

»Also ich sag, es war einer aus Österreich, der in der Nacht den Weg herübergekommen ist und ned gesehen hat werden wollen«, erklärte eben eine große, schlanke Frau höheren Alters, die ihr Haar zu einem Kranz um den Kopf geflochten hatte. Wie die andere Kundin und auch die Krämerin trug sie eine Kittelschürze.

»Ich weiß ned«, widersprach die andere Kundin. »Das hätt schon ein arger Zufall sein müssen. Ich nehm eher an, dass es einer vom Unterland oder aus der Stadt war, der über die Grenze abhauen hat wollen und dem der Kooperator vor die Füße gelaufen ist. Ihr seht doch bei den Krimis im Fernsehen, wie schnell das geht.«

»Es könnte trotzdem jemand aus Talfing sein«, wandte die Krämerin ein. »Mit den Einödhofen und den beiden Weilern in den Seitentälern leben hier fast tausend Leute. Da kann auch ein solcher Schurke darunter sein.«

»Das glaub ich ned. Von uns Talfingern war das keiner«, sagte die erste Kundin im Brustton der Überzeugung.

»Vielleicht einer von den Zugezogenen oder von den Feriengästen«, mutmaßte die andere Kundin.

»Bestimmt ned. Wer hätt dem armen Kooperator was antun wollen?«, wehrte die andere ab.

Die Krämerin wiegte sinnend den Kopf. »Erinnert euch daran, wie es war, als der Quintano damals gekommen ist. Nicht alle waren damit einverstanden, dass ein Farbiger die Heilige Messe halten soll. Es gab ein ziemliches Gerede und Schmierereien am Pfarrhaus.«

»Das ist doch längst vergessen.« Die Kundin wollte noch mehr sagen, war aber mit ihrem Einkauf fertig und die Krämerin wandte sich der anderen zu.

»Na, Petra, was brauchst du heute?«

»Bloß ein Packerl Salz und ein Mehl. Hast du auch das richtige?«

»Was ist für dich das richtige?«, fragte die Krämerin mit einem gewissen Spott, während die erste Kundin sich verabschiedete und ging.

Dabei warf sie Jasmin einen neugierigen Blick zu. Im Dorf war bereits bekannt geworden, wer die Nachfolge des Polizeikommissars Fraiß übernommen hatte. Wäre nicht der Mord an dem Pfarrvikar geschehen, hätte diese Tatsache höchstwahrscheinlich die Gespräche im Krämerladen bestimmt.

Unterdessen hatte die andere Kundin das Mehl gefunden, das sie haben wollte, bezahlte die beiden Sachen und verließ ebenfalls den Laden.

Die Krämerin sah ihr nach und verzog das Gesicht zu einem spöttischen Lächeln. »Die Grassl kauft normalerweise in Raubling im Supermarkt ein, weil es dort ein paar Cent billiger ist als bei mir. Wenn sie richtig rechnen würde, käme sie darauf, dass sie das Benzin, das sie dabei verbraucht, um einiges teurer kommt als die Ersparnis beim Einkauf. Aber manche Menschen sind eben Meister im Selbstbetrügen. Was kann ich für Sie tun?«

Die Frage galt Jasmin. Sie nahm eine Tasse von dem Bord, auf dem diese mit ein paar anderen stand. Sie trug die Aufschrift ›Schönes Talfing‹, sah jedoch brauchbar aus.

»Haben Sie auch ein Brotzeitbrettchen, ein Messer und vielleicht eine Gabel?«, fragte Jasmin.

Die Krämerin nickte. »Da Feriengäste gerne Brotzeit machen und manche die Dinge nicht mitgebracht haben, die man dazu braucht, sorge ich immer für einen gewissen Vorrat.«

Noch während sie es sagte, zeigte Frau Schmolcek Jasmin mehrere Brettchen und Bestecke.

Jasmin suchte sich aus, was ihr gefiel, und kaufte außerdem ein wenig Wurst und Käse, ein paar Semmeln und zwei Äpfel für das Mittag- und Abendessen. Als sie gerade beim Bezahlen war, stellte sie der Krämerin die Frage, die ihr schon länger auf der Zunge lag. »Sie sagen, dass Pfarrvikar Quintano zu Beginn seiner Tätigkeit in Talfing von verschiedenen Leuten angefeindet wurde?«

»Ist das jetzt ein Verhör?«, fragte die Krämerin.

Jasmin schüttelte den Kopf. »Nur Neugier. Was die Ermittlungen wegen des Mordfalls betrifft, so ist das die Sache meiner Kollegen von der Kripo.«

»Sie sind doch auch bei der Polizei«, sagte Frau Schmolcek verwundert.

»Ja, aber bei der Schutzpolizei«, erklärte ihr Jasmin. »Wir kümmern uns, wenn es Schlägereien gibt, Verkehrsunfälle, einfache Diebstähle oder nächtliche Ruhestörungen. Die Verbrecherjagd ist die Sache unserer Kollegen von der Kriminalpolizei. Diese wird auch den Mörder des Pfarrvikars ausfindig machen.«

»Hoffentlich! Es ist nämlich kein angenehmes Gefühl, einen Mörder unter uns zu wissen«, sagte die Krämerin, erinnerte sich dann aber an Jasmins Frage und begann zu erzählen: »Als es damals hieß, wir würden einen Kooperator – wie man hier sagt – von den Philippinen bekommen, haben sich einige im Dorf übermäßig aufgeregt. Der Oberhuber ist sogar bis zum erzbischöflichen Ordinariat, um das zu ändern. Das hat aber nichts genützt. Da es nicht genügend Seelsorger gäbe, sollten wir froh sein, überhaupt einen zu bekommen, war die Antwort. Die Alternative wäre eine Auflösung der Kirchengemeinde und der Anschluss an eine andere Pfarrei gewesen. Damit wären hier nur noch ein paar Mal im Jahr Messen abgehalten worden.

Für die meisten Sonntage hätte es eine Fahrt von über fünfzehn Kilometern für den Kirchgang bedeutet. Da haben der Oberhuber und die Herren vom Vorstand der Pfarrgemeinde schnell nachgegeben. Es gab aber noch lange ein Geschimpfe und die Wand vom Pfarrhaus wurde mit ausländerfeindlichen Parolen beschmiert.«

Frau Schmolcek schwieg kurz und grinste verkniffen. »Laut dem Oberhuber und den anderen maßgeblichen Männern im Tal waren das Auswärtige, die in der Zeitung gelesen haben, dass es hier einen dunkelhäutigen Pfarrer geben würde.«

»Sie glauben das nicht?«, fragte Jasmin.

Die Krämerin zuckte mit den Achseln. »Da ich die Kerle nicht in Aktion gesehen habe, sage ich nichts. Ich will mir hier auf keinen Fall den Mund verbrennen.«

»Das ist wahrscheinlich auch besser so. Ich danke Ihnen trotzdem für die Auskunft.« Jasmin bezahlte ihren Einkauf, verstaute die Sachen in der großen Papiertüte, die ihr die Krämerin reichte, und verließ mit einem Abschiedsgruß den Laden. Unterwegs dachte sie über das Gehörte nach und fand, dass Kommissar Weißberger sich mit den Hintergründen zu seinem Fall hätte befassen müssen, anstatt den Ersten, den er im Verdacht hatte, zu verhaften und das Tal wieder zu verlassen.

* * *

Als Jasmin die Polizeiwache betrat, fiel ihr als Erstes Ludwig Wallners breites Grinsen auf. Es entsprach so gar nicht der mürrischen Miene, die er bei der Anweisung, Telefondienst zu leisten, gezeigt hatte.

»Gibt es etwas Wichtiges?«, fragte sie ihn.

Wallners Grinsen schien noch breiter zu werden. »Herr Polizeihauptkommissar Weißberger hat am Vormittag angerufen und wollte Sie sprechen. Ich habe ihm gesagt, dass Sie frühestens nach dem Mittagessen wieder da sind. Er will dann wieder anrufen.«

»Ist gut.« Jasmin wunderte sich zwar, was Weißberger von ihr wollte, nahm aber an, dass es um Informationen aus dem Ort ging, und setzte sich in den Pausenraum, um dort ein knappes Mittagessen einzunehmen. Es war angenehmer, die Wurst- und Käsesemmeln hier zu essen als auf dem Beifahrersitz eines Streifenwagens, wie sie es schon öfter hatte tun müssen.

Loiseder war zum Essen nach Hause gegangen, wohingegen Kager seine Mahlzeit in einem Plastikgefäß mitgebracht hatte. Zum Trinken gab es für Jasmin Kaffee und Wasser, während Kager sich eine Flasche Bier aus dem Kühlschrank holte.

»Es ist ein alkoholfreies«, sagte er, als er Jasmins tadelnden Blick bemerkte.

Sie hatte gesehen, dass es im Kühlschrank doppelt so viel normale Bierflaschen gab wie solche mit alkoholfreiem Bier. Das war etwas, das sie hier auch noch ändern musste. Im Augenblick hatte sie jedoch genug zu tun und wollte nicht noch eine weitere Baustelle aufmachen.

Die Sachen, die sie von Frau Schmolcek gekauft hatte, schmeckten ihr und sie beendete gerade ihr Mittagessen, als ihr Telefon klingelte. Sie nahm den Hörer ab und meldete sich: »Polizeiwache Talfing, Lüders am Apparat.«

»Hier Kripo Rosenheim, Weißberger«, klang es grimmig zurück. »Ihretwegen musste ein mutmaßlicher Mörder freigelassen werden.«

»Halt!«, unterbrach Jasmin den Kommissar. »Ich habe mit der Sache nichts zu tun. Ich bin erst seit gestern in Talfing.«

»Und haben schon genug Ärger gemacht«, fiel Weißberger ihr seinerseits ins Wort. »Der Kollege Wallner berichtete, dass Sie die Ehefrau des Tatverdächtigen und dessen Nachbarn aufgefordert hätten, abgesprochene Aussagen zu machen, um den Mörder zu entlasten. Sie kennen diese Bergbauernbüffel nicht!

Die halten immer zusammen, auch wenn es gilt, einen Mörder zu schützen.«

»Ich habe überhaupt nichts dergleichen getan!«, rief Jasmin empört in den Hörer. »Ich habe Frau Grandl nur gesagt, sie soll ihre Aussage machen und unterschreiben. Diese Aussage und die ihrer Nachbarn wurde dann streng nach Vorschrift an die Staatsanwaltschaft und den zuständigen Richter per Fax übermittelt. Wenn diese zu der Ansicht gelangt sind, dass die von Ihnen vorgelegten Beweise nicht ausreichen, um Xaver Grandl weiterhin in Haft zu behalten, ist das nicht meine Sache.«

»Jetzt tun Sie nicht so unschuldig«, brüllte Weißberger. »Ich weiß genug über Sie, um mir ein Bild von Ihnen machen zu können. Es heißt, Sie wären unkollegial, würden Ihre Kompetenzen immer wieder überschreiten und sich in Dinge einmischen, die Sie nichts angehen. Mir werden Sie jedoch nicht ins Gehege kommen, das schwöre ich Ihnen. Der Mordfall in Talfing geht Sie einen Scheißdreck an. Der ist meine Sache. Sie halten sich hier heraus! Verstanden? Sonst sorge ich dafür, dass Ihre Vorgesetzten mit Ihnen Schlitten fahren, dass es nur so rauscht. Das ist keine leere Drohung!«

Jasmin verstand, dass Weißberger außer sich vor Wut war, weil der Untersuchungsrichter seinen Tatverdächtigen wieder auf freien Fuß gesetzt hatte. Außerdem hatte er das dumme Gerede ihrer früheren Kollegen aufgeschnappt und benahm sich deshalb wie eine Wildsau im Feinkostladen.

»Jetzt hat es Ihnen anscheinend die Sprache verschlagen«, setzte er höhnisch hinzu.

Das war ein Satz zu viel. »Sehr geehrter Herr Polizeihauptkommissar Weißberger, um mir die Sprache zu verschlagen, muss schon jemand anderes kommen als Sie. Ich versehe hier meinen Job und der schließt Assistenzdienste für die Kollegen der Kriminalpolizei mit ein.«

»Sie werden hier überhaupt nichts tun. Verstanden? Kümmern Sie sich um Ihre Wirtshausschlägereien und die verirrten Touristen, die den Weg ins Dorf nicht mehr finden, aber halten Sie Ihre Pfoten von meinem Fall fern. Das ist eine gut gemeinte Warnung. Ich kann nämlich auch saugrantig werden.«

Als Jasmin das hörte, musste sie sich das Lachen verkneifen. Gleichzeitig ärgerte sie sich in einer Weise über diesen aufgeblasenen Kerl, dass sie ihn am liebsten durchs Telefon gepackt und gegen die Wand geklatscht hätte. Da er ranghöher war als sie, hatte es jedoch wenig Sinn, sich offen mit ihm zu streiten. Allerdings dachte sie nicht daran, sich seinen Forderungen zu beugen. Der Mörder des Pfarrvikars war eine Gefahr für alle, und als Schutzpolizistin war es ihre Pflicht, für die Sicherheit der ihr anvertrauten Menschen zu sorgen.

»Hören Sie, Herr Hauptkommissar! Ich wünsche Ihnen viel Erfolg bei der Ausforschung des Täters. Je eher Sie diesen fassen, umso lieber ist es mir.« Jasmins Stimme klang viel zu sanft für die Gedanken, die in ihr tobten und die nicht gerade stubenrein waren. Zwar wusste sie, dass sie aufpassen musste, aber solange sie sich innerhalb der Vorschriften bewegte, konnte Weißberger herumbrüllen, so viel er wollte, ohne ihr jedoch wirklich schaden zu können. Dass er dies im Sinn hatte, zeigten seine nächsten Worte.

»Es kostet mich nur ein Telefongespräch und Sie finden sich in München bei Demonstrationen in der ersten Reihe vor gewaltbereiten Chaoten wieder.«

Jetzt konnte Jasmin sich doch nicht mehr beherrschen. »Danke für Ihre frommen Wünsche, Herr Weißberger. Allerdings fördert es Ihre Karriere auch nicht gerade, wenn Sie Leute willkürlich verhaften und der Untersuchungsrichter sie dann mangels stichhaltiger Beweise wieder freilassen muss.«

»Sie impertinentes Biest!«

»Erfüllt den Tatbestand der Beleidigung«, konterte Jasmin gelassen und brachte den Kommissar für ein paar Sekunden zum Schweigen.

»Ich habe Sie gewarnt«, sagte er und beendete das Gespräch.

Jasmin starrte auf den Hörer, aus dem jetzt nur noch ein tutendes Geräusch kam, und legte dann auf. Während sie über Weißbergers Vorwürfe nachdachte, erinnerte sie sich daran, dass ihr Kollege Wallner ziemlich triumphierend berichtet hatte, er hätte mit dem Kommissar telefoniert. Das, so sagte sie sich, hätte er besser nicht sagen sollen. Sobald sie hier fest genug im Sattel saß, würde sie seine Versetzung in die Wege leiten. Bis dahin aber, das schwor sie sich, würde der Dienst nach Vorschrift, den er angekündigt hatte, anders verlaufen als von ihm geplant.

5. Ruhe vor dem Sturm

Kathinka van der Loor wusste noch immer nicht, wie sie sich entscheiden sollte. Da sie nach einer gescheiterten Beziehung in die Berge geflohen war, zog es sie im Augenblick nicht nach Hause zurück. Doch sollte sie wirklich in einer Gegend bleiben, in der ein Mord geschehen war?, fragte sie sich. Vielleicht war es besser, zu packen und nach Italien weiterzufahren?

Da war allerdings noch die Sache mit ihrer Zeugenaussage, um die Kommissar Weißberger sie gebeten hatte. Um diese hinter sich zu bringen, setzte sie sich in ihr Auto und fuhr nach Rosenheim. Erst als sie unterwegs war, fiel ihr ein, dass sie hätte zahlen und ihr Gepäck einladen können, um diese Gegend zu verlassen. Sie ärgerte sich ein wenig darüber, atmete aber auf, als sie vor der Polizeidirektion Rosenheim auf Ludwig Wallner traf, den Jasmin losgeschickt hatte, den alten Streifenwagen abzuliefern.

»Ja grüß Gott, Frau van der Loor«, rief er ihr schon von Weitem zu. »Was machen Sie denn hier?«

»Der Kommissar möchte mit mir reden«, antwortete Kathinka.

»Wie lange wird das etwa dauern?« Wallner fragte nicht ohne Grund. Da er den Wagen hierlassen musste, war er darauf angewiesen, dass ihn jemand nach Talfing zurückbrachte. Eine Polizeistreife hätte das sicher im Lauf des Tages getan, doch er fand es angenehmer, mit Kathinka van der Loor zu fahren.

»Oh, das weiß ich nicht«, antwortete die Niederländerin.

»Gewiss nicht zu lange. Wissen Sie was? Wenn Sie fertig sind, gehen wir zwei gepflegt essen und Sie nehmen mich danach mit zurück.«

Der Vorschlag kam unerwartet, doch Kathinka fühlte sich erleichtert. Sie hatte Angst vor dem Mörder und da kam ihr ein Polizist als Beschützer gerade recht. Außerdem war Wallner ein gut aussehender Mann, der bereits in Talfing mit ihr geflirtet hatte. »Wenn Sie Zeit haben, auf mich zu warten, habe ich nichts dagegen«, sagte sie daher.

»Für Sie habe ich alle Zeit der Welt!« Wallner beschloss, seine Abwesenheit von Talfing so lange wie möglich auszudehnen. Seine neue Vorgesetzte konnte nicht wissen, wann er eine Möglichkeit zur Rückkehr bekommen hatte. Vielleicht ging sogar etwas mit der hübschen Niederländerin. Nach dem Schock über das Auffinden des Toten hatte sie gewiss ein wenig Trost und Freude nötig.

Zwar wusste Kathinka nicht, wie weit Wallners Pläne mit ihr reichten, doch es war ihr lieber, von ihm begleitet zu werden, als alleine zu fahren. Wie weit sie selbst gehen wollte, konnte sie dann bei Bedarf entscheiden. Vorerst war sie erst einmal froh, dass er sie ins Polizeigebäude führte und bis zu Weißbergers Büro brachte.

»Also bis dann«, verabschiedete er sich und ging, um den Wagenschlüssel abzugeben und das entsprechende Übergabeprotokoll auszufüllen.

Kathinka klopfte an und wartete, ob jemand sie hineinrief.

Die Tür öffnete sich und Weißbergers Assistent Faschner steckte den Kopf heraus. »Ah, Sie sind es, Frau van der Loor. Kommen Sie bitte herein!«

Kathinka folgte der Aufforderung und stand anschließend vor Kommissar Weißberger.

Dieser sah sie kurz an und wandte sich dann seinem Helfer zu. »Bringen Sie der Dame einen Stuhl, Faschner. Möchten Sie einen Kaffee?«

Das Zweite galt Kathinka, die nach kurzem Zögern nickte. »Das wäre sehr nett von Ihnen.«

»Sorgen Sie dafür, Faschner. Milch und Zucker?«

»Viel Milch und zwei Stück Zucker«, sagte Kathinka.

»Sie haben es gehört, Faschner.« Weißberger sah zu, wie sein Assistent ging, und wandte sich dann lächelnd Kathinka zu. »Ich freue mich, dass Sie meiner Bitte so rasch entsprochen haben. Zwar wäre ich auch zu Ihnen nach Talfing gefahren. Das wäre jedoch nur ein Gespräch zwischen Tür und Angel geworden, während wir uns hier in aller Ruhe unterhalten können. Aber setzen Sie sich doch. Faschner hat den Stuhl nicht gebracht, damit er nutzlos herumsteht.«

Während Kathinka Platz nahm, musterte sie den Kommissar. Weißberger war ein hochgewachsener Mann mit einem durchtrainierten Körper, kurz geschnittenen, dunklen Haaren und einem männlich markanten Gesicht. Seine Augen leuchteten in einem eigenartigen Grün, so wie man es den Nixen im Märchen zuschrieb. Auf jeden Fall wirkte er attraktiv und gefiel ihr sogar besser als Wallner, obwohl dieser sicher hübscher war.

Unterdessen kehrte Faschner mit einem Tablett zurück, auf dem sich eine große Tasse Kaffee sowie genug Milch und Zucker für mehrere Tassen befanden.

»Sie haben doch sicher nichts dagegen, wenn wir das Gespräch protokollieren?«, fragte Weißberger Kathinka.

Sie schüttelte den Kopf. »Kein Problem. Wollen Sie es aufnehmen?«

»Nein«, antwortete Weißberger lächelnd. »Das machen wir schriftlich. Faschner wird es eintippen.«

Noch während er es sagte, nahm sein Untergebener an einem Schreibtisch Platz und zog die Tastatur zu sich heran. »Ich wäre so weit, Herr Weißberger«, erklärte er.

»Sehr gut! Also, liebe Frau van der Loor, jetzt erzählen Sie uns noch einmal genau, was sich an besagtem Tag zugetragen hat. Jede Winzigkeit kann wichtig sein.« Weißberger lächelte Kathinka aufmunternd zu.

Sie begann etwas stockend, dann aber berichtete sie, wie sie an jenem Vormittag auf Wallner und Loiseder getroffen war und sich dann auf Wallners Rat hin auf den Weg nach Österreich gemacht hatte.

»Er meinte, es wäre eine schöne Wanderung«, setzte sie hinzu und senkte dann den Kopf. »Ich bin aber nur bis zu dieser Senke kurz vor dem Grenzstein gekommen. Da habe ich den Toten gesehen.«

»Beschreiben Sie uns Ihren ersten Eindruck«, bat Weißberger.

Kathinka tat es, konnte ihm aber nicht mehr sagen als bei ihrem ersten Gespräch. Zwar stellte Weißberger immer wieder Fragen, doch meistens hob sie nur hilflos die Hände. »Es tut mir leid. Mehr habe ich nicht«, sagte sie nach einer Weile. »Ich habe mich dem Toten nur auf vier oder fünf Meter genähert und bin, als ich den blutigen Kopf und die Axt gesehen habe, geradewegs zur Polizeistation gelaufen.«

Wenn Weißberger enttäuscht war, so verbarg er es. Er lächelte Kathinka zu und bat sie zu warten, bis Faschner das Gesprächsprotokoll ausgedruckt hatte.

»Lesen Sie es dann bitte genau durch und korrigieren Sie die Fehler, die Sie entdecken«, sagte er und wollte wissen, ob sie einen weiteren Kaffee haben wolle.

Kathinka schüttelte den Kopf. »Nein danke.« Fragend sah sie Weißberger an. »Wann werden Sie den Mörder verhaften?«

»Sobald ich genügend Beweise habe.«

Für einen Augenblick verhärtete sich sein Gesicht. Er hatte bereits geglaubt, den Mörder überführt zu haben, doch jeder Beweis, den er vorgelegt hatte, war ihm von diesen Berglern aus der Hand geschlagen worden. Selbst das Tatwerkzeug hatte nicht überzeugen können, weil Grandl und dessen Nachbarn behauptet hatten, sie alle würden ihre Beile des Nachts beim Hackstock lassen, wenn sie am nächsten Tag wieder gebraucht wurden. Gewohnt, dass Werkzeug und Ähnliches meist rasch neue Freunde fand, wenn es einfach im Freien gelassen wurde, hielt Weißberger diese Aussage für einen Fake, wie es neudeutsch hieß. Dem Untersuchungsrichter war daraufhin jedoch nichts anderes übrig geblieben, als den Gefangenen freizulassen, zumal auf dem Stiel des Beils die Fingerabdrücke von mehreren Leuten gefunden worden waren. Eine dieser Personen musste der Mörder sein, sofern er keine Handschuhe getragen hatte. Doch diese Tatsache reichte nicht aus, um einen Massentest veranlassen zu können, bei dem die Fingerabdrücke aller abgenommen und verglichen werden konnten.

»Sobald ich genügend Beweise habe«, wiederholte Weißberger und verstummte, weil Faschner mit dem Ausdruck kam.

Während ihrer Aussage hatte Kathinka mehrmals Begriffe aus ihrer Muttersprache verwendet und musste noch ein paar davon erklären. Faschner korrigierte sein Protokoll, druckte es erneut aus und ließ es sie dann unterschreiben.

»Damit sind Sie uns fürs Erste los«, sagte Weißberger lächelnd. »Hinterlassen Sie aber bitte Ihre Heimatadresse, damit wir Sie notfalls kontaktieren können.«

Kathinka reichte ihm ihre Visitenkarte und verließ anschließend sein Büro in einem Zustand, der zwischen der Hoffnung schwankte, es würde alles gut enden, und einer unterschwelligen Angst vor dem, was noch auf sie zukommen könnte.

* * *

Wallner hatte den Wagen abgeliefert, sich eine Tasse Kaffee bei seinem Freund und Kollegen Ruckinger gegönnt und dabei einiges über seine neue Chefin erfahren. Er begriff durchaus, dass Ruckingers Abneigung gegen Jasmin Lüders stark von Neid beeinflusst wurde. Die Frau hatte sich als besser erwiesen als er und im Alleingang eine Bande Bankräuber geschnappt, während er selbst eine lächerliche Figur abgegeben hatte.

Obwohl Wallner bei dem Gespräch in das gleiche Horn stieß wie Ruckinger, machte er sich seine Gedanken. Seine Überlegungen, Jasmin irgendwie auflaufen zu lassen, damit sie ihren Posten wieder verlor, erschienen ihm auf einmal sinnlos. Dieser Lara-Croft-Verschnitt würde sich mit Sicherheit auch in Talfing durchsetzen. Für ihn hieß das, sich entweder in die Gegebenheiten einzufinden oder seine Versetzung zu betreiben.

Ersteres passte ihm gar nicht, das Zweite aber noch weniger. Auch wenn der Dienst in Talfing jetzt etwas strenger wurde als früher, so war es immer noch Gold gegen die Polizeiarbeit in der Stadt. Er sehnte sich nicht danach, schwere Unfälle aufzunehmen und Leichenteile einsammeln zu müssen. Ebenso wenig hatte er Lust, gegen Rudel enthemmter Besoffener auf dem Rosenheimer Herbstfest oder gar dem Oktoberfest in München vorzugehen. Dazu kamen die vielen Demonstrationen, all die Fußballspiele mit ihren Hooligans und dergleichen mehr.

Kathinka fand ihn daher nachdenklich vor, als sie ihn nach ihrem Gespräch mit Weißberger traf. »Ich hoffe, es ist alles gut gegangen?«, fragte sie besorgt.

»Ja, ja, das ist es«, sagte er rasch und nahm sich zusammen. »Und wie war es bei Ihnen?«

»Es war nicht leicht, über den Toten zu sprechen«, antwortete Kathinka leise. »Der Kommissar war aber sehr freundlich und er scheint ein kompetenter Mann zu sein.«

Es lag ein Ton in ihrer Stimme, der ihn eifersüchtig machte. »Ob der Weißberger wirklich so kompetent ist, wird sich zeigen.

Auf jeden Fall hat er sich bei seinen Untersuchungen in Talfing zu schnell auf den Grandlbauern kapriziert und dadurch möglicherweise wichtige Sachen übersehen.«

»Sie glauben nicht, dass dieser Bauer der Mörder ist?«, fragte Kathinka.

»Vielleicht ist er's, vielleicht auch nicht. Jedenfalls hat der Weißberger nicht nach anderen Spuren gesucht außer denen, die den Grandl belasten. Allerdings – wenn Sie mich direkt fragen, kann ich's mir auch nicht vorstellen, dass der Grandl es getan hat. Er ist kein jähzorniger Mann, sonst hätte er dem Schranzl ein paar runtergehauen, als der mit seinen Spottreden daherkam.« Wallner erkannte nun selbst etliche Punkte, die gegen Xaver Grandls Täterschaft sprachen. Doch wer hatte dann den Pfarrvikar erschlagen?, fragte er sich und überlegte, wer den Mörder früher entlarven würde, der große Commissario Weißberger oder Jasmin Lara Croft.

Das lag noch in der Zukunft, in der Gegenwart aber wollte er das Beisammensein mit Kathinka van der Loor genießen. Daher führte er sie nach draußen zum Parkplatz. Ihr Wagen war nicht der Neueste, aber gute Mittelklasse und sah gepflegt aus. Am liebsten hätte er sie gebeten, ihn ans Steuer zu lassen, doch da öffnete sie bereits die Fahrertür und stieg ein.

Wallner nahm auf dem Beifahrersitz Platz und dirigierte sie durch die Stadt zu einem Lokal, das nicht nur romantisch gelegen war, sondern in dem es auch gutes Essen gab. Angesichts des schönen Wetters setzten sie sich auf die Terrasse und studierten die Speisekarte. Kathinka brauchte trotz ihrer guten Deutschkenntnisse seine Hilfe, denn der Wirt legte Wert auf Originalität und hatte die Speisen im oberbayerischen Dialekt ausgeschrieben.

»Das ist ja noch schlimmer als bei uns mit den Friesen. Wenn es denen einfällt, verstehen sie auch kein Nederlands mehr«, stöhnte Kathinka, als sie endlich gewählt hatten.

»Wir kennen nur die Ost- und die Nordfriesen. Ich habe gar nicht gewusst, dass es auch bei euch welche gibt«, meinte Wallner verwundert und fand dann, dass es sich über andere Dinge besser unterhalten ließ als über Friesen, egal ob die jetzt in den Niederlanden oder in Deutschland lebten.

»Wie gefällt es Ihnen bei uns in Bayern?«, fragte er, um das Gespräch in die gewünschte Richtung zu lenken.

»Es ist sehr schön, aber …«, begann sie, wurde von Wallner jedoch sofort unterbrochen.

»Was heißt da aber? Ein schöneres Land als das unsere kann es nicht geben. Wir haben die Berge, herrlich klare Seen, überall Sehenswürdigkeiten und fesche Burschen und Dirndln gibt es bei uns auch.«

Zum ersten Mal, seit sie den Toten gefunden hatte, lachte Kathinka ein wenig. »Sie reden, als wären Sie der Chef des bayerischen Touristikbüros.«

»Man muss schon zeigen, was man hat«, sagte Wallner mit einem erwartungsvollen Grinsen.

Er wollte die Gelegenheit nutzen, die sich ihm so unerwartet bot, bemerkte aber im weiteren Verlauf des Gesprächs, dass Kathinka der Mord an dem Pfarrvikar doch stärker nachhing, als er es angenommen hatte.

»Ich fühle mich beunruhigt, weil ich weiß, dass der Mörder immer noch frei herumläuft«, sagte sie nach einer Weile.

»Den kriegen wir bald«, versuchte Wallner sie zu beruhigen.

»Hoffentlich.« Kathinka seufzte und nippte dann kurz an ihrer Apfelschorle, bevor sie weitersprach. »Ich habe mir überlegt, ob ich nicht weiterfahren und noch ein paar Tage in Italien verbringen soll. Dort würde ich mich sicherer fühlen.«

»Nach Italien? Wie kommen Sie denn auf die Idee?«, rief Wallner aus. Gerade jetzt, wo sein Flirt mit ihr so richtig in Schwung kam, wollte er nicht, dass sie abreiste, bevor mehr daraus geworden war. »Wissen Sie«, sagte er, »wenn Sie jetzt fahren, wird die Sache Sie noch sehr lange belasten. Der Mensch muss sich seinen Ängsten stellen. Sie sollten daher in Talfing bleiben und alles verarbeiten. Außerdem sollten Sie auch den Weg nach Tirol gehen, damit Sie die Senke ohne den Toten sehen. Das hilft bestimmt.«

»Ich kann nicht dort entlanggehen!«, rief Kathinka entsetzt. »Zumindest nicht allein«, setzte sie dann zögernd hinzu.

»Das müssen Sie auch nicht. Ich komme gerne mit. Wie wäre es mit morgen? Aber wenn es Ihnen lieber ist, können wir es gleich heute tun. Zeit genug hätten wir dazu.« Da Jasmin Lüders ihn für diesen Tag dazu eingeteilt hatte, den Gebirgspfad nach Österreich im Auge zu behalten, war die Gelegenheit günstig. Es dauerte eine Weile, bis er Kathinka so weit gebracht hatte, dass sie einverstanden war.

Das vorzügliche Essen und die angenehme Lage des Lokals halfen dabei und vertrieben Kathinkas Ängste zu einem großen Teil. Außerdem gefiel ihr Wallner gut genug, um mit ihm zu flirten. Was das betraf, so war sie ihre eigene Herrin und niemandem Rechenschaft schuldig, am wenigsten ihrem verflossenen Piet, der sie mit zwei ihrer besten Freundinnen betrogen hatte und dann auch noch fürchterlich beleidigt gewesen war, weil sie ihm deshalb den Laufpass gegeben hatte.

* * *

Jasmin war zu einer der Almen hochgestiegen und blickte nachdenklich auf das Tal von Talfing hinab. In ihrem Aufgabenbereich lebten knapp tausend Menschen. Wenn man ihre Polizeiwache mit einigen in der Nähe von München verglich, bei denen vier Beamte für dreißigtausend Menschen und mehr verantwortlich waren, konnte man fast versucht sein, von paradiesischen Zuständen zu sprechen. Hier in diesem Tal konnten sie und ihre drei Kollegen sich noch um Kleindelikte kümmern, wie sie gelegentlich vorkamen und zumeist von nicht ganz nüchternen Feriengästen begangen wurden.

Um für professionelle Diebesbanden interessant zu sein, lag Talfing zu abgelegen und die Zufahrtsstraße konnte rasch von einem Streifenwagen ihrer Rosenheimer Kollegen gesperrt werden. Um gestohlenes Gut nach Österreich zu transportieren, war der Weg zu beschwerlich. Es hätten schon Diamanten oder wenigstens dicke Brieftaschen sein müssen, mit denen böse Buben sich aus dem Staub machten. Dafür aber hätten diese schon den Wirt und Hotelier Oberhuber oder den Versicherungsagenten Hornecker überfallen müssen, sonst würde sich die Beute nicht lohnen. Ein Telefonanruf nach Tirol war allerdings immer noch schneller als der fitteste Ganove und die dortige Polizei machte wenig Federlesens mit solchen Leuten.

Jasmins Blick glitt von Oberhubers Hotel auf den Ortsrand hinüber. Dort lag ein Stück unbebautes Land, das sich besser ins Ortsbild eingefügt hätte als große Teile des Neubaugebietes. Sie fand es seltsam, dass da nicht gebaut worden war, zumal es dort eine große Frühstückspension gab, die nur über eine schmale, ungeteerte Stichstraße erreicht werden konnte. Im Gegensatz dazu waren die anderen Straßen in Talfing geteert. Sogar die Wanderwege befanden sich in einem besseren Zustand als diese etwa einhundert Meter lange Zufahrt.

»Ich werde mir schnell ein Bild machen müssen, wie die Strukturen hier laufen«, murmelte sie leise vor sich hin und ging auf die Hütte zu, die am oberen Rand der Alm lag. Das Gebäude war uralt und aus festen Baumstämmen gefügt. Es besaß kleine Fenster und ein Dach aus Schieferplatten, die mit Steinen beschwert waren. Es wirkte so idyllisch, dass Jasmin sich wunderte, weshalb keine Stühle, Tische und Sonnenschirme davorstanden. Doch anscheinend wurde hier nichts ausgeschenkt. Sie bedauerte es, denn der Weg herauf hatte sie durstig gemacht.

Der Senn saß auf einer Bank vor der Tür und überwachte das Jungvieh, das in der Nachmittagssonne zu grasen aufgehört hatte und wiederkäute. Er trug lederne Kniebundhosen mit breiten Trägern und ein rot und weiß kariertes Hemd. Dazu beschattete ein speckiger Filzhut sein von einem dichten Bart umrahmtes Gesicht, und zwischen seinen Lippen steckte das Mundstück einer Pfeife.

Jasmin bemerkte, dass er sie beobachtete, und trat auf ihn zu. »Grüß Gott! Schön haben Sie's hier.«

»Geht schon«, sagte er und musterte sie weiter. »Du bist also die Neue, die für'n Fraiß kommen ist.«

»Ich bin Jasmin Lüders, die neue Dienststellenleiterin der Polizeiwache Talfing«, stellte Jasmin sich vor.

»Wirst ned viel zu tun haben. Die Leut im Tal streiten sich zwar, doch die Polizei ruft höchstens ein neu zuzogner Preuß.«

Der Mann lachte, nahm seine Pfeife aus dem Mund und zeigte dabei prächtige gelbe Zähne, um die ihn jedes Pferd beneidet hätte.

»Derzeit gibt es aber etwas zu tun«, sagte Jasmin. »Ein Mensch ist umgebracht worden und der Mörder läuft immer noch frei herum.«

»Schad um den Quintano! Er ist öfter einmal zu mir aufigstiegen und hat sich mit mir unterhalten. Die haben's ihm ned schön gmacht im Dorf. Nein, gar ned!«

»Ich habe gehört, dass es zu Beginn Schwierigkeiten gegeben hätte«, sagte Jasmin.

Der Alte machte eine verächtliche Handbewegung. »Ned bloß am Anfang. Es hat zwar keine Schmierereien mehr geben, aber hinterrücks ist doch gredet worden. Die Einzigen, die ihm zeigen wollten, dass er ihnen willkommen ist, waren der Grandl Xaver und seine Vroni. Aber die hat man's spüren lassen.«

Das, was der Senn sagte, stimmte nicht mit dem überein, was Jasmin unten im Dorf erfahren hatte. Dort hieß es, die

Leute hätten sich nach anfänglichem Zögern an den ausländischen Pfarrvikar gewöhnt. Wenn jedoch die Ablehnung weitergegangen war, konnte es durchaus sein, dass einer der Dörfler diese Tat begangen hatte. »Sie wissen ja gut Bescheid«, meinte Jasmin.

»Wenn man siebzig Jahr auf dem Buckel und die Heimat außer in der Militärzeit ned verlassen hat, hört, sieht und erfährt man viel«, sagte der alte Mann lächelnd. »Außerdem reden die Leut gern, wenn sie zu mir aufikommen und sich neben mich auf die Bank setzen.«

»Darf ich mich auch auf die Bank setzen?«, fragte Jasmin und blickte dann zu dem Brunnen, der aus einem einfachen Eisenrohr und einem ausgehöhlten Baumstamm bestand.

»Hast wohl Durst?«, fragte der Senn, der es bemerkt hatte.

»Schon ein bisserl.« Unwillkürlich fiel Jasmin ein wenig in den oberbayerischen Dialekt.

Der Senn sah sie erstaunt an. »Ich hab ja schon ein wengerl von dir ghört, aber anscheinend wissen die Leut noch ned alles. So reden hast du in Hamburg ned glernt!«

»Wie kommen die Leute auf Hamburg?«, fragte Jasmin lachend.

»Wegen deinem Namen. Lüders heißt man halt einmal selten im Gebirg.« Der Alte lachte ebenfalls, ging dann in die Hütte und kam mit einem großen Glas zurück, das er am Brunnenrohr füllte.

Jasmin nahm es entgegen und trank vorsichtig, denn das Wasser war eiskalt. Danach sah sie den Senn mit einem listigen Blinzeln an. »Mein Vater kommt aus Schleswig-Holstein, lebt aber schon seit Jahrzehnten in Bayern. Er hat hier geheiratet und ich bin in Lenggries aufgewachsen.«

»Wenn du es darauf anlegst, merkt man dir das ned an.« Der Senn nickte anerkennend und wies dann auf das Tal. »Und jetzt vertrittst du hier das Gesetz. In meiner Jugend waren die Gendarmen noch der Feind. Da hat ein jeder ein bisserl gschmuggelt. Nimmer so wie früher, als es direkt ein Gewerbe war, aber für den Eigengebrauch. Mit der Zeit hat sich das glegt. Die Leut sind bequemer geworden, und als die Österreicher in die EU kemma sind, war der Reiz fort. Drüben einzukaufen ist jetzt das Gleiche, als wenn man's hier tut.«

»Ich hab ein bisserl was darüber gelesen. Es soll sogar geschossen worden sein«, sagte Jasmin.

Der Senn winkte ab. »So wild war's auch wieder ned. Ein, zwei Mal haben die Gendarmen einen Warnschuss abgeben. Die Ertappten haben ihr Zeug falln glassen und sind davonglaufn. So verrückt war kein Grenzer, dass er einen wegen zwei Packerl Kaffee oder einer Stange Zigaretten über den Haufen gschossen hätt.«

»Das war ein schöner Vortrag«, sagte Jasmin anerkennend.

»Um hier die Gegenwart zu verstehen, muss man die Vergangenheit kennen. Siehst du die Pension ›Bergblick‹?«

Der Senn wies auf jenes einzeln stehende Gebäude, das Jasmin bereits zuvor aufgefallen war.

»Was ist damit?«, fragte sie.

»Früher war das der Unterwirt, seinerzeit das größere Wirtshaus im Ort. Die Mayers waren die Ersten, die auf den Tourismus gesetzt haben. Damals war der Hirschenwirt vom Oberhuber noch ein normaler Landgasthof mit sechs Fremdenzimmern. Der Mayer hat schon zwölf davon gehabt und ein jedes besser ausgestattet. Damals war noch der Vater vom jetzigen Bürgermeister der Hirschenwirt. Und wie es eben so ist – man vergönnt dem anderen nix! So hat der alte Oberhuber einen Pick auf den Mayer ghabt, und dann hat auch noch seine Tochter den Sohn vom Mayer gheiratet. Damit war's ganz aus. Der Oberhuber wollt die Mitgift der Tochter ned auszahlen, doch die ist vor Gericht und hat gwonnen. Danach wollten sie und ihr Mann den Gasthof vergrößern und ein Hotel bauen.

Dafür hätten sie aber einen Kredit braucht, aber den haben's ned kriegt. Die Fanny hat natürlich ihrem Vater die Schuld daran geben. Als der dann gestorben ist, ist es noch schlimmer aufgangen.«

Der Alte schüttelte kurz den Kopf, bevor er weitersprach. »Der alte Oberhuber hat seine Tochter auf das Pflichtteil gsetzt, und sie ist deswegen wieder vor Gericht, hat aber kein Glück dabei ghabt. Testament ist Testament, hat der Notar gsagt. Der Gasthof selbst ist gering geschätzt worden und Bargeld war ned viel da. Die Fanny hat ihrem Bruder vorgeworfen, einiges zur Seite bracht zu haben, doch das hat's ned beweisen können. Die Pläne, die sie und ihr Mann ghabt hatten, habn s' deswegen aufgeben müssen. Die Feindschaft zu ihrem Bruder war aber da und die zwei haben kein Wort mehr miteinander gredet. Ein paar Jahr später hat der Oberhuber sein Gasthaus renoviert und kurz darauf das Hotel baut.«

»Mit dem Geld, das er seiner Schwester unterschlagen hat?«, fragte Jasmin.

Der Senn zuckte mit dem Achseln. »Wer kann's sagen? Zu der Zeit war's noch leicht, Geld vor Miterben zu verbergen. Man hat's bloß heimlich über die Grenz bringn und drübn in Österreich auf eine Sparkasse einzahln müssen. Damals war denen das Bankgeheimnis noch heilig. Da kann es schon sein, dass der Oberhuber es so gmacht hat. Er hat behauptet, er hätte das Geld von Grundstücken, die er vom Moosgruber billig kauft und als Baugrund mit Gewinn verkauft hätt. Danach hat seine Schwester versucht, den Grund von ihrem Mann als Bauland ausweisen zu lassen, ist aber am Gemeinderat gscheitert. So geht es jetzt seit Jahren. Immer, wenn die Fanny oder später ihr Sohn, der Simon, was angestrengt haben, war die Gemeinde dagegen. Die Bauern haben an der Ortserweiterung verdient und konnten ihren nachgeborenen Kindern Häuser und Pensionen hinstellen. Als dann der Fremdenverkehrsverein gegründet worden ist, hat man den Mayer ned mit aufgnommen, sodass er für sich allein Feriengäst suchen hat müssen. Die Fanny hat ihren Mann dazu bracht, drei Mal gegen den Oberhuber bei der Bürgermeisterwahl anzutreten. Er hat immer verloren und von Mal zu Mal weniger Stimmen gekriegt.«

Der Senn schwieg erneut und sah Jasmin nachdenklich an. »Wer hat jetzt Schuld an dem Ganzen?«, fragte er nach einer Weile. »Die Fanny, weil sie ihrem Vater und ihrem Bruder Konkurrenz machen hat wollen? Der alte Oberhuber, der ihr die Mitgift ned zahlen hat wollen und wahrscheinlich Geld auf die Seiten gräumt hat, damit sie möglichst wenig erbt, oder der Bürgermeister, der alles getan hat, um seiner Schwester und später seinem Neffen Steine in den Weg zu legen?«

»Dem Gesetz nach der Vater. Jemandem Konkurrenz machen zu wollen oder einen anderen im Rahmen seiner Möglichkeiten zu behindern, sind keine Straftaten«, antwortete Jasmin leise.

»So sagst du von der Polizei. Bei uns in Talfing sieht man das anders. Aber das war schon immer so, auch in den Zeiten, da man entweder über die Berge steigen hat müssen, um zum nächsten bayerischen Dorf zu kommen, oder durch die Schlucht gehen, die bei der Schneeschmelze oder nach einem schweren Gewitterguss unpassierbar war. Der Weg nach Österreich ist um einiges leichter, und so hat schon mancher gespottet, dass dem Verantwortlichen bei der Grenzziehung die Hand ausgekommen wär und er Talfing aus Versehen Bayern zugeschlagen hat. Ned, dass einer von uns ein Tiroler werden wollt, aber man sieht darin, was passieren kann, wenn Leut, die sich nicht auskennen, über Leut entscheiden, die es dann auslöffeln müssen.«

Das Gespräch mit dem Senn war interessant und Jasmin hätte ihm noch lange zuhören können. Allmählich drängte jedoch die Zeit zum Aufbruch. Sie stand daher auf und reichte dem alten Mann die Hand. »Dank schön für das Wasser und das Gespräch. Wenn ich einmal mehr Zeit habe, komme ich wieder herauf.«

»Es tät mich freuen. Pfüat Gott!« Der Senn lächelte Jasmin zu und sah ihr nach, als sie wieder talwärts stieg. Sie war dabei so behände wie eine Gams, und er stellte sie sich anstatt in ihrer blauen Uniform in einem hübschen Dirndlkleid vor. »Wenn die so zur Kirchweih käm, hätten die Anni vom Hirschenwirt und die Hornecker Maria einen schweren Stand bei den Burschen«, sagte er für sich und wünschte fast, wieder jung zu sein.

* * *

Jasmin erreichte eine Stelle, von der aus sie den Beginn des Weges nach Tirol gut überblicken konnte, und sah zwei Personen auf Talfing zuwandern. Eine davon war eine schlanke Blondine in T-Shirt und Jeans. Deren Begleiter aber trug die alte bayerische Polizeiuniform in Grün und Beige. Jasmin verzog den Mund, als sie Ludwig Wallner erkannte, den sie nach Rosenheim geschickt hatte, um den alten Dienstwagen abzuliefern. Er hatte anscheinend früher als erwartet eine Mitfahrgelegenheit gefunden, sich jedoch einen schönen Tag gemacht, anstatt sich wieder zum Dienst zu melden.

Kurz überlegte sie, die beiden abzupassen und Wallner zur Rede zu stellen. Sie wollte jedoch nicht vor Fremden schmutzige Wäsche waschen und bog daher ab, um die Krämerin Schmolcek aufzusuchen. Vielleicht wusste die jemanden, der ihr ein Appartement oder wenigstens ein möbliertes Zimmer vermieten konnte.

Unterwegs fiel Jasmin ein, dass sie Wallner dazu eingeteilt hatte, nach seiner Rückkehr aus Rosenheim den Weg über die Grenze zu kontrollieren. Wenn er dabei auf die Frau gestoßen war, konnte sie ihm keinen Vorwurf machen. Allerdings hätte er sich vorher bei der Polizeiwache melden müssen. Da sie jedoch seine Versetzung betreiben wollte, hatte sie keine Lust, deswegen noch einen weiteren Streit zu provozieren.

Mit diesem Gedanken erreichte sie den Krämerladen und trat ein. Sie musste erneut etwas warten, da diesmal drei Kundinnen vor ihr standen und zumindest eine davon äußerst redselig war. Jasmin sah der Krämerin an, dass sie die Frau zum Mond wünschte, zumal die Kundin auch nur wenig kaufte.

»Die ist auch bloß gekommen, um ihre Neugier zu befriedigen«, stöhnte Frau Schmolcek, als die andere endlich gegangen war, und wandte sich dann Jasmin zu. »Was darf es bei Ihnen sein?«

»Diesmal brauche ich nur eine Käsesemmel und einen Schokoriegel für den schnellen Hunger«, antwortete Jasmin. »Denn eigentlich bin ich gekommen, um zu fragen, ob Sie bereits jemanden wissen, der mir ein Appartement vermieten würde.«

»Ich habe ein wenig nachgefragt. In der Pension ›Bergblick‹ vom Mayer könnten Sie ein Fremdenzimmer inklusive Frühstück für siebenhundert Euro im Monat haben«, berichtete die Krämerin.

Für diese Gegend war die geforderte Miete fast Wucher, fand Jasmin. Andererseits handelte es sich um eine Pension für Feriengäste und diese zahlten für zwei Wochen bereits annähernd die gleiche Summe. »Wenn es nichts anderes gibt, werde ich mir das Zimmer beim Mayer einmal ansehen«, meinte sie ohne besondere Begeisterung.

»Es gäbe noch eine zweite Möglichkeit«, erklärte Frau Schmolcek. »Der Lantenhammer hat bei seinem Wohnhaus eine Einliegerwohnung für seine Tochter eingerichtet. Aber die hat einen aus München geheiratet und lebt dort mit ihrem Mann. An Fremde würde der Lantenhammer sicher nicht vermieten, aber bei Ihnen könnte er es sich überlegen. Seine Frau wäre auf jeden Fall dafür. Das hat sie mir heute früh gesagt.«

Der Lantenhammer war einer der Bauern, die für Xaver Grandl ausgesagt hatten. Jasmin hatte ihn als hochgewachsenen Mann mit scharfen Gesichtszügen in Erinnerung, der jedes Wort, das er sprach, abzuwägen schien. Auf alle Fälle erschien es ihr besser, bei ihm unterzukommen als in Mayers Pension ›Bergblick‹, die ihr doch ein wenig zu teuer war. Außerdem … Sie brach den Gedanken ab und sah Helga Schmolcek fragend an. »Gehört die Pension Mayer nicht Verwandten des Bürgermeisters?«

»Das stimmt! Simon Mayer ist der Neffe vom Bürgermeister. Es ist wirklich übel, wie dieser ihn und früher seine Mutter behandelt hat. Dabei heißt es, Blut sei dicker als Wasser, aber beim Oberhuber ist das wirklich nicht der Fall. Der hat immer dafür gesorgt, dass alle Pläne seiner Schwester und seines Neffen gescheitert sind. Der Campingplatz, den der Simon aufmachen wollte, hätte bestimmt keinem der Gastgeber im Ort geschadet, dafür aber neue Gäste ins Dorf gebracht.«

Jasmin begriff die Beweggründe der Krämerin. Camper, die sich meist selbst versorgten, hätten einen großen Teil ihres Bedarfs in ihrem Laden eingekauft und ihr damit einen neuen Kundenstamm verschafft. »Ich bin noch nicht lange genug in Talfing, um alles zu verstehen«, sagte sie mit einem Lächeln und bezahlte ihren Einkauf.

Danach verabschiedete sie sich von Helga Schmolcek und wanderte in Richtung des Lantenhammerhofes. Der Hofhund schlug an, als sie auf das Wohngebäude zuging. Es wirkte groß genug für eine ganze Sippe und besaß einen riesigen Balkon mit einem Meer aus Hängegeranien, die so tief hingen, dass sie sich bei der Haustür unwillkürlich bückte. Der Hund bellte noch immer, doch nun klang ein befehlender Ruf auf.

»Harras, sei ruhig!«

Gleich darauf kam eine Frau auf sie zu, die bereits älter war und sich in eine schlichte Kittelschürze gehüllt hatte. Als sie Jasmins Uniform sah, nickte sie kurz.

»Die Bäuerin hat schon gsagt, dass du fragen kommen wirst und ich dir die Einliegerwohnung zeigen soll. Musst aber ein Momenterl warten, bis ich in der Kuchl fertig bin, sonst schimpft mich der Bauer, weil das Trankerl für das kranke Kaibl ned fertig ist.«

»Schon gut«, sagte Jasmin und wollte im Flur stehen bleiben.

»Kannst schon einakemma«, meinte die andere und wies einladend auf die Tür der Küche.

Jasmin folgte ihr und sah zu, wie die Magd verschiedene Zutaten mischte und mit warmer Milch übergoss.

»Kalmus, Enzian und Wacholder, das hilft alleweil«, erklärte sie, während sie das Gebräu in einen Eimer schüttete, der unten mit einem großen Saugnippel versehen war. »So, jetzt wär ich so weit.« Sie hob den Eimer auf und verließ damit die Küche.

Jasmin folgte ihr ins Freie und sah ein paar Augenblicke später den Bauern vor sich. Als dieser sie erkannte, erschien der Anflug eines Lächelns auf seinem Gesicht.

»Grüß Gott, Frau Polizeirat!«

»Ich habe es bisher erst zur Polizeihauptmeisterin geschafft.« Jasmin lachte. »Aber ich habe gehört, Sie hätten eventuell eine Wohnung zu vermieten?«

»Eigentlich wollte ich es ned, denn ich mag's ned, wenn fremde Leut auf meinem Hof herumlaufen. Aber bei Ihnen muss ich mir keine Sorgen machen, dass Sie die Stalltür offen stehen lassen, sodass die Kühe herauskommen, wie's vor fünf Jahr dem Innauer gangen ist. Dabei haben die Leut ned einmal bei ihm gwohnt, sondern sind bsoffen vom Wirt zu ihrer Pension gangen und haben dabei Unsinn angstellt.«

Die Leute hier haben ein gutes Gedächtnis, dachte Jasmin, während sie beteuerte, keine Stalltüren offen stehen zu lassen. »Ich mache sie nicht einmal auf, höchstens bei der Verfolgung eines Verbrechers«, setzte sie hinzu.

Der Bauer nickte und blickte dann in Richtung des Grenzwegs. »Was meinen S', ist der Mörder von unserem Kooperator aus Österreich kemma?«

»Wenn ich das wüsste, könnte ich die Kollegen von der Kriminalpolizei darüber informieren.« Jasmin dachte dabei unwillkürlich an Weißberger und fauchte leise. Diesem Trottel zu helfen war ungefähr das Letzte, was sie sich wünschte. Sie riss sich jedoch sofort wieder zusammen. Es ging hier um Mord und nicht um ihre eigene Befindlichkeit. Weißberger mochte ein Arsch sein, aber er war nun einmal für die Fahndung nach dem Mörder zuständig.

Der Bauer nahm unterdessen den Eimer entgegen und wandte sich in Richtung Stall. »Die Mali soll Ihnen die Wohnung zeigen. Sie ist vollkommen eingerichtet und wir wollen dreihundert Euro dafür haben.«

Das war ein Angebot, wie Jasmin es liebte. Wenn die Wohnung auch nur halbwegs passte, hatte sie damit ein Schnäppchen gemacht. »Dank schön, Herr Lantenhammer«, sagte sie und ging hinter der Magd her, die sie zu einer vom Stall abgewandten Tür führte. Darüber hing ein kleiner Balkon, immer noch groß genug für mehrere Personen und ebenfalls voller Geranien.

»Wenn du die ned magst, tun wir sie halt weg«, erklärte Mali.

»Mich stören sie nicht.« Jasmin fand den Blumenschmuck im Gegenteil schön und freute sich darüber.

Die Tür war aus schwerem Holz und teilweise geschnitzt, ließ sich aber leicht öffnen. Als Jasmin eintrat, blieb ihr beinahe der Atem weg. Die Küche war etwa zwanzig Quadratmeter groß und mit modernsten Geräten eingerichtet. Im Wohnzimmer, das die Größe eines halben Ballsaals aufwies, befand sich ein mächtiger Wandschrank mit einem riesigen Fernsehgerät, eine lederne Couchgarnitur und ein wuchtiger Kachelofen. Außerdem gab es ein weiteres Zimmer, leicht größer als die Küche, mit einem kleinen Schrank und einer Bettcouch. Zuletzt führte Mali sie ins Schlafzimmer. Es war mit einem breiten Doppelbett, einem begehbaren Kleiderschrank und zwei Nachtkästchen ausgestattet. Auch das Bad entsprach einem Standard, der weit über dem lag, was in Mietwohnungen zu finden war.

»Und dafür will der Lantenhammer bloß dreihundert Euro im Monat?«, fragte Jasmin verwundert.

»Gfällt's dir?«, sagte Mali mit einem Stolz, als hätte sie selbst alles so eingerichtet.

»Und wie! Wann kann ich einziehen?«

»Wenn du willst, schon morgen, und für einen Zehner in der Woch mach ich dir auch sauber. Du wirst ja ned viel Zeit dafür haben.«

Jasmin traute sich zwar zu, die Wohnung in Ordnung zu halten, doch dieses Angebot war viel zu verlockend, um es auszuschlagen zu können. Allerdings würde sie Mali auf jeden Fall mehr zahlen als zehn Euro in der Woche. Von ihrer Mutter wusste sie, dass diese ihrer Putzfrau bereits vierzehn Euro pro Stunde zahlen musste. »Dank schön, Frau Mali …«

»Mali reicht«, unterbrach die Magd sie.

»Sie bekommen zehn Euro die Stunde, die Sie bei mir putzen.«

»Du kannst ruhig du zu mir sagen. Mit dene städtischen Sitten hab ich's ned so. Und zehn Mark in der Stund, das ist zu viel!«

»Euro, nicht Mark«, erklärte Jasmin freundlich.

Die ältliche Frau lachte. »Was soll ich mit so viel Geld? Bloß, dass es einmal meine Schwester und mein Neffe erben? Die haben sich die letzten zwanzig Jahr ned um mich kümmert. Dafür möcht ich die zwei ned auch noch belohnen.«

Jasmin begriff, dass Mali nur geringe Ansprüche ans Leben stellte und mit dem, was sie hatte, recht zufrieden war.

Trotzdem beschloss sie, der Frau das eine oder andere Geschenk zu machen, wenn diese schon kein Geld nehmen wollte. Nun aber wurde es an der Zeit, wieder in die Polizeiwache zurückzukehren. Daher verabschiedete sie sich von Mali und verließ den Lantenhammerhof.

* * *

In der Polizeiwache fand Jasmin nur Kager vor, der wieder einmal Telefondienst verrichtete.

»Grüß Gott, Frau Lüderaner«, rief er, als er sie sah.

Inzwischen wusste Jasmin, dass seine Namensverdrehungen nicht böse gemeint waren, und beließ es bei einem mahnenden Räuspern. »Gibt es etwas Neues?«, fragte sie dann.

»Der Loiseder Franz ist heimgegangen. Ihm geht's nicht gut, hat er gesagt. Es ist was mit den Nieren, meint seine Frau. Sie sagt ihm schon die ganze Zeit, er soll einmal zum Doktor gehen. Aber das hat er sich nicht getraut.«

»Ich werde mit ihm reden, wenn er wieder da ist«, erklärte Jasmin. »Ein Polizist, der nicht dienstfähig ist, wird zur Belastung für seine Kollegen.«

»Ich habe ihm auch gesagt, er soll zum Doktor. Doch auf dem Ohr ist er schwerhörig. Ich glaub, er hat Angst, dass sie ihm die Niere herausoperieren, wenn die nimmer richtig funktioniert«, sagte Kager treuherzig.

»Vielleicht ist es nur ein Nierenstein. Wenn der weg ist, hat sich das Ganze erledigt.« Jasmin seufzte, denn ihr Posten bedeutete auch Menschenführung, und das war nicht immer einfach.

»Hat sich der Kollege Wallner inzwischen gemeldet?«, wechselte sie das Thema.

Kager schüttelte den Kopf. »Seit der heute Vormittag nach Rosenheim gefahren ist, habe ich ihn nicht mehr gesehen.«

»Der soll aufpassen, dass ihn nicht der Blitz trifft!« Nun war Jasmin doch sauer, denn von der Stelle aus, an der sie Wallner gesehen hatte, hätte er längst zurück sein müssen.

»Schalten Sie, wenn Sie Feierabend machen, das Telefon auf mein Handy um«, erklärte sie Kager und ging in ihr eigenes Büro.

Dort sah es immer noch nicht anheimelnder aus als bei ihrem Dienstantritt in Talfing. Wenigstens besaß sie jetzt eine eigene Tasse und konnte sich Kaffee machen. Als dieser fertig war, stellte sie fest, dass keine Milch mehr da war, und so musste sie den Kaffee schwarz trinken.

Mit der Tasse in der Hand suchte sie Kager auf. »Wer ist eigentlich dafür zuständig, dass genug Milch und Kaffee vorhanden sind?«, fragte sie Kager.

»Das macht normalerweise der Loiseder, weil der in der Nähe der Krämerin wohnt. Aber in den letzten Tagen hat er anscheinend nicht daran gedacht.«

»Wenn er länger ausfällt, müssen wir eine andere Lösung finden.« Jasmin fand diese kleinen Nickligkeiten störend für einen erfolgreichen Polizeidienst. Da sie Milch in ihrem Kaffee wollte, blieb ihr nichts anderes übrig, als Kager anzuweisen, welche zu besorgen, oder es selbst zu tun. »Wie weit wohnen Sie vom Kramladen weg?«, fragte sie ihren Kollegen.

»Schon ein paar Hundert Meter«, antwortete Kager und wies beinahe in die Gegenrichtung von Helga Schmolceks Geschäft.

So weit kannte Jasmin sich bereits aus, um zu wissen, dass sie vom Hotel ebenfalls einen Umweg gehen musste, um dort einkaufen zu können. Vom Lantenhammerhof sah die Sache jedoch besser aus. Morgen früh, dachte sie sich, könnte sie die Sachen mitbringen.

»Ich werde mich darum kümmern«, sagte sie zur Erleichterung ihres Kollegen, dessen Weg zur Polizeiwache sich sonst mehr als verdoppelt hätte. Dann kehrte sie in ihr Büro zurück, aß die Käsesemmel und rief dabei ihren E-Mail-Briefkasten auf.

Bei den meisten E-Mails handelte es sich um irgendwelche Rundschreiben, die für Talfing wenig interessant waren. Da entdeckte Jasmin eine E-Mail ihres Vorgesetzten Furler. Sie öffnete sie und las den einzigen Satz, aus dem sie bestand.

»Lassen Sie sich von Kriminalhauptkommissar Weißberger nicht ins Bockshorn jagen!«

Jasmin musste schmunzeln. Anscheinend hatte Furler von Weißbergers Drohungen erfahren und wollte ihr den Rücken stärken. Sie hatte zwar nicht die Absicht gehabt, vor dem arroganten Kerl zu kuschen, aber diese E-Mail machte es ihr noch leichter, sich gegen ihn zu stellen.

Ein Blick auf die Uhr verriet ihr schließlich, dass es Feierabend war. Kager war bereits gegangen und Wallner hatte sich nicht mehr gemeldet. Das war eine Disziplinlosigkeit, die sie ihm nicht einfach durchgehen lassen wollte. Sie beschloss, ihn für die nächsten Tage zum Telefondienst einzuteilen. Dann musste er in der Polizeiwache bleiben und konnte sie nicht so verlassen, wie es ihm passte.

Erst einmal überprüfte sie ihr Handy, um nachzusehen, ob der Akkustand bis zum nächsten Tag reichte. Da dies der Fall war, steckte sie es ein und holte ihren Pistolengurt samt der Waffe aus dem Waffenschrank. Auch wenn sie nicht annahm, dass sich in der Nacht etwas tat, wollte sie auf alles vorbereitet sein. Anschließend verließ sie die Polizeiwache, vergewisserte sich, dass die Rufnummer, unter der sie zu erreichen war, im Schaukasten aushing, und marschierte auf den Gasthof zu, in dem sie in dieser Nacht zum letzten Mal schlafen wollte.

* * *

Während Jasmin mit ihrem Tag zufrieden sein konnte, lief es für Wallner nicht so erfolgreich, wie er gehofft hatte. Zwar hatte Kathinka van der Loor ihn nach Tirol begleitet und dort mit ihm Kaffee getrunken, und sie hatten beim ›Hirschenwirt‹ zusammen zu Abend gegessen. In ihr Zimmer hatte sie ihn aber nicht mitgenommen.

Nun saß er missgelaunt in der Gaststube, musste sich die spöttischen Kommentare von Matthias Schranzl anhören und hatte zudem die Kellnerin Anni am Hals, die vor Eifersucht förmlich glühte.

»Es soll dir im Hals stecken bleiben!«, wünschte sie ihm, als sie ihm das nächste Glas Bier hinstellte.

»Hast wohl ein bisserl zu viel von dem blonden Gift erwischt?«, fragte Schranzl mit spöttischem Grinsen.

In nächsten Augenblick packte Anni das Glas, das sie eben Wallner hingestellt hatte, und schüttete Schranzl das Bier über den Kopf. »Das hast du jetzt von deinen Spottreden, du Depp!«, fauchte sie ihn an und rauschte davon.

»Und was ist mit meinem Bier?«, fragte Wallner verdattert.

»Musst dir halt ein Neues bstellen«, antwortete Anni Immer noch aufgebracht.

»He, du kannst nicht mein Bier ausschütten und mir keinen Ersatz dafür geben«, protestierte er erregt.

»Ich kann noch viel mehr!« Anni sah ganz so aus, als wollte sie auch ihn mit Bier taufen, da wurde die Tür geöffnet und Simon Mayer trat ein.

Es war ein Ereignis, das im Kalender rot angestrichen werden konnte. Wegen des Streits mit seinem Onkel hatte er dessen Gasthaus bislang gemieden, so gut es ging. Erst in den letzten Wochen war er ein paar Mal hier aufgetaucht und hatte sich eine Halbe Bier bestellt. Damit, so nahmen die Leute an, habe er seinen Onkel dazu bringen wollen, seinen geplanten Campingplatz genehmigen zu lassen. Gebracht hatte es ihm nichts, denn der Bürgermeister und der Gemeinderat hatten auch diesen Antrag mit überwältigender Mehrheit abgelehnt.

Deshalb wunderten sich die einheimischen Gäste, ihn hier zu sehen. Er setzte sich zu Wallner, Schranzl und ein paar anderen an den Tisch und sah sie herausfordernd an.

»Passt's einem von euch ned, wenn ich hier sitz?«, fragte er.

»Warum soll's uns ned passen?«, antwortete Schranzl mit einer Gegenfrage. Er sah die Gelegenheit als günstig an, an diesem Abend noch einige Spottworte anzubringen, sei es an den Bürgermeister oder an dessen Neffen.

»Anni, eine Halbe!«, bestellte Simon Mayer mit scharfer Stimme.

»Du, ich bin fei ned dein Hund, weil du mich so anschnauzt«, sagte die Kellnerin und sah Wallner an. »Was ist jetzt? Willst du noch eine Halbe?«

»Ich bin nicht gekommen, um den anderen beim Biertrinken zuzuschauen.« Wallner begriff, dass er das Bier zahlen musste, mit dem Anni Schranzl getauft hatte, wenn er von ihr noch ein weiteres bekommen wollte.

Schranzl war dies auch klar und er grinste noch breiter. Zwar hatte er einiges abbekommen, aber sein Gesicht war von seinem alten Filzhut geschützt worden und das einfache Flanellhemd würde nach der Wäsche wieder wie vorher sein. Was seine lederne Kniebundhose betraf, so hatte diese noch ganz andere Dinge überstanden als das bisschen Bier. Nüchtern wäre er vielleicht trotzdem nach Hause gegangen, aber da er bereits ein paar Halbe intus hatte, saß er gut. »Na, Simmerl, was treibt dich in die Männertränke deines Onkels?«, fragte er Simon Mayer.

Dieser achtete jedoch nicht auf ihn, sondern sah zur Kellnerin hinüber. »Könnt ich bittschön eine Halbe Bier haben?«

»So gefällt's mir schon besser«, antwortete die junge Frau und hielt ein Glas unter den Zapfhahn.

Kurz darauf erhielt auch Wallner sein Bier. »Du Schuft«, zischte Anni ihn dabei an.

»Jetzt sei ned so hantig!«, stichelte Schranzl. »Der Wiggerl ist eh ganz geknickt, weil er den schmackhaften holländischen Käs ned vernaschen hat dürfen.«

»Dir geb ich gleich einen holländischen Käs!«, rief Anni empört.

Bevor sie das Glas jedoch erneut über den Spötter ausleeren konnte, griff Wallner zu und brachte es in Sicherheit.

»Ihr seid heut ja ganz schön gladen«, warf Simon Mayer verwundert ein.

»Der Herr Polizist war heut mit seiner holländischen Zeugin unterwegs und hat mit ihr zusammen z' Abend gegessen. Es hat aber so ausgschaut, als hätt er weniger über den Mord reden, sondern mit ihr aufs Zimmer wollen. Jetzt eifert die Anni und duscht einen gleich mit Bier ab. Dabei bin ich heut gar ned deutscher Meister geworden«, erwiderte Schranzl und spielte damit auf die Meisterfeiern des FC Bayern München an, bei denen Spieler und Trainer mit noch weitaus größeren Gläsern getauft wurden.

»Bier soll man trinken und ned verschütten«, sagte Mayer mit einem kurzen Lachen und setzte dann sein Glas an. Nachdem er getrunken hatte, sah er Wallner an. »Habt ihr den Mörder schon erwischt?«

»Ich glaub ned, sonst hätt er's schon erzählt«, spottete Schranzl.

»Der Weißberger ist dran«, erklärte Wallner kurz und bündig.

»Und? Hat er euch schon was gsagt?«, fragte Mayer weiter.

»Der Wiggerl war heut bei ihm in Rosenheim und die schmackhafte Holländerin war mit dabei«, meldete Schranzl.

»Du bist ein Depp«, sagte Wallner genervt. »Ich hab unseren alten Streifenwagen abgeliefert und bin in Rosenheim der Kathinka begegnet. Das ist alles!«

»Wirklich? So wie ich euch reden gehört hab, seid ihr den ganzen Tag zusammen gwesen. Ist das so was Ähnliches wie ein Zeugenschutzprogramm?«, bohrte Schranzl weiter.

»Dir geb ich gleich ein Zeugenschutzprogramm!« Wallner war sauer und betrunken genug, um es auf eine Rauferei ankommen zu lassen.

Da kam der Wirt herein, erkannte die Situation und trat auf die beiden zu. »Jetzt seid endlich staad, haltet euch zurück und trinkt in Ruhe euer Bier. Ach, du bist auch da?« Oberhubers letzte Worte galten seinem Neffen.

»Es wird wohl erlaubt sein, in diesem Wirtshaus ein Bier zu trinken«, antwortete dieser sichtlich beherrscht.

»Im Gegensatz zu den beiden dort hat der Simon bis jetzt noch keinen Ärger gemacht«, erklärte Anni und kehrte zur Schanktheke zurück, weil zwei neu eingetretene Gäste nach Bier riefen.

Simon Mayer nahm einen Schluck Bier, stand dann auf und trat auf den Bürgermeister zu. »Meinst du ned, dass es endlich ein End haben sollt mit der Feindschaft, Onkel? Es geht dir doch nix ab, wenn ich meinen Campingplatz mach. Du hättst sogar einen Gewinn dabei, weil die Camper bei dir im Hirschwirt essen und ihr Bier trinken würden.«

Oberhuber verzog sein Gesicht zu einer abweisenden Miene, als ein anderer Gast eingriff.

»Der Simon hat recht, Kilian. Es muss wirklich einmal gut sein. Der Streit hat deiner Schwester selig das Leben verbittert, ihrem Mann ebenso und auch dem Simon. Und egal, was du sagen magst, er hat es dir genauso versauert.«

Bei dem Sprecher handelte es sich um Söllner, den Besitzer der größten Pension im Ort, und der galt etwas in Talfing. Daher konnte Oberhuber seinen Einwand nicht einfach beiseiteschieben. Bislang hielten alle, auf die es ankam, zu ihm. Doch wenn die Front erst einmal aufgeweicht war, konnte sich das rasch ändern.

Nun ergriff auch noch der Innauer Partei für den jungen Mann. »Deine Schwester ist unversöhnt gstorben und auch dein Schwager. Warum willst du den alten Streit auf deinen Neffen übertragen? Du hast den Simon aus dem Fremdenverkehrsverein fernghalten und dafür gsorgt, dass er seine Pension ned vergrößern hat können. Und jetzt hast du auch seinen geplanten Campingplatz ablehnen lassen. Ist dir das alles deinen inneren Frieden wert?«

Kilian Oberhuber begriff, dass er einlenken musste, wenn er seine Macht im Ort nicht aufs Spiel setzen wollte, und nickte. »Ihr habt ja recht. Streit hab ich mit der Fanny ghabt. Ich will ihn jetzt ned mit ihrem Sohn weiterführen. Das wär wirklich zu viel.«

»Ist ja auch der einzige nahe Verwandte, den du hast«, krähte Matthias Schranzl dazwischen. »Da sollte dir seine Heimkehr schon ein geschlachtetes Kalb in Form von ein paar Freimaßen wert sein.«

Die Anspielung auf den verlorenen Sohn aus der Bibel verfing bei dem Bürgermeister nicht. Er wandte sich Schranzl zu und stemmte seine Fäuste auf den Tisch. »Wenn du in meinem Wirtshaus noch einmal so einen depperten Spruch loslässt, kannst du dein Bier woanders saufen!«

»Das kannst du mir ned antun, Oberhuber, wo der nächste Wirt siebzehn Kilometer weit weg ist. Unsere neue Polizeimadame schaut nämlich ned so aus, als wenn sie das Fahren unter Alkoholeinfluss als Kavaliersdelikt ansehen tät.«

»Das ist deine Sache und ned die meine«, sagte der Wirt und verließ die Gaststube mit einem Gesicht, das Anni, die eben einem Gast das bestellte Essen bringen wollte, dazu brachte, ihm in weitem Bogen aus dem Weg zu gehen.

6. Tod im Dunkeln

Der Mord an dem von den Philippinen stammenden Pfarrvikar beschäftigte jeden in Talfing. Selbst jene, die ihn aufgrund seiner Herkunft und Hautfarbe abgelehnt hatten, sahen nur mit Grausen zu der Senke am Grenzweg hoch, und die ganz Ängstlichen wagten sich nach Einbruch der Dunkelheit nicht mehr aus dem Haus. Dies bekam auch der Bürgermeister und Hirschwirt Kilian Oberhuber zu spüren, denn seit der Tat blieb die Hälfte der Stühle in seiner Gaststube leer.

Im Gegensatz dazu machte der Versicherungsagent Albert Hornecker ein gutes Geschäft. Etliche Leute wandten sich an ihn, um noch rasch eine Lebensversicherung abzuschließen, damit die Lieben daheim versorgt waren, wenn einen selbst die ruchlose Hand des Mörders traf. Hornecker verschwieg ihnen, dass die Versicherung erst nach einer gewissen Karenzzeit griff, und strich zufrieden die Prämien ein.

Seine Tochter Maria, die zusammen mit Anni um den Preis des schönsten Mädchens im Ort stritt, war weit weniger zufrieden als ihr Vater. Sie hatte sich in den schmucken, wenn auch arg frechen Matthias Schranzl verliebt und wollte, dass endlich etwas mehr aus der Sache wurde. Als sie an diesem Morgen sah, dass er unweit ihres väterlichen Hauses in den Forst aufstieg, eilte sie ihm nach und erreichte ihn kurz vor der einfachen Hütte, in der er und seine Kollegen ihr Handwerkszeug aufbewahrten.

Als Matthias bemerkte, dass ihm jemand folgte, zuckte er im ersten Moment zusammen. Dann erkannte er Maria Hornecker und seine Haltung entspannte sich wieder. »Ja grüß dich, Schatzerl! Was machst denn du so früh im Wald? Ned, dass dich der Mörder erwischt.«

»Du bist ja in der Nähe gewesen und hättst mich beschützt«, erklärte Maria und fasste nach seiner rechten Hand.

»Du bist jetzt schon eine ganze Woch ned zu mir kommen.«

»Du weißt doch – die viele Arbeit«, versuchte Matthias sich herauszureden.

»Aber die Zeit, ins Wirtshaus zu gehen, hast du ghabt!«

Maria klang höchst verärgert, und das war sie auch. Die Auswahl an schmucken Burschen im Dorf war überschaubar und jener junge Kollege ihres Vaters, bei dem sie für ein paar Wochen gehofft hatte, es könnte etwas daraus werden, war nicht bereit gewesen, nach Talfing zu ziehen. Sie hatte jedoch keine Lust, ihre Heimat zu verlassen, um dann an einer Straße zu wohnen, in der ständig stinkende Lastkraftwagen und Autos an den Fenstern vorbeisausten.

»Hast du über meinen Vorschlag nachdenkt?«, fragte sie drängend.

»Welchen Vorschlag?« Matthias merkte sofort, dass er sich in die Nesseln gesetzt hatte, denn Marias Antwort klang scharf.

»Du weißt, dass ich keinen Holzknecht heiraten will! Du wirst daher zu meinem Vater kommen und von ihm lernen, als Versicherungsvertreter zu arbeiten. Später wirst du einmal seine Agentur übernehmen und weiterführen.«

»Ich bin kein Holzknecht, sondern Forstfacharbeiter mit der Chance, zum Forstwirt aufzusteigen. Wenn ich das bin, verdien ich gewiss ned weniger Geld als dein Vater.« Matthias liebte die Natur und ihm gefiel seine Arbeit. Außerdem hatte er wenig

Lust, Sommer wie Winter in einem Anzug mit Krawatte herumzulaufen und anderen Leuten überflüssige Versicherungen aufzuschwatzen.

Ein anderes Mädchen hätte sich damit vielleicht zufriedengegeben, aber Maria war einen anderen Umgang gewöhnt als Männer mit Harzflecken an den Händen und vom Wind und Wetter verformten Filzhüten auf dem Kopf.

»Denk doch einmal nach. Als Partner von meinem Vater musst du nimmer bei Regen und Eis in den Wald hinauf. Es ist auch ned so gfährlich. Ich hab eine solche Angst, dass dich einmal ein Baum erschlägt oder dir die Motorsäge auskommt und dich schwer verletzt.«

Matthias hatte durchaus Interesse an Maria, aber er empfand sie als etwas zu fordernd und manchmal sogar herrschsüchtig. Es gab andere Mädchen im Ort, darunter auch die Töchter einiger Zugezogener, bei denen er hätte landen können. Doch bis auf die Anni, die beim Hirschwirt bediente, war keine so hübsch wie Maria, und die Bedeutung ihrer Väter im Dorf war weit geringer als die von Albert Hornecker. Der wurde sogar von den großen Bauern hofiert und durfte beim ›Hirschwirt‹ am Stammtisch der Honoratioren sitzen. Aber reichte das aus, um seine Freiheit aufzugeben?, fragte er sich.

»Lass mir noch ein wengerl Zeit«, bat er und wusste, dass er die Entscheidung mit diesen Worten nur um ein paar Wochen hinausschob. Aber vielleicht fiel ihm bis dorthin doch ein, wie er Maria dazu bringen konnte, ihn so zu akzeptieren, wie er war.

»Also gut. Aber bis zur Kirchweih muss unsere Verlobung stehen«, sagte Maria. »Übrigens kannst du übermorgen am Abend zu mir kommen. Mein Vater ist zu der Zeit auf einem Seminar in Bamberg und wir haben die ganze Nacht alleine für uns.«

Die Zeiten, in denen ein Mann mit einer Leiter zum Schlafzimmerfenster seiner Angebeteten hineinklettern musste, waren auch in Talfing vorbei. Intime Nähe wurde meistens auf einem abgelegenen Parkplatz im Auto gepflegt, doch in der Hinsicht waren die Talfinger Mädchen für ein junges, gesundes Mannsbild wie Matthias zu sittsam. Daher war Marias Angebot ein Geschenk, das er nicht ausschlagen konnte. »Übermorgen Abend sagst du? Ich komm!«

»Aber nüchtern«, schränkte sie ein.

Das war Matthias egal. Hauptsache, er kam bei ihr zum Zug.

* * *

Kurz hatte Jasmin sich überlegt, ihre Sachen mit dem Streifenwagen zum Lantenhammerhof zu bringen. Da dies aber als unerlaubte persönliche Nutzung hätte angesehen werden können, lieh sie sich vom Lantenhammer einen sauberen Schubkarren aus und schaffte ihren Besitz damit in die neue Wohnung.

Inzwischen war sie ihrem Ziel, mehr über Talfing zu erfahren, wieder ein Stück näher gekommen. Mali war nämlich hier geboren und aufgewachsen und hatte sich nach einer Enttäuschung in der Liebe beim Lantenhammer als Magd verdingt. Sie kannte jeden Einwohner des Tals und konnte einiges über die Leute erzählen. Das meiste war uninteressant, aber gelegentlich horchte Jasmin auf. So auch diesmal, als die Mali von der Schlucht erzählte, die in früherer Zeit doch das eine oder andere Todesopfer gefordert hatte.

»Vor ned ganz dreißig Jahr hat's den jungen Moosgruber samt seiner schwangeren Frau erwischt. Er hat sie wegen Komplikationen ins Krankenhaus bringen wollen. An dem Tag ist ein schweres Gewitter kemma. In der Schlucht ist sein Auto wegen Aqua… Aquadingsbums …«

»Aquaplaning«, half Jasmin ihr aus.

»Ja, wegen dem ist das Auto von der Straß grutscht und abgstürzt. Normal hätt's ned so viel gmacht, aber an dem Tag hat's Gewitter den Bach hochgeh lassen, und da sind sie alle zwei ersoffen. Die alten Moosgruberleut haben den Hof später an den Oberhuber verkauft und sind wegzogen. Ein paar Monat danach hat der Oberhuber auf einem Teil von dem Grund die Neubausiedlung hinstellen lassen. Er soll dabei das Zwanzigfache von dem verdient haben, was er dem Moosgruber zahlt hat.«

»Der Bürgermeister ist anscheinend sehr geschäftstüchtig«, meinte Jasmin.

Die alte Mali nickte. »Das kannst laut sagen. Der ist ein Ruach, wie's keinen zweiten gibt. Dabei fragt man sich, für wen er das ganze Geld zusammenrafft. Seine Frau ist im letzten Jahr gstorben, Kinder hat er ned und mit dem einzigen nahen Verwandten, dem Mayer Simmerl, ist er über Kreuz.«

»Es gibt so Leute, denen am Geld mehr liegt als an den Menschen«, sagte Jasmin. »Aber die Schlucht und die Klamm muss ich mir noch anschauen.«

»Gib alldieweil Obacht, wenn du das tust. Vom Dorf abwärts, da ist's ned so schlimm, denn da ist noch die alte Straß, die jetzt als Wanderweg gnützt wird. Aber bergauf hat die Klamm der Deifi graben. Da gibt's keinen Weg und keinen Steg, dafür überall Gletschermühlen, in die man hineinfallen kann.« Mali klang besorgt, denn sie mochte Jasmin und wollte sie warnen.

»Außerdem heißt's, dass dort der Geist vom Innauer Sepp umgeht. Der hat Anfang des neunzehnten Jahrhunderts den jungen Lantenhammer in die Schlucht gstoßn. Es ist um ein Madl gangen. Der Innauer Sepp ist dafür guio…«

»Guillotiniert«, warf Jasmin ein.

»Den Kopf haben sie ihm obaghaut«, umschrieb die Magd die Hinrichtung des jungen Mannes, den die Eifersucht zum Mörder hatte werden lassen.

Jasmin war beeindruckt. »Du weißt genauso viel zu erzählen wie der Senn, den ich vor zwei Tagen auf seiner Alm kennengelernt habe.«

Mali ließ sich die Alm beschreiben und nickte dann anerkennend. »Der Lois ist der Onkel vom Lantenhammer. Der ältere Bruder hat damals den Hof gekriegt und er ist als Knecht dortgeblieben, wie es in der Zeit noch der Brauch gwesen ist. Aber noch einmal zur Schlucht. Es heißt, wer oberhalb von Talfing was hineinwirft, des kommt nimmer raus. Das holt sich alles der Geist vom Innauer Sepp. Der ist nämlich von den himmlischen Mächten dazu verurteilt worden, dort bis zum Jüngsten Tag sein Unwesen zu treiben.«

Im Gegensatz zu Mali glaubte Jasmin nicht an Geister und beschloss, sich auch den gefährlichen Teil der Schlucht irgendwann einmal genauer anzusehen. Nun aber wurde es Zeit zu gehen, denn sie wollte nicht zu spät zur Polizeiwache kommen. Sie verabschiedete sich von Mali und eilte los.

* * *

Jasmin befand sich noch keine zehn Minuten in ihrem Büro, als jemand schüchtern an die Tür klopfte. Sie rief »Herein!« und sah wenige Sekunden später eine Frau um die vierzig vor sich, die in ihrem dunkelgrünen Dirndlkleid noch recht proper aussah.

»Grüß Gott, Frau Kommissarin! Ich wär die Loiseder Rosi und soll Ihnen von meinem Mann sagen, dass ihn der Doktor nach Rosenheim ins Krankenhaus gschickt hat. Er hat einen großen Nierenstein – mein Mann und ned der Doktor – und der muss zertrümmert werden. Wenn mein Mann eher zum Doktor gegangen wär, wär's ned so schlimm. Aber jetzt ist der Stein groß und es wird mehr als einen Eingriff brauchen, bis er weg ist.«

Es kam so gepresst und schnell heraus, dass Jasmin Schwierigkeiten hatte, die Frau zu verstehen. »Jetzt beruhigen Sie sich, Frau Loiseder«, sagte Jasmin freundlich. »Die Beseitigung eines Nierensteins ist nicht mehr so schlimm wie noch vor etlichen Jahrzehnten. Mich freut es jedenfalls, dass Ihr Mann es machen lässt. Danach ist er wieder richtig einsatzfähig, und nur so können wir ihn hier auf der Polizeiwache brauchen.«

»Mein Franz hat halt so Angst, dass es arg schlimm werden könnt«, sagte die Frau seufzend.

»Richten Sie ihm aus, dass wir ihm alle die Daumen drücken. Wenn er länger im Krankenhaus bleiben muss, sehe ich zu, dass ich ihn einmal besuchen kann. Wollen Sie vielleicht einen Kaffee?«

Rosi Loiseder schüttelte den Kopf. »Nein, lieber ned. Ich bin eh schon aufgeregt genug.«

»Das ist ganz unnötig. Wegen eines Nierensteins schneiden die Ärzte Ihren Mann schon nicht auf. Der wird durch Ultraschall oder eine ähnliche Methode so weit zerkleinert, bis die einzelnen Teile auf natürlichem Weg abgehen.«

»Da wird ihm das Bieseln einige Zeit wehtun. Warum hat er bloß so lang warten müssen? Wenn er eher zum Doktor gangen wär, wär's lang ned so schlimm geworden.« Die Frau zerfloss fast vor Mitleid mit ihrem Mann.

Am liebsten hätte Jasmin ihr gesagt, dass sie ihn etwas stärker hätte drängen müssen, zum Arzt zu gehen, doch wie es aussah, besaß Rosi Loiseder die Überzeugungskraft einer Schlaftablette. Sie beherrschte sich jedoch und redete auf die Frau ein wie auf eine kranke Kuh. Nach einer halben Stunde hatte sie sie so weit, dass Rosi Loiseder halbwegs getröstet den Heimweg antrat. Jasmin wollte sich gerade ihrem Laptop zuwenden, als der nächste Besucher erschien. Bei seinem Anblick funkelten ihre Augen kämpferisch. Es war Kriminalhauptkommissar Maximilian Weißberger aus Rosenheim.

Zu Jasmins Verwunderung wirkte der Mann weniger arrogant, sondern vielmehr verkniffen. Eigentlich sah er recht gut aus, doch die Erinnerung an ihr Telefongespräch verhinderte, dass er ihr sympathisch war. »Guten Tag, Herr Kriminalhauptkommissar«, grüßte Jasmin steif.

»Herr Kollege reicht, Frau Kollegin«, sagte Weißberger leicht gereizt. »Ich bin wegen des Mordfalls Quintano hier. Die Aussagen, die meine Kollegen und ich erhalten haben, ergeben ein absolut schiefes Bild.«

Jasmin verkniff sich zu fragen, weshalb er zu diesem Schluss gekommen war, sondern blickte ihn nur interessiert an.

»Wir haben alles abgeglichen, bis hin zu dem Bierdeckel, auf dem die Getränke notiert waren, die Xaver Grandl zu sich genommen hat«, setzte Weißberger seinen Vortrag fort. »Laut unserem Gerichtsmediziner wäre er nicht mehr in der Lage gewesen, den Weg bis zum Tatort zu schaffen, geschweige denn, den Mord zu begehen.«

Jasmin sah ihm an, wie schwer ihm dieses Geständnis fiel. Es passte jedoch mit dem zusammen, was sie erfahren hatte. »Haben Sie einen anderen Verdacht?«

»Ohne Beweis ist ein Verdacht nur eine Annahme, aber keine Tatsache«, antwortete Weißberger mit einem bitteren Auflachen. »Die Spuren, die man am Tatort gefunden hat, sind nutzlos, weil die Hälfte aller Talfinger in den letzten Tagen dort vorbeigekommen ist. Außerdem ist der tödliche Beilhieb hinterrücks erfolgt. Auf dem Opfer befand sich daher weder eine Hautschuppe des Mörders noch ein Faden von dessen Kleidung.«

»Und das Tatwerkzeug?«, fragte Jasmin, überrascht von der Mitteilungsfreude des Kommissars.

»Das Beil wurde in den letzten Tagen von mindestens fünf Leuten benützt. Anhand einiger verwischter Spuren glaubt der untersuchende Kollege, dass der Täter Gummi- oder Latexhandschuhe getragen hat.«

Irgendwie tat Jasmin der Kommissar leid. Er hatte sich auf den Fall gestürzt und geglaubt, ihn rasch gelöst zu haben. Doch nun schwammen ihm die Felle davon.

»Ich kann Ihnen leider nicht helfen, denn ich habe mich nach Ihren Anweisungen gerichtet und mich nicht mit dem Mordfall befasst«, erklärte sie und sah zu ihrer Befriedigung, dass er blass wurde.

»Ich hatte gehofft, Sie hätten aus Zufall etwas erfahren«, sagte er.

Eigentlich hätte er sich jetzt für seinen Auftritt am Telefon entschuldigen müssen, fuhr es Jasmin durch den Kopf. Doch dieses Verhalten schien nicht in seinen Genen verankert zu sein. »Bedauerlicherweise nicht das Geringste. Ich war damit beschäftigt, mich hier einzuleben, und habe in meiner Freizeit nach einer Wohnung gesucht, da ich nicht ewig im Zimmer eines Gasthofs bleiben wollte.« In Jasmins Stimme lag ein leises Fauchen, denn ihrer Meinung nach hätte ihre Dienststelle die fünf Euro am Tag aufbringen können, die eines der guten Hotelzimmer mehr gekostet hätte. So aber war ihr Zimmer viel zu klein gewesen und die Hygienezelle irgendwie hineingequetscht worden.

»Ich will mir noch einmal den Tatort ansehen. Wenn Sie mitkommen wollen? Vielleicht sehen Sie mehr als ich.« Es war das Äußerste an Entgegenkommen, das Weißberger seiner Ansicht nach machen konnte.

Für Jasmin war es eine halbe Kapitulation und so nickte sie. »Gerne. Ich schaue vorher nur, ob meine Kollegen Kager und Wallner bereits hier sind. Sonst muss ich das Telefon wieder auf mein Handy umschalten.«

»Sind Sie nicht zu viert in dieser Polizeiwache?«, fragte Weißberger verwundert.

»Normalerweise schon. Der Kollege Loiseder liegt jedoch im Krankenhaus«, erklärte Jasmin.

»Unfall?«

»Nein, Nierensteine.« Mit dem letzten Wort stand Jasmin auf, öffnete die Tür ihres Büros und sah Wallner hereinkommen. Ein Blick auf die Uhr zeigte ihr, dass er sich um fast eine Stunde verspätet hatte. Vor Weißberger wollte sie sich nicht mit Wallner streiten.

»Sie übernehmen den Telefondienst, Herr Wallner!«, sagte sie daher nur.

»Aber das kann doch der Kager machen.« Wallner hatte am Vortag von Kathinka van der Loor erfahren, dass sie einen Spaziergang in Richtung der Schlucht machen wollte, und gehofft, sie begleiten zu können.

Ohne darauf zu antworten, öffnete Jasmin die Tür zu Kagers Büro und sah, wie er rasch eine Sexzeitung in der Schreibtischschublade verschwinden ließ. »Auf geht's, Kollege Kager! Sie begleiten den Herrn Kriminalhauptkommissar Weißberger und mich zum Tatort.«

Kager sah sie mit einem ›Muss das sein?‹-Blick an und stand seufzend auf. Ebenso wie Jasmin schnallte er seinen Waffengurt um und kontrollierte, ob alles seine Richtigkeit hatte. Zwar ging er nicht davon aus, er bräuchte seine Handschließen, doch wenn seine Vorgesetzte auf den Vorschriften herumritt, musste er sie mitnehmen.

Von Wallners empörten Blicken verfolgt verließen die drei die Polizeiwache. Draußen gesellte sich Weißbergers Untergebener Faschner zu ihnen. Er war ein mittelgroßer, sehr schlanker Mann mit schwarzen Haaren und einer Miene, als wäre es seine Schuld, dass der Mörder des Pfarrvikars Quintano noch nicht entlarvt war.

Weißberger hielt sich neben Jasmin, während sie den Grenzweg hochstiegen. »Glauben Sie, es war ein Mord aus fremdenfeindlichen Motiven? Die Leute, die wir befragt haben, sagten zwar alle, der Geistliche wäre sehr beliebt gewesen, doch so ganz glaube ich ihnen nicht.«

»Als Quintano hierher versetzt worden ist, muss es heftige Proteste gegeben haben«, sagte Jasmin. »Der Bürgermeister soll sogar bis zum erzbischöflichen Ordinariat gegangen sein, um die Einsetzung von Pablo Quintano zu verhindern. Aber nach zwei Jahren dürfte das eigentlich keine Rolle mehr gespielt haben.«

»Man sieht nicht in die Köpfe der Leute. An dem Abend ist sehr viel getrunken worden und manche Menschen verlieren im Rausch sämtliche Hemmungen.«

Jasmin merkte Weißberger an, dass er verzweifelt nach einem Motiv für den Mord und damit auch nach einer Spur suchte. Da sie die Geschehnisse dieses Abends nur aus Erzählungen anderer kannte, zuckte sie mit den Achseln. »Ich kann Ihnen nicht helfen. Von Mali, der Magd des Lantenhammers, weiß ich, dass Pablo Quintano gelegentlich in der Nacht bis zum Grenzstein hochgestiegen ist, um eine Weile den Sternen über dem Tal zuzusehen. Aber das war nicht regelmäßig genug, als dass ein Mörder ihm hätte auflauern können. Wenn es einer aus Talfing gewesen ist, muss er ihm gefolgt sein.«

»Was wiederum für meine Theorie spricht, einer der Wirtshausbesucher könnte der Mörder sein«, schloss Weißberger aus ihren Worten.

Jasmin wiegte unschlüssig den Kopf. »Ich kann es mir nicht vorstellen. Vom Hirschwirt sind es über achthundert Meter bis zu der Stelle, an der der Mord geschehen ist. Es braucht ein hohes Maß an krimineller Energie, um jemanden so weit zu verfolgen und zu erschlagen. Zudem hätte der Mörder den Umweg zum Grandlhof einschlagen müssen, um von dort das Beil zu holen.«

»Wie ich schon sagte: Man kann nicht in die Köpfe der Menschen hineinsehen«, wiederholte Weißberger.

Jasmin nickte, war aber immer noch der Ansicht, dass seine Theorie auf schwachen Beinen stand.

Kurz darauf hatten sie die Mulde am Wegrand erreicht. Nichts deutete an dieser Stelle noch auf das schreckliche Geschehnis hin, das sich vor ein paar Tagen hier abgespielt hatte. Weißberger starrte dennoch in die Mulde, als hätte er Röntgenaugen, aber der Boden wollte seine Geheimnisse nicht preisgeben. Nach einer Weile musterte er das Dorf und die nähere Umgebung. Das nächste Anwesen lag gut fünfhundert Meter entfernt, doch es gab von dort keine direkte Verbindung zum Grenzweg, der ein ganzes Stück weiter unten an mehreren Bauernhöfen wie dem Innauer- und dem Grandlhof sowie am Einfamilienhaus der Familie Schranzl vorbeiführte.

Weißberger fragte Jasmin nach den Bewohnern der einzelnen Häuser und sie antwortete ihm, so gut sie konnte.

Während des Gesprächs sah er immer wieder zum Schranzlhaus hin. »Dieser Matthias Schranzl war doch an jenem Abend auch mit in der Gastwirtschaft.«

»Ja, das war er«, stimmte Jasmin zu.

»Laut Aussagen einiger Zeugen soll er versucht haben, Xaver Grandl gegen den Pfarrvikar aufzuhetzen.«

Weißberger erinnerte sich daran, dass Matthias Schranzl erklärt hatte, er wäre in dieser Nacht noch eine halbe Stunde vor dem Haus gesessen. Diese Zeit reichte aus, um vom nahe gelegenen Grandlhof das Beil zu holen, den Grenzweg hochzugehen und den Geistlichen zu erschlagen. Ihm fehlte jedoch jeglicher Beweis für diese Theorie. »Wissen Sie mehr über Matthias Schranzl?«, fragte er.

Da Kager schon weitaus länger seinen Dienst in Talfing verrichtete als Jasmin, fühlte er sich angesprochen. »Der Schranzl Hias ist ein guter und hilfsbereiter Mensch«, erklärte er. »Was an ihm aber arg stört, ist sein Drang, andere zu verspotten. Einige Leut haben ihn schon mehrmals gewarnt, dass er damit noch einmal gewaltig auf die Schnauze fallen wird. Aber es ist deswegen bloß einmal zum Raufen gekommen und da hat er gewonnen.«

»Man muss ihn auf jeden Fall im Auge behalten«, erklärte Weißberger mit der Miene eines Mannes, der sein Ziel bereits vor Augen sah, aber noch eine Brücke brauchte, um den letzten Abgrund, der ihn davon trennte, überwinden zu können.

* * *

Als der Abend kam, an dem Albert Hornecker in Bamberg weilte, hatte Matthias Schranzl bis in den Nachmittag hinein im Forst gearbeitet und danach zwei Stunden im Büro gesessen, um einige Daten in den Computer einzutragen. Punkt siebzehn Uhr machte er Feierabend und kehrte nach Hause zurück. Seine Mutter setzte ihm, dem Vater und seinem jüngeren Bruder das Abendessen vor und sah ihn dabei nachdenklich an.

»Die Hornecker Maria hat vorhin angrufen, dass du eure Verabredung ned vergessen sollst.«

»Die vergess ich schon ned.« Matthias verkniff sich ein Grinsen. Immerhin ging es niemanden etwas an, was Maria und er miteinander tun würden.

»Ich hab das Gefühl, dass dich die Maria gern sieht«, bohrte die Mutter weiter.

Der Vater, der bislang schweigend sein Essen in sich hineingestopft hatte, hob jetzt den Kopf. »Ich weiß ned, ob sie die Richtige für den Hiasl wär. Sie ist mir zu herrschsüchtig und bildet sich Wunder was ein, wer sie ist.«

»Das kannst du so ned sagen, Bartl!«, erklärte seine Frau mit Nachdruck. »Die Maria ist das fescheste Dirndl in Talfing und das einzige Kind vom Hornecker. Unser Hiasl könnt's wirklich ned besser treffen.«

»Wenn er unbedingt die dritte Geige nach dem Hornecker und der Maria spielen will«, höhnte Matthias Vater. »Geld und Besitz sind schön und gut, aber das Einzige, was wirklich zählt, ist die eigene Zufriedenheit, lass dir das gesagt sein, Barbara.«

»Wer sagt dir, dass der Hiasl mit der Maria ned zufrieden sein wird?« Barbara Schranzl hätte ihren Ältesten gerne gut versorgt gesehen, und dafür gab es im Dorf derzeit keine bessere Partie als Maria Hornecker.

Matthias interessierte der Streit seiner Eltern wenig. Ihm ging es darum, rasch zu Maria zu kommen, und es war weitaus angenehmer, in einem weichen Bett mit ihr intim zu werden als auf dem Liegesitz seines Autos.

»Was wollt ihr heut Abend machen? Ins Kino fahren?«, fragte die Mutter neugierig.

Matthias wollte schon Ja sagen, als ihm einfiel, dass er dann mit dem Auto zum Horneckerhaus fahren müsste. Von hier aus würde die Mutter jedoch sehen, wenn der Wagen den ganzen Abend dort stehen blieb. Daher schüttelte er den Kopf.

»Nein. Die Maria hat gestern gesagt, dass sie die DVD von einem Film gekauft hat, den ich gerne sehen will. Den wollen wir zusammen anschauen und danach werd ich noch auf eine Halbe in den ›Hirschen‹ gehen.«

»Tu aber dort ned wieder spotten! Du weißt, die Leut mögen das ned«, mahnte ihn seine Mutter.

Bevor Matthias darauf antworten konnte, mischte sich sein Vater ein. »Einen Film anschauen wollt ihr? In meiner Jugend haben wir was anders gemacht.«

»Bartl! So was sagt man ned«, wies ihn seine Frau zurecht.

Matthias nutzte den Moment, um aufzustehen und in seinem Zimmer zu verschwinden. Wenig später ging er ins Badezimmer, duschte sich und putzte die Zähne, um Maria keine Gelegenheit zur Kritik zu bieten. Dann machte er sich auf den Weg.

Auch wenn Barbara ihren Mann eben wegen seiner anzüglichen Bemerkung zurechtgewiesen hatte, hoffte sie doch, dass Matthias' Verhältnis zu Maria innig genug werden würde, um im Bett und vor dem Traualtar zu enden.

Matthias schlug einen Bogen, damit nicht das ganze Dorf mitbekam, dass er ausgerechnet an dem Abend, an dem Maria allein zu Hause war, zu ihr ging, und läutete etliche Minuten später an ihrer Tür. Sie machte ihm so schnell auf, als hätte sie ihn kommen sehen.

»Endlich bist du da, Matthias«, begrüßte sie ihn seelenvoll.

»Gschnäuzt und kämmt, wie sich's ghört«, sagte er fröhlich und schloss sie in die Arme.

Maria sträubte sich nicht, sondern presste sich im Gegenteil noch enger an ihn. Dabei spürte sie, wie an ihrer Hüfte etwas hart wurde, und lächelte erwartungsvoll. Viel Erfahrung in diesen Dingen besaß sie nicht, freute sich aber darauf, mit Matthias zusammen zu sein und ihn dadurch so an sich zu binden, dass er ihr nicht mehr auskam.

»Magst du was trinken?«, fragte sie ihn.

Matthias wollte schon sagen: ›Ein Bier!‹ Dann aber befürchtete er, dass der Geruch sie vielleicht beim Küssen stören könnte. »Wenn du ein Mineralwasser hast oder einen Tee, wär's gut.«

»Den mach ich dir gern.« Maria löste sich aus seinen Armen und führte ihn in die Küche. Dort setzte sie Wasser auf, wärmte eine Teekanne an und füllte das Teenetz mit der genau dosierten Menge ihres Lieblingstees. So zu beginnen war ihr lieber, als wenn er darauf gedrängt hätte, sofort mit ihr ins Bett zu gehen.

Matthias beobachtete sie dabei und fand, dass sie neben allen Vorzügen auch noch eine ausgezeichnete Hausfrau abgab. Der Tee, den sie ihm vorsetzte, schmeckte ihm. Als er ihr das sagte, strahlte sie über das ganze Gesicht.

»Das ist wieder was, was wir zwei gemeinsam haben.«

»Wir haben noch viel mehr gemeinsam«, meinte Matthias selbstzufrieden und zwinkerte ihr grinsend zu.

»Wenn wir ausgetrunken haben, können wir in mein Schlafzimmer gehen«, schlug sie vor.

Matthias grinste erneut. »Du hast hoffentlich die Vorhänge zuzogen. Ned, dass uns die Leut zuschauen können.«

»Mein Schlafzimmer ist im ersten Stock und da müsst sich einer schon ganz schön strecken, um was zu erspingsen«, sagte sie mit einem nachsichtigen Kopfschütteln.

»Ich mein ja bloß.« Matthias trank erneut von dem Tee. Dabei fragte er sich, weshalb die Tassen so groß sein mussten. Er wollte Maria haben und ihr zeigen, dass er ein Mann war, dem hier in Talfing keiner das Wasser reichen konnte.

Irgendwann waren die Tassen leer und die beiden standen auf. Als Maria vorausging, griff Matthias ihr an den Hintern. Sie stieß ein kurzes Keuchen aus, spürte ihre aufsteigende Lust. Bisher hatte sie geglaubt, Leidenschaft wäre nur etwas für Männer, die immer wollten. Doch jetzt konnte auch sie es kaum mehr erwarten. Sie legte ihr Kleid mit einer Geschwindigkeit ab, mit der Matthias nicht mitkam. Höschen und BH folgten und schließlich stand sie nackt vor ihm. Angst, ihm nicht zu gefallen, hatte sie keine. Schließlich galt sie als das schönste Mädchen in Talfing und besaß eine ausgezeichnete Figur, dort gerundet, wo es sein sollte, und mit einer Taille, die zwar keinen Modelmaßen entsprach, aber trotzdem schlank genug war.

»Sakra, du bist wirklich ein sauberes Dirndl!«, stieß Matthias erregt aus.

Kokett legte Maria ihren Kopf schief und bewunderte dabei seine schmalen Hüften, die breiten Schultern und seinen flachen Bauch, auf dem sich das Sixpack deutlich abzeichnete. Besser als er sahen auch die Filmstars nicht aus, deren Bilder sie in ihren Teenagerjahren gesammelt hatte.

Zufrieden, mit dem schmucksten Burschen im ganzen Tal zusammen zu sein, umarmte Maria ihn. Ihre Münder fanden sich zu einem ersten, noch etwas zaghaften Kuss. Dann aber wurde Matthias kühner und presste seine Lippen auf die ihren. Er war so erregt, dass er es kaum erwarten konnte. Auch Maria war nicht bereit, noch länger zu warten, und wies mit dem Kinn aufs Bett. »Was meinst du? Wollen wir?«

»Aber freilich«, antwortete Matthias, hob sie so leicht auf, als wäre sie eine Feder, und legte sie aufs Bett. Sekunden später schob er sich zwischen ihre Beine.

»Jetzt gehören wir auf ewig zusammen«, stöhnte Maria, als er, sich mühsam zügelnd, in sie eindrang, und stemmte sich ihm entgegen.

* * *

Um einiges später in derselben Nacht verließen die letzten Gäste das Gasthaus ›Zum Hirschen‹ und Oberhuber blieb mit Anni allein zurück. Während sich der Bürgermeister einen Schnaps einschenkte, musterte er seine Kellnerin so intensiv, als wollte er ihre Chancen für einen Schönheitswettbewerb errechnen. Ein Gedanke, der sich bereits seit einigen Wochen in seinem Gehirn eingenistet hatte, drängte sich wieder in den Vordergrund.

»Bist ein fesches Dirndl, Anni«, sagte er unvermittelt.

Diese Worte hatte Anni schon von etlichen Männern gehört, aber noch nie von ihrem Chef. Entsprechend verwundert drehte sie sich zu ihm um. Da wies er auf den Stuhl neben dem seinen.

»Setz dich!«, forderte er sie auf.

Die Kellnerin gehorchte. »Gibt's was Chef? Sind Sie unzufrieden mit mir?«, fragte sie.

Oberhuber schüttelte den Kopf. »Ganz im Gegenteil, Anni. Du bist die beste Kellnerin, die ich bis jetzt ghabt hab. Und die Fescheste.«

Ihn wird doch ned etwa der Hafer stechen, fuhr es ihr durch den Kopf. Auch wenn es ihr hier gefiel, war eine Liebschaft mit ihrem Chef das Allerletzte, was sie anstrebte. Da sprach dieser auch schon weiter.

»Weißt du, Anni, seit mein Weib vor einem Jahr gstorben ist, bin ich ganz allein auf der Welt. Kinder haben wir keine, denn die Monika hat nach zwei Fehlgeburten keine mehr kriegen können. Ich hab sie trotzdem gern gehabt und auch gebührend betrauert. Doch die Zeit bleibt ned stehen und der Mensch muss nach vorne schauen.«

»Sie sind ja erst sechzig! Da können Sie gwiss noch einmal heiraten. Es gibt ein paar Witwen im Dorf, die Sie mit Kusshand nehmen täten«, schlug Anni vor.

»Die Kautzenbergerin ist neunundvierzig und die Kuglerin schon über fuchzge. Das ist zu alt. Ich brauch eine Frau, von der ich noch einen Buben krieg. Notfalls reicht mir auch ein Dirndl. Aber ich will ein eigenes Kind, das einmal all das, was ich mir geschaffen hab, erben wird.«

Nun wurde Anni hellhörig. Sie betrachtete den Mann, der bereits einen stattlichen Bauch vor sich herschob und seine Halbglatze mit einem Toupet kaschierte. Seine Wangen hingen schlaff herunter und die zusammengewachsenen Augenbrauen verliehen ihm ein mürrisches Aussehen. Der Gedanke, mit ihm das Bett teilen und seine Versuche ertragen zu müssen, doch noch Vater zu werden, hatten etwas Abstoßendes an sich. Dabei gab es Männer von ähnlichem Alter, bei denen sie durchaus hätte schwach werden können. So war Albert Hornecker ein schlanker, gepflegter Herr, bei dem sie kurz nach ihrer Ankunft in Talfing tatsächlich überlegt hatte, wie sie ihn für sich gewinnen könnte. Daraus war zwar nichts geworden, und es zog sie auch viel mehr zu Ludwig Wallner hin. Doch der wollte zu ihrer Enttäuschung nicht anbeißen.

Einen Augenblick lang dachte sie daran, dass es die richtige Strafe für den Polizisten wäre, wenn sie jetzt Oberhubers Frau wurde. Dann aber schüttelte sie den Kopf.

»Es tut mir leid, Chef, aber ich versteh ned, was Sie meinen.«

»Ich glaube, du verstehst das sehr gut«, sagte der Bürgermeister selbstbewusst. Auf den Gedanken, die junge Frau könnte ihn ablehnen, kam er erst gar nicht.

»Wenn das ein Heiratsantrag sein soll, kommt er ziemlich überraschend.« Anni versuchte, Zeit zu gewinnen, um ihre rasenden Gedanken bändigen zu können.

Dazu aber war Oberhuber nicht bereit. Er hatte an dem Abend bereits einige Schnäpse getrunken und seine Hemmungen größtenteils verloren. Wenn es nach ihm ging, würden Anni und er noch in dieser Nacht im Bett landen. In ein paar Tagen würden sie standesamtlich heiraten, und sobald ein neuer Seelsorger für Talfing bestimmt war, sollte die kirchliche Trauung folgen. Um zu zeigen, wie ernst es ihm war, zog er Anni an sich und wollte sie küssen.

Anni wehrte ihn verärgert ab. »Lassen Sie das, Herr Oberhuber! Sie haben heut ein bisserl zu viel getrunken. Morgen werden Sie das Ganze wieder vergessen haben.«

»Hab ich ned. Ich will dich haben! Bist ein sauberes Dirndl, Anni, und grad die richtige Wirtin für mich.« Erneut griff der Bürgermeister nach ihr, doch diesmal schlug Anni zu.

Verdattert über die Ohrfeige starrte Oberhuber sie an. »Was stellst du dich so an? Besser als mit mir könntest du es ned treffen!«

»Ihnen ist der Schnaps in den Kopf gestiegen, Chef, und jetzt wollen S' unbedingt mit mir ins Bett. So eine bin ich aber ned«, fauchte Anni ihn an.

»Ich will dich heiraten, du depperte Urschel! Wennst willst, geb ich's dir schriftlich.« Obwohl ihn ihre Weigerung ärgerte, war der Wirt doch zufrieden. Anni war wirklich nicht so eine, sondern hielt auf ihr Ansehen.

»Aber ich will Sie ned heiraten!« Annis Stimme klang scharf.

»Und warum ned?«, fragte Oberhuber nun ernsthaft sauer.

»Sie sind fast dreimal so alt wie ich und außer Ihrem Reichtum spricht rein gar nix für Sie. Ich leb lieber mit einem Mann, den ich lieb hab, in bescheideneren Verhältnissen, als die reiche Oberhuberin mit einem leeren Herzen zu sein.«

»Ja sakra! Das traust du dir mir ins Gesicht zu sagen?«, fuhr der Bürgermeister auf.

»Da es sein muss, sag ich's«, antwortete Anni kämpferisch.

Die Lust, sie zu besitzen, war immer noch da, und so überlegte Oberhuber, ob er sie mit Gewalt dazu zwingen sollte, ihm zu gehorchen. Da sah er, wie sie mit der rechten Hand nach hinten griff und eines der Weißbiergläser aus dem Regal holte. Wenn sie das Ding zerbrach, besaß sie eine tückische Waffe, mit der sie ihn schwer verletzen oder sogar umbringen konnte. Dieser Gedanke ernüchterte ihn jäh. »Wie du willst! Aber zum nächsten Ersten gehst.«

»Wenn es sein muss, geh ich schon morgen«, sagte Anni, bereit, notfalls noch in dieser Nacht aufzubrechen.

»Ich sag zum nächsten Ersten. Ich muss mir zuerst eine neue Kellnerin suchen. Gehst du eher, kannst du dir dein Arbeitszeugnis an den Arsch pappen.« Es war die letzte Macht über sie, die ihm noch blieb, und er beschloss, sie bis zur Neige auszukosten.

»Mir auch recht«, sagte sie und verschwand so schnell, dass er mit dem Schauen kaum mitkam.

Oberhuber fluchte ein paar Mal vor sich hin und schenkte sich dann in rascher Folge drei weitere Schnäpse ein, die er einfach hinunterkippte. Obwohl er auf ein hohes Level geeicht war, spürte er nun doch langsam den Alkohol und wollte in seine Privaträume gehen, um sich für die Nacht fertig zu machen. Da erinnerte er sich daran, dass er seit Jahr und Tag vor dem Schlafengehen noch eine Zigarre auf der Terrasse geraucht hatte, und das wollte er auch an diesem Abend tun.

Er nahm sein Zigarrenetui aus hartem Leder von einem Regal, trat ins Freie, setzte sich auf eine Bank und zog eine Zigarre und eine Streichholzschachtel aus der Hülle. Während das Streichholz aufflammte, entdeckte er in seiner Nähe einen Schatten und wandte sich ihm zu.

* * *

Um gegen die Angst vor dem Mörder anzukämpfen, hatte Kathinka van der Loor sich von Wallner überreden lassen, mit ihm zusammen eine Wanderung zu machen. Um rechtzeitig fertig zu sein, hatte sie sich mit dem Frühstück beeilt und saß nun in Wanderkluft und mit dem Rucksack in der Hand auf einer der Bänke am Marktplatz. Als Wallner nach einer halben Stunde noch immer nicht erschienen war, ärgerte sie sich und machte sich trotz eines schlechten Gefühls allein auf den Weg. Die Gegend war schön und die Berge ragten majestätisch um das Tal von Talfing in den Himmel. An den Flanken waren sie zunächst noch bewaldet, bis sich weiter oben der nackte Fels im Sonnenlicht spiegelte. Eigentlich hätten das dunkle Grün des Tannenwaldes und das hellere der Almen beruhigend wirken müssen. Kathinka zuckte jedoch bei jedem Laut zusammen und überlegte bereits nach kurzer Zeit, ob sie nicht doch besser abreisen und in ihre Heimat zurückkehren sollte.

Wallners Mahnung, sich nicht von den eigenen Ängsten beherrschen zu lassen, kam ihr in den Sinn, und sie begriff, dass sie erst wieder Frieden finden würde, wenn der Mann, der den Geistlichen ermordet hatte, gefasst worden war. Daher hoffte Kathinka, dies würde noch vor dem Ende ihres Urlaubes der Fall sein. Ansonsten würde die Furcht vor diesem Kerl sie bis in ihre Heimat verfolgen.

Als der Wanderweg in den Wald einmündete, blieb sie kurz stehen, atmete mehrmals kräftig durch und ging weiter. Ihre

Sinne waren jedoch so angespannt, dass sie gellend aufschrie, als sie vor sich einen Schatten entdeckte.

»Ja sakra! Bist du aber schreckhaft«, hörte sie Matthias Schranzl rufen.

Kathinka blieb stehen und presste ihre Hände gegen die Brust. »Es tut mir leid, ich …«

»Schon gut. Wenn ich daran denk, dass du den armen Quintano gfunden hast, versteh ich's, dass du so reagierst.« Schranzl lächelte ihr beruhigend zu. »Es ist eh tapfer von dir, so allein unterwegs zu sein.«

»Ich habe tatsächlich Angst, den Mörder zu treffen«, bekannte Kathinka.

»Das tät mir ned anders gehen. Hoffentlich erwischen die Kriminaler den Kerl. Im Dorf lassen sie nimmer einmal die Kinder auf die Straß.«

»Ich glaube, ich bin doch nicht in der Lage, allein eine Wanderung zu machen«, sagte Kathinka leise.

»Man soll sich zu nix zwingen. Wenn du willst, komm ich mit nach unten. Ich hab eh im Dorf was zu tun. Eine unserer Maschinen hat den Geist aufgeben und wir haben hier oben keinen Handyempfang. Jetzt muss ich den Mechaniker über die Festnetzleitung anrufen.«

Da Schranzl weder eine Axt in den Händen hielt noch sonst irgendwie gefährlich aussah, ließ Kathinka sich seine Begleitung gerne gefallen. Ihm gelang es sogar, ihre Laune mit ein paar Schnurren zu verbessern, und als sie den Waldrand erreichten, konnte sie bereits ein wenig über seine Sprüche lachen.

Schließlich legte er seinen Arm um ihre Schultern und nannte ihr die Namen der Berge, die seine Heimat umgaben.

Die beiden boten ein so harmonisches Bild, dass Maria Hornecker, die von der anderen Seite herankam, sich hinter der kleinen Kapelle versteckte, die mehrere Meter über dem Weg auf einem Felsen errichtet worden war.

Genau davor blieb Kathinka stehen und blickte hoch. »Ich wundere mich, dass ihr in Bayern so viele Minikirchen habt. In denen können doch immer nur ein paar Leute beten.«

»Das sind Kapellen. Die sind von frommen Leuten gstiftet worden, die einen Grund dafür hatten. Die hier hat vor ein paar Generationen ein Lantenhammer bauen lassen. Der ist nämlich im Winter beim Holztransport mit dem schweren Schlitten gstürzt und hat sich dabei bloß einen Haxen brochen.«

»Und deswegen hat er die bauen lassen?«, fragte Kathinka verwundert.

»Er hätt tot sein können«, meinte Matthias mit einem schrägen Grinsen. »Deswegen hat er sich damit bei der Mutter Gottes bedankt, denn durch ihren Schutz ist er mit dem Leben davongekommen.«

»Ihr Bayern seid eigenartige Leute«, sagte Kathinka kopfschüttelnd.

»Wir sind die Besten in Deutschland«, erklärte Matthias überzeugt und zog sie noch näher an sich heran.

Nur wenige Schritte entfernt kochte Maria Hornecker vor Eifersucht. Wie konnte Matthias nach dem, was in der Nacht zwischen ihnen geschehen war, eine andere Frau in den Arm nehmen? Sie tat doch alles, damit aus einem lumpigen Holzknecht ein geachteter Versicherungsagent wurde. Da erinnerte sie sich daran, dass ihm im letzten Jahr eine Liebschaft mit einer Berliner Touristin nachgesagt worden war. Damals hatte sie es unter der Prämisse abgehakt, dass ein Mann sich in seiner Jugend ein wenig austoben müsse. Nun aber schmerzte auch dieses Wissen und sie überlegte, ob sie ihn zur Rede stellen sollte. Da gingen die beiden bereits weiter und wandten sich dem Dorf zu.

»Du Lump, du windiger!«, fauchte sie leise und wünschte sich, ihr Herz, das so sehr für Matthias schlug, besser beherrschen zu können. Eines aber war so sicher wie das Amen in der

Kirche: Bevor sie ihn wieder in Gnaden aufnahm, würde er auf Knien zu ihr rutschen müssen.

* * *

Da sie in der Nacht lange wach gelegen hatte, schlief Anni an diesem Morgen bis weit über den Sonnenaufgang hinaus. Im Hotel wurde bereits das Frühstück zubereitet und die Feriengäste versammelten sich im Frühstücksraum. Als Erste war Kathinka van der Loor fertig geworden und hatte das Hotel verlassen, um sich mit Wallner zu treffen, der dann doch nicht erschien. Wenig später tauchten zwei andere weibliche Gäste auf, blickten auf die große Terrasse und beschlossen, das Frühstück dort einzunehmen.

»Fräulein, können Sie draußen den Tisch für uns decken?«, fragte eine von ihnen die Hotelangestellte, die für das Frühstück verantwortlich war.

»Aber gern«, meinte diese, stellte Tassen, Teller und Besteck auf ein Tablett, öffnete die Terrassentür und ging hinaus. Sekunden später schepperte und klirrte es und ein Entsetzensschrei gellte durch den Ort.

»Was ist denn los?«, fragte einer der Gäste und eilte hinaus.

Er fand die Hotelangestellte wie erstarrt auf der Terrasse stehen. Das Tablett lag samt dem zerbrochenen Inhalt am Boden und ein Stück vor der Frau entdeckte er den wuchtigen Körper des Hoteliers, der weit ausgestreckt auf dem Boden lag. Der Mann brauchte keinen zweiten Blick, um zu erkennen, dass Kilian Oberhuber vor seinen himmlischen Richter getreten war.

Unterdessen drängten weitere Gäste auf die Terrasse hinaus und umringten den Leichnam.

Eine Frau, die keine Tatortfolge im Fernsehen versäumte, hob die Hand. »Bleiben Sie von dem Toten weg, sonst vernichten

Sie wertvolle Spuren, die zur Entlarvung des Mörders dienen können. Außerdem muss jemand sofort die Polizei rufen!«

»Ich bin schon dabei«, rief ein Mann, der mit flinken Fingern die Tasten seines Handys bediente. Über den allgemeinen Notruf erreichte er die Notrufzentrale und erklärte dem Mann, dass eben ein Mord geschehen sei.

»Wer sind Sie und wo ist das passiert?«, fragte der Beamte am Telefon.

»Mein Name ist Schulze und ich bin im Hotel ›Zum Hirschen‹ in Talfing.«

»Wo liegt das?«, fragte der Beamte weiter.

»Direkt an der Grenze zu Tirol«, erklärte Schulze.

Die Auskunft war nicht gerade genau, da sich die Grenze zwischen Bayern und Tirol über etliche Kilometer hinzog, doch mittlerweile hatte der Beamte den Ort lokalisiert und wählte die Nummer der Polizeistation Talfing.

Schon wenige Sekunden später antwortete ihm eine sympathisch klingende Frauenstimme.

»Jasmin Lüders, Polizeiwache Talfing, was kann ich für Sie tun?«

»Im Hotel ›Zum Hirschen‹ soll sich ein Mord ereignet haben. Können Sie nachschauen, ob die Information stimmt?«

Jasmin zuckte zusammen. Ein weiterer Mord in Talfing? Konnte es der gleiche Täter sein, der auch Pablo Quintano auf dem Gewissen hatte? »Ich werde mich darum kümmern«, versprach sie und beendete das Gespräch.

Der Beamte in der Notrufzentrale wandte sich nun wieder dem anderen Apparat zu und versicherte Schulze, dass die Polizei bald vor Ort sein würde. Nachdem er aufgelegt hatte, rief er die Kriminalpolizei in Rosenheim an und informierte diese von dem Anruf.

»Sie sollten aber warten, bis die zuständige Polizeidienststelle Meldung macht, ob die Nachricht auch stimmt«, riet er

Faschner, der den Anruf entgegengenommen hatte, bevor er das Gespräch beendete.

»Wer war das, Faschner?«, fragte Weißberger, der den Anruf mitbekommen hatte.

»Irgendjemand hat einen zweiten Mord aus Talfing gemeldet. Der Mann von der Notrufzentrale meint, wir sollen auf die Bestätigung durch die dortige Polizeidienststelle warten«, erklärte Faschner.

Weißberger stand einen Augenblick wie erstarrt, dann stach sein rechter Zeigefinger förmlich auf seinen Untergebenen zu. »Holen Sie den Wagen, Faschner! Ich informiere noch rasch den Gerichtsmediziner und die Spurensicherung.«

»Sie glauben wirklich, dass es stimmt?«, fragte Faschner verwundert.

Weißberger nickte mit verkniffener Miene. »Ja! Und selbst, wenn es eine Fake-Nachricht sein sollte, fahre ich lieber hin, als zu riskieren, wertvolle Zeit zu verlieren.«

* * *

Die Nachricht von dem Mord hatte Jasmin noch in ihrer Wohnung erreicht. Sie brach ihr Frühstück ab, machte sich rasch fertig und verließ den Lantenhammerhof in Richtung des Hotels. Unterwegs rief sie Kager an und befahl ihm, das Telefon in der Polizeiwache zu besetzen. Als sie auch Wallner informieren wollte, hatte dieser sein Handy ausgeschaltet.

»So ein Idiot!«, fauchte sie, während sie um die Kirche bog und auf den Gasthof zueilte.

Die Vordertür war noch zugesperrt und so musste sie zum Hoteleingang weitergehen. Dort geriet sie in ein Chaos. Die Frauen aus dem Dorf, die Oberhuber engagiert hatte, sich um seine Gäste zu kümmern, waren in schierer Panik, ebenso ein Teil der hier wohnenden Touristen.

Auch Anni war anwesend und sah so blass und entsetzt aus, dass Jasmin befürchtete, sie könnte jeden Augenblick zusammenbrechen.

Obwohl Anni Oberhuber zuletzt verabscheut hatte, machte sie sich Vorwürfe. Sie hatte in der Nacht seine Annäherungsversuche abgelehnt und stellte sich nun die Frage, ob er noch leben würde, wenn sie nachgiebiger gewesen wäre. Nur der Gedanke, dass der Mord vielleicht auch dann erfolgt wäre, hielt sie noch aufrecht.

»Grüß Gott! Was ist passiert?«, fragte Jasmin.

Eine Frau und ein Mann eilten sofort auf sie zu.

»Der Herr Oberhuber ist ermordet worden!«, meldete Schulze.

»Wir haben dafür gesorgt, dass niemand zu dem Toten getreten ist, damit keine Spuren verwischt werden«, setzte die Tatort-Seherin mit wichtiger Miene hinzu.

»Wo ist er?« Jasmin hatte bereits bei dem Anruf angenommen, dass tatsächlich jemand ermordet worden war. Aber dass es den Bürgermeister getroffen hatte, wunderte sie.

»Der Tote liegt draußen auf der Terrasse«, erklärte Schulze.

Jasmin ging hinaus, sah, dass einige neugierige Hotelgäste zu nahe um den Leichnam herumstanden, und scheuchte sie zurück. »Sie verlassen am besten alle die Terrasse, bis die kriminaltechnischen Untersuchungen abgeschlossen sind.«

Einige der Leute sahen so aus, als wollten sie trotzdem auf der Terrasse bleiben. Ein Mann machte sogar ein Handyfoto von dem Toten.

Mit drei Schritten war Jasmin bei ihm und nahm ihm das Gerät ab. »Das brauchen wir als Beweismittel«, sagte sie zu dem verblüfften Mann.

»Aber das können Sie nicht machen«, rief dieser aus.

»Es ist das erste Foto von dem Toten und das kann entscheidend sein«, sagte Jasmin freundlich und wandte sich dann an die übrigen Gäste. »Ich bitte darum, dass alle, die Fotos gemacht haben, diese der Kriminalpolizei zur Verfügung stellen. Wer sie zurückhält, macht sich unter Umständen der Unterschlagung von Beweisen schuldig.«

»Werden die Fotos gelöscht?«, fragte eine ältere Frau, die auf diese Trophäe ungern verzichten wollte.

»Ja, das muss sein. Es geht um die Verletzung der Totenruhe und den Schutz der Privatsphäre. Wer glaubt, die Fotos unbedingt behalten zu wollen, muss damit rechnen, dass ihn die Polizei zu Hause aufsucht und nach den Bildern forscht. Wenn diese bereits auf einen Computer oder ein anderes Speichermittel geladen wurden, könnte der Datenverlust größer sein, als wenn Sie jetzt vernünftig sind.«

Jasmin klang freundlich, blieb aber in der Sache knallhart. Das begriffen auch die Hotelgäste und so rückten noch drei Leute ihr Handy und einer seine Kamera heraus.

»Ich danke Ihnen.«

Jasmin wandte sich nun dem Toten zu. Sie musste nicht zu Oberhuber hingehen und ihn berühren, um zu erkennen, dass der Mann tot war. Daher zog sie ihr Handy und rief Kager an.

»Sind Sie schon in der Polizeiwache?«

»Freilich bin ich das, Frau Lüdermüder.«

In ihrer angespannten Stimmung ärgerte Jasmin sich über die Verballhornung ihres Namens und fauchte leise. »Rufen Sie Kriminalhauptkommissar Weißberger an und melden Sie ihm, dass der Wirt, Hotelier und Bürgermeister Kilian Oberhuber ermordet worden ist.«

Die Möglichkeit eines natürlichen Todes schloss Jasmin anhand der deutlich sichtbaren Strangulierungsspuren an Oberhubers Hals aus.

»Den Oberhuber hat's erwischt?«, rief Kager erschrocken. »Aber wer kann das getan haben?«

»Das weiß ich nicht. Aber vielleicht findet die Spurensuche bei den Toten die Visitenkarte des Mörders.« Nun klang Jasmin ausgesprochen giftig. Diese dumme Frage hätte Kager sich sparen können, dachte sie, und fragte ihn dann nach Wallner.

»Der ist noch nicht da.«

»Wenn der glaubt, er ist hier auf Sommerfrische und nicht im Dienst, kann er was erleben«, erklärte Jasmin eisig und beendete das Gespräch. Danach lehnte sie sich gegen den Rahmen der Terrassentür und wartete darauf, dass Weißberger und dessen Team erschienen.

* * *

Der Kommissar tauchte schneller auf, als Jasmin erwartet hatte, und hinter ihm ergoss sich ein ganzes Rudel an Spezialisten auf die Hotelterrasse.

Weißberger warf dem Toten einen prüfenden Blick zu und blieb dann bei Jasmin stehen. »Wissen Sie bereits mehr? War es ein Raubmord? Wurde im Hotel etwas gestohlen? Haben Sie …«

»Ich habe bis jetzt nur den Tatort bewacht, damit keine Spuren beseitigt oder verwischt werden konnten«, sagte Jasmin scharf. »Das erschien mir wichtiger, als im Hotel nachzusehen, ob dort etwas abhandengekommen ist. Im Übrigen bin ich keine Hellseherin und kann Ihnen daher bei der Entlarvung des Mörders nicht helfen. Den müssen Sie schon selbst fangen.«

Weißberger verzog sein Gesicht zu einem schiefen Grinsen. »Jetzt legen Sie Ihre Stacheln an. Sie haben vollkommen richtig gehandelt. Jetzt aber wäre Zeit, sich im Hotel umzusehen. Wo hatte der Hotelier eigentlich seine Wohnung?«

»Vorne im alten Gasthaus«, erklärte Anni, die sich mittlerweile etwas gefangen hatte. »Er ist auch von dort aus auf die

Terrasse getreten«, setzte sie hinzu und deutete auf eine nur angelehnte Tür, die vom alten Wirtshaus zur Terrasse führte.

Weißberger ging hinüber und sah sich um. Die Tür war von innen geöffnet worden, denn es gab keine Einbruchsspuren. Trotzdem wies er seine Leute an, auch an dieser Stelle nach Fingerabdrücken und weiteren Spuren zu suchen. Dann wandte er sich an Anni. »Wie kommt man vom Hotel zum Gasthof, ohne diese Tür zu benützen?«

»Es gibt einen Durchgang, aber der wird beim Frühstück ned gnutzt, weil das Hotel seinen eigenen Frühstücksraum und eine eigene Küche fürs Frühstück hat. Das macht auch ned der Gustl, unser Koch, denn der fängt erst kurz vor Mittag mit der Arbeit an, sondern die Lisa und ein paar andere Frauen aus dem Dorf, die dafür eingstellt worden sind.«

»Wer hat den Toten eigentlich entdeckt?«, fragte Weißberger weiter.

Schulze, der seinen Kopf zur Terrassentür herausstreckte, um ja nichts zu verpassen, wies auf die junge Frau, die den Terrassentisch hatte decken wollen. »Sie war es.«

»Kommen Sie hier herein«, forderte Weißberger die Hotelangestellte auf.

Diese trat zögernd in den Vorraum zur Wirtswohnung.

»Jetzt erzählen Sie, wie es war«, sagte Weißberger freundlich, um ihr die Befangenheit zu nehmen.

Die andere schluckte mehrmals. »Also, ich bin mit dem Geschirr da herauskommen und wollt einen Tisch decken, und als ich mich umdreht hab, hab ich den Chef liegen sehen.«

»Konnten Sie erkennen, dass er tot war?«, bohrte Weißberger weiter.

Jetzt wirkte die Frau unsicher. »Ich hab mir's halt denkt, weil er so daglegen ist.«

»Wie weit haben Sie sich ihm genähert?«, setzte Weißberger die Befragung fort.

»Bis daher«, erklärte die Frau und zeigte zur Tür hinaus auf das am Boden liegende Tablett und die Scherben der Teller und Tassen, die gut fünf Meter von dem Toten entfernt lagen.

»Sind andere Leute näher an den Toten herangetreten?« Weißberger ging bei dieser Frage wieder auf die Terrasse und sah die Hotelgäste an, die sich im Frühstücksraum nahe der Tür nach draußen versammelt hatten.

Die meisten von ihnen schüttelten den Kopf, doch die Tatort-Seherin hob erregt die Hand. »Ein paar sind bis auf einen Meter zu ihm hin, aber ich habe sie aufgefordert zurückzutreten, weil sie sonst wichtige Spuren verwischen könnten.«

»Das war gut«, lobte Weißberger sie.

Während das Gesicht der Frau einen triumphierenden Ausdruck annahm, rief Schulze: »Ich habe den Mord gemeldet!«

»Wie weit sind Sie zu dem Toten hingegangen?«, fragte ihn Weißberger.

»Nicht näher als vier oder fünf Meter«, antwortete Schulze.

»Und da haben Sie gesehen, dass er ermordet worden ist?« In Weißbergers Stimme klang eine gewisse Portion Skepsis mit.

»Ich habe mir eben gedacht, weil vor Kurzem der andere Mord geschehen ist und der Herr Oberhuber eigentlich ein gesunder Mann war und …«

»Schon gut«, bremste Weißberger den Redeschwall des Feriengastes. »Auf jeden Fall haben Sie sich richtig verhalten. Jetzt aber würde ich die Herrschaften bitten, auf ihre Zimmer zurückzukehren. Ich möchte mich später einzeln mit Ihnen unterhalten.«

»Sie meinen verhören«, rief die Tatort-Freundin, die sichtlich zufrieden wirkte, weil sie einen Kriminalfall endlich live und nicht nur im Fernsehen erlebte.

»Verhören tun wir nur Tatverdächtige. Mit Zeugen unterhalten wir uns«, sagte Weißberger und forderte Jasmin auf, ihn ins Innere des Hotels zu begleiten.

Anni und Lisa, die ältere Frau, die den Hotelservice leitete, kamen mit ihnen.

Sowohl im Hotel wie auch im Gasthaus war alles in Ordnung. Die Tür zu Oberhubers Privatzimmern war unverschlossen, doch an dieser Stelle konnten die beiden Frauen, die sie begleiteten, ihnen nicht mehr weiterhelfen. Aber selbst bei genauerem Hinschauen gab es keine Spuren eines gewaltsamen Eindringens oder Durchsuchens der Wohnung. Diese war mit protzigen Eichenmöbeln ausgestattet, die bereits mehrere Jahrzehnte auf dem Buckel hatten. An den Wänden des Wohnzimmers hingen einige Gamskrucken und verschiedene Bilder von Oberhuber und seiner Frau mit prominenten Gästen. Auf der Kommode im Schlafzimmer fanden Jasmin und Weißberger eine volle Brieftasche. Weißberger streifte Gummihandschuhe über, um keine Spuren zu verwischen, und blickte vorsichtig hinein.

»Das müssen mehrere Tausend Euro sein«, erklärte er danach. »Frau Kollegin, wir werden die Wohnung des Toten versiegeln müssen, bis alles durchsucht worden ist. Vielleicht findet sich hier eine brauchbare Spur.«

Jasmin war nicht dieser Ansicht. Wäre der Mörder hier hereingekommen, hätte er das Geld mit Sicherheit mitgehen lassen. Sie sagte jedoch nichts, sondern schloss, als sie die Wohnung wieder verließen, deren Tür und klebte einen Papierstreifen an Tür und Rahmen. Siegel besaß sie nicht. Die musste erst Weißbergers Team beschaffen.

Auf die Terrasse zurückgekehrt, trat der Gerichtsmediziner auf sie zu.

»Was haben Sie herausgebracht?«, fragte Weißberger.

»Wie es aussieht, wurde das Opfer mit einem stumpfen Gegenstand bewusstlos geschlagen und dann mit einem Strick erdrosselt«, erklärte der Arzt.

»Wir haben weder einen Stock noch eine Keule oder diesen Strick bisher gefunden«, meldete Faschner seinem Chef.

»Suchen Sie die gesamte Umgebung ab!«, befahl Weißberger.

Jasmins Blick wanderte unterdessen in die Richtung, in der der obere, unzugängliche Teil der Schlucht lag. Wenn es stimmte, was sie darüber erfahren hatte, war es ein idealer Ort, um Gegenstände verschwinden zu lassen, die niemals mehr gesehen werden sollten. Andererseits konnte man eine Keule oder einen Baseballschläger genauso gut zersägen und mit dem Strick zusammmen verbrennen.

»Was meinen Sie? Ist es der gleiche Mörder, der auch den Pfarrvikar ermordet hat?«, fragte Faschner.

Während Weißberger unschlüssig mit dem Kopf wackelte, war Jasmin sich dessen sicher. Zwei nächtliche Morde ohne Zurücklassung auf Anhieb verwertbarer Spuren deuteten auf einen einzigen Täter hin. Diesen auszuforschen und zu verhaften war jedoch Weißbergers Aufgabe. Ob sie ihm wegen der Probleme, die sie in der Polizeiwache hatte, dabei eine große Hilfe sein konnte, bezweifelte sie. Loiseder lag im Krankenhaus, Wallner griff offen ihre Autorität an und Kager war eine Sofakartoffel, die bei einem Hundertmeterlauf drei Mal Pause einlegen musste. Dann aber dachte sie daran, dass der Mörder, wenn er erst einmal Gefallen an seinen Taten gefunden hatte, jederzeit wieder zuschlagen konnte, und ihr wurde ganz flau im Magen. Bei dem Gedanken schob sich ihr Verantwortungsbewusstsein in den Vordergrund und sie beschloss, alles zu tun, damit die Mordserie ein Ende nahm.

7. Verhöre

Aus einer gewissen Enttäuschung über Kathinka, die ihn nicht ins Zimmer gelassen hatte, hatte Ludwig Wallner am Abend mehr getrunken als sonst und prompt auch noch vergessen, seinen Wecker zu stellen. Dadurch hatte er zwei Stunden verschlafen. Als er endlich wach wurde, brachte ein Blick auf die Uhr ihn dazu, aus dem Bett zu springen. Die Zeit, zu der er sich mit Kathinka verabredet hatte, war längst vorüber.

»Scheiße! Warum muss mir das passieren?«, fluchte er, stürzte ins Badezimmer, um schnell die Zähne zu putzen und eine Katzenwäsche zu machen. Auf ein Frühstück verzichtete er und eilte sofort in Richtung Hotel.

Eigentlich hätte er sich bei Jasmin auf der Polizeiwache melden müssen, doch erst einmal war es ihm wichtiger, Kathinka zu finden.

Als er das Hotel erreichte, standen dort mehrere Polizeiautos, und er bekam es mit der Angst zu tun, der jungen Niederländerin könnte etwas passiert sein. Schnell trat er ein und sah sich Jasmin und Weißberger gegenüber.

»Weshalb haben Sie Ihr Handy ausgeschaltet?«, fragte ihn Jasmin scharf. »Sie wissen, dass Sie sofort erreichbar sein müssen, wenn Not am Mann ist.«

»Mir ist der Akku kaputtgegangen und ich bin schnell nach Raubling gefahren, um einen neuen zu kaufen.« Eine bessere Antwort fiel Wallner auf die Schnelle nicht ein und er konnte nur hoffen, dass seine Vorgesetzte nicht die Rechnung für den neuen Akku sehen wollte.

»Kilian Oberhuber ist diese Nacht umgebracht worden. Sie werden Kriminalhauptkommissar Weißberger und seinen Leuten Assistenzdienst leisten.«

Jasmins Anweisung bedeutete, wie ein Hund hinter dem Kommissar herzulaufen und auf dessen Befehl oder dem eines seiner Mitarbeiter rennen zu müssen, wie diese es verlangten. Es gab Schöneres, doch Wallner war froh, aus Jasmins Nähe zu kommen. Sie strahlte eine Kälte aus, die den Eisberg, der die Titanic versenkt hatte, vor Neid hätte erblassen lassen.

Nicht nur Wallner, sondern auch Kager bekam einiges zu tun. Immer wieder musste er Berichte einscannen und ins Polizeipräsidium mailen. Außerdem prasselten nun die Anfragen der Presse auf die Beamten herein. Ein Reporter des ›Oberbayerischen Volksblattes‹ aus Rosenheim erschien als Erster und wenig später tauchten mehrere Journalisten von Münchner Boulevardzeitungen auf. Diesen folgte schließlich sogar eine Reporterin von Deutschlands bekanntester Zeitung, die immer eine krachende Schlagzeile benötigte.

Da Weißberger von der Journaille, wie er die Reporter nannte, nicht belästigt werden wollte, schob er die Gruppe an Jasmin ab. Sie sah sich auf einmal mit mehr als einem halben Dutzend sensationslüsterner Zeitungsschreiber und deren Fotografen konfrontiert und dazu mit Fragen, denen zufolge die Reporter Talfing für Chicago in seinen schlimmsten Zeiten hielten oder für ein Dorf, in dem noch wie im tiefsten Sizilien Vendetta geübt wurde.

»Frau Kommissarin! Wie es heißt, ist dies der zweite Mord innerhalb kürzester Zeit in diesem Dorf. Was hat die Polizei bisher herausgebracht und wie wollen Sie weiter vorgehen?«, fragte einer der Journalisten.

Jasmin bemühte sich, eine möglichst ernste Miene aufzusetzen. »Meine Damen und Herren von der Presse, Sie werden verstehen, dass die Strafverfolgungsbehörden keine Auskunft über den Stand der bisherigen Ermittlungen geben können und ebenso wenig über weitere Aktionen«, erklärte sie zur Enttäuschung der Reporter. Doch unter diesen waren einige mit allen Wassern gewaschene Profis, die nicht so leicht aufgaben.

»Müssen wir Ihren Worten entnehmen, dass die Ermittlungen der Kriminalpolizei noch am Anfang stehen?«, fragte einer von ihnen.

»Sagen wir, sie sind noch nicht so weit gediehen, dass wir Ihnen den Mörder präsentieren könnten«, antwortete Jasmin und verfluchte Weißberger, der ihr diese nach Sensationen gierende Meute aufgehalst hatte.

»Welchen Verdacht haben Sie persönlich?«, kam die nächste Frage.

»Ohne einen endgültigen Beweis werde ich keine Namen nennen und auch keine ermittlungsrelevanten Erkenntnisse preisgeben«, erwiderte sie in der Hoffnung, die Reporter würden sich daraufhin verziehen. Aber das geschah nicht.

»Der erste Mord in Talfing liegt bereits etliche Tage zurück. Was hat die Polizei bei diesem Fall bis jetzt herausgebracht?« So und so ähnlich prasselten prompt die nächsten Fragen auf Jasmin nieder.

»Meine Herren, ich bin nur die Dienststellenleiterin der Polizeiwache Talfing und nicht in die Ermittlungen der Kriminalpolizei eingebunden«, wehrte Jasmin diesen Angriff verärgert ab.

»Heißt das, die Kripo verweigert uns Informationen durch jemand Kompetenteren als Sie?«, bohrte ein Klatschblattreporter nach.

Langsam begann Jasmin, ihre Stacheln aufzustellen. »Wenn Sie einen kompetenteren Gesprächspartner wünschen, muss ich Sie bitten, ins Polizeipräsidium nach Rosenheim zu fahren und dort den für die Pressekontakte zuständigen Kollegen aufzusuchen.«

Der Reporter kniff die Lippen zusammen, denn er wusste genau, dass er in Rosenheim noch weniger erfahren würde als hier vor Ort. Auch die anderen begriffen das und ließen daher nicht von ihrer Fragerei ab.

»Der erste Tote war der Geistliche dieses Ortes, der zweite der Bürgermeister. Kann man davon ausgehen, dass der Täter es auf die Honoratioren des Ortes abgesehen hat?«

»Der ermordete Pfarrvikar soll Ausländer gewesen sein. Kann diese Tatsache bei dem Verbrechen eine Rolle gespielt haben?«

»Wissen Sie, ob der Bürgermeister Feinde im Ort hatte?«

»Meinen Informationen zufolge soll ein Verdächtiger im Fall des ermordeten Geistlichen festgenommen, später aber wieder freigelassen worden sein. Hat die Staatsanwaltschaft damit vielleicht den zweiten Mord provoziert?«

Jasmin fühlte sich, als würde sie von einem Schwarm besonders stark nach Blut dürstender Stechmücken angegriffen. Wie hatte ihre Vermieterin in Lido di Jesolo diese bei ihrem letzten Urlaub genannt? Zanzara? Im Augenblick hätte Jasmin sich lieber von den bösartigen Viechern stechen lassen, als einem Haufen Journalisten Rede und Antwort stehen zu müssen. In Gedanken sah sie bereits die Schlagzeilen der Zeitungen vor sich.

›Zweiter Mord in Talfing – Die Polizei tappt im Dunkeln!‹

›Mordserie in Oberbayern – Nach dem Priester der Gemeinde Talfing wurde auch der Bürgermeister erschlagen!‹

›Serienmörder in Talfing – Wer wird das nächste Opfer sein?‹

›Wer wird schneller sein, der Talfing-Killer oder die Polizei?‹ Es war ein Duell, bei dem die anderen die Profis waren und sie die Amateurin. Ihre Wut auf Weißberger, der genauso gut seinen Untergebenen Faschner hätte beauftragen können, die Neugier der Presse zu stillen, wuchs mit jeder Minute, denn die Journalisten waren so penetrant, dass es wehtat. Es fehlte nur noch, dass sie fragten, welche Körbchengröße ihr BH aufwies.

Als die Reporter Jasmin nach über einer Stunde endlich in Ruhe ließen, schwärmten sie aus, um Stimmen vor Ort einzufangen. Der Gasthof ›Zum Hirschen‹ und das Hotel wurden aus allen Richtungen fotografiert. Einige Journalisten setzten sogar Drohnen ein, um knallige Fotos zu bekommen. Dabei kamen sie ein paar von Weißbergers Leuten in die Quere und streckten auch ihm ihre Mikrofone hin.

»Was können Sie über den Stand der bisherigen Ermittlungen berichten, Herr Kommissar?«, fragten mehrere gleichzeitig.

»Dass Sie die Ermittlungen im Moment äußerst behindern«, antwortete Weißberger unwirsch und winkte seinen Assistenten zu sich. »Faschner, sorgen Sie dafür, dass sich kein Unbefugter dem Tatort auf mehr als fünfzig Meter nähert!«

»Herr Kommissar, wir ...«, begann einer, doch da drängte Faschner ihn zurück.

»Sie haben den Herrn Kriminalhauptkommissar gehört! Beim jetzigen Stand der Ermittlungen darf es keine Störung geben.«

Da mehrere kräftig gebaute Männer aus Weißbergers Team näher kamen und so aussahen, als wollten sie das Gelände räumen, schalteten die Reporter auf Rückzug, drangen aber von der anderen Seite in das Hotel ein und begannen, die verstörten Hotelgäste zu befragen.

Als Weißberger das bemerkte, wurde er fuchsteufelswild und ließ die Hotelgäste, die Angestellten des Hotels und die

Kellnerin Anni in einem Saal zusammenholen. Zwei Beamte bewachten den Raum, um zu verhindern, dass die Leute von den Reportern mit irgendwelchen abstrusen Theorien abgefüllt werden konnten, bevor sie vernommen wurden.

Zu dem Zeitpunkt kam auch Jasmin hinzu. Weißberger forderte sie auf, der Befragung der möglichen Zeugen beizuwohnen, da sie einen Teil der Leute kannte und ihr daher etwas auffallen konnte, was ihm entging.

Als Erste kam die Angestellte an die Reihe, die Oberhuber aufgefunden hatte. Sie war zwar von Weißberger bereits kurz nach seinem Eintreffen befragt worden, doch nun war mehr Zeit, um auf Details eingehen zu können.

Das Gespräch erwies sich jedoch als unergiebig. Die Frau war mit Lisa und einer weiteren Bedienung dafür verantwortlich, dass die Hotelgäste ihr Frühstück erhielten. Außerdem half sie mit, die Betten zu machen. Doch engeren Kontakt zu Oberhuber hatten weder sie noch ihre Kolleginnen gehabt.

»Wie war er als Chef?«, fragte Weißberger, um keine Möglichkeit auszulassen.

Zwar hatte der Gerichtsmediziner erklärt, der Mörder des Bürgermeisters müsse recht kräftig sein. Wut konnte jedoch Kräfte verleihen und so war es denkbar, dass eine der Frauen ihren Chef wegen einer schweren Kränkung oder Zurücksetzung umgebracht haben konnte.

Die Angestellte antwortete, ohne zu zögern: »Dem Herrn Oberhuber war's wichtig, dass seine Gäst zufrieden sind. Da hat er sich ned lumpen lassen.«

»Sie hatten also nichts an ihm auszusetzen?«, bohrte Weißberger nach.

»Na, gwiss ned. Wir haben bei ihm ein schönes Geld verdient«, erklärte die Frau.

Weißberger beugte sich leicht zu ihr vor. »Und sonst? Hat er oft geschimpft?«

»Na, eigentlich ned. Wer seine Arbeit gut gmacht hat, den hat er globt. Und wir alle haben unsere Arbeit gut gmacht.«

Die Frau hörte sich nicht so an, als würde sie lügen. Weißberger ließ sie gehen und ihre Kollegin Lisa holen. Die Auskunft, die er von ihr erhielt, war die gleiche. Die Frauen waren mit Oberhuber als Chef zufrieden gewesen. Seine Frau, berichteten sie alle, wäre früher strenger gewesen, aber auch mit der wären sie allezeit gut ausgekommen.

Schließlich ließ Weißberger Anni rufen. Im Gegensatz zu den Hotelangestellten hatte diese in engerem Kontakt mit Oberhuber gestanden.

»Grüß Gott! Setzen Sie sich«, forderte er sie auf und bat sie, den Ablauf des letzten Abends zu schildern.

Anni hatte lange mit sich gekämpft, ob sie Oberhubers Vorschlag, ihn zu heiraten, und seine Zudringlichkeit erwähnen sollte, dann aber beschlossen, dies für sich zu behalten. Sie hatte mitbekommen, wie schnell Xaver Grandl verhaftet worden war, und wollte nicht in Gefahr geraten, dessen Schicksal zu teilen. Selbst wenn man sie wieder freiließ, würde etwas an ihr kleben bleiben. Immerhin gab es bereits Stimmen, die hinter vorgehaltener Hand die Frage stellten, ob Grandl nicht doch der Mörder des Pfarrvikars gewesen war und nun auch den Bürgermeister umgebracht hatte.

Daher nannte Anni die Gäste, die in der Wirtschaft gewesen waren, ebenso die ungefähre Zeit, zu der diese sie wieder verlassen hatten. »Um zehne hat dann der Koch Feierabend gmacht und ist gangen. Wenig später ist auch der Wimmer Schorsch heimgangen. Ich hab noch aufgräumt und mit dem Chef abgrechnet. Danach bin ich in mein Zimmer und hab mich schlafen glegt.«

Es kam so flüssig, dass Weißberger keinen Verdacht schöpfte. Jasmin glaubte jedoch, einen leichten Unterton darin zu spüren, der nicht ganz passte. Da jedoch nicht sie, sondern der Kommissar die Befragung durchführte, hielt sie den Mund.

»Was ist mit dem Koch? Hat der auch ein Zimmer im Gasthof?«, fragte Weißberger.

Anni schüttelte den Kopf. »Na! Der Gustl wohnt bei seiner Tante in der Neubausiedlung. Die zwei warten übrigens draußen.«

»Ich werde anschließend mit ihnen reden. Aber noch einmal zu Ihnen. Sind Sie mit Ihrem Chef immer gut ausgekommen?«

»Ja freilich! Der Chef war eine Seele von einem Menschen. Ich hab gern für ihn g'arbeitet«, antwortete Anni für Jasmins Gefühl erneut etwas zu schnell.

Weißberger aber ließ es gut sein und wies Faschner an, den Koch zu holen.

Dessen Befragung dauerte nicht lange. Er war zu seiner Tante gegangen und hatte mit dieser zusammen noch eine Kabarettsendung im Fernsehen angeschaut, bevor er sich ins Bett gelegt hatte.

»Wie sind Sie mit Ihrem Chef ausgekommen?«, fragte ihn Weißberger.

»Ned schlecht. Er war mit meiner Kocherei zufrieden und hat meinen Vertrag gleich für die nächste Sommersaison verlängern wollen.«

Weißberger sah ihn durchdringend an. »Und? Wollten Sie das auch?«

»Aber freilich! Ich hätt bei meiner Tante bleiben und mir einen Haufen Geld sparen können. Schließlich will ich irgendwann eine eigene Wirtschaft aufmachen.«

Wäre Geld gestohlen worden, hätte Weißberger den Mann in die noch recht schüttere Reihe der Verdächtigen eingereiht. Der Mörder hatte Oberhuber jedoch nicht einmal um dessen Geldbeutel erleichtert, in dem über zweitausend Euros gesteckt hatten.

Die Tante bestätigte die Aussagen ihres Neffen und bedauerte den Tod des Bürgermeisters wortreich. Schließlich sah sie Weißberger treuherzig an. »Was meinen Sie, Herr Kommissar? Wird der neue Wirt, wenn der den ›Hirschen‹ übernimmt, meinen Gustl als Koch behalten? Mir wär das nämlich sehr recht.«

Weißberger machte ein Gesicht, als hätte er Zahnweh. Jasmin gönnte es ihm wegen der Reporter, denen er sie ausgeliefert hatte.

Barsch erklärte er der Frau, dass er keine Ahnung hätte, wie es mit der Gastwirtschaft weitergehen würde, und befahl Faschner, den nächsten Zeugen zu holen.

* * *

Die Befragung der Zeugen war teilweise todlangweilig, manchmal jedoch auch amüsant. Vor allem die Tatort-Freundin, die sich bereits bei der Entdeckung des Mordes aufgespielt hatte, brachte ein halbes Dutzend Theorien vor, von denen jede einzelne Weißbergers Zahnschmerzen verstärkte. Auch Schulze ließ heraushängen, dass er sich für einen Premiumzeugen hielt, nannte aber Weißberger Im Gegensatz zur Tatort-Zuschauerin keine Fernsehkommissare, die diesen Fall weitaus schneller und effizienter lösen könnten als er.

Schließlich wurde Kathinka van der Loor hereingerufen.

Weißberger blickte ihr mit trauriger Miene entgegen. »Es tut mir leid, dass wir uns unter solchen Umständen erneut sprechen müssen. Aber es ist bedauerlicherweise unumgänglich.«

»Das verstehe ich«, sagte Kathinka mit blutleeren Lippen. Schon seit sie von dem toten Hotelier gehört hatte, bedauerte sie, nicht gleich nach dem ersten Mord nach Hause gefahren zu sein. Einen zweiten Mord im Urlaub miterleben zu müssen war wie ein grässlicher Albtraum am hellen Tag.

»Sie haben das Hotel heute sehr früh verlassen«, begann Weißberger.

Kathinka nickte. »Ich wollte den Wanderweg drei machen und dabei nicht in die Mittagshitze kommen.«

»Sind Sie dabei über die Terrasse gegangen oder haben sie irgendwie betreten?«

Diesmal schüttelte Kathinka den Kopf. »Nein, ich habe an meinem gewohnten Tisch gefrühstückt und bin dann auf mein Zimmer, um meinen Rucksack zu holen. Das Hotel habe ich durch den Haupteingang auf der anderen Seite verlassen.«

Weißberger kniff kurz die Lippen zusammen. »Ihr Zimmer liegt genau über der Terrasse. Haben Sie in der Nacht irgendetwas bemerkt?«

»Nein, eigentlich nicht, nur …« Kathinka überlegte einen Moment. »Ich musste kurz vor Mitternacht zur Toilette. Danach habe ich kurz auf den Kirchplatz hinausgeschaut und einen Mann dort gesehen, der ihn überquerte.«

»Hätte er von der Hotelterrasse kommen können?«, fragte Weißberger angespannt und erhielt ein Nicken.

»Das hätte er.«

»Können Sie ihn beschreiben?«

Kathinka überlegte kurz und schüttelte den Kopf. »Es war Nacht und der Schein der Straßenlaterne nicht hell genug, um mehr als Umrisse erkennen zu können. Das Einzige, was ich sagen kann, ist, dass er einen Hut aufhatte. So einen, wie ihn hier einige junge Männer tragen. Ich dachte, er würde aus dem Gasthof kommen und nach Hause gehen.«

»Ein junger Mann und bei der Kopfbedeckung bestimmt ein Einheimischer. Das schränkt die Auswahl schon einmal ein.« Weißberger lächelte zufrieden. Er hatte einen ersten Hinweis bekommen und wollte ihm folgen. Daher bedankte er sich bei Kathinka, ließ sie gehen und wandte sich an Jasmin. »Ich brauche auf die Schnelle eine Liste aller jungen Männer aus Talfing.«

»Wirklich alle?«, fragte Jasmin.

Weißberger schüttelte den Kopf. »Die neu Hinzugezogenen laufen selten mit einem speckigen Filzhut herum. Also los, was stehen Sie noch hier? Ich will die Liste haben!«

Aufgeblasener Affe, schimpfte Jasmin im Stillen, als sie das Zimmer verließ. Sie hätte jetzt zur Gemeindekanzlei gehen und den Gemeindeschreiber auffordern können, ihr eine Liste aller jungen Männer aus Talfing auszudrucken.

Musste es wirklich ein junger Mann sein?, fragte sie sich. So einen Mord konnte auch ein Mann um die sechzig verüben. Es brauchte nur einen harten Schlag, um den Bürgermeister zu betäuben. Ihn danach zu strangulieren war fast ein Kinderspiel. Ihrer Meinung nach halfen Namen auf einem Papier wenig, um die Verdächtigen einzugrenzen. Daher wandte sie sich dorthin, wo sie am ehesten die passenden Informationen erhalten konnte, nämlich zu Helga Schmolceks Krämerladen.

* * *

An dem Tag wimmelte es von Frauen im Laden, denen eingefallen war, dass sie unbedingt noch ein Päckchen Salz oder ein halbes Pfund Butter bräuchten. Jasmin konnte sich kaum durch die Tür zwängen und überlegte angesichts dieser Schar, ob sie nicht besser doch zum Gemeindeamt gehen sollte. Sie blieb aber, um den Frauen zuzuhören, die alle möglichen Theorien durchdiskutierten. Innerhalb von einer Viertelstunde erfuhr Jasmin alle Streitigkeiten des Bürgermeisters in den letzten zehn Jahren. Einige Frauen beschuldigten Oberhubers Neffen Simon Mayer, während andere diesen glühend verteidigten.

»Ich sag euch, der hätt früher weitaus mehr Grund ghabt, seinen Onkel ausm Weg z' ramma«, erklärte Mali vom Lantenhammerhof.

»Mein Mann hat gsagt, dass der Simon auf den Oberhuber zukemma ist und gmeint hat, sie sollen das Vergangene ruhen lassen. Das hätt er gewiss ned gsagt, wenn er ihn umbringen hätt wollen«, berichtete die Innauerin.

»Einer muss ihn aber umbracht haben«, meinte eine der anderen Frauen.

Eine der Pensionswirtinnen winkte sofort mit beiden Händen ab. »Aber gewiss ned der Simon. Es haben sich doch auch andere mit dem Bürgermeister gstritten, auch große Bauern, obwohl sie in der gleichen Partei waren wie er.«

Einige Blicke trafen die Innauerin, deren Ehemann schon öfter in Opposition zu Oberhuber gestanden war.

»Willst du damit sagen, dass mein Mann ihn umbracht haben soll?«, fragte die Innauerin empört.

»Na, na, gewiss ned!«, verteidigte sich die Frau.

»Außerdem hat mein Mann ein Alibi. Unsere Rosel hat in der Nacht ein Kaibl kriegt und da haben wir den Tierarzt dabei braucht«, trumpfte die Innauerin auf.

»Jetzt streitet euch nicht«, mahnte die Krämerin ihre Kundinnen. »Was das Alibi angeht, haben die meisten Männer in Talfing auch bloß ihre Ehefrauen, die sagen können, er hat neben ihnen so geschnarcht, dass sie nicht zum Schlafen gekommen sind.«

Zwei jüngere Frauen, die noch nicht verheiratet waren, kicherten, als sie das hörten, verstummten aber rasch unter den missbilligenden Blicken der anderen.

Endlich mussten die ersten Kundinnen gehen und so löste sich die Gruppe bald auf.

Als Jasmin mit der Krämerin allein war, stemmte sie die Hände auf den Ladentisch und versuchte zu lächeln. »Ich hätte gerne Ihre Hilfe, Frau Schmolcek.«

»Worum geht es?«, fragte die Krämerin.

»Können Sie mir sagen, wer von den Burschen und Männern in Talfing meistens mit einem Sepplhut herumläuft?«

»Da hat wohl jemand was gesehen«, erwiderte die Krämerin und wiegte unschlüssig den Kopf. »Ich weiß nicht, ob ich es sagen soll. Wenn es aufkommt, verliere ich meine Kundschaft.«

»Wenn wir den Mörder nicht erwischen, kann er weitere Leute umbringen.« Jasmin klang streng, denn der Täter stellte eine Gefahr für alle dar.

Dies sah schließlich auch Frau Schmolcek ein. Im Laden aber, in den jederzeit eine Kundin kommen konnte, wollte sie der Polizei gar nichts erklären. »Kommen Sie mit in meine Wohnung«, forderte sie Jasmin auf und ging ihr voran.

Sie führte die junge Polizistin jedoch nicht in die Küche oder das Wohnzimmer, weil diese Räume von der Straße aus eingesehen werden konnten, sondern in ihr Nähzimmer, das nach hinten heraus lag. Dort nahm sie einen Block und einen Kugelschreiber und reichte beides Jasmin. »Schreiben Sie die Namen auf, die ich Ihnen nenne. Ich habe aber nichts gesagt! Verstanden?«

Jasmin nickte bestätigend. »Keine Sorge, von mir erfährt niemand die Informationsquelle.«

»Also fangen wir an.« Helga Schmolcek nannte Jasmin etwa zwei Dutzend Namen, deren Träger ihres Wissens mit solchen Hüten herumliefen. Darunter waren auch der Grandl und der Innauer, aber auch einige jüngere Männer wie Innauers Sohn Toni und Matthias Schranzl.

»Und wie ist es mit dem Neffen des Bürgermeisters?«, fragte Jasmin.

Frau Schmolcek schüttelte den Kopf. »Den habe ich noch nie mit einem Hut gesehen.«

»Ich werde ihn trotzdem dazuschreiben. Immerhin waren seine Mutter und er jahrzehntelang mit Oberhuber verfeindet«, erklärte Jasmin, notierte den Namen und riss dann das Blatt vom Block ab. »Danke schön. Sie haben mir sehr geholfen, Frau Schmolcek.«

»Es ging ja nicht anders. Aber jetzt lassen Sie mich vorausgehen. Ich will nicht, dass uns eine Kundin aus der Wohnung kommen sieht.«

Jasmin fand, dass die Frau übervorsichtig war. Andererseits kannte sie die Bergler und wusste, dass sie eine ganz eigene Rasse waren. Wenn sie wollten, konnten sie so stur sein, dass ein ägyptischer Maulesel dagegen lammfromm wirkte.

* * *

Nachdem Jasmin sich von Frau Schmolcek verabschiedet hatte, kehrte sie ins Hotel zurück. Dort befragte Weißberger noch immer die Leute. Zu Jasmins Verwunderung war erneut Anni bei ihm.

Ohne sich von Jasmins Eintreten irritieren zu lassen, fragte er weiter. »Matthias Schranzl war also gestern Abend nicht in der Gastwirtschaft?«

»Na, das war er ned. Wir haben uns darüber gwundert, weil er sonst am Donnerstag alleweil kommt«, antwortete die Kellnerin.

»Danke. Sie können jetzt wieder gehen.« Weißberger lächelte Anni kurz zu, wartete, bis sie zur Tür draußen war, und wandte sich mit triumphierender Miene Jasmin zu. »Eine der Zeuginnen hat gestern Matthias Schranzl kurz vor Mitternacht von der Gastwirtschaft kommend nach Hause gehen sehen. Er war allerdings den ganzen Abend nicht dort.«

»Damit ist er aber nicht automatisch der Mörder«, wandte Jasmin ein. »Wir sollten auch Simon Mayer, den Neffen des Ermordeten, befragen. Dieser war mit seinem Onkel lange Jahre verfeindet.«

»Das habe ich schon berücksichtigt. Mayer ist der Nächste, den ich ins Gebet nehmen werde.« Weißberger lächelte überlegen und fragte dann Faschner, ob der Neffe des Bürgermeisters bereits gekommen wäre.

»Er wartet draußen«, war die Antwort.

»Dann bringen Sie ihn herein!«

Jasmin hatte Simon Mayer bisher nur ein paar Mal auf der Straße gesehen und konnte sich kaum an ihn erinnern. Der Mann, der jetzt durch die Tür kam, war knapp unter dreißig, schlank, mit schmalen, nicht unsympathisch erscheinenden Gesichtszügen, mittelblondem Haar und blauen Augen. Gekleidet war er in Jeans und einem T-Shirt mit dem Aufdruck ›Pension Bergblick – wunderbar‹.

»Grüß Gott«, sagte er lächelnd.

»Grüß Gott!« Weißberger wies auf den freien Stuhl. »Setzen Sie sich, Herr Mayer. Wie Sie wissen, ist Ihr Onkel durch eine Gewalttat ums Leben gekommen. Sie werden daher verstehen, dass wir auch Ihnen ein paar Fragen stellen müssen.«

»Das ist doch selbstverständlich.« Mayer nahm Platz, schlug die Beine übereinander und sah den Kommissar auffordernd an.

»Es heißt, Sie wären mit Ihrem Onkel nicht gut ausgekommen«, begann dieser.

»Das können Sie laut sagen. Meine Eltern haben sich, solange sie lebten, mit meinem Onkel arg gstritten.«

»Und wie ist es mit Ihnen?«, fragte Weißberger.

Mayer lachte leise auf. »Ich war natürlich auf der Seite meiner Eltern und habe den Onkel als Kind ghasst.«

»Hatten Sie nie den Wunsch, ihn einmal umzubringen?«

Mayer lachte erneut. »Einmal schon. Als meine Mutter wegen ihm wieder einmal so arg gweint hat, habe ich meine Pistole gholt …«

Weißberger zog interessiert die Augenbrauen hoch, als Mayer weitersprach.

»Ich war damals sechs Jahre alt und es war eine Kapselbixn, wie man hier sagt, ein Kindercowboyrevolver, und hab meiner

Mutter gesagt, dass ich den Onkel damit erschießen werde. Mein Gott, ist sie damals wütend worden. An so was denkt ein Christenmensch erst gar nicht, hat sie mich angschrien, und dass der Kilian trotz allem ihr Bruder wär. Sie hat mich ja sonst nie gschlagen, aber da habe ich eine Tracht Prügel vom Feinsten kriegt. Das hab ich ned vergessen.«

Mayer verstummte und lächelte so seltsam, als würden seine Gedanken in jener Zeit verweilen.

Weißberger wollte jedoch keinen Aspekt außer Acht lassen. »Ihr Onkel hat Sie nach dem Tod Ihrer Eltern bei etlichen geplanten Projekten behindert. Auch das könnte ein Motiv für eine Mordtat sein.«

»Einen Teil der Pläne hab ich bloß gmacht, um ihn zu ärgern«, erklärte Mayer grinsend. »Aber es stimmt, er hat mir ein paar Sachen verhagelt.«

»Wie zuletzt das mit dem Campingplatz«, spielte Weißberger seinen nächsten Trumpf aus.

»Den hat der Gemeinderat zwar beim ersten Mal abglehnt, aber das letzte Wort ist da noch ned gfallen. Es waren einige Leut dabei, wie ich mit dem Onkel darüber gsprochen hab. Der Innauer zum Beispiel, aber auch der Söllner. Das ist der zweite Vorsitzende des Fremdenverkehrsvereins. Der ist auch dafür, dass ich den Campingplatz hinstell.«

»Dafür brauchen Sie aber Geld«, fuhr Weißberger fort. »Sie sind der naheste Verwandte des Ermordeten und damit sein nächster Erbe.«

»Erlauben S' mir, dass ich lach, Herr Kommissar. Sie haben doch selber gsagt, dass er mit meinen Eltern übers Kreuz war. Der hätte meine Mutter und mich niemals als Erben eingsetzt. Soviel ich weiß, soll ein entfernter Vetter von mir den Gasthof und das Hotel erben. Der führt jetzt noch eine Boazn in München, sprich ein ziemlich herabgekommenes Lokal. Habgier fällt daher als Motiv völlig aus.«

Das Verhör war bisher anders verlaufen, als Weißberger es geplant hatte. Fast war es, als würde Mayer die Fäden ziehen und nicht er. Entsprechend verärgert stellte er seine letzte Frage: »Und wie steht es bei Ihnen mit einem Alibi?«

»Da hab ich Glück ghabt. Irgendwann nach Zehne hab ich nämlich ein längeres Telefongespräch mit meinem Kompagnon Schuster gführt. Sie haben das Geld erwähnt, das der Campingplatz kostet. Darum hab ich mich mit dem Schuster zusammengetan. Der beteiligt sich nämlich. Ich hab ihm gsagt, dass es so aussieht, als wenn die Sach doch was werden könnt, und wir haben uns einiges überlegt, wie sich das Ganze rentieren könnt. Anschließend hab ich meine Freundin, die Huber Susi, in Rosenheim angerufen und gmeint, dass wir bald heiraten könnten. Der Onkel wär mit dem Campingplatz einverstanden. Danach hab ich den Schuster noch einmal angerufen, weil mir noch was eingefallen war. Wie lang das Gespräch dauert hat, weiß ich nimmer. Kurz war's ned, weil mir der Schuster über seinen Beziehungsstress mit seiner Frau erzählt hat. Es war schließlich fast drei Uhr, als er endlich aufgelegt hat.«

»Die Zeit wissen Sie, obwohl Sie eben sagten, Sie wüssten nicht, wie lange das Gespräch gedauert hat?«, wandte Jasmin ein.

»Die Glocken von Sankt Kanzian haben, als ich ins Bad bin, zuerst die volle Stunde und dann dreimal gschlagen«, antwortete Mayer mit einem Lächeln, das einen gewissen Ärger kaum verbergen konnte.

»Wir werden Ihr Alibi auf jeden Fall prüfen lassen«, erklärte Weißberger und sagte dann, dass Mayer gehen könnte.

»Wenn das Alibi stimmt, bleibt nur noch der Schranzl übrig«, meinte er zu Jasmin.

»Und was ist, wenn der auch ein Alibi hat?«, fragte diese, erhielt aber keine Antwort darauf.

* * *

Matthias Schranzl war guter Dinge. Faschner hatte ihm erklärt, dass die Befragung bloß eine Formalität wäre, daher nahm er ohne Zögern Platz und wartete auf die erste Frage des Kommissars.

Dieser musterte den jungen Mann durchdringend. Schranzl trug auch heute jenen Hut, auf den Kathinka van der Loor hingewiesen hatte. In gewisser Weise kam es Weißberger wie eine Provokation vor. Er wusste jedoch, dass er sich nicht von seinen Gefühlen leiten lassen durfte, und begann das Verhör streng nach Vorschrift. So machte er Schranzl darauf aufmerksam, dass dieser nichts sagen müsste, was ihn selbst belasten könnte.

Noch immer nahm Schranzl die Sache nicht ernst und nickte nur. »So was sag ich schon ned, Herr Kommissar.«

»Wie Sie wissen, ist der Gastwirt und Bürgermeister Kilian Oberhuber durch ein Kapitalverbrechen ums Leben gekommen. Der Täter muss mit den Gewohnheiten des Opfers vertraut gewesen sein. Nach Aussage der Kellnerin Anni Malchinger ist Kilian Oberhuber jeden Tag, wenn die Gäste das Gasthaus verlassen hatten, auf die Terrasse getreten, um eine Zigarre zu rauchen. Dies wollte er auch gestern tun, kam aber nicht mehr dazu. Wir haben die unversehrte Zigarre und ein abgebranntes Streichholz gefunden. Er muss daher in dem Moment vom Mörder überrascht worden sein, als er sich die Zigarre anzünden wollte. Das schränkt auch den Tatzeitraum auf die Zeit um Mitternacht ein.«

Ein misstrauischerer Mensch als Matthias hätte in Weißbergers Erklärung bereits einige Fallstricke entdeckt. So aber nickte er beeindruckt. »Es muss wohl so sein, wie Sie's sagen.«

»Um diese Zeit wurden Sie beobachtet, wie Sie von der Gastwirtschaft kommend nach Hause gegangen sind.«

Der Hieb saß. Matthias richtete sich halb auf, sank dann aber wieder auf den Stuhl zurück. »Sie meinen doch ned, dass ich den Oberhuber umbracht haben soll?«

»Ich meine gar nichts, sondern halte mich an Fakten«, antwortete Weißberger kalt.

»Aber ich war's ned!«, keuchte Matthias. »Ich bin um drei viertel zwölf von der Maria fort und war zehn Minuten später daheim. Das ist genau die Zeit, die man dafür braucht. Ich kann den Mord ned begangen haben. Dafür hab ich Zeugen.«

Weißberger musterte ihn von oben herab. »Die werden Sie auch brauchen.«

»Holen S' die Hornecker Maria und meine Eltern. Die können das bestätigen«, flehte Matthias.

»Das werden wir auch, und zwar einzeln und ohne dass Sie noch einmal mit ihnen reden können.« Weißberger hatte Blut geleckt und wollte den Mörder zur Strecke bringen.

Anders als er kämpfte Jasmin mit Zweifeln. Diese wurden auch nicht geringer, als kurz danach Bartholomäus und Barbara Schranzl verhört wurden und übereinstimmend bestätigten, dass ihr Sohn sechs Minuten vor Mitternacht nach Hause gekommen wäre.

»Ich hab ihn ausgschimpft, weil's wieder so spät worden ist«, erklärte die Mutter, die nicht so recht begriff, warum die Uhrzeit so wichtig sein sollte.

»Danke, Sie können wieder gehen«, sagte Weißberger und wandte sich danach Jasmin zu. »Jetzt kommt es auf die Aussage von Maria Hornecker an.«

Jasmin war auch dieser bereits begegnet und hielt sie für etwas überspannt. Der Eindruck verstärkte sich, als Maria in einem Trachtenkleid eintrat, dessen düstere Farbe eher zu einer älteren Frau gepasst hätte. Sie wirkte gleichzeitig verlegen und verärgert, weil sie einem Kriminalkommissar Rede und Antwort stehen musste.

Weißberger sah in Maria das letzte Hindernis, das ihm den bereits sicher geglaubten Täter noch aus der Hand winden konnte, und stellte daher seine Fragen nicht gerade mit freundlicher Stimme. »Matthias Schranzl behauptet, gestern bis kurz vor Mitternacht bei Ihnen im Haus Ihres Vaters gewesen zu sein?«

Es war längst keine Schande mehr, vor der Ehe mit einem Freund intim zu werden. Dennoch hielten die meisten Mädchen auf ihren Ruf und sahen es ungern, wenn die Tatsachen bekannt wurden. Auch Maria kniff die Lippen zusammen. Sie befürchtete zudem Vorwürfe ihres Vaters, dem Matthias wegen dessen Spottlust nicht gefiel. Abstreiten, dass der junge Mann bei ihr gewesen war, konnte sie auf keinen Fall, da ihn irgendein Nachbar beim Kommen gesehen haben konnte. Aber sicher nicht, wann er wieder gegangen war, dachte sie, und antwortete mit gesenktem Kopf: »Der Matthias war zwar gestern bei mir, weil er sich eine DVD ausleihen hat wollen, die wir dann aber nicht gfunden haben. Aber das hat ned länger als eine halbe Stunde dauert.«

»Da hören Sie es«, rief Weißberger Jasmin triumphierend zu. »Faschner, bringen Sie Schranzl herein!«

Das Letzte galt seinem Assistenten, der sofort nach draußen ging und zusammen mit zwei Kollegen und Matthias zurückkehrte.

Weißberger stellte sich vor dem jungen Mann in Positur und blickte von oben auf ihn herab. »Ihr Alibi ist geplatzt, Herr Schranzl! Laut der Aussage von Frau Maria Hornecker waren Sie höchstens eine halbe Stunde in ihrem Haus.«

Jetzt begriff Matthias, dass er am Abgrund stand. »Warum lügst du?«, brüllte er Maria an, riss sich los und packte sie bei den Armen, um sie zu schütteln.

Im nächsten Moment waren die beiden Kripobeamten bei ihm und zerrten ihn zurück.

Maria ertrug die Spannung nicht mehr, die im Raum herrschte, und stürmte weinend zur Tür hinaus.

Während einer der Beamten Matthias' Hände hinter dem Rücken zusammennahm und die Handschellen sich knackend schlossen, rief Weißberger den Staatsanwalt an, um den Haftbefehl für den jungen Mann zu beantragen.

»Diesmal ist es der Richtige«, antwortete er auf die entsprechende Frage des Staatsanwaltes und beendete anschließend das Gespräch. Danach wandte er sich Matthias zu. »Herr Schranzl, ich verhafte Sie wegen des Verdachts, den Wirt und Bürgermeister Kilian Oberhuber sowie den Pfarrvikar Pablo Quintano ermordet zu haben.«

»Ich war's ned!«, rief Matthias verzweifelt. »Welchen Grund hätt ich denn haben sollen?«

»Laut Aussage mehrerer Zeugen sind Sie vor wenigen Tagen mit dem Wirt aneinandergeraten. Er soll Ihnen dabei gedroht haben, ein Hausverbot gegen Sie zu verhängen.«

»Aber deswegen bringt man doch keinen um«, stieß Matthias erregt hervor. »Und welchen Grund hätt ich denn ghabt haben sollen, den Kooperator umzubringen?«

»Ausländerhass! Laut meinen Recherchen haben Sie, als Quintano als Geistlicher für diesen Ort bestimmt wurde, am meisten auf ihn gehetzt und sollen auch für die rassistischen Sprüche verantwortlich sein, die auf das Pfarrhaus geschmiert worden sind.«

»Aber das war doch bloß ein Spaß. Außerdem hab ich die Wände selber wieder übermalt.«

»Ein Scherz, der sehr ernst und blutig geendet ist. Faschner, sorgen Sie dafür, dass der Gefangene nach Rosenheim ins Untersuchungsgefängnis gebracht wird.« Weißberger machte sich Vorwürfe. Wäre er nicht auf die Scharade von Schranzl hereingefallen und hätte er sich nicht auf Xaver Grandl als den Mörder von Quintano festgelegt, könnte Kilian Oberhuber noch leben.

Während der völlig vernichtete Matthias Schranzl nach draußen gebracht wurde, lehnte Jasmin sich mit der Schulter gegen die Wand. »Glauben Sie wirklich, dass er es ist?«, fragte sie Weißberger.

Dieser nickte mit verkniffener Miene. »Ich bin mir sicher. Alle Indizien passen zusammen. Er besitzt kein Alibi, hasste den Pfarrvikar als Ausländer und hatte einen heftigen Streit mit dem Wirt. Andere haben aus geringeren Gründen gemordet.«

»Das mag sein«, sagte Jasmin. »Bei mir bleibt trotzdem ein schales Gefühl. Außerdem haben Sie im Gegensatz zu dem Beil, mit dem Quintano erschlagen worden ist, bei diesem Mord noch kein Tatwerkzeug gefunden.«

»Das hat er wahrscheinlich heute Morgen entsorgt.« Trotz seines Erfolges nagten Schuldgefühle an Weißberger, weil es ihm nicht gelungen war, den Mord an dem Bürgermeister zu verhindern. Daher wollte er keine Gründe mehr hören, die auf einen anderen Täter als den von ihm verhafteten Matthias Schranzl hinwiesen.

Jasmin wurde dies schnell klar und sie hielt nun den Mund. Das schale Gefühl aber blieb ihr.

8. Vermisst

Kilian Oberhubers Beisetzung stellte das größte Ereignis dar, das Talfing in den letzten Jahren erlebt hatte. Der Landrat von Rosenheim war ebenso gekommen wie ein Vertreter des Innenministeriums in München und ein Repräsentant der Regierung von Oberbayern. Dazu erschienen die Abordnungen unzähliger Vereine weit über Talfing hinaus. Sogar Jasmin und ihre Kollegen waren von ihrer vorgesetzten Dienststelle in Rosenheim angewiesen worden, dem Toten in voller Uniform die letzte Ehre zu erweisen.

Die Kirche von Talfing quoll über von Menschen. Zwar hatte nicht jeder der Anwesenden nur Gutes von Oberhuber zu berichten, doch an diesem Tag war alles vergessen. Das verriet schon die Erscheinung seines Neffen, der im dunklen Trachtenzug und mit trauernder Miene auf seinem Platz in der Kirche saß. Nicht weit von Simon Mayer entdeckte Jasmin einen Mann in einem dunklen Anzug, der einen Aktenkoffer bei sich hatte und dem Gottesdienst mit eher unbeteiligter Miene folgte. Neben diesem hatten ein Mann, der etwa Mitte dreißig sein musste, und eine etwas jüngere Frau Platz genommen. Dieses Paar unterschied sich von den übrigen Trauergästen durch Kleidung und Haltung.

Der Mann trug Jeans und ein dunkelgraues Sakko, bemühte sich aber, betrübt auszusehen, während die in dunkles Lila gekleidete Frau eine gewisse Freude nicht verhehlen konnte. Sie war hübsch, sehr blond, wenn auch nicht auf natürliche Weise, und ihr stark rot geschminkter Mund wirkte auf Jasmin wie eine Wunde in ihrem weißen Gesicht. Im Gegensatz zu den meisten anderen Frauen trug sie weder einen Hut noch ein Kopftuch. Der Saum ihres Kleides endete wenig trauergerecht mehrere Fingerbreit über den Knien und die Schuhe mit den hohen Absätzen mochten in der Stadt angebracht sein, aber nicht in einem Gebirgsdorf. Eine gewisse Ähnlichkeit des Mannes mit Simon Mayer verstärkte in Jasmin den Verdacht, dass es sich dabei um dessen Vetter und den wahrscheinlichen Erben von Kilian Oberhuber handelte.

Das erzbischöfliche Ordinariat hatte für die Beisetzung extra einen ihrer besten Priester geschickt, der in einer wunderbaren Predigt all die guten Seiten des Ermordeten pries und nur vergaß, diesem gleich einen Platz zur Rechten von Jesus Christus zuzuweisen.

Zog sich bereits der Gottesdienst in die Länge, so wurde die eigentliche Grablegung zum Marathon. Jeder, der in Talfing und Umgebung etwas auf sich hielt, trat zu Simon Mayer und dessen Verwandten, um ihnen sein Beileid auszusprechen, ebenso alle Vertreter höherer Behörden und Ämter. Danach kamen die Abordnungen der einzelnen Vereine, die ihre Fahnen über dem noch offenen Grab senkten. Als Vertreterin der Polizei war es an Jasmin, Simon Mayer, dessen Vetter und seiner Frau zu kondolieren.

Mayer wirkte, als wäre ihm statt des verhassten Onkels die geliebte Mutter gestorben, und sein Verwandter Klaus Busch rang sich ein »So hätt's wirklich ned sein müssen« ab, während seine Frau Jasmin mit einem schiefen Blick betrachtete. Die junge Polizistin war trotz flacher Schuhe nicht kleiner als sie und verriet ihr mit ihrer natürlichen Frische, dass sie selbst verlebt aussah.

Als der letzte Blumenstrauß ins Grab geworfen worden war, lenkte Innauer die Aufmerksamkeit der Trauergäste auf sich. »Auch wenn wir mit dem Kilian Oberhuber unseren Wirt verloren haben, so hat er bestimmt, dass es einen Leichenschmaus geben soll. Er lädt daher den Herrn Landrat, die Vertreter der Behörden und Institutionen, alle Vereinsabordnungen und die Nachbarn in den ›Hirschen‹ ein. Für alle anderen gibt es Freibier auf dem Kirchplatz!«

»Der Oberhuber Kilian soll leben!«, rief einer der jungen Burschen vom ›Gebirgstrachtenerhaltungsverein Edelweiß Talfing‹.

Jasmin fand den Spruch ein wenig makaber, doch sonst störte sich niemand daran. Nach dem endlos langen Trauergottesdienst waren etliche froh, endlich auf die Toilette zu können, und der Rest strebte dem ›Hirschen‹ zu, um entweder innen bei den Honoratioren Platz zu nehmen oder wenigstens eine der Freimaßen auf dem Marktplatz zu erhaschen.

Als Vertreter der Staatsmacht hatten Jasmin, Kager und Wallner das Anrecht auf einen Sitzplatz in der Gastwirtschaft. Dort hatte man nicht nur den Saal und die Gaststube, sondern auch sämtliche Nebenzimmer für die Trauergäste gedeckt. Etliche Frauen aus dem Dorf verstärkten das Team um Anni und bedienten ebenfalls fleißig. Auch der Koch hatte Hilfe erhalten und so ging alles reibungslos vonstatten.

Jasmin saß mit ihren Kollegen in einer Ecke des Saales, während Mayer, Klaus Busch und dessen Frau ganz vorne neben dem Landrat platziert worden waren. Auf einmal sah Jasmin, wie sich das Gesicht der Frau leicht verzerrte, als die hübsche Anni ihr und den anderen am Tisch die Getränke hinstellte.

»Kannst du das nicht so machen, wie sich das gehört, du Landtrampel?«, fauchte sie.

»Monique, bitte«, bat ihr Mann. »Wir sind auf der Beerdigung meines Onkels.«

»Trotzdem sollte diese Frau wissen, dass man einem Gast das Getränk von rechts anreicht und es ihm nicht über den Tisch hinweg zuschiebt.« Monique Busch sagte es in einem derart überheblichen Ton, dass Anni sie wütend anfunkelte.

»Das mag vielleicht beim ›Kempinski‹ oder den ›Vier Jahreszeiten‹ so sein, aber wir sind da beim ›Hirschen‹ von Talfing und müssen schauen, dass unsere Gäst was zum Trinken kriegen. Auch beim Essen müssen wir schnell sein.«

»Diesen Ton verbitte ich mir«, fuhr Monique Busch auf.

»Wer in den Wald eini schreit, braucht sich übers Echo ned zu wundern«, konterte Anni und knallte der Frau das Weinglas so hin, dass es überschwappte.

»Sie … Sie …«, rief Monique Busch, doch da war Anni schon weiter.

Klaus Busch hatte dem Ganzen mit verkniffener Miene zugesehen und beugte sich jetzt zu seiner Frau hin. »Monique, wir wollen doch kein Aufsehen erregen.«

»Das ist übrigens die Bedienung unseres Onkels«, mischte sich Simon Mayer ein.

»Eine gelernte Kellnerin? Dann müsste sie wirklich wissen, wie es geht«, trumpfte Monique Busch auf und winkte eine der Frauen herbei, die Anni beim Servieren halfen. Als diese kam, zeigte sie auf den nassen Fleck, den der übergeschwappte Wein hinterlassen hatte. »Ihre Kollegin war zu dumm zum Servieren. Holen Sie einen Lappen und wischen Sie das auf.«

Die Frau sah sie von oben bis unten an. »Kannst auch ein Tempo nehmen und's wegmachen. Viel ist's ja ned! Wir haben genug Arbeit.«

Mit den Worten ließ sie die Frau einfach stehen.

Jasmin hatte die Szene verfolgt und schüttelte den Kopf über die Frau des Erben, die eben aussah, als würde sie überlegen, ob sie noch als konventioneller Sprengsatz oder gleich als Atombombe explodieren sollte.

* * *

Nachdem die ersten Trauergäste gegangen waren, kamen nun auch die Leute, die im Hotel übernachteten und Vollpension gebucht hatten, in die Gaststube des ›Hirschen‹. Einige waren verärgert, weil sie wegen des Leichenschmauses eine gute Stunde mit dem Essen hatten warten müssen.

Für Monique Busch war dies sofort ein Grund, die Bedienungen zu kritisieren. »Konnte das nicht besser geregelt werden?«, schnauzte sie Anni an, als sie mit einem vollen Tablett vorbeikam. Da Anni nicht anhielt, packte sie diese am Kleid und hielt sie auf.

Durch den Ruck kamen die Teller auf dem Tablett ins Rutschen. Nur durch eine rasche Bewegung konnte Anni eine Katastrophe verhindern. »Dich haben sie als Kind wirklich zu heiß gebadet«, fauchte sie empört.

»Das lasse ich mir nicht gefallen! Klaus, wir zeigen diese impertinente Person wegen Beleidigung an.« Monique legte ihrer Stimme keine Zügel an und sah sich plötzlich im Zentrum sämtlicher Blicke.

»Tu, was du ned lassen kannst!« Anni befreite sich, um den wartenden Hotelgästen das Essen zu bringen.

»So ein Bauerntrampel«, rief Monique aus und sah ihren Mann an. »Sobald wir die Besitzer sind, weht hier ein anderer Wind. Diese altmodische Einrichtung ist nicht mehr in. Das muss ein richtiges Restaurant werden, mit Kellnern, die ihren Beruf auch beherrschen.«

Einige der Bauern und auch viele der jungen Männer verzogen die Gesichter. Ganze Generationen hatten im ›Hirschen‹ ihr Bier getrunken, ihren Schweinsbraten gegessen und sich wohlgefühlt. Bei dem Wort Restaurant lief den meisten ein Schauder über den Rücken. Es klang städtisch und nach Speisen, bei denen die Köche mit den Zutaten spielten, anstatt die hier gewohnte, schmackhafte Kost zuzubereiten.

Auch Jasmin schüttelte den Kopf. Diese Frau besaß das Einfühlungsvermögen eines gereizten Rhinozerosses. Ob sie damit die Einheimischen für sich einnehmen konnte, erschien ihr fraglich. Während sie sich noch ausmalte, wie die Bewohner des Tals auf die neuen Wirtsleute reagieren würden, bemerkte sie, dass Wallner sein Glas nahm und sich an den Tisch setzte, an dem die Hotelgäste Platz genommen hatte. Dort saß auch die junge Niederländerin, die nun, da der Mörder des Vikars und des Bürgermeisters gefasst war, sichtlich aufblühte.

»Goedendag, Herr Wallner«, grüßte sie.

»Waren wir nicht schon beim Du?«, fragte der Polizist lächelnd.

»Vielleicht«, antwortete Kathinka kokett.

»Dann sind wir es auf alle Fälle ab jetzt.« Wallner tätschelte mit der Rechten ihre Schulter und verstrickte sie in eine intensive Unterhaltung.

Dies fiel einigen Leuten ebenso auf wie Anni, die ihn mit bitterbösen Blicken bombardierte. Da Oberhuber nicht mehr da war, hatte sie gehofft, länger in Talfing bleiben zu können. Mit diesem Gedanken sah sie sich nach Monique um. Wenn die und ihr Mann wirklich die neuen Besitzer des ›Hirschen‹ und des Hotels wurden, musste sie sich auf jeden Fall eine neue Arbeit suchen. Da es in Talfing nur dieses eine Wirtshaus gab, hieß das für sie, von hier fortgehen zu müssen. Soll der Wallner doch mit seinen Urlaubsbekanntschaften poussieren. Ich find schon noch was Besseres, dachte sie und bediente weiter.

Auch am Tisch der Buschs sahen einige Leute zu dem Polizisten, der sich gerade zu der Niederländerin hinbeugte und ihr etwas ins Ohr flüsterte.

»Ist es hier Aufgabe der Polizei, um unsere Hotelgäste herumzuscharwenzeln?«, fragte Monique, der es nicht passte, dass der gut aussehende Wallner ihr keinen einzigen Blick gegönnt hatte. Immerhin hielt sie sich für weitaus attraktiver als die Niederländerin.

»Na ja, wer für Goudablond schwärmt, für den mag es angehen«, setzte sie hinzu und winkte gebieterisch eine der Bedienungen zu sich. »Sehen Sie nicht, dass mein Glas leer ist?«

»Wenn du meinst, dann kriegst du noch einen Wein«, meinte die andere, holte die Flasche und schenkte das Glas bis zum Rand voll. »So, damit ich ned so oft laufen muss.«

»Was soll das? Ein Weinglas füllt man nur zu einem Drittel! Das lernt jeder Kellnerlehrling bereits in der ersten Woche«, schnauzte Monique sie an.

Die Frau warf ihr einen spöttischen Blick zu. »Erstens bin ich keine Kellnerin, sondern arbeit normal als Schreibkraft in der Gemeindekanzlei, und zweitens kannst du dir selber denken, was du mich kannst!«

Es kam so trocken, dass Monique zur Überraschung aller erst einmal die Worte fehlten.

»Der Wallner redet aber verdammt viel mit der Holländerin«, fand Simon Mayer, der die beiden nicht aus den Augen ließ.

»Sie ist immerhin Zeugin bei jedem der beiden Morde«, berichtete einer der Dörfler. »Ich hab sagen hören, dass sie beim zweiten Mal den Mörder gsehen hat. Sie hat ned schlafen können und sich deswegen ans Fenster gesetzt und auf die Hotelterrasse obi gschaut. Da hat s' wahrscheinlich mehr mitgekriegt, als wir uns denken können.«

»Viel kannst du dir ja ned denken, Krauthofer«, spottete Simon Mayer und trank einen Schluck von seinem Bier.

Unterdessen blickte der Mann, den Jasmin während des Trauergottesdienstes zwischen Mayer und den Buschs sitzen gesehen hatte, auf seine Armbanduhr.

»Ich habe um sechzehn Uhr meinen nächsten Termin. Wir sollten daher zur Testamentseröffnung kommen. Herr Oberhuber hat bestimmt, dass es am Ende des Leichenschmauses verkündet werden soll.«

»Vor all diesen Leuten?«, fragte Klaus Busch verwundert.

»So lautet der Wille des Verstorbenen. Darf ich jetzt um Ruhe bitten?«

Da an einigen Stellen die Gespräche weitergingen, schlug Innauer mit seiner Gabel gegen sein Bierglas. »Herrschaften, jetzt seids amoi staad! Der Herr Notar will das Testament vom Oberhuber Kilian verkünden.«

Nun verstummten die meisten Leute. Nur Wallner redete noch leise auf Kathinka ein und brachte sie mit irgendetwas zum Lachen.

»Die Bitte um Ruhe gilt auch für Hotelgäste und Vertreter der Staatsmacht«, rief Innauer die beiden zur Ordnung. Danach wandte er sich an den Notar: »Sie können anfangen.«

Inzwischen hatte der Notar einen dicken Umschlag aus seinem Aktenkoffer geholt und öffnete ihn. »Sehr geehrte Damen und Herren. Es mag etwas ungewöhnlich sein, ein Testament in einer Gastwirtschaft und vor unbeteiligten Personen zu eröffnen, doch Kilian Oberhuber hat dies ausdrücklich gewünscht.«

»Dem Willen des lieben Verstorbenen werden wir uns natürlich beugen«, erklärte Monique mit ungewohnt sanfter Stimme.

Der Notar ging nicht darauf ein, sondern begann, mit berufsmäßig monotoner Stimme zu lesen. »Am heutigen Tag, den 23.7.2015, erschien Herr Kilian Oberhuber, Hotelier und Gastwirt zu Talfing, in meiner Kanzlei, um sein Testament zu machen. Sein Letzter Wille stellt sich wie folgt dar:

Ich, Kilian Oberhuber, schließe meine Schwester Fanny und deren leibliche Nachkommen von meinem Erbe aus!«

Dies war keine Überraschung. Zu dem Zeitpunkt, an dem Oberhuber sein Testament gemacht hatte, hatte seine Schwester noch gelebt und gegen deren Feindschaft konnte die Beziehung zwischen Katz und Hund fast harmonisch genannt werden.

»Also, wer erbt dann den Besitz des Onkels?«, fragte Monique in der Erwartung, den Namen ihres Mannes zu hören.

Zunächst aber verlas der Notar die Legate, die Oberhuber einigen seiner Angestellten zukommen ließ. Selbst Anni sah sich mit einer Summe von fünftausend Euro bedacht, die ihr den Abschied aus Talfing angenehmer machen würde. Der Koch Gustl und die Frauen, die im Hotel gearbeitet und ausgeholfen hatten, bekamen Summen zwischen eintausend und dreitausend Euro.

Monique rutschte immer nervöser auf ihrem Stuhl hin und her. »Wie konnte er das machen? So viel Geld ans Personal zu verteilen! Das geht uns doch hinterher ab.«

Auch ihr Mann wirkte nicht gerade erfreut, während Simon Mayer angespannt grinste. Da er selbst nichts erbte, gönnte er seinem Vetter und dessen Frau den Ärger. Doch noch kam die Rede des Notars nicht auf diese.

Er schwieg einen kurzen Moment und richtete dann seinen Blick auf Innauer, der als zweiter Bürgermeister bis zur Neuwahl die Führung der Gemeinde übernommen hatte. »Herr Kilian Oberhuber hat bestimmt, dass die nachfolgenden Teile seines Vermögens in eine ›Kilian-Oberhuber-Stiftung‹ überführt werden sollen. Es sind dies eine Million Euro in bar, dann die sich im Besitz Kilian Oberhubers befindlichen vierzehn Ferienwohnungen in der Neubausiedlung sowie der Moosgruberhof. Dieser soll als Freilichtmuseum erhalten und durch einen auf dem Gelände errichteten Neubau ergänzt werden, der als ›Kilian-Oberhuber-Haus‹ das Heimat- und Bergmuseum Talfing enthalten soll.«

»Das ist ja allerhand«, platzte Klaus Busch heraus. »Sie haben gesagt, wir sind die Erben – und jetzt das!«

»Eine Unverschämtheit! Wenn ich das gewusst hätte, wäre ich gar nicht erst hierherkommen«, rief seine Frau empört.

»Noch ist das Testament nicht vollständig verlesen«, erklärte der Notar und kam nun zum letzten Teil.

»Da Gott, der Allmächtige, meinem Eheweib und mir Kinder versagt hat, bestimme ich, dass der Gasthof ›Zum Hirschen‹ und das dazu gehörende Hotel samt den Liegenschaften, die bei diesem im Grundbuch eingetragen sind, dem gesamten Inventar und eine Summe von zweihunderttausend Euro an meinen Verwandten Klaus Busch gehen sollen. Da meine Verwandtschaft zu ihm nicht so eng ist und ich seine Ehefrau nicht mag, muss ihm das genügen.«

Es war ein Erbe, das insgesamt immer noch weit über einer Million Euro angesiedelt war. Monique und Klaus Busch sahen jedoch so aus, als hätte es ihnen sämtliches Kraut verhagelt. In ihren Träumen hatten sie sich bereits als die Besitzer des gesamten Oberhuber-Vermögens gesehen und ärgerten sich mehr über das, was ihnen entgangen war, anstatt sich über das zu freuen, was sie trotzdem noch erhielten.

Ein junger Mann fing auf einmal zu lachen an. Andere fielen ein und zuletzt erbebte der Saal des ›Hirschen‹ vom Gelächter der meisten Einheimischen.

Einen schlechteren Einstand, dachte Jasmin sich, hätten Kilian Oberhubers Erben in Talfing kaum haben können.

* * *

Am späten Nachmittag reisten die Buschs wieder ab, nicht ohne den Beschäftigten in Hotel und Gasthof etliche Maßregeln zu erteilen, die diese für völlig blödsinnig hielten. Schließlich war Talfing kein mondäner Urlaubsort, sondern sprach jene Besucher an, die Ruhe und eine gewisse bayerische Urwüchsigkeit suchten. Ein Spezialitätenrestaurant war hier ebenso überflüssig wie ein Fun-Zentrum mit Wasserrutschen, Event-Arena und dergleichen.

Der Gasthof und das Hotel wurden in der Zeit, in der die Erben abwesend waren, wie gewohnt weitergeführt. Bis zur endgültigen Ankunft der Buschs war Anni die Chefin im ›Hirschen‹ und sie besaß sogar die Vollmacht, Bestellungen aufzugeben. Da sie Monique jedoch zur Genüge kennengelernt hatte, besorgte sie nur das Nötigste und ließ sich stets von mehreren Zeugen bestätigen, dass dies nicht anders möglich gewesen wäre.

Ein paar Abende nach der Trauerfeier bediente sie die Gäste wie eh und je. Allerdings wusste sie, dass der Abschied nahe war. »Die Buschs haben gschrieben, dass sie nächsten Samstag nach Talfing umziehen«, erklärte sie den anwesenden Gästen.

»Auf die haben wir wirklich gewartet«, stöhnte Toni, der älteste Sohn des Innauerbauern.

»Sei froh, dass der Oberhuber auf die Idee mit der Stiftung kommen ist«, meinte Anni lachend. »Was meinst du, was die alles anstellen täten, wenn sie das gesamte Vermögen geerbt hätten? Dann gäb's in Talfing in ein paar Monaten einen Gourmettempel vom Feinsten und du könntest ein pochiertes Hühnerbrüstchen auf Safranreis und einer mit Château la Roche abgestimmten Kürbissoße und knackig angebratenen Karottenwürfeln essen.«

»Pfui Deifi!«, stieß Toni hervor.

Anni lachte erneut. »Es gibt genug Leut, denen das schmeckt. Aber ich glaub ned, dass die deswegen von München bis nach Talfing fahren werden. Das Zeug kriegen sie nämlich auch dort.«

»Mir ist ein Schweinsbraten alleweil noch lieber.« Ganz so eingeschränkt, wie er tat, waren Tonis kulinarische Vorlieben nicht. Er aß sogar ziemlich gerne die Gerichte, die seine jüngere

Schwester in der Hauswirtschaftsschule zubereiten lernte. Aber das waren nun einmal keine Hühnerbrüstchen auf die Art, wie Anni sie genannt hatte.

»Auf den Schock brauch ich noch eine Halbe«, meinte er und schob Anni das leere Glas über den Tisch hinweg zu.

»Lang kannst du das auch nimmer machen«, sagte sie spöttisch. »Wenn die Gnädige kommt, wird nur noch von rechts serviert und das Glasl darf nur noch zu einem Drittel vollgemacht werden.«

Zwar hatte Monique Busch das nur auf den Wein bezogen, doch als Spott eignete sich dieser Ausspruch vorzüglich.

Toni starrte das Bierglas an, das Anni ihm brachte, und hieb mit der Faust auf den Tisch. »Eines sag ich euch! Wenn die Madame bloß einen Millimeter unter dem Eichstrich einschenken lässt, zeige ich sie wegen Bierbetrugs an.«

»Wir auch!«, riefen seine Freunde wie aus einem Mund.

Selbst einige der älteren Gäste nickten. Der Eindruck, den das neue Gastwirtspaar hinterlassen hatte, war bei niemandem gut angekommen.

»Der Kilian hat dem Busch Klaus halt nun einmal den Gasthof vererbt. Jetzt müssen wir damit leben. Reden wir aber lieber über was anderes.« Der Innauer sah sich so um, als wollte er sich die mit viel Holz und festen Tischen und Stühlen ausgestattete Gaststube noch einmal einprägen.

So leicht aber ließen die Leute nicht von dem Thema ab. »Auch wenn der Oberhuber mit seiner Schwester übers Kreuz war, hätt er den Gasthof dem Simon vererben müssen«, mischte sich der junge Söllner ein, dessen Vater seit dem Vortag der neue Vorsitzende des Fremdenvereins war. Die zusammengeschlossenen Gastgeber hatten die Wahl rasch durchgezogen, um zu verhindern, dass Klaus Busch Ansprüche auf den Posten erheben konnte.

»Der Simon ist wenigstens einer von uns«, stimmte der Innauer Toni ihm zu.

»Du lässt dich in Zukunft aber öfters bei uns am Stammtisch sehen als früher«, erklärte der junge Söllner Oberhubers Neffen.

»Kommt darauf an, wie ich mit der Verwandtschaft zurechtkomm«, gab Simon Mayer zurück.

»Jetzt ist eine Ruh!«, befahl Innauer. »Mir reicht's langsam. Wartet erst einmal ab, wie die Buschs sich machen. Wir sollten uns überlegen, wie wir den Letzten Willen vom Kilian für die Gemeinde erfüllen. Er hat uns alle reichlich bedacht.«

»Bloß hat der Einzelne nix davon. Das gehört doch alles der Gemeinde«, rief einer der jungen Männer dazwischen.

»Und damit uns, denn wir sind die Gemeinde«, erklärte Innauer mit Nachdruck. »Der Gemeinderat ist vorgestern zusammengetreten und hat beschlossen, dass eine Erinnerungstafel an den Kilian im Ort aufgstellt wird. Am liebsten wär's uns am Wirtshaus, doch müssen wir abwarten, ob der neue Besitzer damit einverstanden ist.«

»Wenn er das ned ist, ist er a Lump!«, klang es von hinten hervor.

»Nächste Woch werden wir über das geplante Heimatmuseum beraten, wie es am besten verwirklicht werden kann«, sprach Innauer weiter, ohne sich von dem Zwischenruf aus dem Konzept bringen zu lassen.

»Kilian-Oberhuber-Haus! Bescheiden war er grad ned, der Kilian«, murmelte ein Mann, der den ermordeten Bürgermeister nicht gemocht hatte.

»Wie steht's eigentlich mit der Wahl des Nachfolgers?«, fragte ein anderer. »Gibt's schon Kandidaten? Ich mein: außer dir?«

»Soviel ich gehört hab, will sich auch der Albert Hornecker bewerben. Wenn er gewinnt, haben wir die sauberste Bürgermeisterstochter im ganzen Landkreis Rosenheim.«

Obwohl Innauer Söllners Schwager war, gönnte dieser es ihm nicht, das Bürgermeisteramt einzunehmen. Immerhin war

Innauer ein Bauer und damit Söllners Meinung nach zu sehr dem Althergebrachten verhaftet, während Maria Horneckers Vater den modernen Zeitgeist verkörperte.

Innauer erinnerte sich daran, wie Oberhuber sich vor gut zwanzig Jahren gegen Lantenhammers Vater durchgesetzt hatte, obwohl dieser von den Parteigrößen in Talfing favorisiert worden war. Dasselbe konnte auch ihm passieren, wenn Hornecker ernst machte. »Jetzt warten wir erst einmal ab, was sich in den nächsten Tagen tut«, sagte er und wechselte erneut das Thema.

Bei diesem ging es ihm um den alten Moosgruberhof, und er deutete vorsichtig an, unter Umständen einige alte Möbelstücke für das Heimatmuseum zu spenden. Für sich aber schränkte er ein, dass er das nur als neuer Bürgermeister tun würde. Wenn die Talfinger tatsächlich einen anderen wählten, sollte dieser schauen, wo er die Sachen herbrachte.

* * *

Jasmin arbeitete in diesen Tagen daran, frischen Wind in die Polizeiwache Talfing zu bringen. Dabei fand sie heraus, dass Sepp Kager abgesehen von seiner Vorliebe für Hochglanzhefte mit nackten, großbusigen Frauen seine Aufgaben zuverlässig erledigte. Dasselbe hätte sie auch gerne von Wallner gesagt, doch der legte seinen Dienst auf eigene Weise aus. Sooft er konnte, traf er sich mit Kathinka van der Loor und begleitete sie auf deren Wanderungen. Jasmin gegenüber erklärte er, auf diese Weise die Wege erkunden zu wollen, über die mögliche Schleuser Asylsuchende ins Land brachten.

Auch an diesem Morgen verschwand er unter dem gleichen Vorwand und ließ sich den ganzen Tag nicht mehr sehen. Jasmin wechselte sich beim Telefondienst mit Kager ab, damit der zu Mittag essen konnte. Da es seit der Verhaftung von Matthias Schranzl ruhig geworden war, hatte sie Zeit, die alten Protokolle zu lesen, und fand dabei heraus, dass ihre Kollegen seit Jahren die vorgeschriebenen Schussprüfungen geschwänzt hatten. Wie es aussah, hatte ihr Vorgänger Fraiß den Posten in Talfing schon geraume Zeit nicht mehr richtig ernst genommen.

Sie wartete, bis Kager mit dem Essen fertig war, und sprach ihn darauf an.

Kager kaute ein wenig auf seinen Lippen herum, sagte sich dann aber, dass seine Loyalität seiner Vorgesetzten galt und nicht deren pensioniertem Vorgänger, und grinste verlegen. »Ich will nicht sagen, dass der Fraiß bei seinem Dienst geschludert hätt. Doch es war zu wenig zu tun und da hat er halt dem Wallner einiges nachgesehen. Na ja, so schlimm war's auch wieder nicht«, schränkte er seine Aussage gleich wieder ein. »Der Wallner hat sich eben vorrangig um die Urlauber gekümmert.«

»Ich würde sagen, vor allem um die weiblichen«, warf Jasmin mit einer Mischung aus Spott und Ärger ein.

»Na ja, ein kleiner Casanova ist er schon«, gab Kager zu. »Aber was ist gegen den einen oder anderen kleinen Flirt einzuwenden?«

»Nichts, wenn er nicht während der Dienstzeiten geschieht«, antwortete Jasmin bestimmt. »Das wird der Herr Kollege Wallner auch noch lernen müssen. Aber jetzt etwas anderes: Den Vorschriften nach müsste ich euch die Pistolen abnehmen und sie wegsperren.«

»Wieso?«, fragte Kager verwundert.

»Weil wir nicht im Wilden Westen sind, sondern bei der bayerischen Landespolizei, und die hat nun einmal ihre Vorschriften. Ich frage mich bloß, weshalb man euch von Rosenheim aus nicht Feuer unter dem Hintern gemacht hat. Keiner von euch hat in den letzten drei Jahren die Schussprüfung abgelegt. Dabei ist die für jedes Jahr vorgeschrieben.«

Als Kager das hörte, zog er den Kopf ein. »Daran hab ich nicht gedacht.«

»Der Fraiß hätte daran denken müssen. Auf jeden Fall werden wir das schnellstens nachholen. Sobald der Kollege Loiseder wieder dienstfähig ist, werde ich euch zur Schussprüfung anmelden.«

»Was ist, wenn man die nimmer schafft?«, fragte Kager kleinlaut.

»Dann werden Sie auf einen Schreibtischposten im Polizeipräsidium oder zu einer entsprechenden Dienststelle versetzt«, antwortete Jasmin.

»Da müsst ich ja von Talfing weg!« Der Gedanke erschreckte Sepp Kager so, dass er beschloss, sich an den örtlichen Schützenverein zu wenden, um wieder ein Gefühl für eine Schusswaffe zu bekommen. Mit seiner Dienstpistole konnte er nicht trainieren, da über jede verschossene Patrone Rechenschaft abgelegt werden musste.

Jasmin hatte die Prüfung vor ihrer Versetzung nach Rosenheim absolviert und musste sie erst in einem knappen Jahr wiederholen. Nun hoffte sie, dass Kager es schaffen würde. Bei Wallner hatte sie weniger Bedenken. So ehrgeizig, wie dieser war, würde er alles daransetzen, um erfolgreich zu sein. Loiseder hingegen kannte sie zu wenig, um sich ein Bild von ihm machen zu können. Doch auch er würde sich bestimmt anstrengen, nicht zu versagen.

Sie trat auf Kager zu, legte ihm die Hand auf die Schulter und lächelte aufmunternd. »Das wird schon, Herr Kollege.«

»Hoffen wir's.« Kager seufzte und widmete sich dann wieder seinem Bildschirm, da eben eine neue E-Mail eingetroffen war. »Das Ministerium befürchtet, dass die Schleuser auf abgelegene Ortschaften ausweichen könnten, da in letzter Zeit doch einige von ihnen an den Grenzübergängen erwischt worden sind.«

»Das heißt, dass bei uns bald die Arbeit losgeht.« Jasmin war froh um diese Nachricht, denn damit hatte sie die Möglichkeit, Wallner stärker einzuspannen. Bis jetzt schien er seinen Dienst eher als eine Art von bezahltem Urlaub anzusehen.

* * *

Wallners Aufgabe wäre es gewesen, den Grenzweg nach Tirol im Auge zu behalten. Da sich dort bislang weder ein Asylant noch ein Schleuser sehen ließ, hatte er sich mit Kathinka getroffen und wanderte mit ihr in Richtung der Klamm. Während sie miteinander redeten, musterte er sie immer wieder. Sie war eine hübsche Frau, nicht viel kleiner als er und, wie er von ihr erfahren hatte, derzeit ohne feste Bindung. Hatte er zuerst an einen netten kleinen Urlaubsflirt gedacht, fragte er sich jetzt, ob er nicht versuchen sollte, eine längere Beziehung mit ihr einzugehen.

»Ich hoffe, es gefällt dir bei uns?«, meinte er nach einer Weile, während sie auf eine Gabelung des Wanderweges zukamen.

»Es ist sehr schön. Ich habe etwas für die Berge übrig«, antwortete Kathinka.

»Drüben in Österreich mögen sie vielleicht höher sein als bei uns, aber schöner sind sie dort gewiss nicht.« Wallner legte dabei seinen Arm um sie und merkte zufrieden, dass es ihr zu gefallen schien.

Kathinka war sich ihrer Gefühle weniger sicher als er. Auch wenn ihr die Berge zusagten, wollte sie nicht auf Dauer in einem Ort leben, in dessen Nähe sie einen Ermordeten gefunden hatte. Andererseits war es angenehm, einen gut aussehenden jungen Mann neben sich zu wissen, der sie sichtlich begehrte. Es tat ihrem Selbstwertgefühl gut, das ihr verflossener Freund mit seiner Untreue doch stark verletzt hatte. Sie horchte in sich hinein und spürte, dass sie sogar zu mehr als nur zu einem Spaziergang bereit war. Nach all den Enttäuschungen und Schrecken, die sie erlebt hatte, sehnte sich ihr Körper nach Liebe und Wallner schien durchaus gewillt, diese Sehnsucht zu stillen. Anbieten aber wollte sie sich nicht, deshalb wartete sie darauf, dass er sie sachte umwerben würde.

An der Gabelung blieb Wallner stehen und schloss sie in die Arme. »Du bist wunderschön«, sagte er mit schmelzender Stimme.

Kathinka war Frau genug, dies gerne zu hören. »Du bist auch nicht ohne«, meinte sie.

Wallner wuchs förmlich um ein paar Zentimeter und küsste sie dann zuerst sanft und zuletzt fordernd. Ihre beiden Körper pressten sich aneinander und die Lust auf mehr flammte bei beiden auf.

»Wenn wir den Weg rechts hochgehen, kommen wir nach einer Viertelstunde zur Almhütte der Moosgruberalm. Der Oberhuber hat sie zu einem kleinen Lokal ausbauen wollen, ist aber nicht mehr dazu gekommen. Da kein Vieh mehr auf der Alm gehütet wird, steht die Hütte jetzt leer, aber ich weiß, wo der Schlüssel ist.«

Den Namen des ermordeten Hoteliers zu erwähnen, war nicht gerade geschickt, doch zu Wallners Glück achtete Kathinka nicht darauf. Sie folgte ihm auf dem von ihm gewählten Pfad und fand, dass das Leben nun, da sie keine Angst mehr vor dem Doppelmörder haben musste, wieder schön sein konnte.

Es dauerte etwas mehr als die angekündigte Viertelstunde, bis die Alm vor ihnen auftauchte, doch Kathinka störte sich nicht daran. Sie freute sich darauf, mit einem sympathischen und fürsorglichen Mann zusammen sein und sich wieder einmal richtig als Frau fühlen zu können. Mit einer gewissen Verwunderung sah sie zu, wie Wallner eine der Steinplatten, die vor der Tür eine Terrasse bildeten, erst lockerte, bevor er sie aufhob und einen altmodischen Schlüssel darunter hervorholte.

»Woher hast du gewusst, dass er da ist?«, fragte sie.

»Als Polizist erfährt man viel«, antwortete Wallner ausweichend.

Er wollte ihr nicht verraten, dass er sich vor mehreren Jahren mit der damaligen Sennerin der Moosgruberalm getroffen und einige angenehme Stunden mit ihr verbracht hatte. Inzwischen hatte die Frau wegen einer Erbschaft das Tal verlassen, doch die Stelle, an der der Schlüssel aufbewahrt wurde, war immer noch die gleiche wie zu jener Zeit.

Er schloss auf und ging in das Halbdunkel hinein, das wegen der geschlossenen Fensterläden in der Hütte herrschte. Einen Augenblick überlegte er, sie zu öffnen. Doch wenn jemand vom Dorf aus dies entdeckte und heraufkam, um nachzuschauen, was sich hier tat, konnte er mit Kathinka in flagranti erwischt werden, und das wollte er nicht.

»Es ist nicht gerade hell, aber unsere Augen gewöhnen sich schon daran«, sagte er, als Kathinka zögerte.

Sie trat auf diese Worte hin ein und bemerkte rasch, dass er recht hatte. Schon nach wenigen Sekunden schälte sich die Einrichtung der Almhütte aus der Düsternis. Kathinka entdeckte einen roh gezimmerten Tisch, daneben zwei Stühle und hinten an der Stirnwand einen gemauerten Herd. Einen Schrank gab es nicht, nur einen kleinen Kasten für das Besteck und ein Regal, auf dem mehrere Teller, Tassen und Gläser standen. Die Töpfe hingen von je einem Holzzapfen gehalten an der Wand.

»Das sieht urig aus, fast wie in einem Museum«, meinte sie erstaunt.

»Ich habe ja gesagt, die Almhütte hätte ausgebaut werden sollen.«

Diesmal vermied Wallner den Namen Oberhuber. Da er jedoch nicht nur hierhergekommen war, damit seine

Begleiterin die Möbel anschauen konnte, fasste er nach ihrer Hand und zog sie weiter zu einer Tür, die in den hinteren Teil der Hütte führte.

»Dort war die Schlafkammer der Sennerin«, erklärte er und öffnete die Tür.

Als er eintrat, folgte Kathinka ihm. Da das einzige Fenster auf den Berg gerichtet war, der hinter der Alm hochwuchs, wagte Wallner es, die Fensterläden zu öffnen.

Sofort wurde es heller und Kathinka sah ein kleines Zimmer vor sich, das nicht größer als drei auf drei Meter war. Die Einrichtung bestand aus einem altertümlichen Bett und einem Kleiderschrank, der ebenso wie das Bett noch die Reste einer früheren Bemalung aufwies. Darüber hinaus gab es eine kleine Kommode mit einer Schüssel und einem Waschkrug sowie einen Schemel zum Sitzen. Als einzige Lichtquelle diente eine angerostete Petroleumlampe an der Wand.

Kathinka fragte sich, wie ein Mensch unter derart primitiven Verhältnissen leben konnte. Andererseits war es sicher umständlich und teuer, Strom und Wasser hier hinauf zu verlegen. Nun richtete sie ihr Augenmerk auf das Bett. Es besaß sogar noch eine Bettdecke, und als Wallner diese zurückschlug, kam darunter eine brauchbare Matratze zum Vorschein.

»Ich glaube, das geht so«, meinte er lächelnd und umarmte Kathinka, um ihr nicht das Gefühl zu geben, ihm ginge es nur um das eine.

Sie küssten sich, sprachen miteinander und kamen dabei langsam in Fahrt. Schließlich zupfte Wallner an Kathinkas T-Shirt und schob seine Hände darunter. Als er ihre Brüste berührte, atmete sie tief durch.

»Ich glaube, wir sollten jetzt schneller machen«, forderte sie ihn auf und streifte ihr T-Shirt ganz ab. Dann folgte der BH. Nachdem sie ihre Wanderschuhe ausgezogen hatte, flog ihre Jeans in eine Ecke und gleich darauf ihr Höschen.

Wallner tat sich ein wenig schwerer als sie und fand, dass eine korrekt angezogene Uniform nicht gerade die richtige Kleidung war, um rasch ins Bett zu kommen. Bald aber war es geschafft und sie fielen beide gleichzeitig auf die Matratze.

Das Bett knarzte und für einen Augenblick befürchtete Kathinka, es könnte unter ihnen zusammenbrechen.

Wallner wusste jedoch aus eigener Erfahrung, dass es einiges aushielt, und glitt zwischen ihre Beine. Er hatte lange gewartet und wollte endlich ans Ziel kommen.

Weder Kathinka noch Wallner ahnten, dass jemand sie während ihrer Wanderung durch einen Feldstecher beobachtet hatte. Nun setzte der Mensch das Gerät ab und atmete tief durch. Schließlich hängte er sich den Riemen des Feldstechers um die Schulter und wanderte bergan. Dabei benahm er sich so, dass es vom Dorf aussah, als wäre er zu einer anderen Stelle unterwegs. Erst als er sich weit genug von Talfing entfernt hatte, wandte er seine Schritte der Moosgruberhütte zu.

* * *

Die Zeit verging wie im Flug. Als Kathinka und Ludwig Wallner die Almhütte wieder verließen, berührte die Sonne bereits die Berge im Westen. Kathinka störte das nicht, denn sie fühlte sich so entspannt und zufrieden wie schon lange nicht mehr.

Wallner hingegen fiel siedend heiß ein, dass es stramm auf Feierabend zuging und er um die Zeit längst in der Polizeiwache hätte sein müssen. Nun ärgerte er sich noch mehr, dass der frühere, nachsichtige Dienststellenleiter durch diese nordische Walküre ersetzt worden war, die auf alle Vorschriften pochte. »Schön war's«, meinte er zu Kathinka. »Aber jetzt muss ich zurück ins Dorf.«

»Ich will aber noch zur Klamm und sie mir ansehen«, sagte Kathinka drängend.

»Das machen wir morgen.« Der Weg zur Klamm und zurück hätte eine weitere Stunde gekostet und die konnte Wallner sich nicht leisten.

»Wenn du nicht mitkommen willst, gehe ich alleine hin!« Kathinka war enttäuscht, weil der Mann, der ihr eben noch heiße Liebesschwüre ins Ohr geflüstert hatte, sich auf einmal gegen ihre Wünsche sträubte.

»Das solltest du nicht tun. Die obere Klamm ist weitaus gefährlicher als die Schlucht, die sie weiter unten bildet. In früheren Zeiten sind da einige Leute hinabgestürzt. Daher sollten wir lieber morgen hingehen, damit ich auf dich aufpassen kann.«

Wallner klang so besorgt, dass Kathinka für den Augenblick nachgab. »Also gut«, sagte sie und nickte bekräftigend.

Die beiden wanderten auf den Ort zu. An der Weggabelung blieb Kathinka jedoch stehen. »Ich nehme den längeren Weg zum Dorf.« Ein wenig hoffte sie, Wallner würde sie begleiten.

Ihm aber pressierte es. »Ich muss unbedingt zur Dienststelle, sonst käme ich mit dir.«

»Auch gut«, sagte Kathinka eingeschnappt und ging los.

Wallner sah ihr einen Augenblick nach, bevor er sich ebenfalls in Bewegung setzte und mit langen Schritten auf das Dorf zueilte, ohne sich noch einmal nach der Niederländerin umzuschauen.

Kathinka ging gut hundert Schritte weit, blieb dann aber stehen und machte kehrt. Es reizte sie, die Klamm zu sehen, und nachdem der Mörder des Pfarrvikars und des Bürgermeisters im Gefängnis saß, bestand auch keine Gefahr mehr, diesem zu begegnen.

Wallner hatte ihr erklärt, dass der Einschnitt, den der Wildbach geschaffen hatte, aus zwei unterschiedlichen Teilen bestand, zum einen aus der oberen Klamm, die seinen Worten nach gefährlich sein sollte, und dem unteren Teil, den die Einheimischen die Schlucht nannten. Auf der dem Dorf zugewandten Seite teilte ein breiter Riss die beiden Abschnitte des Baches, und durch diesen bog die alte Straße in die Schlucht ab, welche nun zu einem Wanderweg ausgebaut worden war. Kathinka war diesen Weg bereits zweimal gegangen. An einigen engen Stellen hatte es sie sogar gegruselt und sie fragte sich, ob es bei der Klamm wirklich viel schlimmer sein konnte.

Nach einer Weile vernahm sie vor sich ein Rauschen, das rasch lauter wurde. Kurz darauf erreichte sie den Einschnitt in den Felsen und blieb mehrere Meter vor dessen Rand stehen. Um näher heranzugehen, sodass sie hineinschauen konnte, fehlte ihr der Mut, und sie sagte sich, dass sie besser am nächsten Tag mit Wallner hierher zurückkommen sollte. Er würde wissen, an welchen Stellen es gefährlich war und an welchen nicht.

Mit diesem Gedanken drehte sie sich um und wollte ins Dorf zurückkehren. In dem Moment tauchte eine schattenhafte Gestalt vor ihr auf und sie zuckte erschrocken zusammen. Dann aber erkannte sie die Person und atmete auf.

»Goedendag! Beinahe hätten Sie mich erschreckt.«

Die Person sagte kein Wort, sondern trat noch zwei Schritte auf sie zu.

Da sah Kathinka den Stein, den ihr Gegenüber in der Hand hielt. Doch bevor sie begriff, was das bedeuten sollte, holte der Mensch damit aus und hämmerte ihr den Stein gegen die Schläfe. Es ging so schnell, dass Kathinka nicht einmal Schmerz empfand, bevor ihr Geist in absolute Schwärze stürzte.

* * *

Das Verschwinden der jungen Niederländerin fiel an diesem Abend niemandem auf. Auch beim Frühstück schöpften weder das Personal noch die anderen Gäste Verdacht, weil Kathinka gelegentlich schon ganz früh zu einer Wanderung aufgebrochen und gerade noch rechtzeitig zurückgekommen war, bevor das Büfett wieder abgeräumt wurde.

Erst als das Zimmermädchen kurz nach elf Uhr das Zimmer betrat, um das Bett zu machen, fand sie es unbenutzt vor. Auf dem Kissen lag sogar noch die winzige Schokoladentafel, die jeden Abend als Betthupferl verteilt wurde. Unruhig kehrte sie auf den Flur zurück und rief ihre Vorgesetzte zu sich. »Du, Lisa, ich glaub, die van der Loor hat heut gar ned in ihrem Bett gschlafen«, sagte sie.

»Vielleicht hat sie einen Burschen aufgabelt und ist zu dem mitgangen«, entgegnete Lisa leichthin.

»Aber dann wär's um die Zeit gewiss wieder da«, wandte das Zimmermädchen ein.

Jetzt schaute Lisa doch nach. Der Rucksack der Niederländerin fehlte ebenso wie ihre Wanderschuhe. Es sah alles so aus, als hätte Kathinka van der Loor sich auf eine Wanderung gemacht. Aber als sie bei den anderen Hotelangestellten nachfragte, hatte an diesem Tag noch niemand die Niederländerin gesehen.

»Das letzte Mal war gestern. Da ist sie am Nachmittag noch einmal losgangen«, erklärte eine der Frauen.

»Wenn ich mich ned täusch, hat sie sich mit dem Wallner Ludwig getroffen. Vielleicht ist s' bei dem«, meinte eine andere.

»Den Wallner hab ich heut Vormittag zur Polizei gehen sehen. Vielleicht sollten wir ihn anrufen und fragen, schon zwecks der Beruhigung. Ned, dass ihr doch was passiert ist.« Lisa überlegte kurz und griff zum Handy.

»Ruf aber ned den Notruf an, sondern direkt unsere Polizeiwache«, riet ihr eine Kollegin.

»Meinst, ich bin deppert?«, schnaubte Lisa und drückte rasch die Tasten.

»Hier Polizeiwache Talfing, Kager am Apparat. Wo brennt's denn?«

»Hier ist die Lisa vom Hotel. Ist der Wallner da?«, fragte die Angestellte.

»Einen Moment, ich verbind.«

Ein kurzer Ton erklang, dann hörte Lisa Wallners Stimme.

»Hier Polizei Talfing, Wallner, was gibt's?«

»Ich bin's, die Lisa. Was ich fragen wollt: Wissen Sie, wo die Frau van der Loor ist? Die hat noch keine von uns gsehen und es schaut so aus, als wenn sie in der Nacht auch ned da gwesen wär.«

Als Wallner das hörte, kniff er überrascht die Augen zusammen. Hatte Kathinka etwa nach dem gestrigen Nachmittag kalte Füße bekommen und war nach Hause gefahren? »Ist ihr Auto noch da?«, fragte er.

»Ein Momenterl, da muss ich schauen«, antwortete Lisa und drehte sich zu ihren Kolleginnen um. »Hat eine von euch das Auto von der van der Loor gsehen?«

Eine der Frauen trat ans Fenster und schaute nach draußen. »Das steht drüben auf dem Parkplatz«, meldete sie.

»Also das Auto ist noch da«, gab Lisa die Information an Wallner weiter.

Diesem wurde nun doch mulmig. Vielleicht hätte er bei Kathinka bleiben sollen, dachte er. Allerdings war der Weg ins Dorf bequem zu gehen. Er erinnerte sich aber daran, dass sie unbedingt zur Klamm hatte hochsteigen wollen. Die Gegend war jedoch nichts für ungeübte Leute. Der Weg, der ein Stück an ihr entlangführte, war teilweise stark abfallend und endete einen halben Kilometer weiter kurz vor einer Stelle, an der die Klamm am oberen Rand kaum breiter als fünfzig Zentimeter war. Selbst Einheimische hatten da ihre Probleme. Um wie viel schlimmer mochte es für eine Flachländerin sein, dort umzudrehen und den Weg zurückzugehen?

»Ich schaue nach, wo sie steckt«, versprach er Lisa und beendete das Gespräch. Keine zehn Sekunden später öffnete er, ohne anzuklopfen, Jasmins Bürotür. »Vom Hotel ist grad eine Vermisstenmeldung gekommen. Wenn Sie nichts dagegen haben, kümmere ich mich darum«, sagte er.

Jasmin blickte von dem Aktenordner auf, in dem sie gerade geblättert hatte. »Ich hätte gerne eine vollständige Meldung. Wer wird vermisst? Wie lange wird die Person vermisst? Weiß man, wohin sie sich gewandt hat?«

Die Zeit brannte Wallner unter den Fingernägeln und er hätte Jasmin am liebsten erklärt, dass sie die blödsinnige Fragerei lassen sollte. Andererseits war es vielleicht gut, wenn noch jemand anderes nach Kathinka suchte. Daher nannte er ihren Namen.

»Das ist doch die Niederländerin, die den toten Pfarrvikar gefunden hat«, entfuhr es Jasmin und für Augenblicke kämpfte sie gegen das Gefühl an, Weißberger könnte mit Matthias Schranzl den Falschen verhaftet haben. Das wollte sie jedoch nicht hoffen, sagte sie sich und stand auf.

»Kager soll den Telefondienst übernehmen. Wir beide suchen nach der Vermissten. Es ist bedauerlich, dass der Kollege Loiseder dienstunfähig ist. Zu dritt würden wir mehr schaffen. Wie lange wird die Frau schon vermisst?«

»Das wissen die Leute im Hotel nicht genau. Aber sie soll angeblich nicht dort geschlafen haben.«

»Das heißt, sie kann seit gestern abgängig sein. Notfalls brauchen wir die Bergwacht«, erklärte Jasmin.

»Die Kathinka ... äh, ich meine, die Frau van der Loor ist keine Bergsteigerin. Die ist bloß auf den normalen Wanderwegen gegangen. Aber auch da gibt es einige Stellen, die nicht ungefährlich sind. Bei der Klamm zum Beispiel ...« Wallner brach ab, da er seiner Vorgesetzten verheimlichen wollte, dass er am Vortag mit Kathinka van der Loor zusammen gewesen war.

»Ich habe leider noch viele der Wege nicht abgehen können und brauche eine Karte.« Jasmin kramte in ihrem Schreibtisch, in dem unter anderem auch ein Plan der Wanderwege lag, den sie sich inzwischen besorgt hatte.

Ein wenig später war sie aufbruchsbereit. »Wie teilen wir die Suche auf? Kann sie sich nach Österreich gewandt haben?«, fragte sie Wallner.

»Es könnte möglich sein«, antwortete dieser gegen sein eigenes Gefühl. Zu dem Zeitpunkt, an dem er sich am Vortag von Kathinka getrennt hatte, hätte sie, wenn sie das getan hätte, erst bei Dunkelheit zurückkommen können.

Depp, schalt er sich. Sie ist ja nicht zurückgekommen.

»Wenn Sie in die Richtung gehen, schaue ich zur Klamm«, schlug er Jasmin vor.

Sie nickte. »Machen wir es so. Wir halten Kontakt mit den Funkgeräten. Wer etwas entdeckt, meldet es sofort weiter.« Noch während sie es sagte, besorgte Jasmin sich die entsprechende Ausrüstung und eilte los.

Wallner nahm ebenfalls ein Funkgerät mit und war kaum langsamer zur Tür draußen als sie.

* * *

Auf dem Weg zur Grenze kam Jasmin der Gedanke, bei den Häusern, die den Pfad am Anfang noch flankierten, nachzufragen, ob die Leute die junge Niederländerin gesehen hatten. Schon beim ersten Haus hatte sie Erfolg.

»Die van der Loor? Ja, die hab ich gestern Nachmittag gsehen«, erklärte der Altbauer, den sie angesprochen hatte. »Die ist in die Richtung gangen. Das weiß ich gewiss, weil ich dort Gras für meine Hasen gholt hab.«

»Ist sie später vielleicht hier vorbeigekommen?«, fragte Jasmin weiter.

Der alte Mann schüttelte den Kopf. »Ned, dass ich wüsst. Sie ist nämlich mit dem Wallner auf die Moosgruberalm aufi.

Die Hüttn steht derweil leer, aber der Wallner weiß schon, wie man einikommt. Das hat er ja bei der Lora, die früher Sennerin dort gwesen ist, auch gwusst.«

»Wallner hat sich gestern Nachmittag mit Frau van der Loor getroffen?« Jasmins Ärger über ihren Untergebenen stieg. Gleichzeitig fragte sie sich, weshalb er ihr dies verschwiegen hatte. Nur, damit sein Schäferstündchen mit der Niederländerin geheim bleiben sollte?

»Dank schön. Sie haben mir sehr geholfen«, erklärte sie dem alten Bauern und schlug den Weg zur Moosgruberhütte ein. Unterwegs sah sie sich immer wieder aufmerksam um. Die Wanderwege waren gut angelegt und versprachen auch Leuten, die nicht den Nervenkitzel des Bergsteigens suchten, eine angenehme Entspannung in freier Natur. In der Hinsicht hatten Kilian Oberhuber und die Gemeinde einiges geleistet. Ein paar Stellen jedoch gab es, die Ungeübte nicht benutzen sollten, und der Weg an der Klamm entlang gehörte dazu. Nachdem, was Jasmin erfahren hatte, war dieser gesperrt. Natürlich konnte man über diese Absperrung steigen und weitergehen. Das aber tat man dann auf eigene Verantwortung.

Noch während sie darüber nachdachte, ob Kathinka van der Loor so unvernünftig gewesen sein sollte, erreichte Jasmin die Moosgruberhütte. Mit den geschlossenen Fensterläden sah diese abweisend aus, und da sie im Gegensatz zu Wallner das Versteck des Schlüssels nicht kannte, konnte sie auch nicht eintreten. Wenn die vermisste Niederländerin nicht gefunden wurde, würde sie einen Durchsuchungsbeschluss beantragen müssen.

Jasmin ärgerte sich, dass Wallner irgendwie in die Sache verwickelt zu sein schien, und nahm sich vor, ihn sich bei nächster Gelegenheit zur Brust zu nehmen.

Nun aber wanderte sie wieder bergabwärts und bog bei der Weggabelung in Richtung der Klamm ab. Schon nach wenigen Hundert Metern traf sie auf Wallner, der ihr entgegenkam.

»Ich hab nichts entdeckt«, berichtete er aufgeregt.

Jasmin blieb stehen und fixierte ihn mit einem strafenden Blick. »Ich habe unterwegs mit jemandem gesprochen. Er sagt, er hätte Sie gestern am späten Nachmittag mit Frau van der Loor zusammen gesehen!«

Wallner senkte den Kopf. »Ich ... ich ... wir haben uns unterwegs zufällig getroffen.«

»Und seid dann ganz zufällig zur Moosgruberhütte hinauf und habt euch dort Zutritt verschafft.« Jasmin klang scharf, denn damit hatte ihr Untergebener gegen alle Regeln verstoßen.

Wallner überlegte, ob er es leugnen sollte, doch dazu war es zu spät. »Also gut, ich hatte mich mit Kathinka verabredet. Wir haben uns prima verstanden und überlegt, zusammenzubleiben. Und da ist es halt passiert.«

»Was passiert?« Jasmins Frage klang wie ein Peitschenhieb.

»Wir sind zur Hütte hinauf. Ich hab gewusst, wo der Schlüssel ist, und dann haben wir ... was man miteinander halt so tut.«

»Und hinterher?«, bohrte Jasmin nach.

»Die Kathinka wollte zur Klamm, aber ich hab ihr abgeraten, weil's zu gefährlich ist. Danach wollte sie über den längeren Weg ins Dorf zurückkehren, während ich die Abkürzung genommen hab, weil ich sonst zu spät zum Feierabend in die Polizeiwache gekommen wär.« Wallner spürte einen Ring um den Hals, der ihm den Atem abzuschnüren schien. Anders als zu Anni hatte er sich zu der jungen Niederländerin hingezogen gefühlt und haderte mit sich, weil er sie an der Weggablung verlassen hatte.

»Wir werden in Rosenheim Meldung machen und einen Suchhundetrupp anfordern müssen«, erklärte Jasmin.

Wallner nickte betroffen. »Es wird das Beste sein. Wenn ihr was passiert ist, dann ... ich ...« Er brach ab und Jasmin sah, dass ihm die Tränen kamen.

»Dann wollen wir hoffen, dass sich unsere Befürchtungen nicht bewahrheiten und Frau van der Loor mittlerweile wieder aufgetaucht ist. Wir beide werden uns aber wahrscheinlich noch sehr ausführlich unterhalten müssen. Sie sind hier als Schutzpolizist angestellt und nicht als jemand, der Touristinnen zu sexuellen Freuden verhilft.«

Jasmins Worte wirkten auf Wallner wie eine Ohrfeige. »Ich habe es mit der Kathinka wirklich ehrlich gemeint!«, rief er empört aus.

»Das hätten Sie ihr in Ihrer Freizeit beweisen können und nicht im Dienst.« Jasmin ließ keinen Zweifel daran, dass sie diese Handlungsweise nicht durchgehen lassen würde.

Im Augenblick wäre es Wallner jedoch lieber gewesen, aus dem Polizeidienst entlassen zu werden, wenn nur Kathinka nichts passiert war. Er ging mit hängenden Schultern hinter Jasmin her, die nun eiligen Schrittes in den Ort zurückkehrte und dabei ein Handygespräch mit ihrem Vorgesetzten in Rosenheim führte.

* * *

Als sie das Hotel erreichten, gab es dort keine neue Nachricht über den Verbleib der Vermissten. Dafür aber zogen über den Bergen dunkle Wolken auf und drohten ein Gewitter und schweren Regen an.

Nervös geworden führte Jasmin von der Polizeiwache aus ein weiteres Telefongespräch mit Rosenheim und wandte sich danach resigniert Wallner und Kager zu, die ihr Büro belagerten. »Es ist nicht sicher, ob die Suchhunde heute noch kommen. Bei Bad Aibling ist ein starkes Gewitter mit Hagelschlag niedergegangen. Dabei ist es auf der Autobahn zu einem Massenunfall gekommen, bei dem es mehrere Tote und eine Anzahl Verletzter gegeben hat. Außerdem ist bei Kolbermoor ein Kind abgängig und die Suchhunde sind dort im Einsatz.«

»Wir sind hier wirklich am Arsch der Welt«, fuhr Wallner auf. »Ich geh wieder hinaus und such!«

Im selben Augenblick rollte der erste Donner über das Talfinger Tal und ließ das Gebäude erzittern. Als Jasmin durch das Fenster ins Freie blickte, war es draußen trotz der Tageszeit schwarz wie die Nacht. Allerdings nur für einen Augenblick, denn im nächsten Moment zuckte ein Blitz durch die Düsternis und schlug irgendwo krachend ein. Keine zwei Sekunden später ließ der Donner erneut die Polizeiwache erbeben.

»Sakra, ist das ein Gewitter! Ich glaub, oben bei der Moosgruberhütte brennt's«, rief Kager.

»Was sagst du?« Wallner eilte ans Fenster, um selbst zu schauen.

»Wenigstens hat es keinen Bauernhof oder eines der Wohnhäuser getroffen«, sagte Kager erleichtert, während Wallner fassungslos den Hang hochblickte, an dem die Hütte, in der er am Tag vorher mit Kathinka intim geworden war, lichterloh brannte.

Noch während er nach oben schaute, zog ein weißer Schleier durch das Tal. Sekunden später prasselten Hagelschosse bis zur Größe eines Tennisballs gegen die Hauswand. Eine Fensterscheibe splitterte krachend und ein eisiger Luftzug fegte durch Jasmins Büro.

»Los, alle Fensterläden schließen!«, rief Jasmin und eilte an das zersprungene Fenster. Sie bekam einige Hagelkörner ab, bis es ihr endlich gelang, die Fensterläden von innen einzuhaken.

Wallner und Kager schlossen unterdessen die anderen Läden. Da fiel auf einmal das Licht aus und sie standen im Dunkeln.

»Muss das jetzt auch noch sein?«, fluchte Wallner.

Kager suchte sofort eine Taschenlampe heraus, schaltete sie ein und leuchtete damit auf die Computeranlage, die komisch zu riechen begann.

»Ich glaub, die hat's zerlegt! Was ein Glück, dass die Neue für den Technikraum schon geliefert worden ist«, meinte er in komischer Verzweiflung. »Seien Sie froh, dass Sie Ihren Laptop ausgesteckt haben. Der hätt den Einschlag auch nicht überlebt.«

Erleichtert, weil ihr PC heil geblieben war, forderte Jasmin Kager auf, nach den Sicherungen zu sehen.

»Wenn es geht, schalten Sie sie wieder an«, meinte sie, doch Wallner schüttelte den Kopf.

»Ich glaub, da geht nix. Im ganzen Dorf brennt kein einziges Licht. Da hat's wahrscheinlich die gesamte Leitung zerhauen.«

»Oje! Das kann dauern«, stöhnte Kager. »Da wird so mancher Bauer und manche Bäuerin sich wünschen, sie hätten in ihrer Jugend das Melken mit der Hand gelernt. Mit den Melkmaschinen wird's heut nix mehr werden.«

Jasmin stand neben ihrem Schreibtisch und haderte mit dem Schicksal. Ob die Suchhunde nach dem schweren Hagelschlag und dem gerade einsetzenden Starkregen noch in der Lage waren, die Spur der vermissten Kathinka van der Loor aufzunehmen, erschien ihr im Augenblick mehr als zweifelhaft.

9. Gewitterschäden

Das Gewitter tobte bis tief in die Nacht hinein. Erst kurz vor dreiundzwanzig Uhr ließen die Blitze nach und das Rollen und Krachen des Donners, das sich als Echo an den Bergwänden gebrochen hatte, verebbte langsam. Wenig später hörte auch der dichte Regen auf und es senkte sich die dunkelste Nacht seit vielen Jahren über Talfing nieder. Der Strom war noch immer ausgefallen und Petroleumlampen gab es nur noch auf einigen Almhütten. Gartenfackeln und Ähnliches waren als Lichtquellen in geschlossenen Räumen ungeeignet und so blieb den Leuten nichts anderes übrig, als sich im Schein von Taschenlampen und Kerzen für die Nacht fertig zu machen und ins Bett zu gehen.

In etlichen Häusern kam jedoch niemand zum Schlafen, denn es galt, die vollgelaufenen Keller von Wasser und eingedrungenem Schlamm zu befreien. Die eine Pumpe, über die die Freiwillige Feuerwehr Talfing verfügte, war aber nur ein Tropfen auf einem heißen Stein. Einige der betroffenen Bürger fanden es zudem eigenartig, dass zuerst der Keller des Feuerwehrkommandanten und die einiger anderer Mitglieder der Freiwilligen Feuerwehr ausgepumpt wurden.

Die Polizeiwache hatte Hagel und Sturm bis auf das zerbrochene Fenster gut überstanden, sodass Jasmin und ihre

Kollegen wenigstens im Trockenen hatten bleiben können. Bis kurz vor Mitternacht hatte das Unwetter sie in ihrer Dienststelle festgehalten, und da während des Gewitters das elektrische Leuchtfeuer der Blitze auch den Handyempfang fast unmöglich gemacht hatte, kamen nun erst die ersten Notrufe durch.

Jasmin, Wallner und Kager eilten sofort los, um zu helfen. Auf den Straßen des Ortes schoss immer noch das Wasser dahin, welches die Felsen, die das Tal umgaben, so großzügig ausspien, und stürzte ein paar Hundert Meter weiter in die Schlucht, um von dort aus dem Inn zuzufließen. Ohne ein geländegängiges Fahrzeug war jedoch kein Vorwärtskommen möglich. So ein Wagen aber war ihrer Polizeiwache noch nicht zugeteilt worden. Den Geländewagen des ermordeten Bürgermeisters, den die Polizisten sonst benutzt hatten, hatte Klaus Busch mitgenommen.

Jasmin notierte die Meldungen der Bürger und versprach, sich darum zu kümmern, sobald es möglich war. Noch während sie überlegte, ob sie weitermachen oder doch versuchen sollte, durch die Nacht zum Lantenhammerhof zu gelangen, klang das Tuckern eines sich nähernden Traktors auf.

Toni, der Sohn des Innauers, kam mit seinem alten Bulldog herangefahren und hielt vor Jasmin an. »Ich hab mir schon denkt, dass ich dich hier find«, meinte er mit einem schiefen Grinsen. »Mit dem Auto kommt man heut nimmer aus dem Tal heraus. Es hat an ein paar Stellen ordentliche Löcher in die Straß gerissen.«

»Ist es sehr schlimm?«, fragte Jasmin.

»Es geht«, antwortete Toni. »Bei uns hat's überm Stadel einen Haufen Ziegeln zerschlagen und wir haben die Kaibln aus dem Stall holen und in die Remise bringen müssen. Beim Lantenhammer schaut's ähnlich aus, aber wir Bauern werden damit fertig. Bei den Häuslern ist das ned so gwiss. Da gibt's etliche nasse Keller und es hat auch dort Dachpfannen zerhaut.

Wer sein Auto im Freien stehen hat lassen, darf sich ned wundern, wenn's jetzt eine arge Gänsehaut hat.«

Jasmin atmete erleichtert auf. Da sie den Einsatzwagen nur selten benötigten, hatte sie ihn in der Garage abgestellt. Ansonsten hätte sie das neue Auto innerhalb von zwei Wochen wieder austauschen lassen müssen, und da wäre die Frage nach der Garage auf jeden Fall gestellt worden.

»Ich würde mir gerne einen Überblick verschaffen. Können Sie mich fahren?«, fragte sie Toni.

Der nickte eifrig. »Gern! Übrigens hat's auch das Kreuz vom Kirchturm obighaut.«

»Heruntergeschlagen«, übersetzte Wallner den Dialektausdruck, da er nicht annahm, dass Jasmin ihn kannte.

Diese ließ ihn in dem Glauben und schwang sich zu Toni auf den Traktor. Er fuhr an und schon bald sah Jasmin im Licht seiner Scheinwerfer die Zerstörungen, die das Unwetter hinterlassen hatte. An einigen Stellen war der Straßenbelag weggerissen worden und es klafften Schlaglöcher, die selbst einem guten Geländewagen Probleme bereitet hätten. Der alte Traktor schwankte zwar manchmal wie betrunken, kam aber durch. Im Ort war der Platz vor der Kirche, dem Gemeindeamt und dem Gasthaus ein einziger See. Anni, der Koch Gustl und einige Hotelangestellte hatten vor der Tür Sandsäcke aufgeschichtet und riefen, dass im Hotel alles in Ordnung wäre.

»Das gilt aber ned für die Autos von unseren Gästen. Die hat's alle voll derhagelt«, setzte Lisa vom Hotel hinzu.

»Kommt ihr allein zurecht?«, fragte Jasmin.

»Ich glaub schon. Das Wasser wird schon weniger. Das bisserl, was ins Haus glaufen ist, kriegen wir bestimmt wieder raus.«

»Gut!« Jasmin wies Toni an, so zu fahren, dass die Scheinwerfer die Kirche erfassten.

Nach kurzer Suche entdeckte sie das große Kreuz mitten auf der Straße in einer weiteren Pfütze, die ebenfalls mehr einem See glich. Hatte es bislang golden geglänzt, wirkte es nun schwarz verbrannt.

»Da hat der Blitz einigschlogn«, kommentierte Toni und stieg ab, um es aus dem Weg zu räumen.

Jasmin musste ihm schließlich helfen, es an die Kirchenwand zu lehnen, denn das aus Eisen geschmiedete Kreuz besaß ein erkleckliches Gewicht.

»Ausgerechnet jetzt haben wir keinen Pfarrer. Bis die im Ordinariat was machen, ist Weihnachten vorbei«, brummte Toni.

»Ich werde den Schaden morgen weitergeben«, versprach Jasmin und sah zum Gemeindeamt hinüber. Dort hatte man das Wasser nicht fernhalten können und so hoffte sie, dass keine wertvollen Dinge oder Akten im Keller gelagert worden waren. Helfen konnte sie dort nicht, weshalb der Gemeindeschreiber warten musste, bis die Männer der Freiwilligen Feuerwehr mit ihrer Pumpe kamen. Jasmin forderte Toni daher auf, sie langsam durch die Straßen zu fahren, damit sie sehen konnte, was sonst noch zu Bruch gegangen war.

»Schnell ging's eh ned, denn unser alter Fendt schafft ned mehr als zwanzig Stundenkilometer«, gab Toni für diese Situation unpassend vergnügt zurück.

»Wir müssen sehen, ob jemand verletzt ist und Hilfe braucht«, erklärte Jasmin.

Nun wurde er doch etwas ernster. »Ich will's ned hoffen! Der Doktor kommt heut nämlich ned durch, und ich glaub auch ned, dass wir so schnell einen Schraubhuber kriegen.«

»Sie meinen einen Hubschrauber?«

»Exakt«, antwortete Toni und fuhr vorsichtig an einem Auto vorbei, das halb auf der Seite liegend einen Großteil der Straße blockierte.

»Das ist das Auto vom Söllner. Der wird sich freuen. Der Karren ist nämlich erst ein halbes Jahr alt«, meinte Toni und hielt vor einem Haus an, dessen Dach fast vollständig abgedeckt war.

»Die brauchen dringend eine Plane«, erklärte er.

Jasmin nickte. »Es wird nicht das einzige Gebäude bleiben. Vielleicht sollte ich das Technische Hilfswerk kommen lassen.«

Toni wiegte skeptisch den Kopf. »Glaub ned, dass die heut noch Zeit für uns haben. Dafür hat das Unwetter bei Rosenheim zfui zerhaut.«

Die Aussage des jungen Innauer erwies sich als richtig. Als Jasmin endlich jemanden vom Krisenstab in Rosenheim am Apparat hatte, erklärte dieser, dass sie keinen einzigen Mann erübrigen könnten.

»Wie ich's gsagt hab. Mir Talfinger haben uns alleweil selber helfen müssen.« Damit war für Toni die Sache erledigt und er fuhr weiter, damit Jasmin sehen konnte, was sonst noch zerstört worden war.

* * *

Als der Morgen graute, wurden die Schäden auch ohne Scheinwerferlicht sichtbar. Es sah schlimm aus, doch der alte Innauer, der sich zu Jasmin gesellt hatte, winkte ab. »Das kriegen wir schon hin. Ich hab meinen Buben mit dem Bulldog ins Lagerhaus gschickt, damit er Planen und Dachpfannen holt. Bis heut Nachmittag sind alle Dächer wieder so weit dicht, dass ein Regen nix mehr macht, und die Keller sind dann auch auspumpt. Der Lantenhammer und der Grandl wollen die Straßen so weit herrichten, dass auch wieder ein Auto fahren kann.«

Jasmin bewunderte die Gelassenheit des zweiten Bürgermeisters, aber auch seine Tatkraft. Wie es aussah, wollte Innauer allen Talfingern zeigen, dass sie mit ihm, wenn sie ihn zum ersten Bürgermeister wählten, einen guten Griff tun würden.

Im Lauf des Tages wurde jedoch ein anderer der wichtigste Mann im Dorf. Die Leute sammelten sich um das schmucke Haus des Versicherungsvertreters Albert Hornecker, an dem bis auf ein paar kaputte Dachziegel keine Zerstörungen zu sehen waren. Hornecker kam kaum mit, all die Schäden zu notieren, die ihm genannt wurden. Einigen seiner Versicherungsnehmer konnte er helfen, aber bei anderen schüttelte er bedauernd den Kopf.

»Ich hab Ihnen doch gsagt, Sie sollen eine Elementarversicherung abschließen«, erklärte er ihnen. »Mit der Police ist bloß ein Teil der Schäden abgedeckt, die Sie erlitten haben.«

»Kannst da nix machen?«, fragte Söllner, der neben seinem kaputten Auto auch etliche zerschlagene Fensterscheiben, Dachziegel und andere Schäden an seiner Pension zu verkraften hatte.

Hätte es nur Söllner betroffen, wäre es vielleicht möglich gewesen, den Schaden etwas höher einzustufen. Hornecker hatte jedoch mindestens zwanzig weitere Kunden wie ihn, und wenn er zu großzügige Zusagen machte, würde ihm seine Versicherung einen Prüfer auf den Hals schicken.

»Ich hab den Schaden eh schon gut geschätzt. Mehr geht ned«, erklärte er mit säuerlicher Miene.

»Du wirst mir einer sein! Das Geld einstecken, das du für den Verkauf der Policen kriegst, aber wenn man dich braucht, steht man im Regen da«, sagte Söllner missmutig.

Hornecker begriff, dass er im Vergleich zu Innauer ins Hintertreffen geriet, und ärgerte sich fürchterlich über das Unwetter, das daran schuld war. »Ich kann ja nix dafür, wenn ihr die Versicherungen, die ich euch anbiet, ned nehmt, bloß weil ihr euch im Jahr ein paar Euro sparen wollt. Hättest sie gnommen, wär dein Schaden für hundert Euro mehr im Jahr ganz abgedeckt gwesen. Jetzt brauchst du etliche tausend Euro, um ihn zu begleichen, und meckerst.«

Söllner wusste, dass Hornecker recht hatte, aber es war einfacher, diesem die Schuld zu geben, als sich einzugestehen, einen Fehler gemacht zu haben. Da er jedoch auf den anderen angewiesen war, um wenigstens einen Teil des unversicherten Schadens irgendwie ersetzt zu bekommen, blieb er friedlich.

Obwohl Hornecker rasch arbeitete, wurde die Schlange der Geschädigten kaum kürzer. Nach einer Weile rief er nach seiner Tochter. »Maria, wo bist du denn? Du musst mir helfen.«

Seine Tochter kam blass und übernächtigt in sein Büro. »Was soll ich denn machen, Papa?«

»Setz dich dort auf den Stuhl und schreib auf, was ich dir diktier«, wies ihr Vater sie an und rief seinen nächsten Kunden herein.

So ging es schneller, und da er den meisten die Bezahlung ihrer Schäden versprechen konnte, besserte sich auch seine Laune wieder. Vielleicht, dachte er, schaffte er es doch, Innauer auszustechen und Bürgermeister zu werden. Ganz auf seine Arbeit und seine Zukunftsplane konzentriert, übersah er, wie elend seine Tochter aussah.

Maria Hornecker hatte in ihrer Eifersucht Matthias Schranzl das erflehte Alibi verweigert und erst danach begriffen, dass sie ihn damit ins Gefängnis gebracht hatte. Seitdem lag diese Tat wie ein Albdruck auf ihrem Herzen und sie überlegte immer wieder, ob sie nicht zur Polizei gehen und die Wahrheit bekennen sollte. Doch was war, wenn die Kriminaler glaubten, sie würde es nur deshalb tun, um Matthias einen Gefallen zu erweisen? Vielleicht würde man sie dann auch einsperren und wegen Meineids verurteilen.

Im Augenblick lenkte die Arbeit sie ein wenig ab. Sie musste sich allerdings am Riemen reißen, um keine Fehler zu machen. Immerhin ging es um viel Geld, und wenn da etwas schiefging und dadurch die Pläne ihres Vaters platzten, würde sie ein Donnerwetter erleben, das dem, welches am Vortag hier getobt hatte, in nichts nachstehen dürfte.

* * *

Wegen des Unwetters, das sich über Talfing ausgetobt hatte, trat das Verschwinden von Kathinka van der Loor vorerst in den Hintergrund. Am späten Nachmittag erschien jedoch ein Einsatzwagen der Polizei mit einem Hundeführer. Dieser parkte vor der Polizeiwache und ging hinein.

»Grüß Gott! Ich bin wegen der vermissten Touristin da«, sagte er, als er vor Jasmin stand. Er wusste nicht so recht, wie er sich zu ihr stellen sollte, denn seine Kollegen Ruckinger und Hauser hatten ihm einiges über diese Kampfamazone erzählt, deren Ehrgeiz alles übertreffen sollte. Nun aber sah er eine junge Frau vor sich, der die durchwachte Nacht anzusehen war und die erst einen Augenblick brauchte, um seine Worte zu verstehen.

Jasmin rieb sich über die Stirn und nickte. »Ich hoffe, wir finden noch eine Spur. Frau van der Loor wird seit zwei Tagen vermisst. Das gestrige Unwetter kann uns da unter Umständen in die Suppe spucken.«

»Meine Ayla findet schon was«, erwiderte der Hundeführer sehr optimistisch. »Wo fangen wir an?«

»Am besten im Hotel. Dort kann der Hund die Spur aufnehmen.« Jasmin überlegte, ob sie Wallner mit dem Hundeführer losschicken sollte. Ihr Kollege hatte jedoch in der Nacht und den ganzen Tag gearbeitet wie ein Wilder und überall dort geholfen, wo es nötig gewesen war. Jetzt konnte sie ihm nicht auch noch diese Aufgabe aufhalsen. Kager hatte sie mittlerweile wegen völliger Erschöpfung nach Hause geschickt. Auch mit ihm konnte sie zufrieden sein.

»Gehen wir!«, sagte sie und riss sich mühsam zusammen.

Der Hundeführer hielt seine Ayla an der kurzen Leine und redete leise auf sie ein, so als würde sie alles verstehen. Es war wie ein Team, bei dem der eine Partner zwar verstand, was der andere sagte, aber nur mit einem begrenzten Schatz an Lauten antworten konnte. Bei dem Anblick schöpfte Jasmin doch Hoffnung, dass Ayla die Spur der Niederländerin würde aufnehmen können.

Im Hotel wurden sie von Lisa erwartet, die sie auch gleich in Kathinkas Zimmer führte. Dort suchte der Hundeführer sorgfältig nach einem Gegenstand, bei dem seine vierbeinige Partnerin den Geruch der Vermissten aufnehmen konnte, und wählte schließlich ein benutztes Höschen aus einer Reisetasche.

»Nicht, dass Sie denken, ich wär ein Höschenfetischist. Aber das riecht wahrscheinlich am intensivsten nach der Frau«, meinte er dabei.

»Sie können sein, was Sie wollen, Hauptsache, Sie finden eine Spur«, sagte Jasmin mit müder Stimme. »Wir sollten jetzt zu der Stelle gehen, an der Frau van der Looi zuletzt gesehen worden ist«, fuhr sie fort und ging voraus.

* * *

Nach etwas weniger als einer halben Stunde erreichten sie die Weggabelung. Dort fand Ayla die Fährte und strebte der Moosgruberhütte zu. Jasmin seufzte, weil sie in ihrer Erschöpfung auch noch dort hinaufsteigen musste.

Als sie sich der Hütte näherten, sah sie, dass diese nur teilweise abgebrannt war. Der dichte Hagel und der Sturzregen danach hatten den Brand gelöscht. Zu gebrauchen war die Hütte jedoch nicht mehr. Man würde sie ganz abtragen und neu aufbauen müssen.

Jasmin verscheuchte diesen Gedanken aus ihrem Kopf und blieb vor der Hütte stehen. Vom Dach war außer ein paar verkohlten Balken nichts mehr vorhanden, und auch die hölzernen Wände über den aus Bruchsteinen errichteten Grundmauern waren teilweise abgebrannt. Zu Jasmins Verwunderung war das Bett im hinteren Teil noch heil.

Die Hündin wollte dorthin und so ließ der Hundeführer ihr ein Stück Leine. »Die Vermisste war auf jeden Fall hier«, erklärte er Jasmin.

Sie nickte, war aber gleichzeitig froh, dass in den Resten der Hütte nichts lag, was auf eine verkohlte Leiche hindeutete.

Auch die Hündin entdeckte nichts und kehrte mit einem enttäuschten Winseln zu ihrem menschlichen Partner zurück.

»Wir sollten zur Weggabelung zurückkehren«, schlug Jasmin vor. »Die Frau muss von hier auch wieder hinabgegangen sein.«

»Das ist anzunehmen.« Der Hundeführer erteilte Ayla einen kurzen Befehl. Sofort folgte diese der Spur nach unten. Als sie zur Weggabelung kam, lief sie erst ein Stück in Richtung Dorf, machte dann aber kehrt und hielt auf die Klamm zu.

Jasmin spürte ein ungutes Gefühl im Magen, als sie sich dem Rand der an dieser Stelle nur wenige Meter breiten, aber über fünfzig Meter tiefen Schlucht näherten. Schon von Weitem hörte sie das Wasser tosen, das sich nach dem heftigen Regen der Nacht dort unten mit aller Gewalt seine Bahn brach.

Schließlich blieb Ayla ein paar Meter vor der Klamm stehen und zeigte durch ein leises Winseln, dass die Spur an diesem Fleck Erde zu Ende war. Jasmin wunderte sich darüber, denn wäre Kathinka van der Loor verunglückt und in die Klamm gestürzt, hätte sie näher an deren Rand stehen müssen.

»Es sieht aus, als hätte die Frau sich nicht getraut, näher hinzugehen, und ist hier wieder umgekehrt«, schloss der Hundeführer daraus.

Jasmin kniff kurz die Lider zusammen, um die Müdigkeit zu vertreiben. »Ja, so sieht es aus. Aber wo ist sie dann hingegangen?«

»Schauen wir mal, was die Ayla sonst noch findet«, antwortete er und gab dem Tier die Anweisung, zurückzugehen.

Es war ein Wunder, dass die Hündin trotz des Unwetters und des schweren Regens überhaupt noch eine Spur der Vermissten gewittert hatte. An der Wegkreuzung aber schien sie überfordert. Sie wollte erneut zur Moosgruberhütte hoch, danach in Richtung Dorf und schließlich wieder zur Klamm. Nach einer Stunde gab der Hundeführer auf.

»Sie muss irgendwie hierhergekommen sein. Aber die Spur ist zu schwach, als dass Ayla sie noch riechen könnte.«

Jasmin wies auf eine Weggabelung ein Stück weiter auf das Dorf zu. »Sie muss von dort drüben gekommen sein. Der eine Weg führt ins Dorf, der andere halb darum herum. Auf dem hat mein Kollege Wallner die Frau ein Stück begleitet.«

Sie wollte nicht sagen, dass zwischen Kathinka und Wallner mehr geschehen war, fragte sich jedoch, ob sie es auf Dauer würde verheimlichen können. Vorher aber wollte sie noch einmal mit Wallner sprechen.

»Probieren wir's dort«, meinte der Hundeführer und ging los.

Jasmin schlich müde hinter ihm her. Sie war jetzt über sechsunddreißig Stunden auf den Beinen und hatte sich in der Zeit wirklich nicht geschont.

Die Suche bei der zweiten Weggabelung erbrachte nicht mehr, als dass Ayla ein paar Mal hin- und herlief, dann aber die Spur wieder verlor.

Schließlich schüttelte der Hundeführer den Kopf. »Das hat keinen Zweck mehr. Die Fährte ist einfach zu alt und vom Regen weggewaschen. Sie werden wahrscheinlich einen Suchtrupp holen müssen.«

Jasmin nickte bedrückt. »Ohne den geht es wohl nicht. Auf jeden Fall danke ich Ihnen, dass Sie alles versucht haben.«

»Mir tut's leid, dass nichts daraus geworden ist. Wir werden dann wieder fahren.«

»Es wird wohl das Beste sein.« Jasmin schlug den Weg ins Dorf ein und war schließlich froh, als sie die Polizeiwache erreichten und sie sich auf ihren Stuhl setzen konnte. Wallner war inzwischen heimgegangen, hatte aber einen Zettel hinterlassen, dass sie ihn sofort anrufen solle, wenn sie eine Spur von Kathinka entdeckt habe.

Jasmin hätte es gerne getan, da es jedoch kein positives Ergebnis gab, erschien es ihr besser, ihn schlafen zu lassen. Nachdem sie sich von dem Hundeführer und seiner vierbeinigen Begleiterin verabschiedet hatte, sah sie noch einmal die neu eingetroffenen E-Mails durch. Aus ihnen ergab sich nur, dass die Hilfskräfte das größte Chaos im Landkreis beseitigt hatten. Also konnten auch die Talfinger damit rechnen, dass endlich Unterstützung kam. Ihr Vorgesetzter Furler fragte an, ob die Suche mit dem Hund erfolgreich gewesen wäre. Jasmin informierte ihn in kurzen Worten über den Fehlschlag, verließ dann die Polizeiwache und ging mit hängenden Schultern zum Lantenhammerhof, um endlich ein paar Stunden zu schlafen.

* * *

Als Jasmin am nächsten Morgen aufwachte, stand die Sonne bereits über dem Tal. Sie sprang entsetzt aus dem Bett, fuhr sich kurz mit der Zahnbürste über die Zähne und nach einer Blitzdusche in ihre Kleidung. Als sie hastig aus ihrer Wohnung stürzte, stolperte sie beinahe über die Magd Mali.

Diese sah sie prüfend an. »So wie du ausschaust, hast du heut gwiss ned gfrühstückt.«

»Ich hole mir unterwegs etwas in der Krämerei«, sagte Jasmin und wollte weiter.

Da hielt die alte Frau sie am Ärmel fest. »Nix da! Zuerst wird was gessen«, rief sie entschlossen. »Der Bauer hat dich übern grünen Klee globt. Der Fraiß, hat er gsagt, hätt des gestern ned so hinkriegt wie du. Du warst überall und hast gholfen und Rat gwusst. Drum hast du jetzt auch dein Frühstück verdient.«

»Aber ich muss zur Polizeiwache«, stieß Jasmin hervor.

»Da kann dich die Bäuerin hinfahren, damit du ned laufen musst.«

Jasmin hätte schon Gewalt anwenden müssen, um sich aus Malis Griff zu befreien. Gleichzeitig verspürte sie einen Wahnsinnshunger. Sie hatte am Vortag kaum etwas gegessen und sagte sich, dass sie rasch eine Semmel oder ein Stück Brot herunterschlingen konnte. Wenn die Bäuerin sie wirklich zur Polizeiwache fuhr, würde sie dort nicht später ankommen, als wenn sie auf der Stelle losging und sich unterwegs etwas besorgte.

Mali schleppte sie in die Küche, nahm eine Tasse aus dem Schrank und schenkte Kaffee ein. »Magst eine Milch?«, fragte sie.

»Ja, aber keinen Zucker.«

»Auch gut.« Die Magd stellte ihr die Milchdose hin und holte dann Wurst, Schinken und Käse aus dem Kühlschrank. Danach schnitt sie Jasmin eigenhändig drei Scheiben Brot ab.

»Du hast gsagt, dass das Frühstück für dich die wichtigste Mahlzeit ist, weilst ned weißt, wann du mittags und abends dazu kommst, was zu essen«, sagte sie dabei.

Schicksalsergeben nahm Jasmin eine Scheibe Brot und begann sie zu belegen. Unterdessen kam die Bäuerin herein.

»Die Jasmin wollt doch direkt, ohne was zu essen, zur Wache. Da habe ich mir denkt, so geht das ned«, sagte Mali zu dieser.

Die Lantenhammerin nickte lächelnd. »Das geht fei wirklich ned. Mein Mann und der Innauer waren so froh, dass die Frau Kommissarin die Lage im Griff ghabt hat. Beim letzten Mal ist der Fraiß bloß umanandghupft und hat nix zustand bracht. Wenn der Oberhuber ned die Führung übernommen hätte, wären die Schäden noch größer gwesen wie jetzt.«

»Ich bin Polizeihauptmeisterin und noch keine Kommissarin«, korrigierte Jasmin die Bäuerin mit vollem Mund.

Diese nahm aber keine Notiz davon, sondern schenkte in die leer gewordene Kaffeetasse nach.

»Mali, du hast der Frau Kommissarin keinen Zucker hergetan«, schalt sie die Magd.

»Die hat keinen mögen«, verteidigte sich Mali. »Übrigens habe ich ihr gsagt, dass du sie dann zur Wache fährst, damit s' ned zu Fuß laufen muss.«

»Das tu ich gern«, sagte die Bäuerin und fand eine der Wurstscheiben so unwiderstehlich, dass sie diese rasch in den Mund steckte.

»Ist der Strom wieder da?«, fragte Jasmin.

»Seit gestern Abend um neun. Hätte leicht ein paar Stunden eher sein können, dann hätten wir die Küh mit der Maschine melken und die Milch kühlen können. So haben wir sie dreimal wegschütten müssen.«

Die Bäuerin klang vergrätzt, denn ein Verlust von anderthalb Tagen machte sich bei der Abrechnung der Molkerei bemerkbar.

Unterdessen hatte Jasmin ihr zweites Brot gegessen und trank rasch die Tasse leer. »Ich wäre so weit«, meinte sie zur Bäuerin.

»Das letzte Brot nimmst dir aber fei mit«, erklärte Mali kategorisch und belegte es mit einem halben Pfund Schinken. »Das brauchst, weil du gestern gewiss ned viel gessen hast.« Nach diesen Worten steckte sie das Schinkenbrot in eine Plastiktüte und reichte sie Jasmin.

»Dann sag ich vergelt's Gott«, sagte sie dialektgefärbt und erntete dafür einen anerkennenden Blick der Magd.

»Hab mir schon denkt, dass du keine Preußin bist.«

»Mein Vater ist einer«, gab Jasmin zu.

»Für seine Eltern kann man nix. Mir ist ein Farbiger, der bei uns aufgewachsen ist und woaß, wie's bei uns zugeht, alleweil lieber als so eine aufdonnerte Großstadtschnepfen wie die Busch Monique, deren Mann den ›Hirschen‹ geerbt hat. So eine passt wirklich ned zu uns nach Talfing.«

Mali wollte noch mehr sagen, aber da mahnte die Bäuerin sie, mit dem Geschwätz aufzuhören.

»Du hast doch ghört, dass die Frau Kommissarin zur Wache muss. Kommen S' mit! Das Auto steht schon draußen, weil der Bub nachher gleich nach Raubling zum Lagerhaus fahren muss.«

»Dank schön fürs Frühstück und's Hinbringen«, sagte Jasmin und war froh, weil sie nun doch etwas im Magen hatte und nicht hungrig loslaufen musste.

* * *

Obwohl Jasmin spät dran war, erreichte sie die Polizeiwache als Erste. Sie wollte das Schinkenbrot in den Kühlschrank legen, bemerkte dann aber, dass einige der Sachen, die darin lagen, den Stromausfall nicht überstanden hatten, und räumte diese aus. Danach reinigte sie den Kühlschrank, und als sie fertig war, fand sie, dass ihr Magen das belegte Brot durchaus noch vertragen konnte.

Während sie es aß, steckte sie ihren Laptop ans Stromnetz, damit der Akku laden konnte, und rief die E-Mails auf. Es gab noch nicht viel Neues. Die meisten Informationen drehten sich um das Unwetter, das fast den gesamten bayerischen Alpenraum und die angrenzenden Gebiete in Österreich verwüstet hatte. Die einzige E-Mail, die Talfing betraf, war die Nachricht, dass Polizeipräsident Furler am Nachmittag einen Trupp schicken würde, der nach Kathinka van der Loor suchen sollte. Dem Tenor der E-Mail zufolge schien ihr Vorgesetzter nicht mehr zu glauben, dass diese noch am Leben war.

Jasmin hoffte es gegen ihr Gefühl, obwohl ein Anruf im Hotel die Auskunft brachte, dass die Frau noch immer vermisst wurde. Dafür jammerte Lisa ihr die Ohren voll, weil Monique und Klaus Busch erschienen wären und sie und ihre Kolleginnen zur Schnecke machen würden, weil es ihnen nicht gelungen war, das Hochwasser völlig aus dem Hotel herauszuhalten.

»Einen Nebenraum hat's erwischt, Frau Kommissarin. Bloß einen Nebenraum! Und den Schaden zahlt auch noch die Versicherung. Anstatt uns zu loben, dass wir das restliche Erdgeschoss gerettet haben, macht die uns an. Ich sage Ihnen ...«

»Es tut mir leid, aber ich muss abbrechen. Es ... Auf Wiedersehen.« Jasmin beendete aufatmend das Gespräch und begann, einen Bericht über die Unwetterschäden in Talfing zu schreiben. Dabei erklärte sie auch, dass durch dieses Unwetter die Suche nach der vermissten Kathinka van der Loor gelitten hätte.

Eine Stunde später tauchte Wallner auf. Er wirkte sichtlich besorgt und seine erste Frage galt ebenfalls der Niederländerin.

»Hat der Hund gestern was gefunden?«

Jasmin schüttelte den Kopf. »Leider nichts. Frau van der Loor muss aber bei der Klamm gewesen sein. Allerdings endete die Spur mehrere Meter vor deren Rand.«

»Dann kann sie nicht hineingefallen sein.« Trotz dieser Worte wagte Wallner nicht aufzuatmen. »Aber dann müsst sie doch irgendwo aufgetaucht sein. Vielleicht ist sie heimgefahren.«

»Ihr Auto steht noch da. Es gibt keine Busverbindung und den Bahnhof von Talfing habe ich auch noch nicht gesehen.« Bereits während sie es sagte, tat Jasmin ihr Ausbruch leid. »Verzeihen Sie, ich habe es nicht so gemeint. Ich wünsche mir genau wie Sie, dass Frau van der Loor wohlbehalten aufgefunden wird. Heute Nachmittag schickt uns das Präsidium in Rosenheim einen Suchtrupp.«

»Schon gut«, sagte Wallner. »Das geht jedem an die Nieren. Es tut mir leid, dass ich so spät gekommen bin. Ich hab meinen Wecker auf sechs eingestellt gehabt, war dann aber so müde, dass ich weitergeschlafen habe.«

Jasmin winkte begütigend ab. »Wir haben alle eine harte Nacht und einen noch härteren Tag hinter uns, Kollege Wallner. Ich bin auch über eine Stunde später gekommen und Kager fehlt noch immer.«

»Da kommt er.« Wallner wies nach draußen, wo ihr Kollege eben heranschnaufte.

»Tut mir leid, ich hab verschlafen«, rief Kager, als er zur Tür hereinkam.

»Nicht nur Sie. Übernehmen Sie wieder den Telefondienst?«, sagte Jasmin.

»Geht das Glump wieder?« Kager steckte seine nicht gerade kleine Proviantdose in den Kühlschrank und setzte sich in sein Büro, um den neuen Computer zu installieren. Seinem Fluchen nach fiel es ihm nicht leicht, die Anlage zu starten. Schließlich aber rief er: »Ich wär dann so weit!«

»Gut. Ich sehe mich jetzt im Dorf um und schaue, wie weit die Schäden bereits behoben sind«, erklärte Jasmin und wollte die Polizeiwache verlassen.

»Entschuldigen Sie bitte«, sagte Wallner.

Jasmin blieb stehen und drehte sich um. »Was gibt es?«

»Wenn der Suchtrupp kommt, dann würde ich gern mitgehen.«

Nach kurzem Überlegen stimmte Jasmin zu. »Machen wir es so. Immerhin waren Sie der Letzte, der Frau van der Loor gesehen hat.«

Das *lebendig* vor dem *gesehen* verkniff sie sich, um ihren Kollegen nicht noch mehr zu deprimieren. Komisch, dachte sie. Vor zwei Tagen hätte sie Wallner an die Wand klatschen, abkratzen und erneut dagegenwerfen können. Doch jetzt empfand sie Mitleid mit ihm. Das Verschwinden von Kathinka van der Loor ging ihm sichtlich nahe. Vielleicht hatte er sie wirklich geliebt und gehofft, es könnte etwas mit ihnen werden.

* * *

Jasmins Gang durch den Ort verriet ihr, dass die Talfinger kräftig dabei waren, sich selbst und auch gegenseitig zu helfen. Überall wurden defekte Dachpfannen ersetzt, umgestürzte Bäume zersägt und fortgeschafft und der Schlamm in Kellern und auf den Straßen beseitigt. Innauer und Hornecker wetteiferten dabei förmlich miteinander, anderen Leuten Ratschläge zu erteilen und Hilfe anzubieten. Der Bauer war eindeutig im Vorteil, denn er konnte seinen Sohn samt Traktor zur Verfügung stellen, während der Versicherungsvertreter nur die Schäden etwas höher einschätzen konnte, als er es unter anderen Umständen getan hätte.

Im Hotel beteiligten sich sogar die Urlaubsgäste an der Arbeit. Etliche Stuben waren ausgeräumt, obwohl sie eigentlich keinen Schaden davongetragen hatten, und die Leute weißelten und tapezierten fast im Akkord. Immer wieder klang die Stimme Monique Buschs auf, die sichtlich zufrieden die Gelegenheit wahrnahm, bereits jetzt einiges nach ihrem eigenen Gusto zu verändern.

Da gerade Mittagszeit war, fragte Jasmin, ob es trotzdem etwas zu essen geben würde. Sie dachte an einen Wurstsalat, einen Presssack oder etwas Ähnliches, das nicht viel Mühe machte, es ihr vorzusetzen. Die junge Frau, die sie anstelle von Anni in der Gaststube vorfand, schüttelte jedoch den Kopf.

»Wir haben geschlossen und werden erst in einem Monat wiedereröffnen.«

»In einem Monat?«, fragte Jasmin verwundert.

»Es muss einiges umgebaut werden. Die Holzvertäfelung gehört weg und auch die Küche ist eine Katastrophe«, erklärte ihr die Frau von oben herab. »Jean weigert sich, dort einen Handschlag zu tun, bevor sie nicht seinen Vorstellungen entspricht.«

»Wer ist Jean?«

»Unser neuer Koch. Er hat schon zweimal einen Michelin-Stern bekommen.« Es klang so stolz, als wäre die Frau selbst ausgezeichnet worden.

Jasmin seufzte. Ihr hatte die alte Gastwirtschaft gefallen. Doch wie es aussah, waren Klaus und Monique Busch tatsächlich darauf aus, hier einen Gourmettempel zu errichten. Für sie hieß das, dass sie den ›Hirschen‹ als Verpflegungsstelle in Zukunft würde meiden müssen.

»Wir werden übrigens umfirmieren«, fuhr die Frau fort.

»So, und wie?«

»Wir eröffnen als ›Le cerf‹!«

»Auch gut.« Jasmin sagte sich, dass dies nicht gerade der Name war, den die Talfinger als Wirtsschild an ihrem Gasthaus sehen wollten.

»Ich bin übrigens die neue maîtresse de garçon.«

Von mir aus die Kaiserin von China, dachte Jasmin und verabschiedete sich.

Da sie trotz des kräftigen Frühstücks Hunger hatte, schlug sie den Weg zu Frau Schmolceks Krämerladen ein. Sie fand die Krämerin dabei, wie sie gerade Kartons in den Keller trug.

»Die haben meine Nachbarin und ich in der Nacht hochgebracht, weil wir nicht wussten, ob uns das Hochwasser verschonen würde«, erklärte sie. »Zum Glück ist bloß ein bisschen Wasser in den vorderen Keller gelaufen. Der ist aber schon wieder sauber und trocknet jetzt aus. Die anderen Keller kann ich wieder benutzen.« Sie stellte den Karton, den sie gerade in der Hand hielt, wieder ab. »Das Geschäft geht vor. Was hätten Sie gerne?«

»Zwei Käsesemmeln, eine Flasche Limo und eine Tüte Pfefferminzbonbons«, antwortete Jasmin.

»Soll das Ihr Mittagessen sein?«, fragte die Krämerin.

»Im ›Le cerf‹ gibt es ja erst in einem Monat wieder etwas. Ob ich dann aber zum Mittagessen dort hingehe, wage ich zu bezweifeln. Der neue Koch hat mir ein wenig zu viele Sterne für ein normales Wirtshaus.« Jasmin schüttelte kurz den Kopf und legte noch einen Schokoriegel auf den Ladentisch. »Ich brauche auch ein wenig Nervennahrung.«

»Das glaube ich gern. Wie Sie sich nach dem Gewitter eingesetzt haben, damit die schlimmsten Schäden beseitigt werden konnten, das muss Ihnen erst mal jemand nachmachen.«

Helga Schmolcek wählte ihren besten Käse für den Belag der Semmeln und packte diese dann ein. Eine Flasche Limonade, die Pfefferminzbonbons und der Schokoriegel folgten.

»Ich würde Ihnen die Brotzeit umsonst überlassen, aber dann heißt es gleich, ich wollt Sie bestechen«, meinte sie lächelnd und verlangte einen Preis, der trotzdem niedriger war als der, den sie hätte fordern können.

Jasmin packte die Sachen in einen Leinenbeutel, den ihr die Krämerin reichte, und fragte anschließend, ob diese von weiteren Schäden gehört hätte.

»Das habe ich nicht«, antwortete Frau Schmolcek. »Die Leute hier sind es gewohnt, für sich zu sorgen. Bevor der Tunnel gebohrt wurde, waren sie nach Unwettern oft tagelang von der Außenwelt abgeschnitten. Das haben sie noch nicht vergessen.«

»Und was sagen Sie zum neuen Wirtspaar?«, fragte Jasmin weiter.

»Ich glaube nicht, dass denen der Ausdruck Wirtspaar gefallen würde. Die halten sich für Gastronomen.«

»Sprich für etwas Besseres«, schloss Jasmin aus den Worten der Krämerin.

»Das habe ich nicht gesagt, aber denken darf man, was man will.« Helga Schmolcek grinste dabei wie ein Lausbub. Für sie passten Monique und Klaus Busch nach Talfing wie die Faust aufs Auge, und sie war gespannt, wie sich der Gourmettempel, in den sie den ›Hirschen‹ verwandeln wollten, hier machen würde.

»Denken darf man es sich wirklich«, sagte Jasmin, verabschiedete sich und kehrte zur Polizeiwache zurück.

* * *

Jasmin war gerade mit dem Essen fertig, als gleich vier Mannschaftswagen der Polizei vorfuhren. Zweiundzwanzig Polizisten stiegen aus, nahmen mehrere Hunde an die Leine und sahen sich prüfend um.

»Wo müssen wir überall suchen?«, fragte ihr Anführer, als Jasmin aus der Tür kam.

»Erst einmal grüß Gott! Das Suchgebiet wird Ihnen mein Kollege Wallner zeigen«, antwortete Jasmin. Sie ärgerte sich über die schroffe Art des Mannes. Wie es aussah, folgten ihr die Gehässigkeiten, die Ruckinger und Hauser in Rosenheim verbreiteten, bis hierher.

Inzwischen kam auch Wallner aus dem Haus. Er war vorschriftsmäßig gekleidet und hatte eine Miene aufgesetzt, in der sich Trauer und Entsetzen paarten.

»Ich bin so weit, Frau Lüders. Wenn es Ihnen recht ist, zeige ich den Kollegen, wo Kathinka … van der Loor zuletzt gesehen wurde.«

»Danke. Ich wünsche Ihnen lieber keinen Erfolg. Es besteht ja immer noch die Hoffnung, dass Frau van der Loor entweder auf eine uns unbekannte Weise den Heimweg angetreten hat oder über den Grenzweg nach Österreich gegangen ist und dort ein paar Tage verbringen will.« Jasmin hielt die Chancen in beiden Fällen für gering, denn ein Telefongespräch mit einem Kollegen im nächstgelegenen Tiroler Polizeirevier hatte kein Ergebnis gebracht, ebenso wenig eine Anfrage in Kathinka van der Loors Wohnort in den Niederlanden.

Wallner klammerte sich jedoch an diese Hoffnung, als er den Einsatzbeamten zuwinkte, ihm zu folgen. Deren Mienen zufolge schienen sie zu erwarten, auf eine Tote zu stoßen. Ihre Hunde waren auch nicht darauf abgerichtet, Spuren zu folgen, sondern Leichen oder Leichenteile zu finden.

Für einige Minuten kehrte Jasmin in die Polizeiwache zurück und setzte sich an ihren Schreibtisch. Die Flut an E-Mails wegen der Schäden im Umland war mittlerweile abgeflaut. Sie öffnete die wenigen E-Mails, die in den letzten Minuten eingetroffen waren, doch keine einzige davon war interessant genug, um sie im Gedächtnis zu behalten.

Mit einem Mal fiel ihr auf, dass Weißberger nicht gekommen war oder ein anderer hochrangiger Kriminalbeamter, und sie wunderte sich darüber. Nachdem hier bereits zwei Morde geschehen waren, hätte sie dies erwartet. Doch wie es aussah, glaubte der Kommissar, den Mörder des Pfarrvikars und des Bürgermeisters dingfest gemacht zu haben, und sah Kathinka van der Loors Verschwinden als Folge eines Unfalls an.

Aber war es das wirklich? Die Frage beunruhigte Jasmin mit einem Mal, denn die Niederländerin war immerhin in beide Mordfälle verwickelt gewesen. Sie hatte den toten Pfarrvikar gefunden und wahrscheinlich auch den Mörder des Bürgermeisters kurz durch das Fenster ihres Hotelzimmers gesehen. Allerdings hatte sie diesen so beschrieben, dass der

Verdacht auf Matthias Schranzl gefallen war, und der saß derzeit hinter Gittern. Das war ein Rätsel, das sie so einfach nicht lösen konnte. Angespannt schaltete sie ihren Laptop aus und suchte Kager in dessen Büro auf.

»Ich melde mich für ein paar Stunden ab und gehe nach Tirol. Schließlich muss ich die Kollegen im dortigen Polizeirevier kennenlernen.«

»Ich glaub, das tut Ihnen ganz gut, Frau Lüderhannes.« Diesmal verhunzte Kager ihren Namen absichtlich, um sie ein wenig aufzumuntern, doch Jasmin achtete nicht darauf.

»Auf Wiedersehen«, sagte sie und marschierte los.

Der Wanderweg zur Grenze verlief vom äußersten Ortsrand nur etwa gut fünfhundert Meter weit auf bayerischem Gebiet, denn der Hauptteil lag bereits in Österreich. Es war ein steiles Gelände, das einem Wanderer viel Kondition abforderte, aber nicht direkt gefährlich. Vor allem gab es hier keine Schlucht, in die jemand hineinstürzen konnte.

Nachdem Jasmin schon über eine Stunde unterwegs war und dabei wirklich nicht getrödelt hatte, schloss sie die Möglichkeit aus, dass Kathinka van der Loor diesen Weg eingeschlagen hatte. Sie war laut Wallner an jenem Tag bereits viel gelaufen und hätte diese weitere Anstrengung gewiss nicht zusätzlich auf sich genommen.

Jasmin ging trotzdem weiter und erreichte eine halbe Stunde später das erste Dorf in Tirol. Es war etwas größer als Talfing, weit mehr dem Tourismus verhaftet, und wirkte mit seinen großen Hotels im alpenländischen Stil und mindestens einem Dutzend Pensionen und Hotels Garni wie aus einem Kalenderblatt herausgeschnitten. Auch das Polizeirevier befand sich in einem zu der Fremdenverkehrskulisse passenden Gebäude. Gegen dieses Haus war die Polizeiwache Talfing eine schmucklose Baracke.

Als Jasmin eintrat, fand sie wegen ihrer Uniform, die nach österreichischen Vorbildern angefertigt worden war, zuerst keine

Beachtung. Erst als ein Beamter das weiß-blaue Rautenwappen anstelle des Adlers und des gewohnten Rotweißrot an Jasmins Oberarm entdeckte, wurde er aufmerksam.

»Ja da schau her, eine Kollegin aus Bayern. Hab gar ned gwusst, dass drüben schon blaue Uniformen ausgeben worden sind.«

»Grüß Gott. Ich bin Jasmin Lüders, die Leiterin der Polizeiwache Talfing«, stellte Jasmin sich vor.

»Grüß Gott bei uns. Freut mich, Sie zu sehen, Frau Kollegin. Gibt's was Besonderes oder sind Sie bloß auf Antrittsbesuch?«

»Das auch. Aber eigentlich wollte ich Sie um Amtshilfe bitten. Bei uns wird ein niederländischer Feriengast vermisst. Wenn Sie so gut wären, in den Hotels und Pensionen nachzufragen, ob die Frau sich dort ein Zimmer genommen hat«, erklärte Jasmin.

Ihr Gegenüber hob bedauernd die Hände. »Das ham wir nach Ihrem Anruf schon gmacht, aber da ist leider nix rauskumma.«

»Schade.« Allen Bedenken zum Trotz hatte etwas in Jasmin gehofft, es hätte so sein können.

Ihr österreichischer Kollege wies unterdessen auf eine Tür. »Kummens eina und trinken einen Kaffee mit uns. So wie's ausschaut, werden wir uns noch öfters sehn.«

»Dank schön. Gegen einen Kaffee habe ich nichts«, sagte Jasmin, die nach dem langen Marsch durstig geworden war.

* * *

Jasmin blieb eine gute Stunde bei ihren Kollegen in Tirol, bevor sie sich wieder auf den Heimweg machte. Nach dem Gespräch mit den österreichischen Polizisten war sie nun entspannt genug, um das herrliche Alpenpanorama zu genießen, und blieb daher mehrfach stehen, um zu schauen. Die Bergwelt ist schön, dachte sie. Irgendwie schienen die grauen Riesen die Stürme der Welt von hier fernzuhalten.

Noch während sie dies dachte, begann sie zu lachen. Immerhin hatte nur zwei Abende zuvor ein fürchterliches Gewitter einigen Schaden angerichtet. Trotzdem empfand sie hier ein Gefühl der Freiheit, das in den großen Städten, die durch die vielen Menschen wie Ameisenstaaten wirkten, niemals aufkommen konnte.

Sie hatte die Grenze noch nicht ganz erreicht, als der Klingelton ihres Handys die beschauliche Idylle störte.

»Hier Lüders, Polizeiwache Talfing«, meldete sie sich.

»Ich bin's, der Kager! Kommen Sie, so schnell Sie können, Frau Lüders. Die Frau vom neuen Wirt hat angerufen, weil der Gasthof gestürmt werden soll.«

Wenn Kager ihren Namen richtig aussprach, hieß dies, dass die Situation wirklich ernst war, fuhr es Jasmin durch den Kopf. »Ich bin gleich in Talfing!«, sagte sie, steckte das Handy weg und begann zu laufen. So schnell wie diesmal war Jasmin selten auf einer so weiten Strecke gerannt. Obwohl sie eine gute Kondition aufwies, keuchte sie wie ein abgetriebenes Pferd, als sie den Marktplatz vor dem ›Hirschen‹ erreichte. Der Platz selbst war voller Leute, so als hätten sich die meisten Talfinger hier versammelt. An der Spitze befand sich ein gutes Dutzend junger Männer, die von Toni Innauer angeführt wurden. Dieser war in ein Wortgefecht mit Monique und Klaus Busch verwickelt, bei dem beide Seiten Ausdrücke verwendeten, die in Rosenheim oder gar München etliche Beleidigungsklagen nach sich gezogen hätten.

»Was ist hier los?«, fragte Jasmin, nachdem sie ein paar Mal durchgeschnauft hatte.

»Die haben das Wirtshaus zugsperrt! Dabei haben wir heut unsern Stammtisch. Das Recht lassen wir uns ned nehmen.«

»Welches Recht?«, fuhr Monique Busch ihn an. »Das ist unser Lokal und wir werden es so umbauen, wie wir wollen, und wenn wir es zwei Jahre lang schließen müssten.«

»Genauso ist's! Der Gasthof und das Hotel gehören uns und wir können damit machen, was wir wollen«, stimmte ihr Mann zu.

»Ganz so ist es nicht«, wandte ein Feriengast ein. »Ich habe bei meinem Aufenthalt Vollpension gebucht. Das Mittagessen ist schon ausgefallen, und wie ich Ihre komische neue Bedienung, die sich Ihre Mätresse schimpft, verstanden habe, soll es heute Abend auch nichts geben.«

Obwohl er aufgebracht war, drehte sich Monique Busch nur Lisa zu. »Ich habe Ihnen doch erklärt, Sie sollen in der Hotelküche für die Gäste kochen.«

»Und ich hab Ihnen gsagt, dass das ned geht. Auf dem kleinen Elektroofen in der Hotelküche kannst du zum Frühstück ein Spiegelei braten oder ein Omelett machen, aber ned das Mittagessen für über zwanzg Leut.« Lisa war nicht weniger aufgebracht als ihre Chefin und setzte noch eins drauf: »Beim Oberhuber wär das ned passiert.«

»Es muss gehen«, fauchte Monique Busch sie an.

»Es geht ned!«, gab Lisa nicht weniger laut zurück.

»Dann bist du entlassen! Ihr seid alle entlassen«, schrie Monique außer sich vor Wut.

»Auch recht.« Lisa zog ihre Schürze aus und warf sie ihrer Chefin vor die Füße. Ihre Kolleginnen folgten ihrem Beispiel und zuletzt stellten sich auch Anni und der Koch Gustl auf ihre Seite.

»Wenn alle entlassen sind, dann sind's auch wir«, meinte die Kellnerin mit einem verächtlichen Blick.

»Monique, das geht ned! Wer soll denn die Betten machen für die Gäste?«, rief Klaus Busch, um seine Frau zu bremsen.

»Wir holen andere, bessere Angestellte«, erklärte diese harsch und funkelte die entlassenen Frauen und den Koch höhnisch an. »Was steht ihr hier noch herum? Verschwindet gefälligst!«

»Wir stehen auf dem Kirchplatz und der ghört gewiss ned dir«, spottete Anni. »Aber du wirst erlauben, dass ich meine Sachen hol. Werd glücklich mit deiner Mätresse de Garsson oder wie sich deine neue Bedienung schimpft!« Mit diesen Worten lief sie so schnell in den Gasthof, als fürchtete sie, Monique wollte sie festhalten.

Der Gast hingegen trat noch näher auf das Wirtspaar zu. »Was ist jetzt mit unserem Abendessen? Wir haben dafür bezahlt und wollen es haben.«

Monique fuhr wie von der Tarantel gestochen herum. »Ich kann es mir nicht aus den Rippen schneiden.«

»Das gibt eine saftige Klage und einen Eintrag in die Social Media obendrein«, drohte der Mann.

Klaus Busch wurde klar, dass die Lage für ihn kritisch zu werden begann, und zupfte seine Frau am Ärmel. »Wir müssen was tun, sonst reisen die Gäste ab. Das gäb ein schlechtes Bild ab.«

»Soll ich mich vielleicht selbst an den Herd stellen?«, sagte Monique giftig.

»Nein, aber der Jean könnt's.«

»Der ist am Nachmittag nach München gefahren, um dort die neue Kücheneinrichtung auszusuchen.«

Klaus Buschs Gesichtsausdruck verriet deutlich, dass er davon nichts wusste. Irgendwie tat er Jasmin leid. Mit einer solchen Xanthippe von Frau geschlagen zu sein, würde sie nicht einmal ihren ›guten Freunden‹ Hauser und Ruckinger bei der Rosenheimer Polizei wünschen.

»Dann muss es der Gustl machen«, schlug Klaus Busch vor.

Der Angesprochene schüttelte jedoch den Kopf. »Ich bin entlassen. Außerdem hat die Lisa recht. Auf dem kleinen Herd in der Hotelküche kannst du ein Spiegelei machen, aber keinen

Schweinsbraten für zwanzig Leut. Der Oberhuber hat's so haben wollen, weil die Hotelgäste im Gasthof essen sollten.«

»Jetzt redet ned die ganze Zeit von der Hotelküch. Ich will wissen, ob wir jetzt an unseren Stammtisch können oder ned.« Toni Innauer wurde das Gerede um die Vollpension der Gäste zu viel und brachte sich daher wieder in Erinnerung.

Monique Busch sah ihn von oben herab an. »Nein! So einen Unsinn wie einen Stammtisch wird es im ›Le cerf‹ nicht geben.«

»Vielleicht sollten wir doch …«, begann ihr Mann, verstummte aber unter ihrem eisigen Blick.

Toni Innauer begriff, dass er hier nichts mehr ausrichten konnte, und wandte sich mit hilfloser Miene an seine Freunde.

»Was machen wir jetzt? Bis nach Raubling auf eine Halbe zu fahren ist mir zu weit.«

Da löste sich Simon Mayer aus der Menge. »Vielleicht kann ich mit einem Rat dienen. Wie ihr wisst, war unsere Pension früher einmal das zweite Wirtshaus im Ort, bis der Onkel dafür gsorgt hat, dass uns die Gäst ausgblieben sind. Die Ausschankgenehmigung hab ich aber immer noch. Als ich ghört hab, dass der Klaus den ›Hirschen‹ wegen dem Umbau ein paar Wochen schließen will, hab ich mir ein paar Banzen Bier und einige Lebensmittel auf Vorrat bringen lassen. Wenn die Anni, der Gustl und die Lisa mithelfen, könnt ihr in der alten Wirtsstube euer Bier trinken und die Feriengäst vom ›Hirschen‹ ihr Essen kriegen. Das muss mir der Klaus natürlich bezahlen.«

Simon Mayer lächelte bei diesen Worten einladend, doch auf Jasmin wirkte es verkrampft und irgendwie lauernd. Der Mann hatte die Schwächen seines Vetters erkannt und sich bereits im Vorfeld darauf eingerichtet, sie auszunützen. Der Erfolg schien ihm recht zu geben. Toni Innauer und seine Freunde um ihn herum ließen ihn hochleben, die Feriengäste bedankten sich erleichtert bei ihm und die Honoratioren nickten ihm anerkennend zu.

Innerhalb kürzester Zeit leerte sich nun der Marktplatz. Die meisten Talfinger kehrten nach Hause zurück, die jungen Männer, die hungrigen Hotelgäste und einige andere hingegen folgten Simon Mayer in dessen Pension, die nun während der Zeit, in der das Gasthaus ›Zum Hirschen‹ geschlossen war, dieses ersetzen würde.

»Ein Hund ist er schon, der Simon«, kommentierte Wallner das Geschehen, nachdem er sich zu Jasmin gesellt hatte. »Wenn er's geschickt anfängt, zieht er die Leut aus dem Dorf zu sich und sein Verwandter kann mit dem Ofenrohr ins Gebirg schauen.«

Jasmin nickte kurz, doch ihre Gedanken galten etwas ganz anderem. »Wie war es bei der Suche nach Kathinka van der Loor? Irgendeine Spur?«

»Nein«, antwortete Wallner leise. »Der Suchtrupp hat die ganze Umgebung abgegrast und zwei Kollegen haben sich sogar in die Klamm abseilen lassen. Drin fließt aber noch zu viel Wasser, sodass sie die Suche abbrechen mussten. Der Einsatzführer meint, wenn sie dort hineingefallen wäre, würden wir sie nur durch einen Zufall finden.«

»Ich frage mich, wie sie hineingefallen sein könnte. Von der Stelle aus, an der ihre Spur zu Ende war, hätte es höchstens ein Olympiasieger im Weitsprung geschafft, in die Klamm zu springen, und das auch nur mit entsprechendem Anlauf. Für eine durchschnittlich fitte Frau wäre es jedoch unmöglich.« Jasmin fand, dass dies ein Rätsel war, das ebenfalls seiner Lösung harrte.

10. Wahlkampf

Ein Blick auf den Kalender verriet Jasmin, dass sie bereits seit über drei Wochen in Talfing lebte. In der Zeit war, wenn sie Mali Glauben schenken wollte, mehr passiert als in den drei Jahren davor. Die alte Magd meinte damit nicht nur die beiden Morde, das spurlose Verschwinden von Kathinka van der Loor und das schwere Unwetter, dessen Schäden inzwischen fast alle beseitigt waren. Ihr ging es auch um den Gasthof ›Zum Hirschen‹, den die Buschs zum Gourmetlokal ›Le cerf‹ umbauen ließen, und vor allem um Simon Mayer, dem es geschickt gelungen war, die Wirtshausbesucher in seinen alten ›Unterwirt‹ zu locken. Mittlerweile hing auch ein Schild mit dieser Bezeichnung über der Tür, und wenn die Dorfbewohner sich in der Wirtschaft verabredeten, meinten sie nun diese Lokalität und nicht mehr den ›Hirschen‹.

Matthias Schranzl saß noch immer in Untersuchungshaft und im Dorf war zwischen Anton Innauer senior und Albert Hornecker der Kampf um den Posten des Bürgermeisters voll entbrannt. Für Jasmin und ihre Kollegen aber gab es kaum etwas zu tun. Mittlerweile hatte auch Franz Loiseder aus dem Krankenstand zurückkehren können und sie waren wieder vollzählig. Nach anfänglichen Schwierigkeiten hatte sich Ludwig

Wallner mit den Gegebenheiten abgefunden. Er war stiller als früher und ging mindestens einmal in der Woche zur Klamm und warf ein paar Blumen hinein. Auch wenn Kathinka van der Loors Leichnam bislang nicht entdeckt worden war, war er davon überzeugt, dass sie dort den Tod gefunden hatte.

Für Jasmin blieb nun genug Zeit, sich im Tal und den angrenzenden Bergen umzusehen. Sie war bereits zwei weitere Male nach Tirol hinübergewandert, um mit ihren dortigen Kollegen zu reden. Bislang hatte sich noch kein Schleuser sehen lassen, doch die österreichischen Exekutivbeamten hätten keinen Cent darauf verwettet, dass es so bleiben würde.

Wie ihren Kollegen Wallner zog es aber auch Jasmin immer wieder zur Klamm. Ihr war noch immer ein Rätsel, wie Kathinka van der Loor, wenn sie wirklich in die Tiefe gestürzt war, die letzten Meter bewältigt hatte, ohne dass die Suchhündin Ayla eine Spur hatte entdecken können.

Auch an diesem Tag war sie wieder zur Klamm gewandert und blickte an einer Stelle, an der es möglich war, in die Tiefe. Das Wasser stand längst nicht mehr so hoch wie nach dem Unwetter und sie überlegte, ob eine neue Suchaktion mehr Erfolg haben mochte als die erste. Dafür aber hätte sie ihre Vorgesetzten in Rosenheim von der Notwendigkeit überzeugen müssen. Doch dort hatte man den Akt ›van der Loor‹ bereits abgelegt und überließ es der Zeit und dem Zufall, deren Verschwinden aufzuklären.

Von Kommissar Weißberger hatte sie seit der Verhaftung von Schranzl auch nichts mehr gehört. Ihre E-Mail, in der sie angeregt hatte nachzuforschen, ob mit Matthias Schranzl vielleicht der Falsche in Untersuchungshaft saß und der eigentliche Mörder noch frei herumlief, hatte er nicht einmal beantwortet.

»Sturer Sack«, schimpfte sie leise vor sich hin, während sie der Klamm den Rücken kehrte und Richtung Dorf ging.

An der bewussten Weggabelung aber bog sie zur Moosgruberhütte ab. Bei dieser hatte sich mittlerweile einiges getan. Die verkohlten Balken waren weggeschafft worden und alle anderen Zeugnisse des Brandes ebenso. Nun waren Handwerker dabei, auch die Grundmauern zu beseitigen. Wie Jasmin durch das Dorfradio Helga Schmolcek erfahren hatte, wollte die Gemeinde das Gelände um die Hütte an Simon Mayer verpachten und ihm erlauben, dort ein kleines Ausflugslokal zu errichten.

Bei dem Gedanken an Mayer erinnerte Jasmin sich daran, wie schnell es diesem gelungen war, von einem von seinem Onkel zum Paria erklärten Außenseiter eine Position im Dorf zu erreichen, die ihn auf gleiche Stufe mit Honoratioren wie Innauer, Grandl, Lantenhammer oder Hornecker stellte. Noch ein paar Jahre, dachte sie, und er würde der beherrschende Mann in Talfing sein.

Sie ließ die Moosgruberhütte hinter sich, kehrte aber nicht auf den Wanderweg zurück, sondern ging über die Alm und ein Stück durch den Bergwald. Im Schatten der Bäume war es angenehm kühl und sie roch den Duft der Tannennadeln und des Harzes. Moos bedeckte den Boden und federte ihre Schritte ab und nicht weit von ihr entfernt brach ein fliehendes Reh durch das Gehölz. Es war so friedlich wie im Paradies, dachte sie, aber nur einen kurzen Moment, denn dann erklang über ihr das nervige Geräusch einer Motorsäge.

»Es gibt überall eine Schlange im Paradies«, spottete sie und ging weiter, bis sie den Waldrand erreichte. Die Moosgruberalm lag schon ein ganzes Stück hinter ihr und sie sah die Lantenhammeralm vor sich, auf der sie an einem ihrer ersten Tage mit dem alten Senn gesprochen hatte. Unwillkürlich lenkte sie ihre Schritte dorthin.

Mehrere Jungrinder liefen auf sie zu. Eines zupfte heftig an ihrer Uniform und ein anderes versuchte, an ihrer Hand zu lecken. Erst auf einen scharfen Ruf des Senns hin ließen sie von ihr ab.

Jasmin ging auf den Mann zu und lachte. »Ihre Tiere gehorchen Ihnen wie Hunde.«

»Ein wengerl muss man sie schon dressieren. Sie laufen ja frei rum und ich will ned, dass Wanderer, die vorbeikommen, durch sie zu Schaden kommen. Die Viecher können manchmal ganz schön rabiat sein.«

Auch der Senn lachte und wies einladend auf die Bank vor der Hütte. »Setz dich her! Heut hab ich sogar eine Limonad, wennst eine magst.«

»Ich hätte nichts dagegen, aber bloß, wenn ich sie zahle. Sonst heißt es gleich, ich hätte mich bestechen lassen.« Das lustige Funkeln in Jasmins Augen zeigte an, dass sie ihre Worte nicht ganz ernst meinte.

Der Senn lachte, verschwand dann in seiner Hütte und kehrte kurz darauf mit zwei Flaschen zurück. »Zur Feier des Tages werde ich mir ein Bier gönnen. Wir müssen aber beide aus der Flasche trinken. Mein Bruder muss mir erst neue Gläser aufbringen lassen. Die, die ich ghabt hab, hab ich bei dem Unwettertag draußen am Brunnen stehen lassen. Der Hagel hat sie ganz derhagelt, bevor ich sie hereinholen hab können!«

»Die Limo schmeckt aus der Flasche nicht schlechter als aus dem Glas«, erklärte Jasmin und fand ihre Worte gleich darauf bestätigt.

»Und? Hast du dich schon einglebt bei uns?«, fragte der Senn.

Jasmin blickte auf das Dorf hinab, das von hier oben wie die Filmkulisse für einen Heimatfilm aussah, und zuckte mit den Achseln. »Ich glaube, wenn man zur Polizei gehört, gibt es immer eine gewisse Grenze zu den übrigen Leuten. Man gehört einesteils dazu, zum anderen aber steht man für sich allein.«

»Das ist die richtige Einstellung«, fand der alte Mann. »Der hätt auch der Fraiß folgen sollen. Aber der hat sich mit den Leuten gemeingmacht und ned den Abstand ghalten, der nötig gwesen wär. Was hat's ihm gbracht? Jetzt sitzt er irgendwo in Niederbayern bei seiner Schwester und in Talfing fragt keine Sau mehr nach ihm.«

Jasmin begriff, dass der Senn kein besonderer Freund ihres Vorgängers gewesen war. Auch ihr war bereits aufgefallen, dass im Dorf kaum noch einer von ihm sprach. Wie sie jetzt erfuhr, hatte Fraiß sich zum Büttel des Bürgermeisters machen lassen.

»Ich will ned sagen, dass er das Gesetz gbeugt hat. Aber er hat halt alles gmacht, was der Oberhuber haben wollt. Eigentlich war er kein Landes-, sondern ein Dorfpolizist.«

Der Alte schüttelte kurz den Kopf und winkte dann ab. »Wahrscheinlich hat er zu wenig Arbeit gehabt. Vier Polizisten im Ort und ein Verbrechen im Jahr, wenn eine Frau den Gockel der Nachbarin kragelt, weil er ihr zu laut kräht hat, das ist keine gesunde Mischung.«

»Bei uns ist seit dem Unwetter auch nicht mehr viel los«, bekannte Jasmin. »Die Morde sind aufgeklärt, der Mörder sitzt hinter Gittern und es traut sich derzeit auch keiner, den Gockel vom Nachbarn umzubringen.«

Der alte Senn wirkte auf einmal ernst. »Weil du grad von den Morden redest: Ich weiß ned, aber irgendwie kann ich mir ned vorstellen, dass der Schranzl Hias jemand umbringen hat können.«

»Laut Kriminalhauptkommissar Weißberger ist er der Täter. Er hat bei beiden Morden kein Alibi«, sagte Jasmin.

»Wenn's danach geht, hab auch ich kein Alibi, denn ich leb allein heroben und hätt jederzeit ins Dorf obigehn und jemand umbringen können«, wandte der Senn ein.

»Hatten Sie ein Motiv, diese Männer zu ermorden?«, fragte Jasmin.

Der Senn schüttelte den Kopf. »Gott bewahre! Ich bin mit dem Kooperator gut auskommen und war a mit dem Oberhuber ned zerstritten.«

»Aber Matthias Schranzl hatte ein Tatmotiv. Er hat bei Quintanos Einsetzung als Pfarrvikar gegen diesen gehetzt und sich eine lautstarke Auseinandersetzung mit dem Wirt geliefert.«

»Das mag sein«, erwiderte der Alte. »Aber in meinen Augen ist's ein weiter Weg von ein paar Worten, die einer sagt, bis hin zu einer Mordtat. Aber freilich: Der Hias hat gern gspottet und andere Leut hochgschossen. So was wiegt in den Augen der Herren Kommissare schwer. Ich hab ihm alleweil gsagt, er soll sich zurückhalten. Irgendwann trifft er auf einen, der seine Art von Spaß ned versteht, und dann kann's scheppern. Ich hätt mir bloß ned denken lassen, dass so was passiert.«

Der Senn klang betrübt und Jasmin wurde klar, dass er Matthias Schranzl die Morde wirklich nicht zutraute. Aber Kommissar Weißberger war dieser Meinung und würde sich höchstens durch das Geständnis eines anderen von seiner Überzeugung abbringen lassen.

»Und wer soll Ihrer Ansicht nach die beiden Männer umgebracht haben?«, fragte sie den Senn.

Er zog seine Pfeife aus der Hosentasche, stopfte sie und brannte sie an, bevor er antwortete: »Wenn ich's wüsst, tät ich's Ihnen sagen. Aber ich weiß es ned. Ich schau alleweil wieder ins Tal hinab und frag mich, wer's sein könnt. Eigentlich trau ich's keinem zu.«

»Kommissar Weißberger hält es für ein Märchen, dass es ein Auswärtiger sein soll. Woher hätte derjenige wissen sollen, dass der Grandl sein Beil auf dem Hackstock liegen lässt und Oberhuber in der Nacht, bevor er ins Bett geht, noch eine Zigarre auf der Terrasse raucht?«

»Ja, das frag ich mich auch«, antwortete der Senn seufzend. »Einer aus dem Dorf muss es gewesen sein, aber wer?«

»Ich hoffe, die Spezialisten des Labors finden etwas heraus, das den Mörder entlarvt. Bevor das nicht geschieht, wird Matthias Schranzl als derjenige gelten, der diese Verbrechen begangen hat, und wahrscheinlich auch verurteilt werden.«

Ein wenig ärgerte Jasmin sich, weil sie auf die Alm gekommen war, denn der alte Mann hatte ihr das Gefühl verstärkt, dass Schranzl zu Unrecht verhaftet worden war und ein anderer der Mörder sein musste.

»Selbst wenn es so ist, habe ich keine Chance, was zu tun. Ich bin bei der Schutzpolizei und die Suche nach Mördern und Ähnlichem ist die Aufgabe meiner Kollegen von der Kriminalpolizei. Genauso, wie sich ein Schuster nicht von einem Schreiner sagen lässt, wie er seine Schuhe machen soll, wollen die nicht von mir hören, wie sie ihre Verbrecher fangen sollen.«

Jasmin hoffte, damit die Diskussion zu beenden. Einen Augenblick schien es auch so, doch dann sah der Senn sie prüfend an.

»Sie sind keine von denen, die einen Unschuldigen im Gefängnis lassen, wenn Sie den Verdacht haben, es könnt ein anderer gewesen sein«, sagte er nach einer Weile. »Sie halten die Augen gwiss auf und machen sie ned zu, wie's andere täten.«

»Selbst wenn ich was herausbringe und es Kommissar Weißberger mitteile, würde er nicht auf mich hören«, sagte Jasmin und spürte, dass dieser Gedanke sie am meisten ärgerte.

* * *

Auch wenn Jasmin sich sagte, dass es nichts brachte, ließ das Gespräch mit dem alten Senn von der Innaueralm sie nicht mehr los. Wenn sie durch das Dorf ging und auf einen Mann traf, musterte sie ihn und fragte sich, ob er der Mörder sein könnte. Um nicht immer nur an diese Sache denken zu müssen, organisierte sie einen Überwachungsdienst für den Grenzweg. Eigentlich hätten sie nur das Stück bis zur Grenze im Auge behalten müssen, da sie drüben in Österreich keine hoheitsrechtlichen Maßnahmen durchführen durften. Sie bestand jedoch darauf, dass sie oder einer ihrer Kollegen mindestens zweimal in der Woche die Tiroler Polizeiinspektion aufsuchten, um sich mit den dortigen Polizisten abzusprechen. Meistens gingen sie zu zweit in wechselnder Besetzung.

An diesem Tag waren sie und Kager an der Reihe. Der Kollege stöhnte zwar über den langen Weg, für den sie anderthalb Stunden hin und die gleiche Zeit zurück brauchten, aber er war mittlerweile besser in Form als bei ihrem Amtsantritt in Talfing.

Die österreichischen Beamten hatten sich an ihre Besuche gewöhnt und tischten Kaffee, Kuchen und manchmal auch eine Brotzeit auf. Kager und die anderen nutzten dabei die Gelegenheit, in dem kleinen Supermarkt im Ort jene Dinge zu besorgen, die es in Talfing bei Frau Schmolcek nicht gab. Ab und zu kaufte Jasmin ebenfalls ein, aber im Grunde ging es ihr darum, Kontakt mit den Kollegen im Nachbarland zu halten, um rasch informiert zu werden, wenn sich etwas Auffälliges tat.

Zuerst ging die Unterhaltung um allgemeine Dinge. Kurz bevor Jasmin und Kager wieder aufbrechen wollten, verzog ihr österreichischer Kollege das Gesicht.

»I waß ned, ob's relevant is. Aber gestern ham mehrere Menschen orientalischen Typs im ›Erzherzog Johann‹ eincheckt. Is a guats Hotel mit den entsprechenden Preisen. Die wolln a Woch bleim. Kanntn normale Touristen sa. Aber wir solltn doch a bisserl aufpassn.«

»Vielleicht sind's die Schleuser«, meinte Kager.

Der Österreicher schüttelte den Kopf. »Na! 's sand zwoa Frauen und zwoa Kinder. A Mo is späta dazuakemma. Wia Schleiser schaun's ned aus. Eher de gehobene Kategorie.«

»Danke für die Information. Wir werden auf alle Fälle die Augen offen halten«, erklärte Jasmin und trank ihren Kaffee aus. »Wir müssen wieder zurück, sonst verpassen wir den Feierabend.«

»Des wär schad.« Er lachte kurz und reichte ihr dann die Hand. »Hod mi gfreit!«

»Uns auch«, sagte Jasmin auch in Kagers Namen.

Der verputzte gerade den Rest seines Kuchenstücks und rückte anschließend seine Uniform zurecht. »Jetzt hab ich schon wieder ein paar Kilo abgenommen. Wenn das so weitergeht, brauch ich bald eine neue Uniform.«

»Dann wären Sie der zweite blaue Polizist auf unserer Wache, denn ich glaube nicht, dass man Sie noch einmal grünbeige ausstatten wird«, meinte Jasmin lächelnd.

»Da täten sich der Wallner und der Loiseder aber ärgern.« Kager grinste und reichte dann dem Österreicher die Hand. »Dank schön fürs Besorgen. Ich hätt sonst noch einkaufen müssen.«

»Hod leicht sa kenna! Is ja so was wie Amtshilfe!«

Auch der Tiroler grinste. Kager hatte diesmal eine größere Bestellung per Telefon durchgegeben und würde auf dem Heimweg ganz schön schleppen müssen. Vorerst aber war er noch bester Laune. Er verabschiedete sich ebenso wie Jasmin und folgte ihr nach draußen.

Auf dem Hauptplatz des Ortes blieb Jasmin stehen und blickte zum ›Erzherzog Johann‹ hinüber. Auf der Terrasse saßen etliche Gäste und genossen den schönen Nachmittag unter großen Sonnenschirmen. Leute orientalischen Typs, wie ihr österreichischer Kontaktmann sie bezeichnet hatte, waren nicht darunter.

»Was halten Sie von der Sache, Herr Kager?«, fragte Jasmin, als sie weiterging.

»Sie meinen wegen dieser Ausländer? Es gibt genug Araber, die in Österreich, aber auch bei uns in Bayern Urlaub machen.

Können ja nicht die Ärmsten sein, da sie sich im ›Erzherzog‹ einquartiert haben.« Kager spürte mittlerweile das Gewicht der beiden Einkaufstaschen, die er schleppen musste, und interessierte sich daher nicht für irgendwelche Touristen. Stattdessen sah er Jasmin treuherzig an. »Könnten Sie mir nicht ein wengerl helfen?«

»Nur, wenn ich eine der Pralinenpackungen bekomme«, antwortete Jasmin.

»Das ist Erpressung. Das meld ich der Polizei«, rief Kager scheinbar entsetzt.

»Also gut. Einigen wir uns auf drei Pralinen.« Damit nahm Jasmin ihm eine der beiden Taschen ab und schritt munter drauflos.

So gut war Kager noch nicht in Form, als dass er ihr so ohne Weiteres hätte folgen können. »Halt, nicht so schnell! Wir haben einen langen Heimweg«, rief er ihr nach.

»Sie haben halt immer noch ein paar Kilo zu viel auf den Rippen«, meinte Jasmin lachend.

»Ich bin auch gut zwanzig Jahre älter als Sie«, rundete Kager großzügig auf.

Jasmin verringerte jetzt ihr Tempo und unterhielt sich mit ihm über ihre österreichischen Kollegen.

»Die müssen nicht hochdeutsch reden wie mir«, sagte Kager bedauernd.

»Wenn der Wallner, der Loiseder und Sie zusammen sind, bajuwarisiert ihr ganz schön.« Jasmin wusste, dass die drei es taten, weil sie glaubten, sie würde ihren Dialekt nicht verstehen. Dabei konnte sie, wenn sie wollte, noch weitaus stärker im Dialekt reden als die Männer.

»Na ja, man redet halt so, wie man's daheim gelernt hat«, sagte Kager und wechselte rasch das Thema.

Jasmin und Kager hatten etwa zwei Drittel des Weges zurückgelegt, als Jasmin ein Stück vor sich einen Wanderer entdeckte, der ihnen entgegenkam. Sekunden später war dieser verschwunden. Sie hielt an und rieb sich kurz über die Augen. Der Weg blieb jedoch leer.

»Haben Sie das gesehen?«, fragte sie Kager.

»Was?«

»Einen Mann, gut hundert Meter vor uns. Aber jetzt ist er weg!«

Kager schüttelte den Kopf. »Also, ich hab nichts gesehen.«

»Er war dort.« Angespannt ging Jasmin weiter und erreichte bald die Stelle, an der sie den Fremden gesehen hatte. Dieser Teil des Weges war ziemlich unübersichtlich, denn es lagen dort etliche Felsblöcke, die groß genug waren, dass selbst ein Elefant sich dahinter hätte verstecken können. Jasmin sah sich suchend um, erkannte aber, dass sie mindestens eine Stunde brauchen würde, um alle Felsen, Spalten und Höhlen zu durchforsten, und gab achselzuckend auf. Immerhin befanden sie sich in Österreich und hatten noch mehrere Kilometer bis Talfing vor sich.

»Kommen Sie, Kager! Wir gehen weiter«, sagte sie.

Ihr Kollege hatte die kurze Pause genützt, um seine Tasche abzusetzen und sich ein wenig auszuruhen. Nun nahm er seine Last wieder auf und trottete hinter Jasmin her.

»Also, ich hab nichts gesehen«, wiederholte er.

Jasmin hingegen hätte ihr halbes Jahresgehalt verwettet, das dort jemand gewesen war. Vielleicht ein Schleuser, der die Strecke erkunden wollte?, fragte sie sich. Ein normaler Wanderer hätte sich doch zeigen können. Allerdings konnte es auch jemand sein, der in Österreich etwas ausgefressen hatte und sie wegen ihrer dunkelblauen Uniform für eine österreichische Polizistin hielt. Sie überlegte einige Augenblicke, ob sie ihre Kollegen drüben anrufen und den Mann melden sollte. Da es jedoch keine Straftat darstellte, ihr und Kager aus dem Weg zu gehen, ließ sie es sein. Die Situation ging ihr allerdings auch dann noch nicht aus dem Kopf, als sie bereits wieder in Talfing angekommen war.

* * *

In Talfing lag eine Beleidigungsklage von Monique Busch gegen die Kellnerin Anni vor, die sie ein Rindvieh genannt hatte. Jasmin blickte kurz darauf und wies Wallner an, das Blatt abzuheften. »Schreiben Sie dazu, dass wir Frau Busch geraten haben, sich an einen Anwalt zu wenden und Anna Malchinger zu verklagen«, sagte sie dabei.

»Aber das habe ich doch gar nicht gemacht«, wandte Wallner ein.

»Also ich hab's ganz genau gehört«, sagte Loiseder da augenzwinkernd.

»Jedenfalls sperren wir bei uns in Talfing keinen ein, nur weil er zu jemanden Rindvieh gesagt hat. Wenn wir das bei jedem täten, wären in drei Tagen wahrscheinlich bloß noch die echten Rindviecher in Freiheit«, erklärte Jasmin feixend und setzte sich in ihr Büro.

Ein Blick in den E-Mail-Briefkasten brachte nichts Neues. An anderen Orten mochte sich Weltbewegendes ereignen, aber hier in Talfing war die Anzeige von Monique Busch wegen Beleidigung das Highlight des Tages. Jasmin konnte nachfühlen, dass ihr Vorgänger Fraiß angesichts dieser sich ständig wiederholenden Langeweile irgendwann die Zügel hatte schleifen lassen. Selbst sie war davor nicht gefeit, sagte sie sich, während sie überlegte, ob sie ihre Kollegen wieder einmal auf die Wanderwege schicken sollte, um dort nach dem Rechten zu sehen. Dabei liefen sie sich jedoch nur die Sohlen ihrer Schuhe ab, denn Probleme gab es keine und die Feriengäste schauten höchstens verdutzt, wenn sie die Vertreter der Staatsmacht auf ihren Wegen spazieren gehen sahen.

Wie man es machte, machte man es verkehrt, dachte sie und erinnerte sich wieder an den Mann, der sich auf dem Grenzweg vor ihr und Kager versteckt hatte. Jemand mit einem reinen Gewissen hatte keinen Grund für ein solches Verhalten. Mit einem Mal überkam sie das Gefühl, es wäre doch besser, den Grenzweg auch nachts zu überwachen.

Noch während sie dies überlegte, lachte sie über sich selbst. Kager und die anderen würden sie für verrückt halten, wenn sie sie auffordern würde, sich wegen des Pfades nach Österreich auch noch die Nächte um die Ohren zu schlagen. Wollte sie ihrem Gefühl nachgehen, musste sie es selbst tun, und wenn sie am anderen Tag vor Müdigkeit auf ihrem Bürostuhl einschlief.

Jasmin amüsierte sich zunächst über diesen Gedanken, doch er lief ihr den ganzen Abend nach. Sie verließ als Letzte die Polizeiwache, nachdem sie das Telefon auf ihr Handy umgeschaltet hatte, und machte sich auf den Weg zum Lantenhammerhof. Da sie selbst nicht immer zum Einkaufen kam, hatte Mali sich erboten, die nötigsten Sachen für sie zu besorgen. Allerdings hatte die Magd andere Vorstellungen von dem, was sie benötigen würde. Auch diesmal war ihr Kühlschrank übervoll und sie fragte sich, wann sie das alles essen sollte.

Die Wanderung nach Österreich hatte ihr jedoch Hunger gemacht und das alkoholfreie Bier, das Mali mitgebracht hatte, eignete sich ausgezeichnet, um zwei Wurstsemmeln, mehrere Radieschen und ein Stück Sülze hinunterzuspülen.

Jasmin wusste selbst, dass sie sich gesünder ernähren müsste, aber die reichliche Bewegung an der frischen Luft forderte zum Abendessen mehr als ein paar mit Olivenöl und Aceto balsamico angemachte Salatblätter. Noch während sie aß, legte sie eine Umgebungskarte auf den Tisch und sah sich die Stelle an, an welcher ihr der Fremde ausgewichen war. Er hatte Glück gehabt, denn sowohl weiter unten als auch höher auf Österreich zu waren die Möglichkeiten, sich zu verstecken, weitaus geringer.

Es war allerdings auch die günstigste Stelle, an der man den Weg überwachen konnte, ohne zu früh entdeckt zu werden. Jasmin schob den Gedanken, dass sie sich damit auf österreichisches Gebiet begeben würde, kurzerhand beiseite. Wenn sie jemanden erwischte, der heimlich über die Grenze schleichen wollte, leistete sie ihren österreichischen Kollegen eben Amtshilfe. Sollte sie niemanden finden, so hatte sie sich vergebens ein paar Stunden um die Ohren geschlagen.

Jasmin hielt es für unwahrscheinlich, dass Grenzgänger bei Tageslicht aus Österreich herüberkämen. Das würde frühestens in der Dämmerung geschehen. Da es in dieser Jahreszeit lange hell blieb, schenkte sie sich ein Glas Saft ein, setzte sich auf ihre Couch und schaltete den Fernseher ein. Die Programme, die an diesem Abend liefen, interessierten sie nicht und sie machte ihn wieder aus. Es war besser, wenn sie sich noch ein wenig ausruhte und dann erst losging.

✳ ✳ ✳

Mit einem Mal schreckte Jasmin hoch und begriff, dass sie eingeschlafen war. Ein Blick auf die Zeitanzeige ihres Smartphones zeigte ihr, dass es zweiundzwanzig Uhr war. Sie überlegte schon, auf die Überwachung des Grenzweges zu verzichten, aber ihre Neugierde siegte. Daher stand sie auf und zog die Uniform wieder an.

Als sie den Lantenhammerhof verließ, schliefen dessen Bewohner bereits. Der Hofhund hatte sich in der Zwischenzeit an sie gewöhnt und blieb still. Auf dem Weg zur Grenze kam Jasmin auch am Grandlhof vorbei und überlegte, wie der Mörder des Pfarrvikars es geschafft haben mochte, unbemerkt an das Mordwerkzeug zu kommen. Die Fakten wiesen leider stark auf

Matthias Schranzl hin. Er war ein Nachbar der Grandls und wusste, wo er das Beil finden konnte. Allerdings war das auch mindestens einem Dutzend anderer bekannt.

Jasmin blickte sich um und sah etwa einhundert Meter entfernt Mayers Pension ›Bergblick‹, die dessen Besitzer nach mehr als einem Jahrzehnt Pause wieder als ›Unterwirt‹ eröffnet hatte. Dort brannten noch einige Lichter und zeigten an, dass die Gastwirtschaft auch um die Zeit noch besucht war. Erneut kam sie zu der Überzeugung, dass Simon Mayer vom Tod seines Onkels stark profitiert hatte. Eigentlich hatte Mayer mehr Grund gehabt, Oberhuber umzubringen, aber er besaß ein nachgeprüftes Alibi, während der junge Schranzl keines hatte.

»Um den Fall soll Weißberger sich kümmern«, murmelte sie, als sie zum Grenzweg abbog.

Die Dunkelheit hatte sich bereits über das Tal gelegt und sie musste genau achtgeben, wo sie hintrat, um nicht zu stolpern. Sie nahm kurz die Taschenlampe in die Hand, steckte sie dann aber wieder weg. Wenn sie Licht benutzte, konnte jeder im Umkreis sehen, dass hier jemand unterwegs war und wohin sie ging.

»Ich hätte eben nicht einschlafen dürfen«, setzte sie ihr Selbstgespräch fort und erreichte kurz darauf die Stelle, an der Pablo Quintano ums Leben gekommen war. Die Gemeinde plante, dort ein Mahnkreuz für den Pfarrvikar aufzustellen, wollte aber die Bürgermeisterwahlen abwarten, damit der neue Bürgermeister es zusammen mit einem Vertreter des Pfarrverbandes einweihen konnte.

Das Kreuz würde nicht weit vom Grenzstein entfernt stehen. Wäre der Pfarrvikar nur ein paar Meter weitergegangen, wäre der Mord in Österreich passiert, fuhr es Jasmin durch den Kopf. Allerdings hätte man Weißberger auch dann mit der Aufklärung des Falles betraut, da der nächstgelegene österreichische Ort doch um einiges weiter vom Tatort entfernt lag als Talfing und der Mord mit Grandls Axt verübt worden war.

Irgendwie gingen Jasmin die beiden Morde nicht aus dem Sinn. Sie waren für sie ebenso ein Rätsel wie das Verschwinden der jungen Niederländerin. »Weißberger hätte es ins Auge fassen müssen, dass sie ermordet worden sein könnte«, sagte sie leise vor sich hin.

Jasmin begriff, dass sie aufpassen musste, nicht zu sehr ins Grübeln zu kommen. In der Hinsicht hätte sie sich aufregendere Aufgaben gewünscht, als hier in Talfing anstanden. Nach den beiden Morden war alles so friedlich, dass sie und ihre Kollegen unter Langeweile litten. Als Fraiß die Polizeistation geführt hatte, waren Loiseder und Wallner öfters ins Wirtshaus gegangen, damit die Zeit schneller verging. Nun aber trauten sie sich nicht mehr und saßen stattdessen missmutig in ihren Büros, wenn sie nicht draußen unterwegs waren.

Jasmin stolperte über einen Stein und konnte nur mit Mühe einen Sturz vermeiden. Der Zwischenfall bewies ihr deutlich, dass sie mehr auf den Weg achten musste, als ihren Gedanken freien Lauf zu lassen. Immerhin wollte sie die Grenze überwachen. Auch das war im Grunde nur eine Maßnahme gegen die Langeweile, gab ihr aber das Gefühl, wenigstens etwas zu tun.

Vorsichtig ging sie weiter, ließ die Grenze hinter sich und erreichte eine gute Viertelstunde später die Stelle, an der sie sich auf die Lauer legen wollte. Während sie sich etwas abseits vom Weg einen Felsblock suchte, auf den sie sich bequem setzen konnte, sagte sie sich, dass sie sich eine Decke hätte mitnehmen sollen, um ein wenig zu schlafen. Wenn hier wirklich jemand vorbeikam, würde sie von den unvermeidbaren Geräuschen geweckt werden.

Sie hatte jedoch keine Decke und es kühlte mit zunehmender Nacht immer mehr ab. Langsam begann Jasmin zu frieren, und sie überlegte, ob sie nicht besser wieder nach Talfing zurückkehren sollte. Da entdeckte sie ein Stück weiter auf Österreich zu ein Aufblitzen, so als hätte jemand kurz eine Taschenlampe ein- und nach einigen Sekunden wieder ausgeschaltet.

Das Ganze wiederholte sich mehrmals und kam dabei näher. Als das letzte Aufblitzen der Lampe keine hundert Meter entfernt von ihr erfolgte, zog Jasmin ihre Pistole. Zwar durfte sie diese nur im Notfall verwenden, wollte aber wenigstens bereit sein.

Stimmen in einer fremden Sprache drangen an ihr Ohr. Ein Kind quengelte und eine Frau murmelte anscheinend etwas Beruhigendes. Wenig später sagte ein Mann etwas, das Jasmin als Aufforderung interpretierte, schneller zu gehen.

Es waren drei große Gestalten und eine kleine, die Jasmin im trüben Schein des Halbmondes auf sich zukommen sah. Kurz darauf stellte sie fest, dass es sich um zwei Frauen, einen Mann und ein Kind handelte und eine der Frauen zusätzlich ein Kleinkind auf dem Arm trug. Der Mann hielt einen Gegenstand, der die Taschenlampe sein konnte, die sie bemerkt hatte, und in der anderen Hand trug er einen Koffer. Die zweite Frau schleppte ebenfalls einen Koffer und führte das vielleicht fünf oder sechs Jahre alte Kind an der anderen Hand.

In Jasmin stieg ein beklemmendes Gefühl hoch, als sie auf den Weg trat, um die Leute aufzuhalten. Diese sahen sie und blieben wie erstarrt stehen. Eines der Kinder weinte und im Schein der Taschenlampe, die Jasmin einschaltete und auf die Fremden richtete, sah sie, dass auch der Frau, die ein etwa einjähriges Mädchen trug, die Tränen über die Wangen liefen.

Die andere Frau stellte ihren Koffer ab und zog den Fünfjährigen an sich. Der Junge bemühte sich, nicht zu weinen, und blickte Jasmin trotzig an. Der Mann hingegen ließ den Kopf hängen und sagte etwas zu den anderen, das tiefe Resignation verriet.

Da sah die Frau mit dem Mädchen auf dem Arm Jasmin genauer an und sagte etwas, das Jasmin nicht verstand, aber den Mann dazu brachte, sie anzusprechen.

»Sie sind eine Frau?«, fragte er verblüfft in einem relativ guten Deutsch.

»Ich weiß nicht, was das für eine Rolle spielt«, antwortete Jasmin.

»Vielleicht verstehen Sie uns besser als ein Mann«, sagte er. »Sehen Sie, ich lebe seit eineinhalb Jahren in Deutschland und habe eine Aufenthaltsgenehmigung erhalten. Ich habe sogar Arbeit, denn ich bin Assistenzarzt in einer Klinik in Niedersachsen. Aber ich durfte meine Familie nicht nachholen. Meine Frau, meine Schwester und meine Kinder mussten in einem Flüchtlingslager in der Türkei bleiben. Meine Tochter wurde dort geboren. Ich habe sie erst vor ein paar Tagen zum allerersten Mal sehen und in den Armen halten können. Verstehen Sie doch! Mir blieb keine andere Wahl, als zu versuchen, meine Familie auf eigene Faust zu mir zu holen.«

»Es ist trotzdem verboten«, erklärte Jasmin, während sie die Gruppe betrachtete, die sich in ein Häuflein Elend verwandelt hatte. Da keine Gefahr von ihr auszugehen schien, steckte sie ihre Waffe weg und lehnte sich gegen einen Felsen. »Ich kann das nicht entscheiden, sondern muss Sie zurückschicken. Es ist meine Aufgabe, dafür zu sorgen, dass niemand unbefugt diese Grenze überschreitet.« Noch während sie es sagte, dachte Jasmin daran, dass die Leute, wären sie nur einen Tag früher aufgebrochen, ohne Schwierigkeiten nach Deutschland gelangt wären. Doch ausgerechnet an diesem Abend hatten sie es versuchen müssen und waren ihr in die Arme gelaufen.

»Wie hätten Sie Ihre Familie von hier weggebracht?«, fragte sie den Mann.

»Ich habe mir ein Auto geliehen. Es steht außerhalb des Dorfes auf einem Wanderparkplatz.«

Jasmin sah die Frauen und die Kinder an, denen das Leid und die Entbehrungen der letzten Zeit anzusehen waren, und haderte mit sich und ihrem Auftrag. Schließlich trat sie beinahe gegen ihren Willen beiseite. »Wir befinden uns hier auf österreichischem Territorium und als bayerische Polizistin darf ich ohne Genehmigung der hiesigen Behörden keine Amtshandlungen vornehmen. Daher kann ich Sie nicht aufhalten. Ich werde in einer Viertelstunde zurückgehen. Wenn ich Sie und Ihre Familie dann auf bayerischem Boden antreffe, bleibt mir nichts anderes übrig, als Sie festzunehmen.«

Der Mann starrte sie an, als könnte er es nicht glauben. Dann redete er hastig auf die beiden Frauen ein und eilte weiter. Die anderen folgten ihm und warfen einen scheuen Blick zu Jasmin. Sie aber war froh, an dieser Stelle gewartet zu haben und nicht an der Grenze. Dort hätte sie anders handeln müssen.

Eine der Frauen blieb vor ihr stehen und sagte etwas, das Jasmin als ›Danke‹ interpretierte. Gleichzeitig fasste die Frau nach ihrer Hand und berührte sie kurz mit den Lippen. Es war eine Geste, die Jasmin durch Mark und Bein ging.

Sie sah der Gruppe nach, bis sie in der Dunkelheit entschwand. Nun benutzte der Mann seine Taschenlampe, damit sie schneller vorwärtskamen. Wie es aussah, glaubten die Leute ihrer Drohung, in einer Viertelstunde nachzukommen, und wollten so rasch wie möglich das Auto erreichen.

Es war ein harter Marsch für zwei mit Kindern belastete Frauen, von denen die Jüngere zudem noch einen Koffer mitschleppte. Sie taten Jasmin leid, doch wusste sie, dass sie sich so etwas kein zweites Mal erlauben durfte. Wenn sie auf eine weitere Gruppe traf, die über die Grenze wollte, musste sie diese zurückschicken, so schwer es ihr auch fallen mochte.

Jasmin folgte der Familie etwa zwanzig Minuten später und beeilte sich nicht gerade. Als sie schließlich den

Lantenhammerhof erreichte, hörte sie, wie etliche Hundert Meter von Talfing entfernt ein Auto gestartet wurde. Sie lauschte dem Motorengeräusch, bis es in der Ferne verklang, und betrat dann ihre Wohnung. Ein langer Tag lag hinter ihr und sie war froh, ins Bett zu kommen. Vorher aber schaltete sie den Wecker ein, um nicht zu verschlafen. Sie würde am Morgen normal zum Dienst erscheinen, denn es brauchte niemand zu erfahren, wo sie in der Nacht gewesen war.

* * *

In Talfing ging der Kampf um den Bürgermeisterposten in die entscheidende Phase. Da die beiden Kandidaten Albert Hornecker und Anton Innauer der gleichen Partei angehörten, gab es zuerst einmal ein Hauen und Stechen, wer im Namen dieser Partei kandidieren durfte. Innauer hatte den Vorteil, dass er schon etliche Jahre als zweiter Bürgermeister amtierte. Dafür aber war Hornecker der Kassenwart der Partei und so besaßen beide Unterstützer, die für sie warben.

Hornecker und seine Freunde zielten vor allem auf die neu Hinzugezogenen und nannten es einen Rückschritt, wenn ein Bauer in einer Gemeinde Bürgermeister würde, die im Großen und Ganzen bereits vom Tourismus lebte. Im Gegenzug wies Innauer darauf hin, dass seine Schwester mit Söllner den Vorsitzenden des Fremdenverkehrsvereins geheiratet hatte und er daher genau wissen würde, wie wichtig das Gastgewerbe in Talfing war.

Am Abend der entscheidenden Parteiabstimmung wurde Jasmin gebeten, mit mindestens einem ihrer Kollegen zu erscheinen, um im Notfall die Streithähne auseinanderhalten zu können. Als sie ihre Kollegen in der Wache darauf ansprach, ruckten die Köpfe aller drei Polizisten hoch.

»Ist das jetzt dienstlich oder privat?«, fragte Kager.

»Erst einmal privat. Dienstlich wird es erst, wenn die Leute eine Rauferei beginnen«, antwortete Jasmin.

»Privat heißt, dass wir eine Halbe trinken könnten«, schloss Loiseder aus ihren Worten. Er hatte die Zertrümmerung seines Nierensteins gut überstanden und freute sich, weil es ihm jetzt besser ging als in den letzten zwei Jahren, in denen ihn dieser Stein arg gepiesackt hatte.

Auch Wallner nickte. Die erste große Trauer wegen Kathinka van der Loors Verschwinden hatte sich gelegt, dennoch wirkte er immer noch ein wenig bedrückt. Die mittlerweile selten gewordene Gelegenheit, mit seinen Kollegen zusammen in der Gastwirtschaft zu sitzen und ein Bier zu trinken, wollte aber auch er nutzen.

Schließlich stimmte auch Kager zu, und deshalb erschienen sie zu viert im ›Unterwirt‹.

Als sie eintraten, sah Simon Mayer sie irritiert an. »Was ist denn heut los?«, fragte er.

»Wir wollen dafür sorgen, dass die Wahl des Parteikandidaten gewaltlos über die Bühne geht«, antwortete Kager gut gelaunt. »Ned, dass die zwei sich prügeln und die Talfinger sich einen neuen Kandidaten suchen müssen.«

»Ah, so ist das«, sagte Mayer und wies mit der rechten Hand auf eine Tür. »Die sind dort drüben im Nebenzimmer. Wenn ihr aber alle dabei sein wollt, muss ich noch ein paar Stühle hineinbringen.«

»Setzen wollen wir uns schon«, erklärte Jasmin und steuerte auf die Tür zu.

Mayer hatte nicht zu viel versprochen, denn der Nebenraum war gedrängt voll. Jeder der beiden Kandidaten hatte dafür gesorgt, dass alle seine Freunde und Bekannten, die das richtige Parteibuch besaßen, zu dieser Versammlung gekommen waren.

Nur in einer Ecke war noch ein wenig Platz. Dorthin brachte Mayer mehrere Stühle, rückte einen Tisch zurecht und überließ es dann Anni, Jasmin und ihre drei Kollegen zu fragen, was diese wünschten.

Kager sah Jasmin mit einem listigen Grinsen an. »Geht das jetzt auf Spesen oder sind wir privat da?«

»Derzeit bist du noch privat«, erwiderte Loiseder lachend. »Erst wenn die dort zu schlägern anfangen, sind wir im Dienst. Aber ich glaub nicht, dass du dann noch die Zeit hast, in Ruh einen Schweinsbraten zu essen.«.

»Dann tut's vorerst ein Wurstsalat. Und eine Halbe Bier, Anni, aber gut eingeschenkt«, rief Kager der Bedienung zu.

»Wir schenken alleweil gut ein! Bei uns ist's ned so wie drüben, wo sie, wenn sie wieder aufmachen, bloß zu einem Drittel einschenken dürfen.«

Anni hatte den Rausschmiss durch Monique Busch nicht vergessen und nicht verziehen. Daher wetzte sie ihren Schnabel an dieser Frau, wo es nur ging. Wenn sie so weitermachte, sagte sich Jasmin, würde die Sache doch noch in Rosenheim vor Gericht landen.

»Ich hätt gern eine Halbe Bier und eine Currywurst«, bestellte Wallner.

Anni bedachte ihn mit einem spöttischen Blick. »Zahlt euch der Staat so schlecht, dass ihr euch nix Teureres leisten könnt?«

Vor ein paar Wochen hatte sie noch alles versucht, den Mann für sich zu gewinnen. Mittlerweile ging jedoch im Dorf das Gerücht um, er hätte sich einige schöne Tage mit der Niederländerin gemacht. Anni behauptete zwar für sich, nicht eifersüchtig zu sein, trotzdem ließ sie ihn fühlen, dass sie gekränkt war.

Wallner war aber nicht auf den Mund gefallen. »Ich spar mir mein Geld für das Eröffnungsmenü im ›Le cerf‹. Das soll ja mit dem Wein zusammen dreistellig kosten.«

»Und?« Anni drehte sich zu Loiseder. »Darfst du wegen deiner Nieren Bier trinken oder soll's eine Limonad werden?«

»Der Doktor sagt, ich muss durchspülen, also tu ich das auch. Eine Halbe, Anni, und ich krieg einen Schweinsbraten. Hoffentlich ist er so gut wie der, den es früher beim ›Hirschen‹ gegeben hat.«

»Warum soll er schlechter sein? Schließlich macht ihn der Gustl und der hat das auch schon beim Oberhuber getan«, erklärte Anni schnippisch und wandte sich dann Jasmin zu.

»Und was wünscht die Frau Oberhauptkommissarin?«

»Keine blöden Sprüche, dafür aber ein Glas Apfelschorle und eine Käseplatte«, antwortete Jasmin schroff, weil sie sich über das Benehmen der Kellnerin ärgerte.

Weiter vorne am Vorstandstisch erklärte Hornecker gerade, wie er sich seine Bewerbung vorstellte. »Wir dürfen ned bloß darauf achten, das zu erhalten, was da ist, sondern müssen auch Neues schaffen«, rief er leidenschaftlich. »Ich sag, der Tourismus muss gstärkt werden, und zwar ned nur im Sommer, sondern auch im Winter. Die Moosgruberalm wär ein gutes Skigebiet, es müsst bloß ein Lift hinaufbaut werden.«

»Für die paar Wochen im Jahr, in denen es genug Schnee hat, lohnt sich das ned!«, widersprach Lantenhammer, um seinen Nachbarn Innauer zu unterstützen.

»Mit einer oder zwei Schneekanonen haben wir genug Schnee für den ganzen Winter«, trumpfte Söllner auf, der als Pensionsbesitzer für Hornecker war.

»Wer soll das Ganze bezahlen?«, fragte Grandl. »So viel Steuern bringt der Fremdenverkehr ned ein, dass sich das rentiert.«

»Man muss in die Zukunft investieren«, erklärte Hornecker von oben herab. »Tun wir das ned, geht einmal alles den Bach hinab.«

»Dir geht's ja bloß darum, alles versichern zu können, was deiner Meinung nach baut werden soll«, rief ein Innauer-Anhänger dazwischen.

Am Tisch der Polizisten sah Kager Jasmin grinsend an. »Wetten wir, wann sie zu raufen anfangen?«

»Ich will doch hoffen, dass alles friedlich bleibt«, antwortete Jasmin, war sich dessen aber auch nicht sicher. Die Kontrahenten redeten sich in Rage und ihre Anhänger sprachen so eifrig dem Bier zu, dass Anni mit dem Servieren kaum nachkam.

Schließlich erhielten Jasmin und ihre Kollegen ihr Essen und klinkten sich für eine Weile aus der Diskussion aus.

Als Jasmin wieder darauf achtete, was gesagt wurde, verspottete Innauer gerade den Versicherungsvertreter, weil der wegen der zu erwartenden Niederlage bereits eine Gruppierung gegründet habe, um auf seiner eigenen Liste kandidieren zu können.

»Ist's wahr oder ned, Hornecker?«, fragte er ihn.

»Wir haben die ›Unabhängigen Bürger für Talfing‹ ned wegen dieser Wahl ins Leben gerufen, sondern weil wir der Meinung sind, dass bei uns im Dorf die Parteipolitik nix zu suchen hat. Wenn da der große Parteivorsitzende und Ministerpräsident in München was beschließt, das uns schadet, muss der Ortsverband dazu stehen und es durchsetzen, auch wenn er's ned will. Als ›Unabhängige Bürger für Talfing‹ können wir aber sagen: So geht's ned!«

»Glaubst du, dass dich der Ministerpräsident ernst nimmt?«, spottete Lantenhammer.

»Mehr als einen seiner kleinen Parteibonzen gwiss«, konterte Söllner eifrig.

»So ist's richtig«, lobte Hornecker ihn, um dann seinerseits Innauer anzugreifen. »Du gibst doch so damit an, dass deine Schwester mit dem Söllner verheiratet ist. Der aber traut mir mehr zu als dir.«

Daran hatte Innauer zu schlucken, und der Blick, den er Söllner zuwarf, deutete diesem an, dass er auf dem Hof seines Schwagers auf unabsehbare Zeit nicht erwünscht sein würde.

Jasmin schüttelte den Kopf darüber, wie Männer, die bisher Freunde gewesen waren, sich derartig in ihren Streit hineinsteigern konnten. »Hoffentlich fangen sie doch nicht zum Raufen an. Zu viert könnten wir uns nur mithilfe von Schusswaffengebrauch durchsetzen.«

»Sollen sie sich doch die Schädel blutig schlagen. Umbringen werden sie sich nicht gleich«, sagte Loiseder und trank genussvoll einen weiteren Schluck Bier.

So weit war es jedoch noch nicht. Vorerst kritisierten Innauer und seine Freunde die Liste der Stimmberechtigten. Es waren nämlich einige Leute darauf, die sie bei den Parteistammtischen noch nie gesehen hatten.

»Mir kommt das auch komisch vor«, erklärte Xaver Grandl, der Schriftführer des Ortsverbandes. »Als ich die letzte Liste nachgschaut hab, waren die gwiss noch ned drauf. Dabei müssen sie ein halbes Jahr Mitglied sein, um stimmberechtigt zu werden.«

Hornecker grinste. »Du hast wahrscheinlich die Liste vom Vorjahr in der Hand ghabt. Da ist die aktuelle. Wie du sehen kannst, hat alles seine Ordnung. Alle neuen Mitglieder sind vor dem achtundzwanzigsten Februar eingetreten.«

Einige seiner Freunde, die ihn aufs Schild heben wollten, feixten, denn um die Mehrheit zu erringen, hatte er deren Eintrittsdatum einfach um ein halbes Jahr zurückverlegt.

Die Gegenseite begriff, dass sie ausgetrickst werden sollte, und beschwerte sich wortreich.

Mindestens eine halbe Stunde verging mit heftigem Streit, bis Hornecker auf den Tisch schlug. »Wenn der Ortsverband die Fakten nicht akzeptieren will, dann kann ich auch anders. Ab heut macht's euer Glump selber. Ich bin doch ned blöd, dass ich mich stundenlang hinsetz und den Kassenwart dafür mach, um zum Dank hinterher dumm angeredet zu werden. Kommt, Freunde, wir gehen! Sollen die Parteibonzen doch den Besenstiel aufstellen, den sie wollen. Wir, die ›Unabhängigen

Bürger für Talfing‹, werden ihnen schon zeigen, wo der Bartl den Most holt. Anni, zahlen!«

Jasmin konnte nicht sagen, ob Hornecker den Bruch von vorneherein geplant hatte oder ob er seine Chancen schwinden sah, sich parteiintern gegen Innauer durchzusetzen. Auf jeden Fall hatte er einen bühnenreifen Auftritt hingelegt und ließ seine Gegner in sichtlicher Verwirrung zurück. Seine Unterstützer zahlten jetzt ebenfalls ihre Zeche und verließen ohne Gruß den Raum. Da die Tür noch offen stand, konnten sie Albert Horneckers Stimme hören.

»Simon, ich brauch den Nebenraum nächsten Dienstag für die Versammlung der ›Unabhängigen Bürger für Talfing‹.«

»Das hätt ich vom Albert ned erwartet«, sagte einer der Zurückgebliebenen enttäuscht.

»Auf jeden Fall werd ich sämtliche Versicherungen bei ihm kündigen, und wenn die Konkurrenz doppelt so teuer ist«, rief Anton Innauer erbost.

Zwar war er sich der Kandidatur seiner Partei jetzt sicher, hatte es dafür aber mit einem Konkurrenten zu tun, der alles daransetzen würde zu gewinnen.

Jasmin sah dem Ganzen noch ein paar Minuten zu und wandte sich dann an ihre Kollegen. »Wie es aussieht, ist die Rauferei ausgefallen. Damit können wir das Dienstliche für heute abschließen und privat weitermachen. Für mich heißt das, ich zahle jetzt und gehe heim.«

»Ich werde mir noch eine zweite Halbe leisten«, meinte Kager und unterschlug dabei die Tatsache, dass sich schon drei Striche auf seinem Bierdeckel befanden.

* * *

In den nächsten zwei Wochen folgte ein Wahlkampf, der es in sich hatte. Jeder der beiden Kandidaten wollte den anderen übertreffen und ihre Unterstützer halfen ihnen nach Kräften. Innauer konnte dabei auf den Fundus seiner Partei zurückgreifen, während Hornecker erst einmal alles aus dem Boden stampfen musste. Er erwies sich jedoch als äußerst innovativ und sorgte mit seinen Prospekten, Flyern und Plakaten bei der Gegenseite für so manches Zahnweh. Die Kugelschreiber mit dem Parteilogo, die Innauer verteilte, konterte er mit Schlüsselanhängern und Stofftüten mit seinem Namen und Konterfei.

Hatte sich die Sache für Jasmin und ihre Kollegen zunächst recht harmlos entwickelt, so ging es auf einmal rund. Jasmin saß gerade im Büro und verzehrte eine Käsesemmel, die sie sich bei Helga Schmolcek geholt hatte, da wurde die Tür aufgerissen und Söllner stürmte herein.

»Sie müssen den Innauer Toni verhaften! Der Grattler hat unsere Plakatständer mit seinem Bulldog übern Haufen gefahren. Zeugen haben wir genug.«

Jasmin legte die Käsesemmel mit einem bedauernden Seufzen zur Seite und stand auf. »Was ist los?«, fragte sie.

Rot vor Wut wiederholte Söllner seine Anklage.

»Also gut, ich sehe nach.« Jasmin machte sich fertig, erklärte den Kollegen, dass sie die Polizeiwache verlassen würde, und folgte Söllner ins Dorf. Schon nach wenigen Schritten sah sie den ersten platt gefahrenen Plakatständer. Bis ins Ortszentrum zählte sie drei weitere und auch dort lagen etliche Ständer zerbrochen am Boden.

Hornecker stand wutschnaubend vor der Gemeindekanzlei und beschimpfte seinen Konkurrenten Innauer wüst. Dieser gab ihm nicht weniger grob kontra.

Erst als Jasmin auf beide zutrat, wurden sie ruhiger. »Was ist hier los?«, fragte Jasmin scharf.

»Der da«, Horneckers Zeigefinger stach auf Innauer zu, »hat seinen Buben dazu gebracht, unsere Plakatständer kaputt zu fahren!«

»Das ist gar ned wahr!«, rief Innauer dazwischen. »Die depperten Ständer sind auf der Straß gestanden und mein Toni hat ned ausweichen können.«

»Auch bei dem dort?« Jasmin zeigte dabei auf einen zerstörten Plakatständer in der kleinen Grünanlage neben dem Rathaus. Er lag mindestens fünf Meter von der Straße entfernt im Gras.

»Er hat halt eine Wut gehabt, weil der Hornecker die depperten Plakatständer in den Weg gestellt hat«, versuchte Innauer seinen Sohn zu verteidigen.

Jasmin ließ sich auf keine Diskussion ein. »Wo ist Ihr Sohn jetzt?«, fragte sie Innauer.

»Daheim halt«, antwortete dieser ungehalten.

Ohne zu zögern, holte Jasmin ihr Handy hervor und drückte die Taste, die sie mit der Polizeiwache verband.

»Hier Kager, Polizeiwache Talfing«, meldete sich Kager.

»Hier Lüders! Die Kollegen Loiseder und Wallner sollen umgehend zum Innauerhof fahren und Anton Innauer junior einem Alkoholtest unterziehen. Weigert er sich, ins Röhrchen zu blasen, sollen sie ihn nach Rosenheim bringen und dort einen Blutalkoholtest veranlassen.«

»Aber das können Sie ned machen«, rief Innauer ebenso entsetzt wie aufgebracht.

Jasmin wandte sich ihm mit eisiger Miene zu »Was kann ich nicht? Ihr Sohn hat sich der Sachbeschädigung und widerrechtlichem Verhalten im Straßenverkehr schuldig gemacht und sich noch ein paar andere Dinge erlaubt, die zur Anzeige kommen werden. Wenn er dabei betrunken war, wird er in den nächsten zwei, drei Monaten auf keinen Traktor mehr steigen.«

»Das geht ned. Ich brauch ihn auf dem Hof!«, schrie Innauer sie an.

»Das hätte er sich früher überlegen sollen.«

»Die hält zum Hornecker. So haben wir ned gewettet. Sie verlassen meinen Hof! So eine will ich ned in meiner Wohnung haben«, schäumte nun Lantenhammer auf.

Jasmin tat es leid, doch selbst wegen der schönen Wohnung, die Lantenhammer ihr vermietet hatte, war sie nicht bereit, solche Zustände zu dulden. »Wenn Sie es wollen, dann soll es halt so sein«, erklärte sie achselzuckend und forderte Hornecker und dessen Zeugen auf, zur Polizeiwache zu gehen und bei Kager eine Anzeige zu erstatten.

Bisher hatte Hornecker das Ganze mit einem zufriedenen Grinsen verfolgt. Nun aber kamen ihm doch Bedenken. Das Dorf war bereits tief gespalten, und wenn jetzt auch noch der Sohn seines Gegenkandidaten vor Gericht kam und verurteilt wurde, war eine Versöhnung zwischen den beiden Gruppen kaum mehr möglich. Unter den Umständen als Bürgermeister zu amtieren, hieß, einen Stein nach dem anderen in den Weg gerollt zu bekommen.

»Also jetzt mal langsam«, begann er. »Wenn mir der Innauer den Schaden ersetzt, muss man den Toni doch ned anzeigen. Es ist doch keinem Menschen was passiert, und ein junger Bursch schlägt halt gelegentlich einmal über die Stränge.«

»Soll das heißen, Sie ziehen die Anzeige zurück?«, fragte Jasmin.

Hornecker nickte. »Ja, zum Deifi noch mal!«

Erneut nahm Jasmin das Handy und rief die Polizeiwache an. »Herr Kager, sagen Sie den Kollegen Loiseder und Wallner, dass die Aktion abgeblasen ist. Sie können in der Polizeiwache bleiben.«

»Gut, Frau Lüdendorf«, sagte Kager sichtlich verwirrt und rief seinen beiden Kollegen zu, dass sie nicht zum Innauerhof fahren mussten. »Unsere Vorgesetzte wird uns schon erklären, was es mit dem Ganzen auf sich hat«, sagte er kopfschüttelnd.

Loiseder begann leise zu lachen. »Ich glaub, Frau Lüders ist grad dabei, den Talfingern zu zeigen, dass man besser nicht versuchen sollte, mit ihr Schlitten zu fahren!«

Unterdessen winkte Jasmin die beiden Bürgermeisterkandidaten näher zu sich heran. »Meine Herren, ich hoffe, Sie lassen sich das eine Lehre sein! Wenn noch einmal das Geringste passiert, greife ich durch, und wenn es bis vors Gericht geht.«

Innauer und Hornecker wurde klar, wie ernst es ihr war, und schluckten. Auch ihre Unterstützer, die sich bereits etliche Gemeinheiten für die Gegenseite ausgedacht hatten, zogen die Köpfe ein.

11. Entscheidung in der Klamm

Trotz der Aufregung, die der Wahlkampf um die Bürgermeisterwürde mit sich brachte, dachte Jasmin immer wieder an die verschwundene Kathinka van der Loor. Gleichgültig, von welcher Seite sie es auch betrachtete, die Fakten passten einfach nicht zusammen. Die Spur, die die Suchhündin Ayla aufgenommen hatte, war mehrere Meter vor der Klamm abgebrochen. Zudem war die Niederländerin mindestens eine Stunde vor dem Unwetter dort gewesen. Aber selbst wenn sie auf dem nassen Fels oder auf Hagelschloßen ausgerutscht wäre, hätte sie wegen der ansteigenden Kante nicht in die Klamm fallen oder gespült werden können. Und doch musste sie Jasmins Meinung nach darin liegen.

Ein anderes Problem löste sich schneller. Noch während Jasmin damit begann, ihre Sachen zu packen, um den Lantenhammerhof zu verlassen, kam Mali herein.

Als sie den offenen Koffer sah, verzog sie das Gesicht. »Du wirst doch ned wirklich gehen wollen?«, fragte sie.

»Was heißt hier wollen? Herr Lantenhammer hat deutlich gesagt, dass er mich nicht mehr auf seinem Hof sehen möchte«, antwortete Jasmin und verstaute das nächste Kleidungsstück im Koffer.

»Aber geh! So hat er's doch ned gmeint. Es tut ihm schon leid, dass er's überhaupt gsagt hat«, erklärte Mali und fasste nach Jasmins Arm, um sie aufzuhalten.

Diese sah sie kurz an. »Mir sagt man so etwas nicht zweimal.«

»Dann passt's ja! Der Bauer hat's ja bloß einmal gsagt.«

Die alte Frau lächelte dabei so verschmitzt, dass Jasmins Unmut verflog. Ihr gefiel es hier und sie hätte einen von Horneckers Freunden fragen müssen, ob sie ein Zimmer für sie freihätten. »Also gut, ich will dem Lantenhammer zugutehalten, dass er es in der Hitze des Gefechts gesagt hat und es jetzt bedauert«, sagte sie daher. »Allerdings könnte er mir das auch selbst sagen.«

Mali atmete sichtlich auf. »Das tut er schon noch. Die Bäuerin hat ihm eh schon den Kopf gwaschen, dass es bloß so gstaubt hat. Er sieht ja selber ein, dass der Toni das mit den Plakaten ned machen hätt dürfen.«

»Hoffentlich laufen der restliche Wahlkampf und die Wahl friedlich ab«, erklärte Jasmin mit einem gewissen Zweifel, den Mali jedoch nicht zu teilen schien.

»Jetzt wissen's, dass an Schmarrn gmacht ham, und werden vernünftig sein.«

»Wenn ned, dann lernan s' mi kenna.« Diesmal sprach Jasmin im Dialekt und sah, wie die Magd zusammenzuckte.

»Du kannst sogar richtig Boarisch! Dabei meinen's alle, du kummst aus Norddeitschland.«

»Mein Vater ist von dort gekommen, allerdings ein paar Jahre vor meiner Geburt«, wechselte Jasmin wieder ins Hochdeutsche über.

»Und wo bist'n aufgwachsn?«

»In Lenggries.«

»Das merkt man dir aber eigentlich ned an.« Mali schüttelte den Kopf, weil es so etwas gab. Allerdings erinnerte sie sich daran, dass nicht alle Bewohner von Talfing hier geboren waren. In der Gemeinde lebten etliche Zuwanderer aus anderen Teilen Oberbayerns und auch ein paar Niederbayern. Einer war sogar aus Franken hierhergezogen.

»Na ja«, meinte sie. »Wir sind ja so was von international bei uns in Talfing. Da ghörst du so gut wie jeder andere dazu.«

»Ich bin aber nicht Fraiß, der den hiesigen Sturköpfen alles hat durchgehen lassen.«

In Jasmins Stimme schwang ein warnender Unterton mit, den Mali durchaus verstand. Sie würde mit dem Bauern reden müssen, sagte sich die Magd, und der mit seinen Freunden. Wenn es wirklich ernst wurde, war mit dieser Polizeichefin nicht gut Kirschen essen.

* * *

Jasmins festes Auftreten, aber auch ihr Einlenken zur rechten Zeit brachte ihr nicht nur die Achtung der Streithähne, sondern auch die jener Bürger Talfings ein, denen der Wahlkampf zu hitzig geworden war. Auf jeden Fall hielten die Kontrahenten sich nun zurück und so mancher Plan, der in feuchtfröhlicher Runde beschlossen worden war, verschwand in der Versenkung. Die Sache so weit zu treiben, dass die Polizei eingreifen musste und es vielleicht sogar zu einer Anklage vor Gericht kam, wollte keiner. Ihnen stand das Schicksal von Matthias Schranzl, der noch immer in Untersuchungshaft saß und vergebens seine Unschuld beteuerte, als mahnendes Beispiel vor Augen.

In der Polizeistation Talfing herrschte wieder Ruhe, zumal sich kein Schleuser oder illegaler Grenzgänger sehen ließ. Jasmin hatte daher Zeit, über die beiden Morde und über die verschwundene Niederländerin nachzudenken. Ein paar ihrer Überlegungen hatte sie per E-Mail an Kommissar Weißberger weitergeleitet, aber ebenso wenig eine Antwort erhalten wie auf ihre vorherigen E-Mails.

»Weißberger glaubt, den Mörder zu haben, und wird sich erst durch einen totalen Gegenbeweis davon überzeugen lassen, dass Schranzl es nicht war«, sagte sie leise vor sich hin, während sie die eingegangenen E-Mails überflog. Sie waren so interessant wie das viel besprochene Fahrrad, das in Peking umfiel.

Nach einer Weile meldete Jasmin sich ab, schaltete den Laptop aus und zog sich an, sodass sie die Polizeistation verlassen konnte.

»Ich gehe noch eine Runde«, sagte sie zu ihren Kollegen und verließ die Wache. Ihr Ziel war wie schon mehrmals in den vergangenen Tagen die Klamm.

Als sie dort ankam, schaute sie sich sorgfältig um, ob irgendjemand in der Nähe war, und trat dann so weit an die Kante, dass sie einen Blick in die Tiefe werfen konnte. Das Wasser war wieder auf seine normale Höhe gesunken, und sie entdeckte mehrere an Felsen verkeilte Baumstämme, die die Flut damals mitgerissen hatte, sowie einige andere Gegenstände wie ein altes Fahrrad.

Die einzige Möglichkeit, in die Klamm hineinzukommen, war, sich an einer halbwegs brauchbaren Stelle abzuseilen. Jasmin überlegte, ob sie ein Seil holen und es versuchen sollte. Es war auf jeden Fall nicht ungefährlich und der Erfolg mehr als zweifelhaft. Wenn Kathinka van der Loor in die Klamm gestürzt war, konnte das Hochwasser nach dem Unwetter ihren Leichnam mit sich gerissen haben. Da jenseits der etwas breiteren Schlucht, die den unteren Teil der Klamm bildete, keine Tote aufgefunden worden war, konnte die Niederländerin nicht weiter als in das Bachbett neben der alten Straße gespült worden sein, das die Schlucht durchzog. Der Weg, der früher die einzig befahrbare Verbindung zum Rest von Bayern dargestellt hatte, wurde als Wanderpfad geschätzt und daher immer wieder repariert. An der Stelle war es auch leichter, weiter nach unten an das Ufer des Bachs zu steigen. Bevor sie also hier in der engen Klamm mit der Suche begann, sollte sie es lieber dort probieren, sagte sie sich und machte kehrt.

Die Grenze zwischen der Klamm und der daran anschließenden Schlucht wurde auf dieser Seite durch einen tiefen Einschnitt gebildet, den ein am Dorf vorbeiführender Bach im Lauf der Jahrmillionen geschaffen hatte. Daneben hatte man einst die alte Straße gebaut, die in einer scharfen, recht steilen Windung diesen Einschnitt passierte und am Ende der Schlucht flacheres Gebiet erreichte. Dieses enge Tal war nicht ganz einen Kilometer lang, aber die Felswände rechts und links ragten an beiden Seiten bis zu sechzig Meter in die Höhe. In ihr schoss das Wasser längst nicht mehr so wild wie weiter oben in der Klamm dem Inn zu. Während des Unwetters hatte es allerdings bis zur Straße gereicht und diese teilweise überflutet.

Als Jasmin die Schlucht betrat, sah sie als Erstes mehrere große Gletschermühlen, die bei normalem Wasserstand trocken lagen, nun aber mit Wasser gefüllt waren. Bei einem dieser fast kreisrunden Löcher entdeckte sie einige Gegenstände, die der Bach dort abgelagert hatte. Sie kletterte zu der Gletschermühle hinab, hob einen Ast auf, der ebenfalls vom Hochwasser zurückgelassen worden war, und fischte den ersten Gegenstand heraus.

Es war ein Wanderschuh. Zuerst wollte Jasmin ihn beiseitewerfen, hielt aber inne, weil der Schuh relativ neu aussah. Konnte er von Kathinka van der Loor stammen?, fragte sie sich. Die Fantasie gaukelte ihr vor, es könnte noch ein Fuß darin stecken, doch dem war nicht so. Die Schnürsenkel waren aufgegangen und so war der Schuh höchstwahrscheinlich vom Fuß geglitten. Dass ihn jemand weggeworfen hatte, glaubte sie nicht. Dafür war er noch zu gut.

Da auch die Größe stimmen konnte, stellte Jasmin den Schuh vorsichtig zur Seite. Als sie mit ihrem Ast weiter in der Gletschermühle herumstocherte, traf sie auf einen größeren Gegenstand. Es dauerte eine Weile, bis sie ihn an die Oberfläche gebracht hatte. Dann aber schluckte sie, denn es war ein Rucksack. Dieser war ebenfalls noch recht neu und hatte an einer Seite das Wappen der Niederlande aufgestickt. Wenn sie sich recht erinnerte, hatte sie ihn bei Kathinka van der Loor gesehen.

Jasmin holte den Rucksack ganz heraus und legte ihn mithilfe des Astes neben den Schuh, ohne ihn mit den Händen zu berühren. Mehr wagte sie nicht zu tun, um nicht mögliche Spuren zu verwischen. Eines aber erschien ihr jetzt bereits sicher: Die junge Niederländerin hatte in der Klamm ihr Ende gefunden, und da sie die letzten Meter bis zur Kante wohl kaum geflogen war, hatte jemand sie dorthin getragen und in die Tiefe geworfen.

* * *

Eine knappe Stunde später saß Jasmin wieder in ihrem Büro. Diesmal begnügte sie sich nicht damit, Weißberger nur eine E-Mail zu schreiben, sondern rief ihn an. Es dauerte eine Weile, bis er sich meldete.

»Weißberger, Kripo Rosenheim, was gibt es?«

»Hier Lüders, Polizeiwache Talfing. Ich will Ihnen mitteilen, dass ich wahrscheinlich einen Schuh und den Rucksack der vermissten Kathinka van der Loor gefunden habe«, erklärte Jasmin.

»Dann ist sie anscheinend doch ums Leben gekommen«, sagte Weißberger so desinteressiert, dass Jasmin ihn am liebsten durchs Telefon gepackt und geschüttelt hätte.

»Frau van der Loor muss in die Schlucht geworfen worden sein. Von selbst hätte sie von der Stelle aus, an der ihre Fährte endete, niemals hineinstürzen können.« Jasmin hoffte, dass Weißberger ihr wenigstens jetzt zuhören würde, doch er lachte nur kurz auf.

»Sie haben eindeutig zu viel Fantasie, Frau Kollegin. Es kann hundert Gründe haben, weshalb der Hund ein paar Meter vor der Klamm stehen geblieben ist. Daraus gleich einen Mord zu konstruieren, halte ich für verwegen.«

Arschloch!, dachte Jasmin und war froh, es nicht laut ausgesprochen zu haben. Bevor sie einen neuen Anlauf machen konnte, sagte Weißberger »Auf Wiederhören!« und legte auf.

Jasmin starrte den Telefonhörer an und widerstand nur mühsam dem Wunsch, ihn gegen die Wand zu werfen. Schließlich legte sie auf und wollte darüber nachdenken, was sie als Nächstes tun sollte.

Da klopfte es schüchtern an ihre Bürotür.

»Herein«, rief sie nicht gerade freundlich.

Die Tür ging zögernd auf und sie sah Maria vor sich, die Tochter des Bürgermeisterkandidaten Albert Hornecker.

»Gibt es wieder Probleme mit der Gegenpartei?«, fragte Jasmin, da sie annahm, Hornecker hätte seine Tochter deswegen geschickt.

Maria schüttelte jedoch den Kopf. »Es ist … es ist …«, setzte sie zu sprechen an und brach dann in Tränen aus. »Es ist so schlimm und ich bin so schlecht«, stöhnte sie, während Jasmin ihr ein Papiertaschentuch reichte, damit sie die nassen Wangen trocknen konnte.

»Was ist so schlimm?«, fragte Jasmin jetzt um einiges freundlicher.

»Das mit dem Matthias«, rief Maria weinend. »Ich hab doch ned gwusst, dass sie ihn gleich verhaften tun. Ich hab mich doch bloß gärgert, weil er mit der van der Loor herumzogen ist, und ihm eins auswischen wollen.«

Jasmin wurde aus dem Gestammel nicht schlau und forderte Maria auf, ihr in Ruhe zu erzählen, was es damit auf sich hatte.

Nach dem Verbrauch zweier weiterer Papiertaschentücher war Maria dann so weit. »Es geht um den Matthias. Er war in der Nacht, in der der Bürgermeister umgebracht worden ist, bei mir, und zwar so lang, wie er gsagt hat. Wenn ich gwusst hätt, dass sie ihn gleich einsperren, hätt ich's doch zugeben. Aber so war ich eifersüchtig und wollt ihm einen Denkzettel verpassen.«

»Das haben Sie auch, und zwar einen gewaltigen.« Da Jasmin Weißberger inzwischen recht gut kennengelernt hatte, würde er Marias neue Aussage als falsches Alibi ansehen und nicht beachten. Sie begriff jedoch, dass die junge Frau die Wahrheit sprach und sich vor Schuld innerlich zerfraß.

»Ich werde schauen, was ich tun kann«, sagte sie seufzend und schob Maria einen Block und einen Kugelschreiber hin. »Jetzt schreiben Sie, dass Matthias Schranzl sich in jener Nacht bei Ihnen aufgehalten hat und zu der Zeit gegangen ist, die er zu Protokoll gegeben hat. Ich werde es einscannen und nach Rosenheim schicken. Ob es aber etwas hilft, weiß ich nicht. Sie hätten es damals zugeben müssen. Jetzt wird der Verdacht bestehen, dass Ihre neue Aussage abgesprochen ist, um Matthias Schranzl zu entlasten. Schenkt man Ihren Worten hingegen Glauben, müssen Sie damit rechnen, wegen Falschaussage belangt zu werden. Es ist nun einmal ein strafbares Delikt.«

»Wenn's dem Matthias hilft, geh ich gern ins Gefängnis«, sagte Maria schluchzend.

»Wahrscheinlich bleibt es bei einer Bewährungsstrafe«, schränkte Jasmin ein. »Allerdings werden wir mehr Beweise brauchen, um Kriminalhauptkommissar Weißberger von Mattias Schranzls Unschuld zu überzeugen.« Es tat ihr leid, Maria keine bessere Auskunft geben zu können. Aber Weißberger hatte mit Grandl schon einmal einen Verdächtigen freigeben müssen, und bei Schranzl würde er sich ganz sicher mit Zähnen und Klauen dagegen wehren.

Mit einiger Mühe, etlichen durchgestrichenen Worten und mehreren Tränenflecken auf dem Blatt wurde Maria mit ihrer Aussage fertig und sah Jasmin danach treuherzig an. »Der Kommissar muss ihn doch freilassen, wo ich doch zugeben hab, dass der Matthias bei mir war.«

»Wollen wir es hoffen.«

Es war nicht mehr als ein Trost, das wusste Jasmin. Wenn sie Maria Horneckers Aussage an Weißberger schickte, musste sie damit rechnen, dass diese im Papierkorb verschwand. Auch der Staatsanwalt würde zögern, gegen den Willen des Kommissars zu handeln. Doch welche Chance hatte sie sonst?

Da schoss ihr auf einmal ein Name durch den Kopf. »Furler!« Wenn ihr jemand helfen konnte, so war es ihr oberster Chef im Polizeipräsidium Rosenheim. Wie er jedoch reagieren würde, wenn sie sich in die Belange der Kriminalpolizei einmischte, konnte sie nicht sagen.

»Ich tue, was ich kann«, versprach sie Maria Hornecker erneut und scannte, als diese nach vielen Danksagungen gegangen war, deren Aussage ein. Danach griff sie zum Telefonhörer und wählte Furlers Nummer. Ihr Anruf wurde im Vorzimmer abgefangen, doch als sie dem entsprechenden Beamten mit Nachdruck erklärte, Furler unbedingt sprechen zu müssen, stellte er sie durch.

»Na, Frau Lüders, haben Sie sich in Talfing gut eingelebt?«, fragte Furler. Er war hörbar bester Laune.

»Ich glaube schon. Allerdings geht es mir jetzt um ein größeres Problem«, erklärte Jasmin und berichtete von ihrem Verdacht, dass nicht der von Weißberger verhaftete Schranzl, sondern ein anderer der Mörder von Talfing war.

»Und höchstwahrscheinlich hat er nicht nur zwei, sondern drei Leute umgebracht«, setzte sie mit einer gewissen Traurigkeit hinzu.

»Das wäre fatal, denn ein Mörder, der frei herumläuft, kann jederzeit wieder zuschlagen«, sagte ihr Chef.

»Vor allem ist es für einen Unschuldigen keine Freude, in Haft zu sitzen für etwas, das ein anderer verbrochen hat«, brachte Jasmin Matthias Schranzl in Erinnerung.

»Das stimmt ebenfalls. Ich kann und werde jedoch nicht in die laufenden Ermittlungen des Kollegen Weißberger eingreifen. Er hat seinen Verdacht und muss ihn vertreten. Seine Ergebnisse sind zudem stimmig. Danach könnte Matthias Schranzl der Mörder sein.«

»Nicht nach dem, was Maria Hornecker mir vorhin gebeichtet hat«, unterbrach Jasmin ihren Chef.

»Um Weißberger zu überzeugen, brauchen Sie nicht nur die Aussage dieser Frau, sondern einen stichhaltigen Beweis«, ermahnte Furler sie.

»Wie soll ich an einen solchen kommen, wenn Weißberger alles blockiert, was Schranzl entlasten könnte?« Nun wurde Jasmin etwas lauter.

Furler lachte jedoch nur darüber. »Ihr Eifer ist lobenswert, Frau Lüders. Ich will Sie auch nicht in der Luft hängen lassen. Sehen Sie zu, dass Sie Beweise finden, die den wahren Mörder belasten. Haben Sie bereits einen Verdacht?«

Jasmin dachte kurz an Simon Mayer, der vom Tod seines Onkels bisher am meisten profitiert hatte. Allerdings besaß dieser ein absolut stichhaltiges und nachgeprüftes Alibi.

»Nein, nicht direkt«, sagte sie daher, bat aber ihren Vorgesetzten, ihr ein paar Informationen zu besorgen.

»Ich sehe zu, was ich tun kann.« Furler amüsierte sich ein wenig über den Elan, mit dem Jasmin zu Werke ging, sagte sich dann aber, dass es gut war, dass sie ihren Verdacht so ernst nahm. Auch wenn dieser sich nicht bewahrheiten sollte, war es besser, als die Hände in den Schoß zu legen und zu hoffen, dass mit Matthias Schranzl tatsächlich der Mörder gefasst worden war.

* * *

In den nächsten Tagen wünschte sich Jasmin, es würde sich in Talfing etwas ereignen, was sie von ihrem Grübeln ablenken konnte. So saß sie an ihrem Schreibtisch, starrte auf Karten und Protokolle und stellte sich immer wieder die gleichen Fragen. Wer hier im Dorf hatte wirklich Grund gehabt, den Pfarrvikar und den Bürgermeister zu ermorden? Und warum, setzte sie in Gedanken hinzu, hatte er dann auch noch Kathinka van der Loor umgebracht? Nur weil das Gerücht herumgegangen war, sie hätte den Mörder gesehen?

Allein kam Jasmin nicht weiter. Sie brauchte einen Anhaltspunkt, hatte aber keine Ahnung, wie sie sich diesen beschaffen konnte. Da Selbstzweifel nichts brachten, stand sie auf und verließ ihr Büro. »Ich mache meine Runde«, erklärte sie ihren Kollegen.

»Haben Sie was dagegen, wenn Loiseder und ich heut nach Tirol gehen?«, fragte Wallner. »Man sieht dort jetzt öfter Leut, von denen man nicht weiß, ob sie normale Touristen sind oder Flüchtlinge, die einen Weg nach Deutschland suchen.«

»Machen Sie das«, forderte Jasmin die beiden auf und marschierte los. Zuerst hatte sie kein Ziel, bog aber dann zum Dorf ab und betrat dort die Krämerei. Wenn sie den Mörder aufstören wollte, war der Dorffunk Schmolcek genau der richtige Ort.

Jasmin traf im Laden neben Veronika Grandl auch Söllners Frau, Anni, die nun in Mayers ›Unterwirt‹ bediente, und mehrere andere Frauen an. Damit, dachte sie, würde sich das, was sie unters Volk bringen wollte, rasch im Dorf verbreiten. »Guten Tag«, grüßte sie freundlich.

»Grüß Gott«, klang es von einigen Frauen zurück, während Anni nur leicht schnaubte.

Für sie war Jasmin ein Eindringling von außen und sah viel zu gut aus. Mit Maria Hornecker besaß sie bereits eine Konkurrentin und da war eine dritte schöne Frau im Ort einfach zu viel.

Während Anni diesem Gedanken nachhing, unterhielt Jasmin sich mit Veronika Grandl, die sie, seit sie mitgeholfen hatte, ihren Mann aus der Untersuchungshaft zu befreien, förmlich auf ein Podest gehoben hatte.

»Ihnen geht es hoffentlich gut?«, fragte sie, da die Schwangerschaft der Grandlin deutlich fortschritt.

Diese nickte eifrig. »Das tut's wirklich. Ich mach aber auch genau das, was mir die Hebamm sagt. Sie meint, wenn ich noch einen Monat durchhalt, dann könnt's gehn.«

»Ich drücke Ihnen die Daumen.« Jasmin lächelte und sprach dann das Thema an, das sie in die Krämerei geführt hatte.

»Ich werde der Kripo Rosenheim raten, die beiden Mordfälle und das Verschwinden Kathinkas van der Loor noch einmal aufzurollen. Es gibt da ein paar Punkte, die unbedingt überprüft werden müssen.«

»Aber ihr habt's doch den Mörder«, wandte Anni ein.

Die Grandlin wiegte unschlüssig den Kopf. »Ich weiß ned! Eigentlich kann ich mir ned vorstellen, dass der Schranzl Hias einen umbringen könnt.«

»Da habe ich auch gewisse Zweifel«, sagte Jasmin lächelnd. »Den Aussagen nach, die Frau van der Loor kurz vor ihrem Verschwinden mir gegenüber gemacht hat, muss Matthias Schranzl nicht zwingend der Mörder sein.« Das war zwar gelogen, aber Jasmin sagte sich, dass ein wenig Kriegslist gestattet sein musste.

»Der Schranzl hat zwar eine große Goschen, aber für einen Mörder halt ich ihn a ned«, erklärte Elisabeth Söllner.

»Er war alleweil hilfsbereit und hat, als der Quintano damals nach Talfing gekommen ist, dem auch geholfen, das Pfarrhaus neu zu weißeln, weil er sich wegen den ausländerfeindlichen Parolen, von denen ein paar a von ihm gwesen sind, gschämt hat. Warum also hätt er ihn umbringen sollen?«

Die Grandlin und die anderen Frauen spielten in einer Weise mit, als hätte Jasmin ihnen vorher erklärt, was sie sagen sollten. Nun kam es darauf an, dass die Nachricht an die richtige Adresse gelangte, damit der wahre Mörder nervös wurde und Fehler machte, dachte Jasmin. Sie kaufte sich, als sie an der Reihe war, einen Schokoriegel und verließ anschließend zufrieden den Krämerladen.

* * *

Viel schneller, als Jasmin erwartet hatte, verbreitete sich in Talfing das Gerücht, Matthias Schranzl wäre vielleicht doch nicht der Mörder. Selbst jene, die in der Vergangenheit ein Opfer seiner scharfen Zunge geworden waren, wünschten ihm nun, dass er bald freikommen würde. Viele erinnerten sich daran, wie oft er anderen geholfen hatte, wenn Not am Mann war, und einige behaupteten auch, sie hätten ihn bei den Aufräumarbeiten nach dem Unwetter schmerzlich vermisst.

Im ›Unterwirt‹ verkündete Toni Innauer die Nachricht. Er hatte sie von seiner Mutter gehört und diese von Veronika Grandl. Daher war es kein Wunder, dass in seiner Erzählung Jasmin kurz davor war, den echten Mörder ausfindig zu machen.

Die jungen Burschen am Stammtisch, aber auch die älteren Gäste diskutierten heiß miteinander, doch sie kamen zu keinem Ergebnis. Ebenso wenig, wie sie Matthias Schranzl den Mord zutrauten, glaubten sie, dass es ein anderer Talfinger gewesen war.

Nach einer Weile drückte Simon Mayer seine halb gerauchte Zigarette aus. »Die Lüders glaubt also, den richtigen Mörder zu kennen? Dann wünsch ich ihr viel Erfolg. Es wär doch schad, wenn der Schranzl Hias lebenslänglich kriegen tät.«

»Das wär's wirklich«, stimmte ihm der junge Innauer zu.

»Aber wer soll's sonst sein?«, fragte einer der anderen Gäste.

Toni Innauer begann zu grinsen. »Das hat die Lüders ned erzählt. Aber einen Verdacht hat sie, sagt die Mama.«

Unter Tonis Zuhörern war ein Mann, dem das Gesagte nicht mehr aus dem Kopf ging. Er ging wenig später nach draußen und starrte zur Polizeiwache hinüber. Dort sah zunächst alles aus wie immer. Dann jedoch beobachtete er, wie Jasmin herauskam. Über der Schulter trug sie ein Seil und sie schlug den Weg zur Klamm ein.

»Sie muss was gefunden haben! Aber was?«, murmelte er vor sich hin und blickte Jasmin nach, bis diese hinter einer Biegung des Wanderweges verschwand. Um sich zu beruhigen, holte der Mann eine Zigarettenschachtel aus der Tasche und zündete sich eine Zigarette an. Nach zwei hastigen Zügen drückte er sie wieder aus. Ich muss etwas unternehmen, fuhr es ihm durch den Kopf.

Wenn die Polizistin wirklich einen Beweis vorlegen konnte, würde dieser für ihn zu einem Strick um den Hals werden. Das durfte er nicht zulassen. Grimmig entschlossen suchte er seine Wohnung auf, öffnete eine Kommode und holte zwei Latexhandschuhe heraus. Als er sie anziehen wollte, fiel ihm ein, dass er damit auffallen würde, und stopfte sie in seine Jackentasche. Danach kramte er so lange in der Schublade, bis er seinen Hirschfänger und eine kleine Damenpistole in der Hand hielt. Er prüfte, ob die Waffe richtig geladen war, steckte sie und das Messer ebenfalls ein und verließ seine Wohnung.

Draußen setzte er sich in sein Auto und fuhr los. Kurz bevor er die Einfahrt in die Schlucht erreichte, blickte er nach oben zum Wanderweg und sah, wie Jasmin flink wie eine Gams auf die Klamm zuschritt. Sie wirkte dabei so zielstrebig, dass er leise fluchte. Wenig später fuhr er auf den kleinen Wanderparkplatz, den die Gemeinde bei der Schlucht eingerichtet hatte, und stellte sein Auto so ab, dass es vom Wanderweg aus nicht gleich gesehen werden konnte. Danach eilte er bergan, so rasch es ging, um ebenfalls die Klamm zu erreichen. Auch wenn er sich mehrfach umsah, entdeckte er keine Wanderer. Es schien fast, als wären er und Jasmin Lüders allein auf der Welt. Ich gegen sie, dachte er und begann zu schwitzen, obwohl ein kühler Wind wehte und aus tief hängenden Wolken die ersten Regentropfen fielen.

* * *

Als Jasmin das untere Ende der Klamm erreichte, blieb sie an jener Stelle stehen, bis zu der Kathinka van der Loor laut der Reaktion der Suchhündin gekommen war. Der Ort war vom Dorf aus nicht einzusehen. Auch sonst hätte jemand ganz in der Nähe sein müssen, um beobachten zu können, wie die junge Niederländerin ums Leben kam.

»Die Stelle ist ideal für einen Mord«, sagte sie mit einem leichten Schaudern, schlug einen Haken in den Fels, befestigte ihr Seil daran und kletterte in die Tiefe. Es war unheimlich, wie düster es auf einmal wurde. Jasmin hatte das Gefühl, als würde sie in eine andere Welt eintauchen, und etwas in ihr drängte sie, schnell nach oben zu steigen. Sie biss jedoch die Zähne zusammen und ließ sich so weit hinab, bis sie knapp über dem wild strömenden Bach hing. Einen kurzen Moment dachte sie daran, dass sie Kager hätte mitnehmen sollen. So konnte jeder, der oben vorbeikam, das Seil durchschneiden und sie war in der Klamm gefangen. Ob sie es schaffen würde, aus diesem düsteren Felseinschnitt wieder herauszukommen, erschien ihr zweifelhaft.

»Jetzt mach dir nicht in die Hose!«, schimpfte sie mit sich selbst. »Erstens muss der Mörder erst einmal erfahren, dass ich angeblich einen Hinweis auf ihn habe, und zum anderen wird er nicht gleich hinter mir herkommen, um auch mich umzubringen.«

Trotzdem achtete Jasmin darauf, die mögliche Fallhöhe gering zu halten, falls wirklich etwas geschähe. Das, was sie hier suchte, entdeckte sie jedoch nicht. Sie hatte gehofft, den Leichnam Kathinka van der Loors zu finden, doch entweder hatte das Hochwasser ihn fortgespült, oder ...

Jasmins Blick wanderte unwillkürlich die Klamm hoch. Hätte sie die Niederländerin ermorden wollen, indem sie sie in die Klamm warf, wäre das gleich hier unten kein guter Platz, denn ein paar Meter entfernt traf der Weg auf die Klamm und weitete sich an der Stelle zur Schlucht. Also musste der Täter die Frau ein Stück getragen und weiter oben die Felsen hinabgestürzt haben. Hier unten wäre Kathinka van der Loor als Erstes gesucht und wohl auch gefunden worden. Derjenige, der sie umgebracht hatte, musste damit rechnen, dass irgendetwas von ihm an ihr haften geblieben war und ihn verraten konnte. Also hatte er dafür gesorgt, dass der Leichnam nicht mehr gefunden wurde.

Kaum hatte Jasmin diesen Schluss gezogen, kletterte sie wieder nach oben und erreichte die Kante der Klamm, ohne zu bemerken, dass jemand weniger als fünfzig Meter an sie herangekommen war und sich blitzschnell hinter einen Felsen duckte.

Der Mann hielt den Hirschfänger, mit dem er das Seil hatte durchschneiden wollen, bereits in der Hand. Wut stieg in ihm hoch, denn ihm hatten nur ein paar Sekunden gefehlt, dieses Problem in Weibergestalt zu beseitigen. Die Polizistin hätte sich entweder zu Tode gestürzt oder wäre schwer verletzt in der Klamm liegen geblieben. Herausgekommen wäre sie auf jeden Fall nicht mehr.

Der Verstand sagte ihm, dass die Behörden diesen ›Unfall‹ sicher genauer untersuchen würden als den der Niederländerin und die Chance für ihn, davonzukommen, dadurch geringer werden würde. Aber wenn er diese Schnüffelnase nicht aus dem Weg räumte, war die Gefahr für ihn, entlarvt zu werden, noch weitaus größer. Daher sah er angespannt zu, wie Jasmin ihr Seil aufrollte und den schmalen Weg zwischen der Klamm und der

Felswand weiter hochging. Zunächst war der Pfad noch breit genug, sodass zwei Menschen ohne Probleme aneinander vorbeigehen konnten. Nach etwa einhundert Metern aber verengte er sich auf teilweise nur noch knapp einen halben Meter. Wer der Klamm weiter nach oben folgen wollte, musste absolut schwindelfrei sein. Etwas Schweres wie den Körper eines Menschen konnte man ab dieser Stelle jedoch nicht mehr tragen.

Das begriff auch Jasmin. Sie blieb stehen und sah kurz in die Tiefe, zuckte aber sofort wieder zurück. Die Klamm war hier noch tiefer als weiter unten und höchstens zwei Meter breit.

Jasmin suchte eine Stelle, an der sie einen Sicherungshaken einschlagen konnte, und trieb ihn in den Fels. Danach hängte sie den Hammer wieder an den Gurt, hakte ihr Seil ein und stieg vorsichtig hinab. Auch hier gab es mehrere Gletschermühlen, allerdings waren die bis auf eine kaum größer als eine Waschschüssel. Das große Loch aber maß etwa anderthalb Meter im Durchmesser und schien ziemlich tief zu sein. Als Jasmin näher an die Öffnung herankam, sah sie einen nackten Fuß bleich aus dem Wasser herausragen, mit dem die Gletschermühle gefüllt war.

Nach dem ersten Schreck lockerte Jasmin unwillkürlich ihren Griff um das Seil und rutschte ein Stück tiefer. Es war eine Sache, etwas als sicher anzunehmen, und eine andere, sich auf diese Weise bestätigt zu sehen. Wie es aussah, war die junge Niederländerin in dieses Loch gestürzt, und selbst die nach dem Unwetter hier herabschießenden Wassermassen hatten ihren verkeilten Leichnam nicht mit sich reißen können.

Jasmin atmete tief durch und beschloss, wieder hochzuklettern und nach Rosenheim zu melden, dass sie die Vermisste gefunden hatte. Plötzlich hielt sie inne. Sie wusste nicht, was ihre Aufmerksamkeit erregt hatte. Ein Geräusch konnte es angesichts des durch die Klamm schießenden Wassers nicht gewesen sein. Vielleicht war es ein Schatten gewesen, der kurz in die Klamm gefallen war, oder ein herabfallender Stein. So schnell sie konnte, nahm sie einen Sicherungshaken, drückte ihn in einen Felsspalt und hämmerte ein paar Mal drauf. Zwar traf der Hammer nicht richtig, aber der Haken wirkte fest. Es war keinen Augenblick zu früh, denn sie spürte, wie etwas an ihrem Seil zupfte. Sie hakte sich ein und hoffte, dass die Sicherung hielt.

Nur einen Moment später wurde das Seil oben durchtrennt und fiel herab. Es gab einen Ruck, der Haken senkte sich etwas, doch bevor er sich lösen konnte, verklemmte er sich in der Spalte und Jasmin hing einige Meter unterhalb der Kante in relativer Sicherheit. Sie hielt das eine Ende des Seils noch immer in der Hand, holte das andere jetzt ein und blickte nach oben.

* * *

Der Mörder hatte gewartet, bis Jasmin ihr Seil befestigte, und hätte am liebsten höhnisch gelacht, als er sie erneut in die Tiefe steigen sah.

»Diesmal kommst mir nimmer aus«, sagte er grinsend und eilte los. Noch war der Pfad breit genug, doch in seiner Anspannung wäre er beinahe fehlgetreten und in die Klamm gestürzt.

»Sakra, pass doch auf!«, schimpfte er sich selbst aus und ging vorsichtig weiter. Zu viel Zeit durfte er sich nicht lassen. Wenn die Polizistin wieder heraufkam, würde er schneller schießen müssen als sie. Ein Schuss aber konnte gehört werden, und er wollte dieses Biest lieber so unauffällig wie möglich aus dem Weg räumen.

Er erreichte die Stelle, an der Jasmin ihren Sicherungshaken eingeschlagen hatte, und fasste nach dem Seil. Es war straff gespannt, also hing sie mit ihrem gesamten Gewicht daran. Feixend zog er seinen Hirschfänger und begann, das Seil durchzuschneiden. Es ging nicht so leicht, wie er gehofft hatte, denn die einzelnen Stränge waren zäh und er musste ganz schön arbeiten, bis es endlich unter der Last nachgab und die letzten Fasern zerrissen.

Jetzt musste es platschen, dachte er und lauschte. Das Wasser der Klamm rauschte jedoch zu laut, als dass er etwas hätte hören können. Neugierig beugte er sich nach vorne, um nachzuschauen, ob alles geklappt hatte.

In dem Moment schleuderte Jasmin das Seil nach oben, fühlte mehr, als sie es sah, wie es sich um etwas schlang, und zerrte mit aller Kraft daran.

Ein erstickter Schrei ertönte, dann stürzte jemand an ihr vorbei, schlug dabei hart gegen die Felswand und blieb ein Stück unter ihr an einem Vorsprung hängen. Im nächsten Moment fiel das Seil wie eine Schlange herab und schrammte über Jasmins Gesicht. Unwillkürlich griff sie zu und fing es auf. Für einen Augenblick war sie wie erstarrt. Dann wurde ihr klar, dass sie den Mörder möglichst lebend in die Hände bekommen musste. Da der Mann sich nicht rührte, kletterte sie vorsichtig zu ihm herunter und schlug einen Haken über ihm in die Wand. Anschließend wickelte sie das andere Ende des Seils, an dem sie ebenfalls noch hing, um ihn und sicherte es mit dem Haken. Selbst wenn seine Lodenjacke nachgab, die sich an einer Felsspitze verhakt hatte und ihn in der Wand festhielt, würde er dort hängen bleiben.

Sie atmete tief durch, prüfte den Puls des Regungslosen. Er lebte tatsächlich noch, wenn auch mit schwachem Herzschlag. Obwohl es in der Klamm nicht gerade hell war, erkannte sie mit einer gewissen Verwunderung, wer der Mann war, der sie hatte umbringen wollen: Simon Mayer! Also war er doch der Mörder und das trotz seines scheinbar wasserdichten Alibis. Sie wunderte sich, wie schnell er reagiert hatte. Anscheinend hatte ihr Märchen, sie wäre dem Täter auf der Spur, in seinen Ohren sehr glaubhaft geklungen.

Während dieser Überlegungen schlug sie einen weiteren Haken ein, mit dem sie das lose Ende des Seils sicherte. Danach blickte sie hoch und fand, dass die Wand der Klamm zerklüftet genug war, um ihren Fingern und Füßen Halt zu bieten. Sie löste ihre Sicherung, verknotete das Seil noch einmal an dem Bewusstlosen und begann, vorsichtig nach oben zu klettern.

Es war eine teuflische Angelegenheit, denn der Fels war vom Regen schlüpfrig geworden und sie nun vollkommen ungesichert. Wie lange sie für die Strecke brauchte, konnte sie später nicht mehr sagen. Schließlich erreichte sie völlig erschöpft die Kante und zog sich auf das schmale Felsband.

Erst nach einigen Minuten hatte Jasmin sich so weit erholt, dass sie wieder aktiv werden konnte. Als Erstes legte sie sich flach auf den Fels und streckte den Kopf nach vorne, um in die Klamm hineinschauen zu können. Simon Mayer baumelte schlaff über der Gletschermühle, in der Kathinka van der Loors Leichnam lag. Ob er noch bewusstlos war oder inzwischen tot, konnte sie nicht feststellen, und sie war nicht sicher, wie lange die beiden Haken und das Seil ihn halten würden.

Mit einer müden Bewegung zog Jasmin ihr Handy aus der Tasche, rief die Polizeiwache an und wartete, bis Kager sich meldete.

»Herr Kollege, ich bin oben bei der Klamm. Ich habe den Leichnam der Vermissten gefunden und wahrscheinlich auch ihren Mörder. Der hängt allerdings an einem Seil in der Klamm, und wenn nicht bald Hilfe kommt, fällt er in die gleiche Gletschermühle, in der die Tote liegt.«

»Was sagen Sie?«, rief Kager überrascht.

»Haben Sie Petersilie in den Ohren?«, fragte Jasmin verärgert. »Ich brauche sofort jemanden von der Bergwacht, der den Mörder herausholt, bevor die Haken oder das Seil nachgeben und er abstürzt. Dazu benötige ich einen Arzt, denn der

Mann ist entweder schwer verletzt oder tot. Und informieren Sie Herrn Kriminalhauptkommissar Weißberger, dass er seine Ermittlungen in diesem Fall endlich abschließen kann!«

»Die Petersilie hätt's ned braucht«, beschwerte sich Kager. »Ich schick Ihnen den Wallner. Der kann den Innauer Toni mitnehmen, weil der zur Bergwacht gehört. Mehr Leut haben da keinen Platz. Es ist doch ziemlich eng dort.«

»Halten Sie keine Volksreden, sondern tun Sie endlich was!«, schimpfte Jasmin und beendete die Verbindung.

Danach legte sie sich wieder flach auf den Weg und dankte dem Himmel, weil dieses Abenteuer so glimpflich ausgegangen war. Sie hatte nicht erwartet, dass der Mörder so rasch und radikal handeln würde, und es beinahe mit dem Leben bezahlt.

* * *

Wallner kam, so schnell er es vermochte. Noch schneller war der junge Innauer, den er telefonisch informiert hatte.

Dieser erreichte Jasmin ganz abgehetzt und sah sie grinsend an. »Der Kager hat gsagt, du hättst den Mörder gefangen? Es war also Gott sei Dank ned der Matthias!«

»Ich weiß nicht, ob Ihnen der wirkliche Täter besser gefällt«, sagte Jasmin und richtete sich auf. »Mein erster Sicherungshaken ist noch da. Wenn Sie Ihr Seil einhängen, kann ich runterklettern und den Mann daran befestigen.«

»Das mach ich lieber selbst«, erklärte Toni und nahm das Seil, das er mitgebracht hatte, von den Schultern. Er hakte es ein und kletterte nach unten. Es dauerte eine Weile, bis er zurückkam. Die gesunde Bräune, die er der Sommersonne verdankte, war einem stumpfen Grau gewichen.

»Ich hab den Mann so gsichert, dass wir ihn aufziang können. Und ich hab a den Fuß gsehen. Es muss die Holländerin sein, denn sonst ist ja niemand in der letzten Zeit abgängig.«

»Wissen Sie, ob der Mann noch lebt?«, fragte Jasmin, da es besser war, wenn die Kripo Mayer vernehmen könnte, statt einem Toten die Morde durch Indizien beweisen zu müssen, was nur durch akribische Arbeit möglich wäre.

»Er hat gstöhnt, als ich ihn anglangt hab, also lebt er noch«, antwortete Toni und rief Wallner zu sich, damit er ihm half, den Verletzten heraufzuholen.

Jasmin zwängte sich an den beiden vorbei und ging nach vorne bis zum Wanderweg. Dort setzte sie sich auf einen kleinen Felsvorsprung und versuchte zu verarbeiten, was geschehen war.

Als wenig später der Notarzt und zwei Sanitäter erschienen, war sie bereits wieder auf den Beinen. Sie führte die Männer zu der Stelle, an der Toni Innauer und Wallner den Verletzten hingelegt hatten, und sah zu, wie dieser versorgt wurde.

Wallner hatte Latexhandschuhe übergezogen und zeigte auf Mayers Jackentasche. »Ich hab mal hineingeschaut. Wenn man spazieren geht, läuft man eigentlich selten mit solchen Handschuhen, wie ich sie anhab, und einer geladenen Pistole herum.«

»Sie können die Jacke haben. Wir müssen sie ihm eh ausziehen«, sagte der Arzt.

»Wie steht es mit ihm?«, fragte Jasmin.

»Schienbeinbruch, schwere Prellungen und den Kopf hat er sich angeschlagen. Aber Lebensgefahr besteht keine.«

»Gott sei Dank!«, entfuhr es Jasmin. Auch wenn Simon Mayer ein Verbrecher war, so hätte sie nicht gewollt, dass er durch ihre Hand starb.

»Wir bringen ihn nach vorne zu einer Stelle, an der der Hubschrauber landen kann. Ihn bis ins Dorf zu tragen und von dort mit dem Krankenwagen wegzubringen, ist zu aufwendig«, fuhr der Arzt fort.

»Sie sind der Arzt und müssen das entscheiden«, sagte Jasmin und sah dann Toni Innauer an, der langsam wieder seine normale Farbe bekommen hatte.

»Sie haben die Tote auch gesehen!«

»Bloß einen Fuß, aber das hat mir ehrlich gsagt greicht.« Toni schüttelte sich und war froh, als er den Pfad endlich verlassen konnte.

Wallner gesellte sich zu Jasmin und sah sie fragend an. »Wann sind Sie darauf gekommen, dass Simon Mayer der Mörder sein muss?«

»In dem Augenblick, in dem er an meinem Seil hing. Immerhin besaß er ein perfektes Alibi. Doch wenn ich es genau bedenke, war es gar nicht so schwer, das vorzutäuschen. Er musste nicht vor Ort sein, sondern nur die Telefonverbindung bestehen lassen.«

»Sie meinen, der hat einfach den Hörer danebengelegt und ist gegangen? Aber dann muss sein Gesprächspartner mit ihm im Bund gewesen sein, denn der durfte auch nicht auflegen.«

Jasmin nickte. »Genau das meine ich, Kollege Wallner! Aber das herauszufinden ist nicht mehr meine Sache, sondern die unseres verehrten Herrn Kriminalhauptkommissars Weißberger. Mir reicht das, was ich erlebt habe, ehrlich gesagt vollkommen.«

»Stimmt es, dass Sie Kathinka dort in der Klamm gefunden haben?«, fragte Wallner bedrückt.

»Da nur ein Fuß aus dem Wasser ragt, konnte ich sie nicht identifizieren. Zu der Zeit ist jedoch keine andere Frau als vermisst gemeldet worden.« Es tat Jasmin leid, dies ihrem Kollegen sagen zu müssen.

In Wallners Gesicht arbeitete es und über seine Wangen liefen ein paar Tränen. Dann wurde seine Miene hart. »Ich bin froh, dass Sie den Schuft, der sie umgebracht hat, erwischt haben. So eine Drecksau, so eine greisliche! Der gehört eingesperrt und nie mehr herausgelassen!«

»Das wird der Richter entscheiden. Aber selbst bei humanstem Strafvollzug kommt ein Dreifachmörder nicht mit fünfzehn Jahren davon.«

Im Augenblick gönnte Jasmin dem Mörder mindestens die dreifache Zahl an Jahren im Gefängnis. Sie sagte sich jedoch, dass die Bestimmung des Strafmaßes nicht ihre Sache war, und sah zu, wie ein Stück weiter vorne ein Hubschrauber landete und der Verletzte an Bord geschafft wurde.

»Für den Kerl ist der Hubschrauber viel zu schad!«, brach es aus Wallner heraus. »Den hätten sie mit dem Mistwagen ins Krankenhaus fahren sollen.«

Augenblicke später wurde ihre Aufmerksamkeit von Kommissar Weißberger in Anspruch genommen, der mit langen Schritten herangestürmt kam.

»Was soll das heißen, Sie hätten den Mörder von Talfing gefangen?«, fuhr er Jasmin wie ein wild gewordener Stier an.

»Genau das! Wir haben den Mann gefasst, der die drei Morde begangen hat«, antwortete Jasmin kühl.

Weißberger durchbohrte sie schier mit seinen Blicken. »Die Ermittlungen in diesem Fall leite ich! Sie hatten nicht das geringste Recht, sich einzumischen.«

»Hätte ich mich von dem Mann vielleicht umbringen lassen sollen, als er es versucht hat?«, fragte Jasmin provokant.

»Umbringen lassen?«, rief Weißberger verwirrt.

»Der Mann hat, als ich mich in die Klamm abgeseilt habe, um nach der vermissten Kathinka van der Loor zu suchen, mein Sicherungsseil durchgeschnitten. Er hatte nur das Pech, dass ich es früh genug gemerkt habe und mich an einem schnell in eine Felsspalte geschlagenen Sicherungshaken festmachen konnte. Als er sich über den Rand der Klamm beugte, um mich endgültig zu erledigen, habe ich ihn mit dem Seil erwischt und aus dem Gleichgewicht gebracht. Dabei ist er in die Klamm gestürzt.«

»Das war versuchter Mord«, platzte Weißberger heraus.

Wallner protestierte. »Ich tät eher sagen: Notwehr! Den Mord hat nämlich der Mayer Simon versucht. Übrigens hatte er Latexhandschuhe in seiner Jackentasche und eine kleine geladene Pistole. Die hätt gereicht, um Frau Lüders zu erledigen.«

Er lächelte bei diesen Worten, doch es wirkte nicht freundlich. Mayer hatte die Frau umgebracht, die er geliebt hatte, und so ärgerte ihn Weißbergers Auftreten ebenso wie dessen sichtliche Weigerung, die Tatsachen zu akzeptieren.

»Wir sprechen auf jeden Fall noch drüber«, drohte dieser Jasmin an.

»Sehr gerne. Ich freue mich darauf. Bis dahin habe ich auch meinen Bericht fertig. Ach ja, da Sie schon hier sind, können Sie auch den Schuh und den Rucksack bergen, die ich weiter unten in der Schlucht entdeckt habe. Als ich Ihnen das am Telefon gesagt habe, wollten Sie nichts davon wissen. Aber es kann sein, dass es jetzt wertvolle Beweisstücke sind.«

Ebenso wie ihrem Kollegen Wallner passte Jasmin Weißbergers Auftreten ganz und gar nicht. Er hatte zu vorschnell einen Tatverdächtigen aus dem Zylinder gezogen und dem eigentlichen Mörder damit beinahe zum Erfolg verholfen.

Weißberger schnaubte, hielt jedoch den Mund und ging in Richtung der Schlucht davon.

»Dem haben wir's aber gezeigt«, meinte Wallner grinsend und verriet Jasmin damit, dass er sich mit den Gegebenheiten in der Polizeiwache abgefunden hatte.

Sie war froh darüber, denn nach anfänglichen Missverständnissen kam sie sehr gut mit ihm zurecht. Das galt aber auch für Loiseder und Kager. Mit diesen Kollegen, sagte sie sich, würde sie den Auftrag, die Grenze zu überwachen und zu verhindern, dass der Weg von Schleusern genutzt wurde, erfüllen können.

Da drehte Weißberger sich noch einmal um. »Frau Lüders! Kommen Sie und zeigen Sie mir, wo dieser Schuh und der

Rucksack liegen. Oder glauben Sie, ich will die gesamte Schlucht danach absuchen?«

»Vergönnen tät ich's dem Kerl«, murmelte Wallner.

Jasmin hatte dem nichts hinzuzufügen, setzte sich aber in Bewegung und folgte Weißberger.

12. Ausklang

Die Entlarvung von Simon Mayer als Dreifachmörder von Talfing traf die Dorfgemeinschaft schwer. Zum zweiten Mal innerhalb weniger Wochen verlor sie ihren Treffpunkt und die jungen Männer ihren Stammtisch. Auch für die Politik erwies sich die Entwicklung als hinderlich, denn sowohl Anton Innauer senior wie auch Albert Hornecker hatten Veranstaltungen in der Gastwirtschaft geplant, um die Bürger von Talfing dazu zu bringen, bei der Bürgermeisterwahl für sie zu stimmen. Man wusste nicht einmal, wo die Wahl überhaupt stattfinden konnte. Das Gemeindeamt war dafür zu klein, der ehemalige Gasthof ›Zum Hirschen‹ wurde noch umgebaut und der ›Unterwirt‹ war nach der Verhaftung seines Besitzers geschlossen.

Das waren jedoch alles Probleme, die zum Glück nicht in Jasmins Aufgabenbereich fielen. Es gab für sie auch so genug zu tun. Ihre drei Kollegen wurden einer nach dem anderen nach Rosenheim beordert und dort stundenlang ausgefragt. Kager und Loiseder konnten sich noch damit herausreden, dass sie von den Ereignissen genauso überrascht worden waren wie alle anderen. Als Wallner von Weißberger durch die Mangel gedreht wurde, gab er zu, dass Jasmin und er nach der vermissten Kathinka van der Loor gesucht hätten und seine Vorgesetzte dabei auf die Spur gestoßen sei, die zu Simon Mayer geführt hatte.

Als Letzte war Jasmin an der Reihe, und der Gang zu Weißbergers Büro wurde zu einem Spießrutenlauf. Ihre früheren Kollegen Ruckinger und Hauser hatten sie den übrigen Kollegen gegenüber in einem so schlechten Licht dargestellt, dass einige von ihnen sich nicht zurückhalten konnten.

»Der Weißberger wird die zusammenfalten, dass sie in eine Streichholzschachtel passt«, prophezeite einer der Polizisten, an denen Jasmin vorbeiging.

»Die ist eine typische Preußin, vom Ehrgeiz zerfressen«, kommentierte ein anderer.

Jasmin ärgerte sich über diese Sprüche, sagte aber nichts, sondern ging mit raschen Schritten auf Weißbergers Büro zu, klopfte und trat nach der Aufforderung ein. »Grüß Gott, Herr Kriminalhauptkommissar«, grüßte sie.

Weißberger schaute von seinem Schreibtisch auf und musterte sie durchdringend.

»Grüß Gott, Frau Kollegin. Setzen Sie sich.«

Jasmin befolgte die Aufforderung und sah Weißberger neugierig an. »Wo drückt der Schuh?«

»Abgesehen davon, dass Sie mich wie einen Deppen dastehen haben lassen, nirgends! Wollen Sie einen Kaffee?«

Die Frage kam überraschend. Jasmin nickte jedoch. »Ich hätte nichts dagegen. Bei unseren Kollegen in Tirol bekomme ich auch immer einen.«

»Ach ja, Tirol. Sie arbeiten mit den dortigen Exekutivbehörden zusammen, damit der Grenzweg nicht als Schleuserpfad benutzt werden kann.« Weißberger nickte kurz und rief dann seinen Assistenten Faschner zu sich.

»Holen Sie zwei Kaffee mit viel Milch für Frau Lüders und schwarz für mich. Dafür aber mit Zucker.«

»Für Sie oder die Frau Lüders?«

»Für mich bitte keinen Zucker. Mir reicht die Milch«, antwortete Jasmin freundlich.

»Also ist er für mich.« Weißberger bedachte seinen Untergebenen mit einem Blick, als hätte er einen Schwachsinnigen vor sich.

»Wo war ich?«, fuhr er dann fort. »Ach ja, bei den Schleusern. Es ist sehr wahrscheinlich, dass sie es bald über Talfing versuchen werden. Aber das ist Ihre Sache und nicht meine.«

Da Faschner mit den Kaffees zurückkam, verstummte Weißberger, gab zwei Stück Zucker in seine Tasse und trank einen Schluck, bevor er weitersprach. »Die kriminaltechnischen Untersuchungen sind so gut wie abgeschlossen. Auch wenn der Täter mit großem Geschick vorgegangen ist, konnten die Spuren bis zu ihm verfolgt werden. Am Griff des Beiles, mit dem der Pfarrvikar Pablo Quintano erschlagen worden ist, wurden DNA-Spuren von Simon Mayer gefunden. Er ist anscheinend trotz aller Vorsicht mit einer Hautstelle dagegengekommen.«

»Aber warum hat er den Pfarrvikar umgebracht?«, fragte Jasmin. »Der hatte mit der ganzen Sache doch nichts zu tun.«

»Es war nicht leicht, das aus Simon Mayer herauszuholen, aber am Ende hat er dann doch gestanden. Pablo Quintano hatte ihn gesehen, als er mit dem Beil in der Hand vom Grandlhof in Richtung der Gastwirtschaft seines Onkels ging. Wäre dieser kurz danach umgebracht worden, hätte der Pfarrvikar sich an die Szene erinnert und sich bei uns gemeldet. Damit hätte Simon Mayer als Hauptverdächtiger gegolten. Um das zu verhindern, ist er Quintano zu der Senke gefolgt und hat ihn hinterrücks erschlagen.«

Weißberger legte erneut eine Pause ein und lehnte sich zurück. Bisher hatte er Jasmin für eine zu große, zu magere und vor allem zu störrische Frau gehalten. Jetzt aber fand er ihre Größe und ihre Proportionen ideal und ihr Gesicht hübsch genug, um sogar mit Filmstars mithalten zu können. Etwas verwirrt, welche Wege seine Gedanken einschlugen, zwang er sie, sich wieder auf die Morde in Talfing zu richten.

»Sie werden sich bestimmt fragen, aus welchen Gründen Simon Mayer seinen Onkel umgebracht hat. Es ist genau der Sachverhalt, über den er beim Verhör am meisten gesprochen hat. Zum einen tat er es aus reinem Hass, gibt aber seiner Mutter die Schuld, ihn dazu aufgestachelt zu haben. Zum anderen jedoch sah er, wie sein Onkel sich in der Dorfhierarchie bis zum fast unumschränkten Herrscher hochgearbeitet hatte, und wollte ihn aus dem Weg räumen, um dessen Stelle einnehmen zu können. Dafür aber brauchte er eine Quasi-Aussöhnung mit Oberhuber, um nicht von vorneherein als Verdächtiger angesehen zu werden. Er hat sich für diesen Zweck mit seinem Bekannten Schuster zusammengetan, und der hat ihm mit dem Telefongespräch, dessen Dauer nachgewiesen werden konnte, das notwendige Alibi verschafft. Zudem hatte er Glück, dass Xaver Grandl gerade an dem Abend, an dem er den Pfarrvikar umbrachte, von Matthias Schranzl gegen diesen aufgehetzt worden war und daher verdächtig wirkte.«

»Das ist alles schön und gut«, sagte Jasmin. »Aber es ergibt doch keinen Grund für den dritten Mord.«

»Daran war das Gerede im Dorf schuld. Als es hieß, Kathinka van der Loor hätte die Tat beobachtet, bekam Mayer Angst, sie könnte ihn doch noch identifizieren. Die verstärkte sich wohl, nachdem die junge Frau mehrmals in der Begleitung des Kollegen Wallner gesehen wurde, und steigerte sich zur Panik. Daher brachte er sie ebenfalls um. In diesem Fall ist die Beweislage absolut eindeutig. Sowohl an der Kleidung der Frau wie auch an ihrem Rucksack sind DNA- und Faserspuren von Simon Mayer festgestellt worden.«

»Und der Mordversuch an mir?«

»Wieder reine Panik. Mayer dachte, Sie hätten irgendetwas entdeckt, und wollte Sie aus der Welt schaffen, bevor Sie die entsprechenden Informationen weitergeben konnten. Er rechnete nur nicht damit, dass Sie ein härterer Brocken sind, als er angenommen hatte.«

Weißberger lachte kurz und schüttelte dann den Kopf. »Sie haben mich genauso schlecht aussehen lassen wie Ihre früheren Kollegen. Das muss ich mir allerdings selbst zuschreiben. Immerhin haben Sie mehrfach versucht, mir Ihre Vermutungen mitzuteilen, aber ich habe mich leider nicht damit befasst.«

Als er das zugab, wirkte er auf Jasmin direkt sympathisch. Der Holzkopf, für den sie ihn gehalten hatte, war er also doch nicht.

Noch war Weißberger nicht fertig. »Der Plan, den Simon Mayer und sein Komplize Schuster sich ausgedacht haben, war scheinbar genial. Da war das angebliche Telefongespräch, dessen Dauer nachgewiesen werden konnte. Damit es nicht irgendwie auffiel, dass die Leitung nicht benützt wird, hat Schuster ein Hörbuch laufen lassen, pikanterweise das eines Kriminalromans. Schuster wurde inzwischen in München verhaftet und mit Mayers Aussage konfrontiert. Noch redet er sich damit heraus, ihm nur einen Gefallen getan zu haben, ohne zu wissen, was Mayer plante.«

Weißberger verzog kurz das Gesicht und lächelte Jasmin an. »Ich hoffe, Sie sind mir nicht allzu böse, weil ich mich von der Sachlage habe täuschen lassen.«

»Warum sollte ich?«, fragte Jasmin noch etwas distanziert.

»Darf ich Sie in der nächsten Zeit in den Gasthof in Talfing zum Abendessen einladen? Er soll ja bald wiedereröffnet werden.«

»Sie meinen das neue ›Le cerf‹? Aber gerne.« Jasmin fragte sich mit einem gewissen Vergnügen, was Weißberger sagen würde, wenn er statt einer gemütlichen bayerischen Wirtschaft einen Gourmettempel vorfand. Auf sein Gesicht war sie jedenfalls gespannt.

»Dann melde ich mich bei Ihnen. Meine Gratulation! Sie haben gute Arbeit geleistet. In Zukunft passe ich besser auf, um mich nicht noch einmal zu blamieren.« Weißberger reichte ihr die Hand und sie spürte, dass seine Anerkennung ehrlich gemeint war.

»Ich würde mich freuen.« Erleichtert, weil der Termin in Rosenheim so gut verlaufen war, wollte Jasmin sich verabschieden.

Da hob Weißberger die Hand. »Könnten Sie mir vielleicht einen Gefallen tun?«

»Wenn er in meiner Macht steht, gerne.«

Weißberger atmete kurz durch und wies auf das Nebenzimmer. »Da Sie nach Talfing zurückfahren, könnten Sie Matthias Schranzl mitnehmen? Er ist heute Morgen aus der Untersuchungshaft entlassen worden und wir müssten ihn sonst extra nach Talfing fahren, da es für ihn keine Möglichkeit gibt, mit öffentlichen Verkehrsmitteln dorthin zu kommen.«

»Das mache ich gerne«, antwortete Jasmin.

»Danke.« Weißberger reichte ihr die Hand und lächelte erneut. »Bis bald in Talfing! Faschner, bringen Sie Herrn Schranzl herein.«

* * *

Jasmin stellte fest, dass die Untersuchungshaft Matthias Schranzl arg zugesetzt hatte. Er zwinkerte mehrfach mit den Augen, als sie ins Freie traten, und zögerte angesichts des Streifenwagens.

»Muss ich wirklich so heimfahren? Die Mama könnt mich doch a mit meinem Wagen holn.«

»Wenn Sie nicht mitfahren wollen, ist das Ihre Sache«, antwortete Jasmin und öffnete den Wagen.

Seufzend kam Matthias hinter ihr her, verstaute seine Reisetasche auf dem Rücksitz und wollte daneben Platz nehmen.

»Sie können sich auch vorne hinsetzen. Dort hinten kommen nur die bösen Buben hin«, erklärte Jasmin.

Matthias gehorchte, schloss den Sicherheitsgurt und sah sie treuherzig an. »Der Kommissar hat gsagt, Ihnen hätt ich's zu verdanken, dass der Mayer Simon als Mörder entlarvt worden ist. Das werde ich Ihnen ned vergessen.«

»Jetzt hängen Sie die Sache nicht so hoch auf«, sagte Jasmin, während sie den Wagen startete und losfuhr.

Unterdessen schüttelte Matthias den Kopf. »Ausgerechnet der Simon. Wer hätt das denkt? Er war doch alleweil einer von den Staaden.«

»In den Kopf eines anderen Menschen kann man nicht hineinschauen«, antwortete Jasmin.

»Wundern darf man sich aber trotzdem.« Matthias atmete kräftig durch und hieb dann mit der rechten Faust auf seinen Oberschenkel.

»Das alles hätt's ned braucht, wenn die Maria die Wahrheit gsagt hätt. Ich bring s' dafür um!«

»Bitte keine solchen Drohungen, sonst muss ich umkehren und Sie wieder im Gefängnis abliefern«, sagte Jasmin scharf. »Drei Morde in Talfing sind genug. Einen vierten brauchen wir nicht.«

»Eigentlich hätt's auch die ersten drei ned braucht«, wandte Matthias traurig ein.

»Sie sind nun einmal geschehen. Aber zur Maria Hornecker. Wenn diese Frau nicht zu mir gekommen wäre und Ihr Alibi bestätigt hätte, hätte ich vielleicht nichts weiter unternommen. So aber wusste ich, dass der Mörder immer noch auf freiem Fuß sein musste.«

»Die Maria hatt's also zugegeben«, sagte Matthias erleichtert, denn von ihr verraten worden zu sein, hatte ihn während seiner Untersuchungshaft mehr geschmerzt als der Vorwurf des Doppelmordes.

»Sie wird aber trotzdem einiges von mir zu hörn kriegen«, erklärte er, lehnte sich in den Sitz zurück und ließ seinen Gedanken freien Lauf.

Schon bald blieb das flache Land hinter ihnen und sie fuhren in die Berge hinein. Es waren erst wenige Wochen vergangen, seit Jasmin diesen Weg zum ersten Mal zurückgelegt hatte, doch nun kam es ihr wie eine Ewigkeit vor. Sie erreichten den Tunnel, der den gefährlichen Weg durch die Schlucht überflüssig machte, und sahen kurz darauf das Tal von Talfing vor sich. Das ist jetzt meine Welt, dachte Jasmin, nicht die Stadt mit ihren hastigen Menschen, die in ihrer Menge ein wenig an Ameisen erinnerten.

Sie fuhr in den Ort ein, sah, dass Maria Hornecker aus Helga Schmolceks Laden kam, und hielt an. »Ich glaube, die letzten Meter können Sie zu Fuß gehen.«

Er nickte, stieg aus und holte seine Reisetasche von der Rückbank. »Dank schön fürs Mitnehmen und für alles«, sagte er, dann drehte er sich um.

Im selben Augenblick erkannte Maria ihn, ließ ihren Einkaufskorb fallen und eilte auf ihn zu. »Matthias, ich bin ja so froh, dass du wieder da bist!« Vor Freude lachend schlang sie ihre Arme um ihn und presste ihn an sich.

Einen Moment lang stand Matthias noch steif da, dann stellte er seine Reisetasche ab und umarmte sie. »Ja«, sagte er leise, »ich bin wieder daheim.«

»Heut gehen wir zum Papa und sagen ihm, dass wir zwei zusammenghörn!«

Matthias Antwort vernahm Jasmin nicht mehr, sah aber im Rückspiegel, wie die beiden sich küssten. Ein Stück weiter entdeckte sie die Plakate der beiden Bürgermeisterkandidaten. Daneben befand sich ein Plakatständer, auf dem Monique und Klaus Busch bekannt gaben, dass genau einen Tag nach der Bürgermeisterwahl das ›Le cerf‹ eröffnen würde.

Jasmin schüttelte den Kopf über die Borniertheit der beiden. Hätten die Buschs das Lokal zwei, drei Tage eher eröffnet, hätte die Gemeinde es als Wahllokal verwenden können und sie selbst hätten sich damit einen besseren Einstand in Talfing ermöglicht. Doch so profan wollte Monique anscheinend nicht sein.

»Das ist nicht meine Sache«, sagte Jasmin zu sich selbst, als sie zur Polizeistation weiterfuhr.

Ihre drei Kollegen warteten bereits auf sie. »Na, war der Weißberger arg scharf?«, fragte Kager mit einer gewissen Besorgnis.

Auch Wallner und Loiseder sahen so aus, als befürchteten sie, Jasmin könnte von ihrem Posten als Dienststellenleiterin entbunden worden sein.

»Er war im Gegenteil sehr nett«, antwortete Jasmin. »Schließlich ging es ja nicht um seine persönliche Eitelkeit, sondern darum, den richtigen Mörder hinter Schloss und Riegel zu bringen.«

»Das haben wir geschafft«, erwiderte Kager so stolz, als hätte er Simon Mayer in eigener Person verhaftet.

»Wir haben übrigens auch was zu berichten«, sagte Wallner. »Heut früh haben wir einen Mann gesehen, der ein Stück den Grenzweg hochgegangen und dann wieder zurückgekommen ist. Sein Auto hatte er auf dem Parkplatz an der Schlucht abgestellt. Irgendwie kam er mir nicht koscher vor.«

»Sie meinen, er könnte geprüft haben, ob sich diese Route zum Einschleusen von Flüchtlingen eignet?«, schloss Jasmin aus seinen Worten.

Wallner nickte. »Es könnt sein, dass sie die Leut nicht hierher ins Tal bringen wollen, wo wir sie am Tunnel leicht abfangen können. Wenn sie den Wanderpfad durch die Schlucht nehmen, sparen sie sich den Tunnel und sind auch schneller weg.«

»Auf jeden Fall sollten wir den Grenzweg und den Weg durch die Schlucht im Auge behalten«, erklärte Jasmin und fand, dass dies eine angenehmere Arbeit war, als einem dreifachen Mörder nachzuspüren, der einen auch noch selbst umbringen wollte.

Dann dachte sie an Weißberger und fragte sich, ob er seine Einladung zum Abendessen einhalten würde. Auf jeden Fall wollte sie ihm den Eröffnungstermin des ›Le cerf‹ mailen. Sie bezweifelte nämlich, dass Monique und Klaus Busch sich mit ihrer Erlebnisgastronomie hier lange halten würden. Doch ebenso wie die Bürgermeisterwahl war das nichts, was sie persönlich betraf.

Mit dem Gedanken wandte sie sich zur Tür. »Ich habe Hunger und hole mir von Frau Schmolcek eine Semmel. Will noch jemand was?«

Zeitfracht Medien GmbH
Ferdinand-Jühlke-Straße 7
99095 Erfurt, Deutschland
produktsicherheit@kolibri360.de

Druck:
CPI Druckdienstleistungen GmbH
im Auftrag der
Zeitfracht Medien GmbH
Ein Unternehmen der Zeitfracht - Gruppe
Ferdinand-Jühlke-Str. 7
99095 Erfurt